Zum Buch

Huck Finn, der Freund Tom Sawyers, reißt von zu Hause aus und tritt mit dem Sklaven Jim, der sich einem drohenden Verkauf in den Süden durch die Flucht entzogen hat, eine Floßfahrt auf dem Mississippi an. Die beiden erleben eine Vielzahl von Abenteuern. In deren Verlauf verändert sich Hucks Weltsicht: Er lernt die Heuchelei der amerikanischen Gesellschaft und die Unbarmherzigkeit der Sklavenhaltung zu durchschauen.
Der Roman *Huckleberry Finn* (1884), eines der bedeutendsten Werke der amerikanischen Literatur des späten 19. Jahrhunderts, überzeugt gleicherweise durch die naive, witzige Erzählweise des jungen Helden wie durch die scharfe Kritik an Rassenvorurteilen und Sklaverei.

Zum Autor

Mark Twain (eigtl. Samuel Langhorne Clemens), geboren am 30. November 1835 in Florida/Missouri, verlebte Kindheit und Jugend am Ufer des mächtigen Mississippi-Stroms. Nach Teilnahme am Sezessionskrieg versuchte er sich als Journalist und Schriftsteller. 1865 stellten sich erste Erfolge und nationaler Ruhm ein. Der Konkurs seines Verlages und Millionenfehlinvestitionen in Setzmaschinen zwangen den in großem Stil lebenden Autor zu Vortrags- und Studienreisen in der ganzen Welt. Weltweit bekannt als bedeutendster amerikanischer humoristischer Erzähler wurde er durch seine Meisterwerke *Tom Sawyer* (1876, Moewig Band Nr. 2621) und *Huckleberry Finn* (1884), in denen sein schriftstellerisches Können, sein Humor und seine Menschlichkeit volle Entfaltung fanden. Zu seinen Hauptwerken zählen auch *Prinz und Bettelknabe* (1882) und *Leben auf dem Mississippi* (1883, Moewig Band Nr. 2454). Einsam und verbittert starb Twain am 21. April 1910 in Redding/Connecticut, fern seiner heimatlichen Stromlandschaft, die in viele seiner Bücher so lebendig eingegangen ist.

KLASSISCHES ABENTEUER

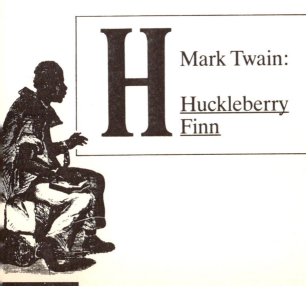

Mark Twain:

Huckleberry Finn

MOEWIG Band Nr. 2648
Verlagsunion Erich Pabel-Arthur Moewig KG, Rastatt

Titel der Originalausgabe: The adventures of Huckleberry Finn
Neubearbeitung unter Verwendung einer Übersetzung
aus dem 19. Jahrhundert
Mit Illustrationen von A. S. Forrest
Orthographie und Interpunktion wurden dem heutigen Stand angepaßt
© dieser Ausgabe 1989 by
Verlagsunion Erich Pabel-Arthur Moewig KG, Rastatt
Umschlagentwurf und -gestaltung: Werbeagentur Zeuner, Ettlingen
Auslieferung in Österreich:
Pressegroßvertrieb Salzburg Gesellschaft m.b.H.,
Niederalm 300, A-5081 Anif
Printed in Germany 1989
Druck und Bindung: Ebner Ulm
ISBN 3-8118-2648-4

Vorwort des Autors

Die meisten der hier erzählten Abenteuer haben sich tatsächlich zugetragen. Das eine oder das andere habe ich selbst erlebt, die anderen meine Schulkameraden. Huck Finn ist nach dem Leben gezeichnet, nicht weniger Tom Sawyer, doch entspricht dieser nicht einer bestimmten Persönlichkeit, sondern wurde mit charakteristischen Zügen mehrerer meiner Altersgenossen ausgestattet und darf daher jenem gegenüber als einigermaßen kompliziertes psychologisches Problem gelten.

Ich muß hier bemerken, daß zur Zeit meiner Erzählung – vor dreißig bis vierzig Jahren – unter den Unmündigen und Unwissenden des Westens noch die seltsamsten, unwahrscheinlichsten Vorurteile und Aberglauben herrschten.

Obwohl dies Buch vor allem zur Unterhaltung der kleinen Welt geschrieben wurde, so darf ich doch wohl hoffen, daß es auch von Erwachsenen nicht ganz unbeachtet gelassen werde, habe ich doch darin versucht, ihnen auf angenehme Weise zu zeigen, was sie einst selbst waren, wie sie fühlten, dachten, sprachen und welcher Art ihr Ehrgeiz und ihre Unternehmungen waren.

Erstes Kapitel

Ihr wißt noch nichts von mir, außer ihr habt ein Buch, genannt »Die Abenteuer Tom Sawyers«, gelesen; aber dies tut nichts zur Sache. Dieses Buch ist von Herrn Mark Twain verfaßt und spricht die Wahrheit – meistens. Manches hat er frei erfunden, das meiste aber hat sich wirklich ereignet. Das nebenbei. Ich habe noch niemanden gesehen, der nicht zu gelegener Zeit gelogen hätte, Tante Polly ausgenommen oder die Witwe oder Mary. Tante Polly – sie ist Toms Tante Polly – und Mary und die Witwe Douglas kommen alle in jenem Buche vor, das in der Hauptsache ein wahrhaftiges Buch ist – ein paar Lügen abgerechnet, wie ich schon sagte.

Das Ende dieses Buches war, daß Tom und ich das Geld fanden, das die Räuber in der Höhle vergraben hatten und das uns reich machte. Wir bekamen jeder sechstausend Dollar und alles Gold. Es war ein schrecklicher Haufen Geld, als es ausgegraben war. Na, Richter Thatcher nahm es an sich und legte es für uns an, und es warf für jeden von uns einen Dollar täglich ab, jahraus, jahrein, mehr als ein Junge irgend brauchen kann. Die Witwe Douglas nahm mich als Sohn an und sagte, sie wolle mich »gebildet machen«; aber es war schrecklich, beständig im Hause zu leben, besonders wenn man weiß, wie verzweifelt peinlich und zimperlich die Witwe in allem war. Wie ich's nicht länger aushalten konnte, lief ich davon. Ich kroch wieder in meine alten Lumpen und in mein Zuckerfaß und war frei und vergnügt. Aber Tom Sawyer stöberte mich auf und sagte, er wollte eine Räuberbande gründen und wollte mich aufnehmen, wenn ich zur Witwe zurückginge und mich ordentlich aufführte. So ging ich also wieder hin.

Die Witwe machte ein großes Geschrei und nannte mich einen kleinen verlorenen Strolch und gab mir noch einen ganzen Haufen solcher Namen, bis sie meinte, daß es genug sei. Sie steckte mich wieder in dieselben Kleider, und ich konnte nichts tun als schwitzen und schwitzen, so steif fühlte ich mich drin. Und dann fing all das alte Zeug wieder an. Die Witwe läutete zum Abendessen – und man mußte rechtzeitig da sein; wenn man zu Tisch kam, konnte man beileibe nicht gleich essen, sondern mußte warten, bis die Witwe den Kopf hängen ließ und ein bißchen über die Speisen gemurmelt hatte, obwohl an denen ohnehin nicht viel war, denn alles wurde für sich allein gekocht. Ganz anders als in so 'nem Zuckerfaß. Da wirft man alles durcheinander, rührt gehörig um und um, und fertig.

Nach dem Abendessen holte sie ihr Buch hervor und paukte mir was von Moses und den Propheten ein, und ich mußte gehörig schwitzen, um mich auf alles zu besinnen. Schließlich kam sie damit heraus, daß Moses schon 'ne hübsch lange Zeit tot sei, und so kümmerte ich mich nicht mehr um ihn, denn aus toten Leuten kann man kein Geld mehr herausholen.

Ziemlich bald wünschte ich zu rauchen und fragte die Witwe, ob ich's dürfe. Aber sie wollte nicht. Sie sagte, es wär 'ne gemeine Angewohnheit und unsauber, und ich dürfte nicht versuchen, es nochmals zu tun. Das ist halt so die Art von manchen Leuten; sie reißen ein Ding herunter, wenn sie gar nichts davon verstehen. Einmal plagte sie mich mit dem Moses, der doch gar kein Verwandter von ihr war und niemand irgend etwas nützt, sondern längst tot ist, wie ihr wißt, und dann fand sie wieder 'n großes Unrecht dran, wenn ich was tat, was doch so verteufelt angenehm ist. Und dabei schnupfte sie selbst; aber das war natürlich nichts Unrechtes, weil sie selbst es tat.

Ihre Schwester, Fräulein Watson, ein ziemlich schmächtiges altes Mädchen mit 'ner Brille auf, war vor kurzem gekommen, um bei ihr zu leben, und machte sich mit einem Rechtschreibbuch über mich her. Sie machte mich eine Stunde lang ziemlich mürbe, und dann löste die Witwe sie wieder ab. Ich konnt's nicht länger aushalten. Dann sollte man wieder 'ne Stunde lang totenstill sitzen, und dann rührte ich mich, und dann sagte Miß Watson regelmäßig: »Setz deine Füße nicht so auf, Huckleberry«, oder »rekel dich nicht so hin, Huckleberry, sitz grad«; und nach 'ner Weile sagte sie: »Gähne nicht so, Huckleberry – warum versuchst du nicht, dich anständig zu betragen?« Danach erzählte sie mir 'ne Menge von der Hölle, und ich sagte, ich wünschte, ich wäre dort. Dann wurde sie böse darüber, aber ich machte mir nichts draus. Alles was ich wollte, war, irgendwohin zu gehen, irgendeine Veränderung, ich war gar nicht weiter wählerisch. Sie sagte, es wäre gottlos zu sagen, was ich gesagt hätte; sagte, sie möchte so was nicht für die ganze Welt sagen; sie wollte so leben, daß sie in den Himmel kommen müsse. Na – ich hatte natürlich keine Lust, hinzugehen, wohin sie gehen wollte, und so nahm ich mir fest vor, nicht zu versuchen, dorthin zu gelangen. Aber das sagte ich natürlich nicht.

Wenn sie so 'nen ordentlichen Anlauf genommen hatte, blieb sie dabei und erzählte mir alles vom Himmel. Sie sagte, alles, was man zu tun habe, sei, den ganzen Tag lang mit 'ner Harfe herumzugehen und zu singen, immer und immer. Dazu hatt' ich natürlich keine Lust, sagte es aber nicht. Ich fragte sie, ob sie meine, daß Tom Sawyer dorthin kommen würde, und sie sagte: höchstwahrscheinlich nicht. Ich war sehr froh darüber, denn ich wollte, daß wir zusammen bleiben sollten.

Miß Watson schwatzte und schwatzte, und es wurde immer langweiliger und schläfriger. Schließlich holten sie die Neger herein und plapperten Gebete, und dann ging jeder von uns zu Bett. Ich kletterte in mein Zimmer hinauf mit 'nem Stück Kerze und stellte es auf den Tisch. Dann setzte ich mich auf 'nen Stuhl am Fenster und versuchte, an was Angenehmes zu denken, aber ich bracht's nicht fertig. Ich fühlte allmählich, daß ich wünschen müßte, tot zu sein. Die Sterne schienen, und die Blätter im Walde rauschten immer so traurig; und ich hörte 'ne Eule von fernher wehklagen über jemand, der tot war und nicht begraben wurde, und 'nen Hund über sonst jemand, der im Begriff war zu sterben; und der Wind wollte mir was zuflüstern, und ich konnte nicht verstehen was, und so fühlte ich, wie mich ein kalter Schauder überlief. Dann hörte ich von einer anderen Stelle des Waldes her einen Ton, wie ihn ein Gespenst von sich gibt, wenn es sich über etwas, das es im Sinn hat, aussprechen möchte und sich nicht verständlich machen kann und es deshalb keine Ruhe im Grabe findet und gezwungen ist, jede Nacht bekümmert am selben Orte herumzuirren. Ich wurde so schwermütig und traurig, daß ich nur wünschte, 'nen Kameraden bei mir zu haben. Bald danach krabbelte eine Spinne über meine Schulter, und ich schnellte sie hinunter, und sie fiel ins Kerzenlicht und war verbrannt, eh ich mich rühren konnte. Ich brauchte mir nicht erst zu sagen, daß das ein verteufelt schlechtes Zeichen sei und mir Unglück bringen würde; ich war so erschrocken, daß ich in meinen Kleidern zitterte. Ich richtete mich auf, drehte mich dreimal im Kreise herum, mich fortwährend bekreuzigend; und dann band ich eine Locke meines Haares in die Höhe, um die Hexen abzuhalten, aber ich hatte doch kein Vertrauen. Man tut das, wenn man ein Hufeisen, das man gefunden hatte, wieder verloren hat, anstatt es über die Tür zu nageln, aber ich hatte noch nie jemand sagen hören, daß es dazu gut sei, Hexen abzuhalten, wenn man eine Spinne getötet hat.

Ich setzte mich wieder hin, zitternd, und zog meine Pfeife heraus, um zu rauchen; denn im Hause war alles totenstill, so daß die Witwe gewiß nicht kommen würde. Na, nach 'ner langen Zeit hörte ich die Glocke drüben im Dorfe schlagen, bum – bum – bum, zwölf Schläge, und dann war wieder alles still – stiller als vorher. Ganz kurz danach hörte ich 'nen Zweig krachen, unten in der tiefsten Dunkelheit, zwischen den Bäumen, irgend etwas regte sich. Ich saß still und horchte. Plötzlich konnte ich ganz schwach hören: Miau, miau! Ich auch, so leise ich's konnte:

Miau, miau! Dann löschte ich das Licht aus und kletterte aus dem Fenster auf den Schuppen hinunter. Von dort sprang ich ganz hinunter und schlüpfte zwischen die Bäume, und natürlich war Tom Sawyer dort und wartete auf mich.

Zweites Kapitel

Wir gingen auf den Zehen einen Weg zwischen den Bäumen zurück bis ans Ende des Gartens der Witwe, jedesmal uns bückend, so oft die Zweige uns ins Gesicht schlugen. Als wir gerade an der Küche vorbeikamen, fiel ich über eine Wurzel und machte einen mächtigen Lärm. Wir legten uns sofort hin und blieben mäuschenstill. Miß Watsons Neger, genannt Jim, lag in der Küchentür. Wir konnten ihn ganz deutlich sehen, denn ein Licht stand hinter ihm. Er fuhr in die Höhe und machte einen langen Hals, über eine Minute lang, und horchte. Dann sagte er: »Wer da?«

Dann horchte er wieder. Und dann kam er auf den Zehen heraus und stand gerade zwischen uns; wir konnten ihn beinahe berühren. Na, es dauerte wohl minutenlang, daß kein Laut zu hören war und wir so dicht beieinander hockten. Irgendwo an meinem Knöchel juckte mich was; aber ich wagte nicht, mich zu kratzen. Und dann begann mein Ohr zu jucken, und dann mein Rücken gerade zwischen den Schultern. Es schien mir, daß ich sterben müßte, wenn ich mich nicht kratzen dürfte. Und das ist mir seitdem noch oft passiert.

Schließlich sagte Jim: »He, wer sein ihr? Was wollen ihr? Meine Katze soll 'n Hund sein, wenn ich nicht haben gehört gehen! Gut, ich wissen, was ist zu tun für mich. Ich mich werden setzen hier und horchen, bis ich wieder werden hören so.«

So setzte er sich auf die Erde; gerade zwischen mich und Tom.

Er lehnte seinen Rücken gegen einen Baum und streckte seine Beine aus, bis eins von ihnen beinahe mein eines Bein berührt hätte. Meine Nase begann zu jucken. Sie juckte, bis mir die Tränen in die Augen traten. Aber ich durfte mich nicht jucken. Dann fing es an, drinnen zu jucken. Dann juckte es wieder irgendwo unten. Ich wußte nicht mehr, wie ich still sitzen sollte. Diese verteufelte Lage dauerte sechs oder sieben Minuten, aber es kam mir hundertmal länger vor. Schließlich juckte es an elf verschiedenen Stellen. Ich meinte, ich könnt's nicht mehr 'ne Minute länger aushalten, aber ich biß die Zähne zusammen und versucht's nochmal. Plötzlich fing Jim an tief zu atmen, drauf schnarchte er – und dann befand ich mich auf einmal wieder mächtig wohl.

Tom machte mir ein Zeichen – nicht mehr als 'nen kleinen Wink mit dem Mund –, und wir krochen fort auf Händen und Füßen. Als wir zehn Schritt fort waren, flüsterte mir Tom zu, Jim zum Spaß an den Baum zu binden; aber ich sagte nein; er könnte aufwachen und Lärm machen, und dann würden sie merken, daß ich nicht drin war. Darauf sagte Tom, er hätte nicht Kerzen genug und wollte in die Küche schleichen und welche holen. Ich riet ihm, es nicht zu wagen. Ich sagte, Jim könnte aufwachen und kommen. Aber Tom wollt's doch riskieren; so schlichen wir hinein und erwischten drei Kerzen, und Tom ließ fünf Cent auf dem Tisch als Bezahlung. Dann gingen wir wieder raus, und ich hatte große Angst dabei. Aber Tom machte sich nichts draus, hinzukriechen zu Jim und ihn noch 'n bißchen zu necken. Ich wartete und es schien mir 'ne gute Weile, so still und einsam war's.

Sobald Tom zurück war, schlichen wir auf dem Wege weiter den Gartenzaun entlang und kamen schließlich auf die Spitze des steilen Hügels auf der anderen Seite des Hauses. Tom sagte, er hätte Jim seinen Hut vom Kopfe genommen und auf einen Zweig rechts über ihn gehängt, Jim habe sich ein bißchen gerührt, aber ohne aufzuwachen. Später sagte Jim dann, die Hexen hätten ihn genarrt und ihn in eine Verzückung versetzt und wären über das ganze Land fort auf ihm geritten und hätten ihn schließlich wieder unter die Bäume geworfen und seinen Hut an den Zweig gehängt, um zu sehen, was er wohl sagen würde. Und dann erzählte Jim, sie hätten ihn nach Süden getrieben bis nach New Orleans; und danach wieder log er immer mehr und sagte, sie hätten sich von ihm über die ganze Welt schleppen lassen und ihn fast zu Tode gehetzt und sein Buckel ist voller Beulen. Jim war schrecklich stolz darauf und wollte schließlich von den anderen Negern gar nichts mehr wissen. Neger kamen meilenweit her, um Jim davon erzählen zu hören, und er war seitdem angesehener im Land als alle. Fremde Neger standen mit offenen Mäulern und starrten ihn an, grad als wenn er 'n Wunder gewesen wäre. Neger schwatzen immer abends beim Feuer über Hexen, aber sooft einer von ihnen erzählte und tat, als verstände er was von solchen Sachen, mischte Jim sich hinein und fragte: »Na, was wissen denn du von Hexen?« – und der andere Neger war fertig und konnte sich trollen. Jim trug auch das Fünfcentstück um den Hals an 'nem Strick und sagte, es wäre ein Amulett, das der Teufel selbst ihm gegeben hätte, und er hätt' ihm gesagt, damit könnt' er jedermann heilen und die Hexen herzaubern, so oft er sie brauche, nur dadurch, daß er irgendwas zu ihnen sagte; aber was das war, sagte er niemals. Neger kamen von überall und gaben Jim alles, was sie hatten, nur um mal das Fünfcentstück sehen zu können; aber sie hätten's um keinen Preis angerührt, weil der Teufel seine Hände dran gehabt hatte. Jim war so ziemlich verdorben zum Diener, er hatte keine Lust mehr dazu, weil er den Teufel gesehen hätte und von Hexen geritten worden sei.

Na, als Tom und ich ans Ende des Hügels kamen, schauten wir aufs Dorf hinunter und konnten zwei oder drei Lichter glänzen sehen, wahrscheinlich bei kranken Leuten; und die Sterne über uns glänzten ebenso schön; und unterhalb des Dorfes war der

Fluß, 'ne ganze Meile breit, schrecklich still und großartig. Wir gingen den Hügel runter und trafen Joe Harper und Ben Rogers und noch zwei oder drei Burschen in dem alten Schuppen verborgen. Wir machten gleich 'nen Kahn los und trieben den Fluß abwärts, zwei und eine halbe Meile, und gingen dann ans Land.

Wir gingen in ein dichtes Gebüsch, und Tom ließ jeden schwören, das Geheimnis zu bewahren, und zeigte ihnen dann eine Höhle im Berge, gerade an der dicksten Stelle im Gebüsch. Dann zündeten wir die Kerzen an und krochen auf allen vieren hinein. Wir krochen mehr als zweihundert Meter, und dann erweiterte sich die Höhle. Tom suchte 'ne Zeitlang zwischen mehreren Gängen rum und duckte sich plötzlich unter 'ne Mauer, wo ihr niemals eine Höhle gefunden haben würdet. Wir gingen durch einen engen Gang und kamen in 'ne Art Raum, ganz dunstig, feucht und kalt, und da hielten wir an. Tom sagte: »Nun wollen wir 'ne Räuberbande bilden und wollen sie Tom Sawyers Bande nennen. Jeder, der dazugehören will, hat 'nen Eid zu schwören und seinen Namen mit Blut zu schreiben.«

Jeder wollte. So zog Tom 'nen Fetzen Papier hervor, worauf er den Eid geschrieben hatte, und las ihn vor. Jeder mußte schwören, zur Bande zu halten und niemandem die Geheimnisse zu verraten; und wenn einer aus der Bande 'nen anderen aus der Bande beleidigte, mußte der ihn töten oder seine Familie mußte es tun, und er durfte nicht essen und schlafen, bis er ihn getötet und 'n Kreuz in seine Brust gemacht hatte, was das Zeichen der Bande war. Und niemand, der nicht zur Bande gehörte, konnte dies Zeichen machen; und wenn's doch wer tat, mußte er verklagt werden, und tat er's noch mal, wurde er getötet. Und wenn jemand aus der Bande die Gesetze verriet, mußte ihm die Kehle abgeschnitten und seine Leiche verbrannt und die Asche zerstreut und sein Name aus der Blutliste gestrichen werden, und nie wieder wurde er in der Bande genannt – und war verflucht und vergessen für immer.

Alle sagten, es wäre 'n kolossal famoser Eid, und fragten Tom, ob er ihn aus seinem eigenen Kopf habe. Er sagte: einiges, aber der Rest sei aus den Piraten- und Räuberbüchern, und jede anständige Bande kenne die.

Einige meinten, es möchte gut sein, die Familien derjenigen Burschen, die schwatzen würden, zu töten.

Tom sagte, 's wär 'n guter Gedanke, nahm 'nen Bleistift und schrieb's dazu.

Dann sagte Ben Rogers: »Hier ist Huck Finn, er hat keine Familie, was wollt ihr also mit dem machen?«

»Na, hat er denn nicht 'nen Vater?« fragte Tom.

»Ja, er hat wohl 'nen Alten, aber den kann heute niemand mehr finden. Er pflegte wohl, wenn er besoffen war, bei den Schweinen im Schuppen zu liegen, aber seit mehr als 'nem Jahr ist er in dieser Gegend nicht mehr gesehen worden.«

Sie sprachen noch mehr drüber und wollten mich rausschmeißen, weil sie sagten, jeder müßte 'ne Familie oder sonst jemanden haben zum Töten, oder es würd' nicht recht und billig sein. Na, niemand wußte, was zu tun sei, alle waren nachdenklich und saßen still rum. Ich hätt' am liebsten geheult; aber plötzlich fiel mir 'n Ausweg ein, und ich schlug ihnen Miß Watson vor – die könnten sie töten.

Alle sagten: »O, die tut's, die tut's! 's ist prächtig! Huck soll bleiben!«

Dann machten alle 'nen Schnitt in den Finger, um Blut zu bekommen und damit zu unterzeichnen, und ich machte mein Zeichen aufs Papier.

»Na«, fragte Ben Rogers, »was hat denn die Bande eigentlich zu tun?«

»Nichts als rauben und morden«, sagte Tom Sawyer.

»Aber wen wollen wir berauben – Häuser – oder Vieh –«

»Unsinn! Vieh rauben und so'n Zeug heißt nicht rauben, sondern stehlen«, sagte Tom. »Wir sind keine Diebe! Das ist nichts für uns. Wir sind Wegelagerer. Wir halten Postkutschen und Reisewagen an, mit Masken vor, töten die Männer und nehmen ihnen Uhren und Geld fort.«

»Müssen wir die Leute immer töten?«

»Na gewiß! 's ist das beste. Einige denken anders darüber, aber die meisten sagen, 's ist das beste, sie zu töten. Ausgenommen einige, die wir hierher in die Höhle bringen und festhalten, bis sie sich loskaufen.«

»Loskaufen! Was ist das?«

»Weiß nicht. Aber sie müssen's.«

»Aber wie können wir's tun, wenn wir nicht wissen, wie es ist?«

»Ist ganz gleich, wir müssen's! Hab' ich euch nicht gesagt, daß es im Buch so drinsteht? Wollt ihr irgendwas anders machen, als es im Buch steht, und alles durcheinanderschmeißen?«

»Ja, das ist alles sehr schön zu sagen, Tom, aber wie zum Henker sollen wir die Kerls zwingen, sich loszukaufen, wenn wir nicht wissen, wie sie's machen sollen? Das ist's, was ich dagegen zu sagen hab'. Na, was meint ihr denn, was es ist?«

»Na, ich weiß nicht. Aber vielleicht, wenn wir sie festhalten sollen, bis sie sich loskaufen, soll das heißen, bis sie tot sind?«

»Ja – vielleicht. Warum sagst du das nicht vorher? Wollen sie festhalten, bis sie sich zu Tode losgekauft haben – und wenn wir 'ne tüchtige Menge von ihnen haben und sie schrecklich quälen und ihnen zusetzen, essen sie uns alles auf und dann brennen sie durch?«

»Was schwatzt du, Ben Rogers! Wie können sie durchbrennen, wenn immer 'ne Wache dasteht, bereit, sie totzuschießen, sobald sie nur 'nen Fuß rühren?«

»'ne Wache? Na, das ist gut! Dann müssen welche die ganze Nacht aufsitzen und kriegen gar keinen Schlaf, nur um sie zu bewachen. Denk' doch, das ist Blödsinn. Warum kann denn nicht einer 'ne Keule nehmen und sie loskaufen, sobald sie hier sind?«

»Weil's nicht so in den Büchern steht – darum! Du, Ben

Rogers, willst du's so machen, wie's sich gehört, oder nicht, sag! Meinst du nicht, die Leute, die die Bücher gemacht haben, wissen, wie's gemacht werden muß? Meinst du, daß du sie's besser lehren kannst? Sicher nicht! Na, wir wollen's doch lieber machen, wie sich's gehört.«

»Mir recht. Werd' nicht dagegen reden, aber ich sag' trotzdem, 's ist eine verzweifelt dumme Manier. Sag – wollen wir die Frauen auch umbringen?«

»Na, Ben Rogers, wenn ich so dumm wär' wie du, würd' ich lieber gar nichts sagen! Die Frauen töten? Na – so was hat noch nie in 'nem Buch gestanden. Man schleppt sie in die Höhle und ist immer höflich und ritterlich gegen sie. Und nach und nach verlieben sie sich in einen und wollen überhaupt nicht mehr fort.«

»Na, wenn's so ist, laß ich mir's gefallen. Aber ich seh' dabei keinen Profit. In verteufelt kurzer Zeit werden wir die Höhle so voll von Weibern haben und von Kerlen zum Loskaufen, daß gar kein Platz mehr für die Räuber bleibt. Aber, meinetwegen, ich hab' ja nichts zu sagen.«

Der kleine Tommy Barnes war inzwischen eingeschlafen, und als sie ihn jetzt aufweckten, bekam er Angst und schrie und sagte, er wolle nach Hause gehen zu seiner Ma und wollt' nicht länger ein Räuber sein.

Sie machten sich alle über ihn lustig und nannten ihn Schrei-Baby, und das machte ihn wütend, und er sagte, er wolle gehen und alle Geheimnisse verraten. Aber Tom gab ihm fünf Cent, ruhig zu sein, und sagte, wir wollten alle heimgehen und uns nächste Woche treffen, um ein bißchen zu rauben und ein paar Kerle totzumachen.

Ben Rogers meinte, er könne nur sonntags ausgehen und verlangte, wir sollten nächsten Sonntag beginnen; aber alle sagten, es würde gottlos sein, am Sonntag anzufangen, und damit war die Sache abgemacht. Wir beschlossen, alle zusammen zu gehen, und setzten einen möglichst nahen Tag fest; und dann wählten wir

Tom Sawyer zum Hauptmann und Joe Harper zum zweiten, und dann gingen wir heim.

Ich kletterte auf die Scheune und kroch in mein Fenster, noch eben vor Anbruch des Tages. Meine neuen Kleider waren ganz schmierig und voller Erde, und ich war todmüde.

Drittes Kapitel

Am anderen Morgen ging alles gut mit Miß Watson und meinen Kleidern. Aber die Witwe machte, obwohl sie ohne zu zanken den Schmutz und Dreck abkratzte, dabei ein so trauriges Gesicht, daß ich dachte, ich würde, wenn ich's fertigbrächte, 'ne Weile vernünftig sein. Dann schleifte Miß Watson mich in 'nen stillen Winkel und betete, ohne daß sonst was drauf folgte. Sie befahl mir, täglich zu beten, und worum ich auch bitten würde, das bekäme ich. Aber es war nicht an dem. Ich probierte es. Einmal bat ich um 'ne Angel, aber ich kriegte keine. Ohne Angel konnte ich nicht leben. Drei- oder viermal versuchte ich's damit, aber 's wollt' nicht gehen. Schließlich bat ich Miß Watson eines Tages, es für mich zu versuchen, aber sie sagte, ich wäre ein Tor. Sie sagte mir niemals warum, und ich allein konnt's nicht herauskriegen.

Einmal setzte ich mich in den Wald und dachte lange drüber nach. Ich sagte mir, wenn ein Bursche etwas kriegen kann, indem er darum betet, warum bekam Deacon Winn nicht sein Geld wieder, das er verloren hatte? Warum kriegt die Witwe nicht ihre gestohlene silberne Schnupftabaksdose wieder? Warum kann Miß Watson nicht dicker werden? Nein, sagte ich mir, so kann's nicht sein. Ich ging nach Hause und fragte die Witwe, und sie sagte, daß man nur »geistige Güter« durchs Beten bekommen könnte. Das war zu hoch für mich, aber sie sagte mir, wie sie's meinte – ich müßte anderen Leuten helfen und für sie tun, was ich nur könnte, und immer um sie besorgt sein und niemals an mich denken.

Ich ging in den Wald und überlegte mir's nochmals lange Zeit, aber ich konnte keinen Vorteil dabei sehen – außer für die anderen Leute –, so dachte ich schließlich, ich wollte ein andermal drüber nachdenken und 's jetzt gehenlassen. Irgendwann würd' mich die Witwe auf die Seite nehmen und über die »Vorsehung« in 'ner Art sprechen, daß einem der Mund danach wässern würde; aber dann könnte sich am nächsten Tag Miß Watson drüber hermachen und alles wieder fortschwatzen. Ich könnte sehen, dacht' ich, daß es zwei »Vorsehungen« gab und daß ein kleiner Bengel mit der Vorsehung der Witwe mächtig Staat machen könnte, daß aber mit der von Miß Watson nichts für ihn zu holen sei. Ich dachte noch mehr drüber nach und schätzte, daß ich zu der der Witwe gehörte, wenn einer was brauchte, obwohl ich nicht recht einsehen konnte, wie er dadurch was Besseres werden sollte, als er vorher war, denn ich war doch so unwissend und unerfahren in allen Dingen.

Mein Alter hatte sich seit 'nem Jahr nicht mehr sehen lassen, was sehr angenehm für mich war; ich sehnte mich durchaus nicht nach ihm. Er pflegte mich stets zu prügeln, wenn er besoffen war, deshalb lief ich, wenn er sich hier herumtrieb, meistens in den Wald. Na, zu dieser Zeit wurde er, wie die Leute sagten, ungefähr zwölf Meilen oberhalb des Dorfes im Fluß ersoffen vorgefunden. Wenigstens glaubten sie, daß er es sei. Sie sagten, der Ertrunkene sei ziemlich sechzig Jahre alt, zerlumpt und habe ungewöhnlich langes Haar – was alles dem Alten glich -; aber sie wußten nichts aus seinem Gesicht zu machen, denn weil es ja so lange schon im Wasser gewesen war, glich es gar nicht mehr 'nem menschlichen Gesicht. Sie sagten, er habe auf dem Rücken geschwommen. Sie zogen ihn heraus und begruben ihn am Ufer. Aber ich hatte nicht lange Ruhe, die Sache kam mir faul vor. Ich wußte verdammt gut, daß 'ne Leiche nicht auf'm Rücken schwimmt, sondern auf'm Bauch. So hatt' ich's bald heraus, daß das nicht Pap war, sondern 'ne Frau in Männerkleidern. So wurd's mir wieder übel zumute. Wußt' sehr wohl, daß der alte Mann bald wieder raufkommen würde, obwohl ich wünschte, er würd's nicht tun.

'nen Monat lang spielten wir zuweilen Räuber, dann mocht' ich nicht mehr länger. Alle Jungens mochten nicht mehr. Wir hatten niemand beraubt, sondern nur so getan. Wir pflegten aus dem Wald rauszustürzen auf Schweinetreiber und alte Frauen, die auf Karren ihr Zeugs zu Markte fuhren, aber wir plünderten niemals einen von ihnen. Tom Sawyer nannte die Schweine »Goldbarren« und die Steckrüben und all das Zeug »Geschmeide«, und wir wollten in die Höhle gehen und damit prahlen, was wir getan und wie viel Leute wir umgebracht und gezeichnet hätten. Aber ich konnte den Zweck nicht sehen. Mal schickte Tom 'nen Jungen mit 'nem brennenden Stock durchs Dorf, was er 'ne brennende Fackel nannte (das Zeichen für die Bande, sich zu versammeln), und dann sagte er, er hätte geheime Nachrichten von seinen Spionen bekommen, daß am nächsten Tag 'ne ganze Anzahl spanischer Kaufleute und reiche Araber in der Hollow-Höhle lagern würden, mit zweihundert Elefanten und sechshundert Kamelen und mehr als tausend Saumtieren, alle mit Diamanten beladen, und sie würden nur 'ne Wache von vierhundert Soldaten haben, und so wollten wir 'nen Hinterhalt legen, wie er's nannte, und die Kerls töten und die Sachen rauben. Er sagte, wir sollten unsere Schwerter und Flinten nehmen und uns bereithalten. Er konnte nicht hinter 'nem Rübenkarren herlaufen ohne Schwerter und Flinten; das waren aber doch nur Bretter und Baumzweige, und man konnte mit ihnen hinterherlaufen, bis sie verfaulten, ohne daß sie nur 'nen Mundvoll Asche mehr wurden, als sie bisher waren. Ich konnt' nicht glauben, daß wir 'ne Schar Spanier und Araber prügeln könnten, aber ich brannte drauf, die Elefanten und Kamele zu sehen; deshalb war ich am nächsten Tage, 'nem Samstag, im Hinterhalt dabei. Sobald wir Stimmen hörten, rannten wir aus dem Wald und den Hügel hinunter. Aber da waren keine Spanier und Araber, auch keine Kamele und Elefanten. Nichts als 'n Sonntagsschul-Ausflug und nur die unterste Klasse obendrein. Wir jagten sie auseinander und auf die Hügel hinauf. Wir erwischten aber nichts weiter als 'ne Anzahl Krapfen und Marmelade, außer Tom 'ne lumpige Puppe und Joe Harper ein Gesangbuch und 'ne fromme Abhandlung; und dann kriegte uns der Lehrer und drosch uns mächtig durch. Ich konnte keine Diamanten sehen und sagte es Tom. Er sagte, es wäre 'ne Ladung davon irgendwo, und sagte, 's wären auch Araber und Elefanten und lauter Zeugs da. Ich fragte, warum wir die nicht sehen könnten. Er meinte, wenn ich nicht so dumm wäre, sondern ein Buch mit Namen »Don Quijote« gelesen hätte, würd' ich's wissen, ohne zu fragen. Er sagte, alles wäre durch Zauberei geschehen. Er sagte, es wären Hunderte von Soldaten da, und Elefanten und Schätze und sonstwas, aber wir hätten Feinde, die er Zauberer nannte, und die hätten alles in 'ne infame Sonntagsschule verwandelt, recht uns zum Trotz. Ich sagte, 's wär' schon recht, dann sollten wir den Zauberern auf den Pelz rücken. Tom Sawyer antwortete, ich wär'n Rindvieh. Weil, sagte er, ein Zauberer 'nen Haufen Geister herbeirufen könnte, und die würden uns verprügeln wie nichts, bevor wir noch »Jack Robinson«, sagen könnten. Sie wären so stark wie 'n Baum und so dick wie 'ne Kirche.

»Na«, sagte ich darauf, »ich schlag' vor, wir holen uns ein paar Geister, uns zu helfen – können wir dann nicht die anderen haun?«

»Wie willst du sie kriegen?«

»Weiß nicht! Wie kriegen die sie?«

»Weil sie 'ne alte Zinnlampe oder so reiben und dann die Geister ankommen mit Donner und Blitz ringsherum; und alles, was ihnen gesagt wird, zu tun, das tun sie dann.«

»Wer befiehlt ihnen denn so herumzutoben?«

»Na, der die Lampe oder den Ring halt gerade reibt. Dem gehören sie, und sie haben nichts anderes zu tun, als was der ihnen befiehlt. Wenn er ihnen sagt, sie sollen 'nen Palast bauen, fünfzig Meilen lang, oder einen von Diamanten und ihn mit Kautabak füllen, oder was du sonst willst, und die Tochter von 'nem Kaiser in China rauben, damit du sie heiraten kannst, so tun sie's, und obendrein vor dem nächsten Sonnenaufgang. Und dann, mußt du wissen, müssen sie den Palast übers ganze Land forttragen, wohin du grad' willst.«

»Na«, sagte ich, »denk', sie sind 'ne Bande von Schwachköpfen, daß sie den Palast nicht für sich selbst behalten, statt ihn an 'nen andern wegzuwerfen. Und dann – wenn ich einer von ihnen wär', ich würd' 'nen Mann in Jericho sehen, eh' ich gehorchte und zu einem käm', der irgend 'ne alte Zinnlampe reibt.«

»Wie du schwatzt, Huck Finn! Du *müßtest* kommen, wenn er riebe, ob du möchtest oder nicht!«

»Was, wenn ich so stark wie 'n Baum wär' und so dick wie 'ne Kirche? Na meinetwegen, ich würde kommen, aber ich würde den Kerl auf den höchsten Baum, der im ganzen Land wär', klettern lassen.«

»Hol's der Teufel, Huck Finn, kein Wort sollte man mit dir reden von so was! Scheint, du weißt nichts davon!«

Über all das dacht' ich zwei oder drei Tage nach, und dann dacht' ich, ich würd' schon dahinterkommen, wenn was dran wär'. Ich suchte mir 'ne alte Zinnlampe und 'nen eisernen Ring und lief hinaus in den Wald und rieb und rieb, bis ich schwitzte wie 'n Jude, um mir 'nen Palast bauen zu lassen und ihn zu verkaufen. Aber 's half nichts, keiner von den Geistern kam. Schließlich dacht' ich, 's wäre alles Unsinn und eine von Tom Sawyers Lügen. Es schien mir, er glaubte an die Araber und Elefanten, aber was mich anbetrifft, ich dachte anders drüber. Ich hielt's mit der Sonntagsschule.

Viertes Kapitel

Na, drei oder vier Monate vergingen, und wir waren schon mächtig im Winter drin. Die meiste Zeit hatte ich zur Schule gehen müssen und konnte schon ein bißchen buchstabieren und lesen und schreiben und wußte die Multiplikationstafel bis sechsmal sieben ist fünfunddreißig, und ich konnt' mir nicht denken, daß ich jemals noch mehr wissen würde, wenn ich auch ewig lebte. Den Stock bekam ich beim Rechnen schon lange nicht mehr.

Anfangs haßte ich die Schule, aber allmählich merkt' ich, daß ich's aushalten könnte. Wenn ich mal besonders Lust hatte, spielte ich Blindekuh, und die Prügel, die ich dann am anderen Tage kriegte, bekamen mir sehr gut und trieben mich an. Schließlich ging ich so gern zur Schule, wie ich mir's gar nicht hätte träumen lassen. Auch an die Art der Witwe gewöhnte ich mich und fand sie nicht mehr so schrecklich. In 'nem Haus wohnend und in 'nem Bett schlafend, bekam ich 'nen hübschen Sinn für Sauberkeit – zuweilen; aber bevor die kalte Jahreszeit begann, brannte ich zuweilen durch und schlief im Wald, und das wurd' ich auch nicht los. Die alte Art war mir mal die liebste, aber schließlich gewöhnte ich mich auch an die neue – 'n kleines bißchen. Die Witwe sagte, ich »würde« langsam aber sicher und beträge mich sehr befriedigend. Sie sagte, sie brauchte sich meiner nicht zu schämen.

Einmal begegnete es mir beim Frühstück, das Salzfaß umzuwerfen. Ich kratzte 'nen Teil davon so schnell ich konnte zusammen, um's über meine linke Schulter zu werfen und den bösen Zauber zu bannen, aber Miß Watson ertappte mich und machte mich runter. Sie sagte: »Hand davon, Huckleberry – was für einen Unsinn du doch immer machst!« Die Witwe legte ein gutes Wort für mich ein, aber das konnte den bösen Zauber nicht abhalten, das wußt' ich wohl. Ich lief nach dem Frühstück fort, ich fühlte mich bedrückt und traurig und zerbrach mir den Kopf, was mir wohl passieren und wie's ausgehen würde. Es gibt wohl verschiedene Manieren, bösen Zauber abzuwenden, aber hier wollte alles nicht passen. So blieb mir nichts anderes übrig, als herumzustrolchen, trübsinnig und wartend, was kommen würde. Ich ging in den Garten und kletterte über den Zaun. Da war ein Wall von frisch gefallenem Schnee, und darum bemerkte ich jemandes Spuren. Der Kerl war vom Steinbruch gekommen und hatte am Zaun 'ne Weile stillgestanden und war dann drumherum gegangen. Es war klar, daß er schließlich hereingekommen war. Das war verteufelt merkwürdig. Ich wollte den Spuren nachgehen, aber ich bückte mich erst, um sie mir anzusehen. Erst bemerkte ich nichts, aber dann tat ich's; 's war da ein Kreuz im Abdruck der Ferse, aus dicken Nägeln gemacht, um den Teufel abzuhalten.

Ich war im Nu auf und rannte den Hügel 'runter. Jeden Augenblick schaute ich über meine Schulter, aber ich sah niemand. Ich war so schnell beim Richter Thatcher, wie's nur überhaupt möglich war. Er fragte: »Na, Junge, du bist ja ganz außer Atem? Hast du was?«

»Nein, Herr«, sagte ich, »ist hier was für mich?«

»O ja«, sagte er, »von 'nem halben Jahr ist da, seit gestern abend. Über hundertfünfzig Dollar. Ein Glück hast du! 's ist besser, du läßt's hier mit den sechstausend, denn wenn du's hast, bringst du's durch.«

»Nein, Herr«, sagte ich, »ich geb's nicht aus. Ich brauch's überhaupt nicht – nicht die sechstausend – gar nichts. Möchte Sie bitten, es zu behalten. Möcht's Ihnen geben – die sechstausend und alles.«

Er schaute überrascht auf; es schien, er verstand's nicht. Dann fragte er: »Na – was kannst du meinen, Junge?«

Ich sagte: »Bitte, stellen Sie keine Fragen mehr drüber. Sie wollen's behalten – wollen Sie?«

»Wahrhaftig«, sagte er, »ich bin ganz verwirrt. Ist was geschehen?«

»Bitte, nehmen Sie's«, sagte ich nochmals, »und fragen Sie mich nichts – möcht' nicht gern lügen.«

Er dacht 'ne Weile nach, und dann sagte er: »Oho! Denk', ich verstehe. Du willst mir dein Eigentum verkaufen, nicht schenken.«

Dann schrieb er was auf 'nen Fetzen Papier, überlas es nochmals und sagte: »Da – siehst du, da steht: Ich hab's von dir gekauft und dich dafür bezahlt. Hier ist 'n Dollar für dich. Nun unterzeichne.«

So unterzeichnete ich und rannte davon.

Jim, Miß Watsons Neger, hatt' 'nen Haarball, so groß wie seine Faust, der aus dem vierten Wagen von 'nem Ochsen stammte, und den brauchte er zu allerhand Zaubereien. Er sagte, es wär'n Geist drin und der wüßt' alles. So ging ich in der Nacht zu ihm und sagte ihm, Pap wär' wieder hier, und ich hätte seine Fußspuren im Schnee gefunden. Was ich wissen wollte, war, was er vorhaben könnte und ob er hier bleiben würde. Jim zog den Ball raus, murmelte was über ihn, hielt ihn hoch und ließ ihn auf den Boden fallen. Er fiel hübsch ruhig und rollte bloß 'nen Zoll weit. Jim versuchte 's nochmals und dann nochmals und 's ging grad so. Jim warf sich auf die Knie und hielt sein Ohr dran, um zu horchen. Aber 's half nichts; er sagte, er wollt' nichts sagen. Er behauptete zuweilen, ohne Geld würde der Geist nicht reden. Ich sagte ihm, ich hätt' ein altes schlecht nachgemachtes Viercentstück, das nicht mehr gut sei, da das Messing schon ein wenig durch das Silber zu sehen sei, und's würde auch nicht mehr zu brauchen sein, auch wenn man das Messing nicht sehen könnte, denn es wäre so schlecht und schmierig, und das würde den Geist schon reden machen. (Ich dachte, 's wär' besser, nicht von dem Dollar zu reden, den der Richter mir gegeben hatte.) Es wär' wohl ein verdammt schlechtes Geldstück, sagte ich, aber 's könnte doch sein, daß der Ball es nehmen würde, weil der ja nichts davon verstehen könnte. Jim schmolz es und biß drauf rum und rieb es und sagte dann, er wollt's so einrichten, daß der Ball glauben müßte, 's wäre gut. Er sagte, er wollte 'ne rohe Kartoffel aufschneiden und das Geldstück da hineinstecken und 's die ganze Nacht da drinlassen, und dann könnt' man am anderen Morgen kein Messing mehr sehen; 's würde auch nicht mehr schmierig sein, und jeder in der Stadt würd's sofort nehmen. Na, daß 'ne Kartoffel das tun würde, hatte ich wohl vorher gewußt, aber ich hatte grade nicht dran gedacht.

Jim tat das Geldstück unter den Ball, warf sich hin und horchte wieder. Diesmal sagte er, es wäre mit dem Ball alles in Ordnung. Er sagte, er würde mir mein ganzes Schicksal sagen, wenn ich's hören wollte. Ich sagte natürlich ja.

Daraufhin sprach der Ball zu Jim und Jim zu mir. Er sagte: »Dein Alter selbst noch nicht recht wissen, was hier tun. Manchmal er denken, wieder zu gehen, und dann er wieder denken, zu bleiben. Das beste zu tun ist, ruhig zu bleiben und alten Mann gehen lassen eignen Weg. Da sind zwei Engel beständig um ihn, der eine weiß und glänzend, der andere schwarz. Der weiße rät zu tun das Rechte 'ne Weile, dann der schwarze wieder alles in ihm über den Haufen werfen. Niemand jetzt können sagen, welcher können ihn gewinnen zuletzt. Bei dir alles in Ordnung. Du werden haben 'ne mächtige Plag' in deinem Leben und dann 'ne mächtige Freude. Einmal du werden beinahe gehenkt, und dann du werden krank; aber immer du werden gut. Da sein zwei Engel über dir in deinem Leben, der eine sein hell, der andere dunkel, ein sein reich, andere arm. Du müssen in acht nehmen vor Wasser, so viel du können, weil Ball sagen, du gehenkt werden.«

Als ich mein Licht anzündete und in mein Zimmer raufstieg, saß mein Alter da in Lebensgröße!

Fünftes Kapitel

Ich hatte die Tür geschlossen. Dann wandte ich mich um – und da war er! Ich hatte immer schreckliche Angst vor ihm gehabt, er prügelte mich so viel. Dachte, er würde mich gleich hauen; aber dann sah ich, daß ich mich getäuscht hatte. Das heißt, nach dem ersten Schrecken, wo ich den Atem fast verloren hatte – so unerwartet war er reingekommen. Aber dann sah ich, daß ich nicht geprügelt würde. Er war wenigstens fünfzig, und er sah danach aus. Sein Haar war lang und struppig und schmierig, und man konnt' seine Augen durchschauen sehen, als wenn er zwischen Weinranken säße. Es war ganz schwarz, nicht grau; so war auch sein langer Backenbart. Er hatte nicht 'n bißchen Farbe im Gesicht, wo man 's überhaupt sehen konnte; es war ganz weiß, nicht weiß wie bei 'nem andern Mann, sondern weiß, um 'nen kleinen Bengel krank zu machen, weiß, um einem die Zähne klappern zu machen, weiß wie 'ne Baumkröte oder wie 'n Fischbauch. Was seine Kleider anbetrifft – einfach Lumpen, weiter nichts. Er hatte ein Bein übers andre gelegt; der Stiefel an diesem Fuß war zerrissen, und zwei Zehen schauten heraus, und er spielte von Zeit zu Zeit mit ihnen. Sein Hut lag am Boden; ein alter Schaubhut mit eingedrückter Krone, gleich einem Deckel.

Ich blieb, nach ihm hinstarrend, stehen; er saß da und glotzte nach mir hin, während er mit seinem Stuhl wippte. Ich setzte das Licht hin. Ich bemerkte, daß das Fenster offenstand, also war er von der Scheune aus eingestiegen. Er betrachtete mich von Kopf bis Fuß. Endlich sagte er: »Feine Kleider, verdammt! Meinst wohl 'n Stück von 'nem Stutzer zu sein, he?«

»Kann sein, daß ich einer bin – oder auch nicht.«

»Gib mir nicht so 'ne Antwort, Kerl«, sagte er. »Scheinst 'ne Menge Flausen angesetzt zu haben, seit ich fort war. Hast ja 'ne feine Erziehung gehabt, sagen sie – lesen und schreiben. Denkst, bist mehr wie dein Vater jetzt, he? Will 's dir schon austreiben. Wer hat dir denn gesagt, dich mit solch verteufelten Narrensposssen abzugeben – he?«

»Die Witwe – sie sagte 's mir.«

»Die Witwe, so? Und wer hat 's der Witwe erlaubt, ihre Nase in Dinge zu stecken, die sie 'nen Pfifferling angehen, was?«

»Niemand hat 's ihr gesagt.«

»Na, will sie lehren, sich einmischen! Und paß auf – du bleibst von der Schule – verstanden. Will die Leute lehren, 'nem Bengel Manieren beizubringen, mehr als sein Vater hat, und was Beßres zu werden, als er ist! Treibst du dich noch mal bei der Schule rum, setzt's Hiebe, verstanden? Deine Mutter konnt' nicht schreiben und konnt' nicht lesen, niemals bis zu ihrem Tod, alle aus der Familie konnten 's nicht bis zu ihrem Tod. Ich kann 's nicht – und danach wirst du dich richten. Bin nicht der Mann zu fackeln – sag' ich dir. Und jetzt lies mal.«

Ich nahm ein Buch und begann was über Georg Washington und den Krieg. Kaum hatt' ich 'ne halbe Minute gelesen, schwenkte er das Buch 'ne Weile mit der Hand und schmiß es dann zum Fenster 'naus.

»'s ist so«, sagte er, »du kannst es. Zweifelte noch, als du es sagtest. Nun paß auf; du schickst jetzt den Firlefanz zum Teufel. Will's nicht haben. Will's dir gesagt haben, mein Jüngelchen; und erwisch' ich dich bei der Schule, paß auf! Hab' nie so 'nen Sohn gesehen.«

Er nahm ein bunt gemaltes Bildchen, ein paar Kühe und 'nen Jungen darstellend, auf und fragte: »Was 's das?«

»'s ist was, was sie mir fürs gute Lernen gegeben haben.«

Er zerriß es und sagte: »Will dir was Beßres geben, sollst 'ne ganze Kuhherde haben.« Er murmelte und grunzte 'ne ganze Weile, und dann sagte er: »Bist ein füßkriechendes Bürschchen, he? 'n Bett; und Bettzeug; und 'n Spiegel; und 'n Stück von 'nem Teppich auf dem Boden; und dein eigner Vater geht mit den

Schweinen zu Bett in 'nem Schuppen. Hab' nie so 'nen Sohn gesehen. Denk' doch, ich werd' dir 'n bißchen von den Narrenspossen austreiben, eh' wir beide fertig sind. Was – das ist ja noch nicht alles mit deinen Manieren – sie sagen, du bist reich? He – wie ist's damit?«

»Die Leute lügen, so ist's.«

»Schau, schau, wie du mit mir sprichst! Bin doch zwei Tage im Dorf gewesen und hab' von nichts andrem reden hören als von deinem Reichtum. Hab' auch unterhalb am Strom davon gehört. Darum bin ich gekommen. Morgen wirst du mir das Geld geben – ich brauch 's.«

»Ich hab' kein Geld bekommen.«

»'s ist 'ne Lüge. Richter Thatcher hat 's. Du wirst es holen – ich brauch 's.«

»Ich sag' dir aber, ich hab' kein Geld! Frag Richter Thatcher, wird's dir auch sagen.«

»Schon recht – ich werd' ihn fragen. Und werd' ihn obendrein blechen lassen. Sag – wieviel hast du da in der Tasche?«

»Nur 'nen Dollar, und den brauch' ich für –«

»Was schert's mich, wofür – wirst ihn mir auf der Stelle geben.«

Er nahm ihn und biß drauf, um zu sehen, ob er gut sei, und dann sagt' er, er wolle runter gehen ins Dorf um Whisky; sagte, er hätt' den ganzen Tag noch nichts getrunken. Als er hinaus war auf die Scheune, steckte er den Kopf nochmal rein und verbot mir die Narrenspossen und zu versuchen, besser zu sein als er; und wie ich glaubte, er sei fort, kam er nochmal zurück und steckte den Kopf rein und befahl mir von der Schule fortzubleiben und sagte, er wolle mir aufpassen und mich krumm hauen, wenn ich 's nicht täte.

Am nächsten Tage war er betrunken, ging zu Richter Thatcher, machte mächtigen Spektakel und versuchte 's Geld rauszukriegen, aber er konnt 's nicht, und dann schwor er, er wollte ihm 'nen Prozeß anhängen.

Richter Thatcher und die Witwe hielten Rat, um 'nen Weg zu finden, mich von dem Alten loszubekommen und einen von ihnen zu meinem Vormund zu machen. Aber 's war ein neuer Oberrichter, der kurz vorher erst gekommen war und den Alten noch nicht kannte. So sagte er, 's wär' nicht billig, Familien zu zerreißen und auseinanderzubringen, wenn's nicht grade sein müßte. Sagte, er hätte noch nie 'n Kind seinem Vater genommen. So mußten sich Richter Thatcher und die Witwe beruhigen.

Darüber freute der Alte sich, bis er sich nicht mehr zu lassen wußte. Er sagte, er wolle mich peitschen, bis ich schwarz und blau würde, wenn ich nicht Geld für ihn auftriebe. So borgte ich drei Dollar von Richter Thatcher, und der Alte ging und besoff sich und trieb sich dann schimpfend und halloend und schreiend herum. So trieb er's durchs ganze Dorf und machte mit 'ner zinnernen Pfanne Spektakel bis fast um Mitternacht. Dann wurde er erwischt und am nächsten Tage vor Gericht gebracht und wurd' für 'ne Woche eingesperrt.

Als er rauskam, sagte der neue Richter, er wollt' 'nen Mann aus ihm machen.

So nahm er ihn in sein eigenes Haus, zog ihn hübsch und sauber an und ließ ihn Frühstück, Mittag- und Abendessen mit seiner eignen Familie halten und war sozusagen gerne Mitleid für ihn. Und nach dem Mittagessen sprach er zu ihm über Enthaltsamkeit und solche Dinge, bis der alte Mann heulte und sagte, er wär 'n Spitzbube gewesen und würd's sein Leben lang geblieben sein; aber jetzt würde er 'n anderes Leben anfangen und 'n Kerl sein, dessen sich niemand schämen müßte, und er hoffte, der Richter würde ihm helfen und ihn nicht verachten. Der Richter sagte, er könnte ihn für die Worte küssen; darauf fing er an zu heulen, und dann heulte seine Frau. Pap sagte, er wär' 'n Mann gewesen, der bisher immer mißverstanden worden sei, und der Richter sagte, er glaube es. Der Alte sagte, was 'n Mann brauchte, wär' Offenheit und Teilnahme; und der Richter sagte, 's wär' so; dann heulten sie wieder. Und wie 's dann Zeit zum Zubettgehen war, stand der Alte auf und hielt seine Hand hin und sagte: »Paßt auf, Gentlemen und Ladies; nehmt sie und schüttelt sie; 's ist 'ne Hand, die bisher die Hand von 'nem Schwein war; aber sie ist's nicht mehr; 's ist jetzt die Hand von 'nem Mann, der 'n neues Leben anfangen will und sterben will, bevor er 'nen Rückfall kriegt. Merkt auf die Worte – vergeßt nicht, daß ich sie gesprochen hab'; 's ist 'ne saubere Hand jetzt; schüttelt sie – fürchtet euch nicht.«

So schüttelten sie sie, einer nach dem andern, und heulten dazu. Des Richters Frau küßte sie. Darauf schleppten sie den Alten in ein wundervolles Zimmer, was das Fremdenzimmer war, und in der Nacht wurde er verdammt durstig, schlich in die Speisekammer runter, steckte 'ne Flasche zu sich und tauschte seinen neuen Rock gegen 'nen Liter »Vierzigfachen« um; kletterte wieder 'nauf und machte sich 'ne fidele Nacht. Und gegen Morgen riß er nochmal aus, soff wie 'n Geigenkratzer, taumelte in der Vorhalle rum, brach seinen linken Arm in zwei Stücke und war fast erfroren, als ihn einer nach Sonnenaufgang fand. Und wie sie ins Fremdenzimmer kamen, nach ihm sehen, mußten sie erst loten, bevor sie wagen durften, hineinzufahren.

Der Richter war verteufelt trübselig danach. Er sagte, er meinte, man könnt' den Alten mit 'nem Feuergewehr kurieren, aber 'nen anderen Weg wüßte er nicht.

Sechstes Kapitel

Bald nachdem war der Alte wieder auf den Beinen und lief ins Gericht, um Richter Thatcher zur Herausgabe des Geldes zu zwingen, und kam zu mir, um aufzupassen, daß ich nicht in die Schule ginge. Er prügelte und quälte mich von Zeit zu Zeit, aber ich ging trotzdem zur Schule und erfand lauter Ausflüchte und zog ihn an der Nase herum. Ich war vorher nicht grade sehr gern zur Schule gegangen, aber ich dachte, jetzt wollt' ich's Pap zum Trotz tun. Das Gerichtsverfahren war 'ne verdammt langweilige Sache; 's schien, sie würden sich niemals ernsthaft daran machen. So mußt' ich immer mal 'n paar Dollar für ihn vom Richter holen, damit er mich nicht peitschte. Sobald er Geld hatte, war er besoffen, und wenn er besoffen war, rannte er wie 'n Wilder im Dorfe rum; und so oft er sich rumtrieb, wurd' er eingesteckt. Er war ganz vergnügt dabei, 's war ganz seine Sache so.

Schließlich wurde er der Witwe zu lästig, und sie sagte ihm, wenn er sich nicht 'n bißchen ruhig verhielte, kriegte er 's mit ihr zu tun. Na, was sollte er tun? Sagte, er wollte sehen, wo Huck Finns Buckel sei. So trieb er sich 'nen Tag lang nach mir herum, erwischte mich und schleppte mich stromaufwärts drei Meilen weit in 'nem Boot und fuhr zum Illinois-Ufer rüber, wo dichter Wald war und gar keine Häuser, sondern nur 'ne alte verfallene Hütte an 'ner Stelle, wo das Holz so dicht war, daß man sie nicht finden konnte, wenn man nicht *wußte,* wo sie war.

Er nahm mich immer mit sich, und ich konnte nicht davonlaufen. Wir wohnten in dem alten Loch, und er schloß abends die Tür und legte den Schlüssel unter seinen Kopf. Er besaß 'ne Büchse, die er gestohlen hatte, denk' ich, und wir fischten und jagten – und das war alles, was wir taten. Alle Augenblicke sperrte er mich ein und ging an die Küste runter zur Fähre, verkaufte seine Fische und bekam dafür Schnaps, machte sich damit besoffen, ließ sich's wohl sein und prügelte mich. Schließlich kam die Witwe dahinter, wo ich war, und schickte 'nen Mann rüber, zu versuchen, mich nach Hause zu bringen; aber Pap jagte ihn mit der Büchse davon; und 's dauerte nicht lange, bis ich mich dran gewöhnt hatte, und, die Prügel ausgenommen, gefiel's mir hier ganz gut.

Ich war ordentlich faul und zufrieden, lag den ganzen Tag

rauchend und fischend herum und hatte weder Bücher noch brauchte ich zu lernen. Zwei Monate oder mehr vergingen, und meine Kleider fingen an, nichts als Lumpen zu sein. Ich konnt' mir gar nicht mehr vorstellen, wie mir's bei der Witwe gefallen hatte, wo man sich waschen mußte und von 'nem Teller essen und sich kämmen, und regelmäßig aufstehen und zu Bett gehen, und immer über 'n Buch gebückt sitzen, und die alte Miß Watson an sich herumschubsen lassen. Ich wollt' nie wieder zurückgehen. Ich hatte das Tabakkauen aufgegeben, weil die Witwe es nicht leiden konnte; jetzt tat ich's wieder, und mein Alter ließ mich. Alles in allem war's ganz famos im Walde.

Aber schließlich wurde Pap gar zu grob, und ich konnt's nicht mehr aushalten. Ich wurde ganz verrückt. Er lief zu oft fort und sperrte mich ein. Mal hatte er mich drei Tage eingesperrt und war fort; 's war schrecklich einsam. Ich dachte, er wäre ersoffen und ich würde nie wieder rauskommen. Ich war verzweifelt. Ich zerbrach mir den Kopf, um auf 'ne gute Manier fortzukommen. Schon oft hatte ich versucht, rauszukommen, aber ich konnt' nichts finden, 's war kein Fenster da, das für 'nen Hund groß genug wäre, rauszukommen; die Tür war aus dicken Eichenbalken gemacht. Pap war verteufelt besorgt, nicht 'n Messer oder sonst so was liegenzulassen, wenn er fort war; er hatte gewiß hundertmal alles durchgesucht, bevor er fortging; trotzdem tat ich 's nochmal, weil 's die einzige Art war, die Zeit totzuschlagen. Aber diesmal fand ich schließlich doch was; ich fand 'ne alte rostige Handsäge ohne Griff. Ich machte mich gleich an die Arbeit. Es war da 'n Hufeisen an die Wand genagelt, am äußersten Ende der Hütte hinterm Tisch, damit der Wind nicht durch die Ritzen blasen und das Licht auslöschen sollte. Ich kroch unter den Tisch, riß das Hufeisen ab und begann ein Stück aus der dicken Eichenwand herauszusägen, groß genug, um mich herauszulassen. Na, ich war schon 'n gutes Stück weit gekommen und war schon halb fertig, da hörte ich Paps Büchse im Walde schießen. Ich vertuschte schleunigst alle Zeichen meiner Arbeit, nagelte das Hufeisen wieder an und versteckte meine Säge, und bald darauf kam Pap herein.

Pap war nicht bei guter Laune – so war er ganz er selbst. Er sagte, er wär' drunten im Dorfe gewesen und alles wär' schiefgegangen. Sein Anwalt sagte, er glaubte, daß er seinen Prozeß gewinnen und das Geld kriegen würde, wenn die auf dem Gericht mal vorwärts machten; aber 's gäbe Wege, die Sache immer länger hinzuziehen, und Richter Thatcher wüßte, wie das gemacht werden müßte. Und die Leute sagten, 's wär' da noch ein anderes Gericht, das mich von ihm fortbringen und mir die Witwe als Vormund geben würde, und sie meinten, 's würde schon bald geschehen. Das jagte mir 'nen tüchtigen Schrecken ein, denn ich hatte gar keine Lust, jemals zur Witwe zurückzugehen und zurechtgestutzt und abgerichtet zu werden, wie sie sagte. Darauf fing der alte Mann an zu fluchen und fluchte auf alle, die ihm grade einfielen, und dann tat er sie alle ab mit 'nem Generalfluch, der 'nen guten Teil von den Dorfbewohnern einschloß, von denen er nicht mal die Namen wußte; in solchem Fall sagte er: »Wie der Kerl grad' heißt«, und dann fing er wieder von vorn an zu fluchen.

Er sagte, er möchte doch sehen, wie die Witwe mich wieder kriegen wollte. Er wollte schon aufpassen, und wenn sie kämen zu versuchen, mit ihm Spaß zu treiben, so wüßte er 'nen Ort, sechs oder sieben Meilen entfernt, wo er mich verstecken würde; und dann könnten sie suchen, bis sie schwitzten, und würden mich doch nicht finden. Das machte mich nun wieder mächtig unruhig, aber nur für 'ne Minute; ich dachte, ich würd' nicht mehr da sein, bis er dazu käme, es zu tun.

Der Alte ließ mich zum Boot gehen und holen, was er mitgebracht hatte. Es war ein Fünfpfundsack Mehl und 'ne Schinkenseite, Munition und 'n Krug mit vier Gallonen Schnaps und dann ein altes Buch und zwei Zeitungen zu Stöpseln.

Ich packte 's auf 'nen Karren, machte mich auf den Rückweg, und dann setzte ich's auf den Uferrand hin, um auszuruhen. Ich dachte über alles nach und dachte, ich wollte mit der Büchse davonlaufen in den Wald. Ich nahm mir vor, nirgends auszuruhen, bis ich ganz am anderen Ende des Landes sein würde; und dann wollte ich jagen und fischen, um mir meinen Lebensunterhalt zu schaffen, und so wollte ich schließlich so weit fortkommen, daß mich weder der alte Mann noch die Witwe finden könnten. Ich nahm mir vor, diese Nacht davonzulaufen, wenn Pap betrunken genug sein würde, und ich dachte, er würde es schon sein. Ich war so voll davon, daß ich nicht darauf achtete, wie lange ich mich aufgehalten hatte, bis der Alte gepoltert kam und fragte, ob ich eingeschlafen oder ersoffen sei.

Ich schleppte die Sachen alle in unsere Hütte, und dann war 's beinahe finster. Während ich das Abendessen kochte, tat der Alte 'n Zug oder zwei; nach dem Essen fing er ordentlich an. Er hatte schon im Dorfe getrunken und die ganze Nacht in der Gosse gelegen und war daher jetzt ein wundervoller Anblick. Ein Kind würd' gedacht haben, 's wär Adam, weil er fast ganz aussah wie 'n Klumpen Erde. Sobald der Schnaps zu wirken begann, fing er immer an, auf die Regierung zu schimpfen. Damals sagte er: »Schau diese Regierung an! Was! Schau sie nur mal einer an und sag, was dran ist! Da ist das Gesetz fähig, 'nem Manne seinen Sohn fortzunehmen – seinen eigenen Sohn, der ihm alle Sorge und Angst und Mühe, ihn zu erziehen, gemacht hat. Wahrhaftig, kaum hat man ihn großgepäppelt und will nun drangehen und will ihm noch 'nen letzten Schliff geben, so kommt das ›Gesetz‹ und schnappt ihn einem weg. Und das nennen sie 'ne Regierung! Alles andere eher! Das Gesetz sollte den alten Richter Thatcher bei den Ohren nehmen und ihm helfen, mir mein Eigentum zurückzugeben – das ist, was es tun sollte! Das Gesetz nimmt 'nem Manne über sechstausend Dollar und schmeißt ihn in so 'n altes Loch von 'ner Hütte und läßt ihn rumlaufen in Kleidern, die für 'n Schwein zu schlecht sind! Das nennen sie Regierung! Einer kann bei so 'ner Regierung sein Geld nicht kriegen! Hätt' manchmal Lust, auf und davon zu gehen aus diesem verdammten Land ein für allemal. Ja – und ich sagt's ihm, ich sagt's dem alten Richter Thatcher in's Gesicht. Sagt' ich, für zwei Cent würd' ich – würd' ich das verdammte Land verlassen und nicht wiederkommen; 's sind ganz meine Worte! Seht meinen Hut an, sagt' ich, wenn ihr das 'nen Hut nennt; der Deckel geht auf und davon, und der Rest hängt mir runter bis unters Kinn, und doch ist's ein Hut, aber 's sieht mehr aus, als steckte mein Kopf in 'nem Stück von 'ner Ofenröhre. Schaut den Hut an, sagt' ich, so 'nen Hut für mich, einen von den reichsten Leuten im Ort, wenn's nach Recht und Billigkeit gehen würde!

O ja – 's ist 'ne wundervolle Regierung – wun – der – voll! Na, paß mal auf! 's war da 'n freier Neger, vom Ohio, 'n Mulatte, fast so weiß wie 'n weißer Mann. Hatte 's weißeste Hemd an, das einer jemals gesehen hat, obendrein, und den feinsten Hut. Und 's ist im ganzen Nest keiner mit so gentlemanmäßigen Kleidern wie er; und hat 'ne goldene Uhr und Kette und 'nen silberköpfigen Stock – der verflucht nobelste alte grauhaarige Nabob im ganzen Staat. Und was meint ihr? Sie sagen, er wär' 'n Professor in 'ner Schule und könnt' die Kinder alle Sprachen lehren und wüßt' überhaupt alles. Und 's ist noch nicht das schlimmste. Sie sagen, er hätt' 'ne Stimme gehabt zu wählen, wo er zu Haus war! Na, was schert's mich, was sie sagen. Am letzten Wahltag geh' ich hin und hab', hol mich, die Absicht zu wählen, denn ich war grad' nicht zu sehr besoffen, um hinzugehen; aber wie sie mir sagen, daß 'n Staat in diesem Land ist, wo sie die Neger ranlassen zum Wählen, macht' ich, daß ich fortkam. Ich sagt', ich würd' nie wieder wählen. 's sind ganz die Worte, die ich sagte. Alle haben's gehört. Und das Land mag meinetwegen zum Teufel fahren – werd' nicht wieder wählen, so lang' ich leb'. Warum, fragt' ich die Kerle, warum wird dieser Neger nicht auf den Markt gebracht und verkauft? Das ist, was ich wissen möchte! Und was meint ihr, was die Kerle sagten? Na, sie sagten, er könnt' nicht verkauft werden, bis er sechs Monate im Staate gewesen wär', und wär' noch lange nicht so lange da. Na – das ist mal 'n Grund! Das ist mal 'ne Regierung, die 'nen freien Nigger nicht verkaufen kann, bis er sechs Monate im Staat gewesen ist; 's ist 'ne Regierung, die sich selbst 'ne Regierung nennt, und belebt 'ne Regierung und denkt, 's ist 'ne Regierung, und muß stockstill sein sechs ganze Monate, bevor sie 'nen räuberischen, stehlenden, verfluchten, weißangestrichenen freien Nigger zum Teufel jagen kann und –«

Pap war so vertieft, daß er nie darauf achtete, wo seine alten gelenkigen Beine ihn hintrugen; so plumpste er Hals über Kopf über die Tonne mit gesalzenem Schweinefleisch und zerschlug sich beide Schienbeine; und der Rest seiner Rede war die gepfeffertste Art von 'ner Rede, die man sich denken kann, meistens gegen die Neger und die Regierung, obwohl auch die Tonne 'nen hübschen Teil abbekam. Er humpelte in der Hütte herum, erst auf dem einen Bein, dann auf dem anderen, erst das eine Schienbein haltend und dann das andere, und schließlich stieß er plötzlich mit dem linken Fuß und versetzte der Tonne 'nen ganz hübschen Tritt. Aber das war 'ne mächtige Dummheit, denn 's war grad' der Stiefel, aus dem ein paar Zehen rausschauten; Pap gab 'nen Fluch von sich, der einem das Haar hätte grau machen können, und dann fiel er in den Dreck und rollte drin rum und hielt seine Zehen.

Nach dem Abendessen nahm Pap den Krug und sagte, er hätt' genug Schnaps für zwei Saufereien und ein Delirium tremens. So sagte er stets. Ich dachte, in 'ner Stunde würd' er volltrunken sein, dann wollt' ich den Schlüssel stehlen, oder mich raussägen, so oder so. Er trank und trank und fiel allmählich zurück. Er schlief aber nicht gleich fest ein; 'ne lange Zeit grunzte er und stöhnte und brummte er vor sich hin. Schließlich wurde ich so müde, daß ich nicht mehr die Augen offenhalten konnte, so viel

Mühe ich mir auch gab, und eh' ich noch recht wußte, was ich tun sollte, war ich fest eingeschlafen und ließ das Licht brennen.

Ich weiß nicht, wie lang' ich geschlafen hatte, als ein gräßlicher Schrei mich aufschreckte. Es war Pap, der, die Augen wild rollend, mit den Armen um sich schlug und was von Schlangen heulte. Er schrie, sie kröchen an seinen Beinen hinauf; und dann sprang er herum und kreischte und schrie, 's hätte ihn eine gebissen – aber ich konnte keine Schlangen sehen. Er stand still und rannte dann wieder in der Hütte herum, fortwährend heulend: »Nimm sie fort, nimm sie fort, sie beißt mich in die Zehen!« Hab' noch nie 'nen Mann so gräßlich mit den Augen rollen sehen! Bald war er todmüde und fiel wie leblos nieder; dann wieder wälzte er sich verteufelt schnell hin und her, nach allem schlagend, was ihm in den Weg kam, und mit den Händen in der Luft herumgreifend und heulend und von Teufeln phantasierend, die ihn holen wollten.

Allmählich hatte er ausgetobt und lag 'ne Weile stöhnend still. Dann wurde er ganz still und gab keinen Ton mehr von sich. Ich konnte die Eulen und Uhus fern im Wald deutlich hören, so schrecklich schien es mir. Er lag in 'nem Winkel. Bald richtete er sich wieder auf und horchte, den Kopf auf einer Seite. Er sagte sehr kläglich: »Trapp – trapp – trapp; 's ist der Tod; trapp – trapp; sie sind hinter mir her, aber ich will nicht gehen – ah – da sind sie! Rührt mich nicht an! Rührt mich nicht an!! Fort! – Wie kalt sie sind – fort – laßt 'nen armen Teufel in Ruh!«

Dann fiel er auf alle viere und rutschte herum, sie anflehend, ihn allein zu lassen, wickelte sich in seine Decke und kroch unter den alten tannenen Tisch, immer noch winselnd; und dann fing er wieder an zu schreien. Ich konnte ihn durch die Decke hindurch hören.

Schließlich kam er wieder heraus und humpelte herum, die Augen rollend, sah mich und kam auf mich los. Er jagte mich mit 'nem Einlegemesser rundherum, nannte mich den Engel des

Todes und fluchte, er wollte mich töten, damit ich nicht wieder zu ihm kommen könnte. Ich bat und sagte, ich wäre bloß Huck, aber er lachte so 'n gräßliches Lachen und schluchzte und fluchte und griff nach irgendwas um nach mir zu werfen. Einmal, als ich mich kurz umwandte, um mich unter seinem Arm durchzuschlängeln, erwischte er mich beim Rock zwischen den Schultern, und ich dachte, 's wär' mit mir zu Ende; aber ich schlüpfte schnell wie 'n Blitz aus dem Rock und brachte mich in Sicherheit. Bald hatte er sich wieder müde gehetzt und fiel mit dem Rücken gegen die Tür und sagte, er wollt' 'ne Minute ausruhen und mich dann töten. Er legte sein Messer unter sich und sagte, er wollte schlafen und Kraft sammeln.

So schlief er bald ein. Leise holte ich mir den alten baufälligen Stuhl, kletterte hinauf, so leise ich konnte, um kein Geräusch zu machen, und holte die Büchse herunter. Ich stieß den Ladestock hinein, um sicher zu sein, daß sie geladen wäre, und dann legte ich sie quer auf das Rübenfaß, gegen Pap gerichtet, setzte mich daneben und wartete, bis er sich rühren würde. O wie langsam und still die Zeit dahinschlich.

Siebtes Kapitel

»Na, auf – vorwärts, zum Kuckuck!«

Ich öffnete die Augen und schaute um mich, um zu erfahren, wo ich sei. Es war schon nach Sonnenaufgang, ich hatte wohl fest geschlafen. Pap stand über mich gebeugt und sah finster und krank aus.

Er fragte: »Was hast du mit der Büchse gemacht?«

Ich dachte, er würde nicht wissen, was er nachts getrieben hatte, und so sagte ich: »Jemand versuchte reinzukommen, auf den hab' ich gelauert.«

»Warum hast du mich nicht geweckt?«

»Na – versucht hab' ich's, aber ich bracht' s nicht fertig; konnt' dich nicht wachkriegen.«

»Na, 's ist gut. Steh nicht immer faul rum, geh raus und sieh, ob 'n Fisch zum Frühstück an der Leine ist. Komm' in 'ner Minute nach.«

Er schloß die Tür auf, und ich schlüpfte hinaus ans Flußufer. Ich bemerkte ein paar Äste und was sonst herumlag und 'n paar Stück Rinde, und so wußte ich, daß der Fluß begonnen hatte zu steigen. Dachte, 's würd' höchste Zeit für mich sein, wenn ich noch rüber wollte ins Dorf. Das Junihochwasser pflegte mir immer Glück zu bringen, denn sobald es eintrat, kamen hier Klafterholz und ganze Teile von Holzflößen herunter – manchmal 'n Dutzend auf einmal; man hat dann nichts zu tun, als sie einzufangen und sie an die Waldwärter oder die Sägemühlen zu verkaufen.

Ich schlenderte am Ufer entlang, mit einem Auge nach Pap ausschauend und mit dem anderen, was die Flut dahertreiben möchte. Plötzlich kam ein Boot; obendrein ein ganz famoses, über dreizehn bis vierzehn Fuß lang, wie 'ne Ente schwimmend. Ich sprang in den Kleidern ins Wasser, um das Boot zu erwischen. Dachte, 's würd' jemand drin liegen; aber 's war diesmal nicht an dem. Es war ein tüchtig starkes Boot; ich kletterte hinein und trieb's ans Ufer. Dachte, der Alte würde sich freuen, wenn er's sähe, denn 's war sicher zehn Dollar wert. Aber wie ich zur Küste kam, war Pap nicht zu sehen, und wie ich in 'ne kleine Bucht einlaufe, die ganz von Ranken und Weiden versperrt war, kam mir 'n anderer Gedanke. Ich dachte, ich wollt's Boot gut verstecken und dann, wenn ich davonliefe, wollt' ich, statt in die Wälder zu gehen, ungefähr fünfzig Meilen abwärts fahren nach 'nem angenehmeren Ort und doch nicht so 'ne anstrengende Fußreise zu machen haben. Es war ganz dicht bei der Hütte, und ich glaubte immer den alten Mann kommen zu hören; aber es gelang mir, das Boot zu verstecken; und dann schaute ich zwischen ein paar Weiden hinaus und sah den Alten, wie er grad' 'nem Vogel aus seiner Büchse 'ne Kugel zuschickte. So hatte er also nichts gesehen. Er schimpfte 'n bißchen, weil ich so langsam wäre, aber ich sagte ihm, ich wäre in den Fluß gefallen und das hätte mich so lange aufgehalten. Ich wußte, er würde sehen, daß ich naß war und würd' 'ne Menge Fragen stellen. Wir holten fünf Katzenfische von den Leinen und gingen nach Haus.

Während wir nach dem Frühstück dalagen, um zu schlafen, dachte ich, daß, wenn ich 'ne Art finden könnte, Pap und die Witwe davon abzuhalten, mich zu verfolgen, würd 's besser sein, als wenn ich versuchte, möglichst weit zu kommen, eh' sie mich vermißten. Freilich wollte mir vorderhand noch nichts einfallen; aber auf einmal stand Pap auf, um noch 'nen Krug Wasser zu trinken, und sagte: »Wenn noch mal 'n Kerl kommt und sich hier rumtreibt, weckst du mich auf, verstanden? Dem Kerl wird 's nicht grad' gutgehen. Würd' ihn totschießen. Das nächste Mal weckst du mich, verstanden?«

Dann fiel er um und schlief wieder ein. Aber was er gesagt hatte, gab mir 'ne Idee, wie ich sie brauchte. Ich sagte mir, ich könnt 's jetzt so machen, daß es niemand einfiele, mich zu verfolgen.

Ungefähr um zwölf Uhr standen wir auf und gingen am Ufer entlang. Der Fluß war schon mächtig hoch, und 'ne Menge Treibholz kam vorbei. Plötzlich kam 'n Teil von 'nem Floß, neun Baumstämme, fest zusammengebunden. Wir machten uns dran, sie ans Ufer zu ziehen. Dann hielten wir Mittag. Jeder andere als Pap würde den Tag über auf der Lauer gelegen haben, um noch mehr zu erwischen; aber das war nicht Paps Manier. Neun Baumstämme waren fürs erste genug; er wollte rüber zum Dorf und sie verkaufen. So sperrte er mich ein und machte sich um halb drei Uhr auf den Weg. Ich dachte, er würd' diese Nacht nicht zurückkommen. Ich wartete, bis ich annehmen konnte, daß er 'n gut

Stück Weg zurückgelegt hätte; dann ich raus mit der Säge und an die Arbeit, die Bretter durchzusägen. Bevor er auf der anderen Seite des Flusses war, war ich aus der Hütte raus. Er und sein Floß waren nur noch als kleiner Fleck weit drüben auf dem Wasser zu sehen. Ich nahm den Mehlsack und schleppte ihn nach der Stelle, wo das Boot versteckt war, schob das Gestrüpp beiseite und schob ihn hinein; dann tat ich dasselbe mit der Schinkenseite; dann mit dem Whiskykrug; dann nahm ich, was von Kaffee und Zucker da war, und alle Munition; dann nahm ich das Werg, den Eimer und 'nen Kürbis, 'nen Suppenlöffel und 'nen zinnernen Becher, meine alte Säge und zwei Decken und den kleinen Kessel und den Kaffeetopf; dann die Fischleinen und Schwefelfaden und andere Dinge – alles, was nur 'nen Cent wert war. Ich plünderte den Platz rein aus. Ich brauchte 'ne Axt, aber 's war keine da, ausgenommen eine draußen vor der Hütte, und ich wußte wohl, warum ich die hierließ. Schließlich holte ich noch die Büchse, und dann war ich fertig.

Ich hatte den Boden tüchtig zerwühlt, indem ich all die Sachen fortgeschleppt hatte. Ich verwischte die Spuren, so gut 's ging, indem ich Sand streute, der die Sägespäne bedecken sollte. Dann brachte ich das ausgesägte Stück in der Wand wieder in Ordnung und stellte zwei Steine drunter und einen dagegen, um sie so zu halten. Wenn man vier oder fünf Fuß entfernt stand, konnte man nicht sehen, daß da gesägt worden war; und dann war 's auch die Rückseite der Hütte, und 's war nicht anzunehmen, daß jemand herumgehen und sie weiter untersuchen würde.

Bis zum Boot hin wuchs Gras. So hatte ich keine Spur hinterlassen. Ich ging den Weg nochmals, um nachzuschauen. Ich stand am Ufer und hielt Ausschau. Alles sicher. Danach nahm ich die Büchse und ging 'n Stück in den Wald hinauf und jagte nach 'n paar Vögeln, als ich ein Wildschwein sah; die Schweine werden hier bald wild, wenn sie aus 'ner Farm davongelaufen sind. Ich schoß den Burschen und schleppte ihn ins Freie.

Ich nahm die Axt und zertrümmerte die Tür. Das Schwein schleppte ich in die Hütte, schleifte es bis zum Tische hin und schlug mit der Axt drauflos, legte es auf den Boden und ließ es bluten. Dann nahm ich 'nen alten Sack und tat 'ne Handvoll Steine hinein – so viel ich tragen konnte – und schleppte ihn von dem Schwein weg zur Tür hinaus und ans Ufer hinunter, wo ich ihn ins Wasser schmiß, daß er runtersank und nicht mehr zu sehen war. Ich wollte, Tom wäre dagewesen, ich wußte, er würd' an so 'ner Arbeit Gefallen gehabt haben. Ich wurde bei dem Gedanken ganz traurig; niemand konnte bei so was sich so auszeichnen wie Tom.

Zuletzt riß ich mir 'ne Menge Haare aus, machte die Axt ordentlich blutig und warf sie in die Ecke. Dann nahm ich das Schwein auf und drückte es fest gegen die Brust (damit es nicht tropfen könnte), bis ich 'n gutes Stück von der Hütte entfernt war, dann warf ich's in den Fluß. Zu guter Letzt fiel mir noch was ein. Ich holte das Mehlfaß und die alte Säge aus dem Boot und brachte sie wieder in die Hütte. Das Faß stellte ich an seinen alten Platz und machte mit der Säge ein Loch hinein, denn 's war kein Messer da; Pap machte alles außer dem Kochen mit seinem Messer. Dann nahm ich das Faß und schleppte es über hundert Meter durchs Gras und die Weiden dicht beim Haus, zu 'nem seichten Sumpf, der fünf Meilen groß und voll von Binsen und zu dieser Zeit von Enten belebt war. Es war da ein Arm oder 'ne Bucht, die sich von hier aus mehrere Meilen weit hinzog, ich weiß nicht wohin, aber nicht nach dem Fluß. Das Mehl lief aus dem Faß und bildete 'nen deutlichen Weg bis zum Sumpf. Ich warf Paps Wetzstein dazu, so als wär' es durch Zufall geschehen. Dann band ich das Loch in dem Mehlfaß mit 'nem Tau zu, damit nichts mehr herausfallen konnte, und trug es und die Säge wieder ins Boot.

Es war jetzt fast dunkel; so trieb ich das Boot den Fluß hinunter unter ein paar überhängende Weiden und wartete auf den

Mondaufgang. Ich machte es an 'ner Weide fest. Dann aß ich 'nen Bissen, legte mich im Boot hin und rauchte 'ne Pfeife und schmiedete Pläne. Ich sagte mir, man wird der Spur von dem Sack mit Steinen zum Ufer folgen und dann den Fluß nach mir durchsuchen. Und dann wird man der Mehlspur zu dem Sumpf folgen und dem Arm folgen, um die Räuber aufzufinden, die mich getötet und beraubt hatten. Sie würden den Fluß nur nach meiner Leiche durchsuchen. Bald würde man davon abgelenkt werden und sich nicht mehr um mich kümmern. So war 's gerade recht; ich wollte irgendwo bleiben und warten, bis es so weit wäre. Jacksons Insel war für mich gut genug. Ich kannte die Insel sehr gut, und niemand kam jemals dorthin. Und dann konnte ich nachts zum Dorf rüberfahren, herumspionieren und mir holen, was ich brauchte. Jacksons Insel war der rechte Ort.

Ich war tüchtig müde und bald fest eingeschlafen. Als ich aufwachte, wußte ich für 'ne Minute nicht, wo ich war. Ich setzte mich auf und schaute um mich, ein bißchen erschrocken. Dann erinnerte ich mich. Der Fluß war um Meilen gewachsen. Der Mond schien so hell, daß ich die Flöße zählen konnte, die vorbeitrieben, schwarz und still, Hunderte von Metern vom Ufer entfernt. Es herrschte Totenstille.

Ich aß 'nen tüchtigen Happen und wurde wieder munter und war grad' im Begriff, das Boot loszumachen und abzufahren, als ich 'nen Ton übers Wasser hörte. Ich horchte. Bald hatt' ich 's raus. Es war das dumpfe, regelmäßige Geräusch, das vom Rudern erzeugt wird, wenn ringsum alles still ist. Ich schaute durch die Weiden hindurch, und da war 's – ein Boot, weit drüben im Strom. Ich konnte nicht sehen, wie viele drin waren. Dachte, 's könnte wohl Pap sein, den ich jetzt ungefähr zurückerwartete. Er fuhr unterhalb, von mir aus gerechnet, mit dem Strom, und auf einmal schwenkte er ab und kam ins seichte Wasser und so dicht zu mir, daß ich wohl mit der Büchse hinausfahren und ihn hätte berühren können. Ja, 's war Pap, ohne

Zweifel, und obendrein besoffen – nach der Art, wie er auf den Rudern lag. In der nächsten Minute schoß ich stromabwärts, leise, aber schnell im Schatten des Ufers. Ich machte zweieinhalb Meilen, und dann fuhr ich 'ne Viertelmeile oder so in den Fluß hinaus, damit ich um so schneller die Landungsstelle der Fähre, wo mich Leute sehen und aufhalten konnten, passiert hätte. Ich kam ins Fahrwasser des Treibholzes, legte mich ins Boot nieder und ließ mich treiben. Ich lag da, ruhte mich tüchtig aus und rauchte meine Pfeife, in den Himmel schauend, an dem keine Wolke zu sehen war. Der Himmel erscheint immer so tief, wenn man im Mondschein auf dem Rücken liegt. Ich wußt's vorher noch nicht. Und wie weit kann man in so 'ner Nacht auf dem Wasser hören! Ich hörte Leute an der fernen Landungsstelle sprechen. Obendrein hörte ich, was sie sprachen, jedes Wort. Einer sagte, 's ginge auf die Zeit der langen Tage und kurzen Nächte. Der andere meinte, das wär' nicht grade eine von den kurzen, schätzte er, und dann lachten sie, und er sagt 's nochmal, und sie lachten wieder; dann weckten sie 'nen andren auf und sagten 's ihm und lachten, aber er lachte nicht; er stieß 'n paar Grunztöne aus und sagte, sie sollten ihn in Ruhe lassen. Der eine Bursche antwortete, er erlaubte ihm, es seiner alten Frau zu erzählen, sie würd 's gewiß für sehr nett erklären. Einen hörte ich sagen, es wäre bald drei Uhr, und er hoffte, das Tageslicht würd' nicht länger ausbleiben als 'ne Woche.

Nach und nach klangen die Stimmen immer entfernter, und ich konnte keine Worte mehr verstehen, aber ich konnte das Murmeln noch hören und hin und wieder ein Gelächter, aber 's klang doch schon sehr fern.

Ich war jetzt an der Fähre vorbei, stand auf, und da war Jacksons Insel, zweieinhalb Meilen unterhalb, schwerfällig sich aus dem Fluß erhebend, schwarz und dunkel und fest wie 'n Dampfboot, nur ohne Lichter. Vom Ufer war an der Spitze nichts zu sehen, 's war jetzt ganz unter Wasser.

Ich versuchte gar nicht dorthin zu gelangen. Ich schoß mit rasender Geschwindigkeit dran vorbei, kam dann in 's tote Wasser und landete seitwärts, der Illinois-Küste gegenüber. Ich rannte das Boot in 'ne kleine Bucht, die ich hier kannte; ich mußte, um hinzukommen, die Zweige der Weiden auseinanderbiegen; wie ich drin war, konnte niemand von außen was von dem Boot sehen.

Ich stieg aus und setzte mich auf 'nen Balken an der Spitze der Insel und schaute hinaus auf den schwarzen Fluß und das schwarze Treibholz und hinüber zum Dorfe, drei Meilen davon, von wo drei oder vier Lichter herüberflimmerten. Eine ungeheure schwarze Masse war 'ne Meile entfernt auf dem Fluß zu sehen und kam langsam herunter, mit 'ner Laterne drauf. Ich wartete, wie sie so angeschlichen kam, und wie sie in meiner nächsten Nähe war, hörte ich 'ne Stimme sagen: »Hinterschiff – Ruder! Steuerbord abstoßen.« Ich hörte 's so deutlich, als wenn der Mann neben mir gestanden hätte.

Es wurde jetzt allmählich 'n bißchen dämmrig; so schlug ich mich in den Wald und legte mich zu 'nem kleinen Nickerchen vor dem Frühstück nieder.

Achtes Kapitel

Die Sonne stand, als ich aufwachte, so hoch, daß ich schätzte, 's müßte schon nach elf Uhr sein. Ich lag da im Gras und dem kühlen Schatten, dachte über alles mögliche nach und fühlte mich äußerst bequem und zufrieden. Durch ein paar Lücken konnte ich die Sonne sehen, aber meistens bildeten die Bäume ein dichtes Dach mit 'nem hellen Flimmern dazwischen. Auf dem Boden gab 's hie und da helle Flecken, wo das Licht durch die Blätter durchbrach, und diese hellen Flecken zitterten ein bißchen, wenn ein Luftzug über sie wegging; 'ne Menge Eichhörnchen saßen auf 'nem Zweig und plapperten freundlich mit mir.

Ich war wundervoll faul und vergnügt – hatte gar keine Lust aufzustehen und Frühstück zu machen. Da, ich war wieder eingeschlafen, als es mir vorkam, als hörte ich 'n lautes »Bumm!« auf dem Fluß. Ich horchte auf und stützte mich auf die Ellbogen; bald hörte ich 's wieder. Ich sprang auf und schaute durch ein Loch im Laub und sah 'ne dicke Rauchwolke auf dem Fluß liegen, grad drüben bei der Fähre. Und da war das Fährboot voll von Leuten, die im Fluß herumstocherten. Jetzt wußte ich, was es war. »Bumm!« Ich sah den weißen Rauch aus der Seite des Fährbootes herauskommen. Sie feuerten Kanonen über dem Wasser ab, um meinen Leichnam heraufkommen zu machen.

Ich war mächtig hungrig, wagte aber nicht, 'n Feuer zu machen, weil man den Rauch hätte sehen können. So saß ich da, beobachtete den Kanonenrauch und hörte auf das Bumm!

Der Fluß war hier 'ne Meile breit, und 's ist da immer hübsch an 'nem Sommermorgen – so hätt's mir gut gefallen, sie nach meinen Überresten angeln zu sehen, wenn ich nur was zu essen gehabt hätte. Dann fiel mir ein, wie sie immer Quecksilber in 'nen Laib Brot tun und den schwimmen lassen. Weil der stets dahin treibt, wo der Ertrunkene liegt, und dort bleibt. So dacht' ich mir, ich wollte aufpassen, und wenn eins zu mir hergeschwommen käme, wollte ich's mir holen. Ich ging an das Illinois-Ende der Insel, um zu sehen, ob ich dort 'nen guten Ausguck finden würde, und hatte mich auch nicht getäuscht. Ein dicker Laib Schwarzbrot kam daher; ich hätte ihn beinahe erwischt mit 'nem langen Stock, aber meine Füße rutschten aus, und er schwamm weiter. Natürlich befand ich mich an der Stelle, wo das Fahrwasser dem Ufer am nächsten kommt – ich wußte das ganz genau. Bald kam noch eines runter, und diesmal erwischte ich's. Ich nahm den Stöpsel heraus, warf das Quecksilber fort und setzte statt dessen meine Zähne hinein.

Ich fand 'nen guten Lugaus und setzte mich dort auf 'nen Baumstumpf, das Brot kauend und das Fährboot beobachtend, und dabei sehr zufrieden. Dann machte mich etwas stutzig. Es fiel mir ein, die Witwe oder der Pfarrer oder sonstwer könnte dem Brot befohlen haben, mich zu suchen, und deshalb war's gekommen und hatte mich gefunden. So ist 's zweifellos, aber 's war noch was Besonderes dabei; 's ist was Besonderes, wenn ein Mensch wie die Witwe oder der Pfarrer für mich betet und 's geht nicht in Erfüllung und geht doch grad' auf die rechte Weise in Erfüllung.

Ich steckte mir 'ne Pfeife an, schmauchte 'ne lange Zeit und schaute zu. Das Fährboot trieb mit dem Strome, und ich hoffte Gelegenheit zu bekommen, zu sehen, wer drauf wäre, wenn es vorbeikäme, denn es mußte dicht vorbeikommen, wie's das Boot getan hatte. Als sie hübsch nahe gekommen waren, klopfte ich die Pfeife aus und ging nach der Stelle, wo ich das Boot herausgefischt hatte, und legte mich an 'ner offenen Stelle hinter 'nen Stein. Allmählich kamen sie heran und so dicht vorbei, daß sie 'n Brett hätten herüberschieben und drüber weg ans Land gehen können. Fast alle waren an Bord: Pap und Richter Thatcher, Becky Thatcher und Joe Harper, Tom Sawyer und seine alte Tante Polly, Sid und Mary und noch 'ne Menge andere. Jeder sprach über den Mord, aber der Kapitän unterbrach sie und sagte: »Scharf aufgepaßt jetzt; die Strömung ist hier am schmalsten, und 's kann leicht sein, sie hat ihn ans Ufer getrieben und er hängt wo zwischen dem Gestrüpp am Ufer. Hoff', 's wird so sein.«

Ich hoffte 's nicht. Alle sprangen auf und lehnten sich über das Geländer, mir fast ins Gesicht, und waren mäuschenstill, mit allen Sinnen aufpassend. Ich konnt' sie ganz genau sehen, aber sie mich nicht. Dann stieß der Kapitän ein lautes »Halt!« aus, und die Kanone gab wieder 'nen Schuß von sich grad' vor mir, daß ich von dem Lärm fast taub und von dem Rauch fast blind geworden wäre und dachte, ich wäre tot. Wenn sie noch mehr solche Schüsse abgeben würden, dacht' ich, würden sie die Leiche wohl finden, nach der sie suchten. Glücklicherweise dachten sie nicht mehr dran. Das Boot schwamm weiter und war bald außer Sehweite. Ich konnte zuweilen das »Bumm, bumm« hören, ferner, immer ferner, und schließlich, nach 'ner Stunde, hörte ich gar nichts mehr. Die Insel war drei Meilen lang. Ich dachte, sie wären ans Ende gelangt und hätten's jetzt aufgegeben. Aber sie hielten's noch 'ne Weile aus. Sie fuhren um das Ende der Insel herum und steuerten auf der Missouri-Seite unter Dampf stromaufwärts, fortwährend schießend. Ich lief auf die Seite hinüber und erwartete sie. Als sie am Kopf der Insel angekommen waren, fuhren sie ans Missouri-Ufer hinüber und nach Haus zurück.

Ich wußte, daß ich jetzt sicher war. Niemand würde wieder hinter mir herjagen. Ich holte meine Angeln aus dem Boote und machte mir im dichtesten Gestrüpp ein neues Lager zurecht. Mit meinen Decken machte ich mir 'ne Art Zelt zurecht, um meine Sachen drunterzulegen, damit der Regen nicht dran könnte. Ich fing 'nen Fisch, schnitt ihn mit meiner Säge auf, und gegen Sonnenuntergang machte ich Feuer und bereitete mir mein Abendessen. Dann legte ich 'ne Angel aus, um zum Frühstück 'nen Fisch zu haben.

Als es dunkel war, saß ich rauchend am Lagerfeuer und fühlte mich mächtig behaglich; aber allmählich wurd's doch einsam, und so bummelte ich herum, setzte mich ans Ufer und horchte auf das Plätschern des Wassers und zählte die Flöße und das Treibholz, das da vorbeikam – und dann ging ich zu Bett; 's gibt nichts Besseres, wenn man sich recht einsam fühlt; man kommt am schnellsten drüber weg.

Und so ging's drei Tage und Nächte. Keine Abwechslung – immer dasselbe. Aber am darauffolgenden Tage machte ich 'ne Entdeckungsreise durch die Insel. Ich war Herr auf ihr; alles gehörte mir, sozusagen, und ich wollte sie ganz kennenlernen;

aber vor allem wollte ich die Zeit totschlagen. Ich fand 'ne Menge Erdbeeren, reif und zart; und die grünen Sommerbeeren fingen grad' an sich zu zeigen; 's würde nach und nach alles für mich da sein, dachte ich.

Na, ich schlenderte also so durch die tiefen Wälder, bis ich meinte, ich könnte nicht mehr weit vom Ende der Insel entfernt sein. Ich hatte meine Büchse mit, hatte aber noch nichts geschossen – vorsichtshalber. Dennoch wollte ich noch was schießen, eh' ich heimginge. Plötzlich stieß ich auf die Asche eines Lagerfeuers, die noch rauchte.

Mein Herz drohte stillzustehen. Ich wagte gar nicht, mich umzusehen, machte aber meine Büchse schußgerecht und schlich auf den Zehen zurück, so schnell ich konnte.

Dann ging ich wieder 'n Stück, und dann horchte ich wieder; und so wieder und immer wieder. Wenn ich 'nen Baumstamm sah, hielt ich ihn für 'nen Mann; trat ich auf 'nen Zweig und er brach, hatte ich ein Gefühl, als hätt' einer meine Brust entzweigeschnitten und ich wär' nur noch 'ne Hälfte und die kleinere Hälfte dazu.

Als ich zum Lager kam, fühlte ich schrecklichen Durst, meine Kehle war wie ausgetrocknet, aber 's war jetzt keine Zeit, Wasser zu holen. Ich schleppte alle meine Sachen wieder ins Boot, um sie außer Sicht zu bringen, machte das Feuer aus und zerstreute die Asche, damit 's aussähe wie 'ne Feuerstelle vom vorigen Jahr; dann kletterte ich auf 'nen Baum.

Ich saß, denk' ich, zwei Stunden auf dem Baum, aber ich sah nichts, ich hörte nichts, ich glaubte nur tausend Dinge zu hören und zu sehen. Aber ich konnte doch nicht immer sitzen bleiben, so kroch ich schließlich runter, hielt mich aber beständig im dichtesten Gestrüpp und auf dem Ausguck. Alles was ich zu essen finden konnte, waren Beeren und die Reste vom Frühstück.

Als es Nacht wurde, hatte ich schrecklichen Hunger. Sobald's recht dunkel war, machte ich mich auf den Weg, eh' der Mond aufgehen würde, nach der Illinois-Küste – ungefähr 'ne Viertelmeile. Ich ging in den Wald und kochte 'ne Suppe und hatte mir grad' vorgenommen, für die Nacht dazubleiben, als ich ein »Plönkete plön, plönkete plön« hörte und zu mir selbst sagte, Pferde kämen; dann hörte ich auch menschliche Stimmen. Ich packte alles so schnell ins Boot, als es ging, und kroch durchs Gebüsch, um zu sehen, was da los wäre. Ich war noch nicht weit gekommen, als ich jemand sagen hörte: »Wir lagern wohl besser hier, wenn wir 'nen guten Platz finden können, die Pferde sind ganz fertig. Laß uns Umschau halten.«

Ich wartete nicht länger, sondern riß schleunigst aus. Ich rannte nach meinem alten Platz und dachte, ich würde im Boot übernachten. Ich schlief nicht viel. Ich konnt's nicht. Alle Augenblicke wachte ich auf, weil ich dachte, jemand hätt' mich beim Kragen. So tat mir der Schlaf nicht gut. Schließlich sagte ich mir, auf diese Weise kann ich nicht weiterleben; ich muß rauskriegen, wer da mit mir auf der Insel ist. Ich will 's rauskriegen oder krepieren. Darauf wurd' ich gleich ruhiger. Ich nahm das Ruder und ruderte mit 'n paar Schlägen vom Ufer ab und ließ dann das Boot langsam stromabwärts treiben. Der Mond schien, und außerhalb des Schattens war es so hell wie bei Tage. Ich ließ mich 'ne Stunde lang treiben, alles war so still wie Stein, nichts war zu hören. Inzwischen war ich ziemlich bis ans Ende der Insel gekommen; 'ne leichte kühle Brise begann zu wehen, und das hieß soviel als die Nacht war vorbei. Ich gab dem Boot 'ne schwache Wendung nach dem Ufer hin, dann nahm ich die Büchse und schlich am Rande des Waldes entlang. Ich setzte mich auf 'nen Baumstumpf und spionierte durch die Zweige. Ich sah den Mond abziehen und die Dunkelheit die Ufer verhüllen. Aber nach 'ner kleinen Weile sah ich 'nen Schimmer über die Baumwipfel hinausragen und wußte, daß der Tag gekommen sei. So nahm ich die Büchse und schlich nach der Gegend, wo ich auf die Feuerstelle gestoßen war, alle paar Minuten stehenbleibend, um zu lauschen. Aber ich hatte kein Glück. Es schien, ich konnte die Stelle nicht finden. Plötzlich aber sah ich ganz deutlich 'nen Feuerschein zwischen den Stämmen durchscheinen. Ich ging vorsichtig und langsam drauf zu. Bald war ich nahe genug, um genau erkennen zu können – da lag ein Mann auf der Erde; 's gab mir 'nen Stich durch und durch. Er hatte ein Tuch um den Kopf, und der Kopf war ganz dicht am Feuer. Ich befand mich hinter 'nem dichten Gestrüpp, höchstens sechs Fuß von ihm entfernt, und hielt die Augen starr auf ihn gerichtet; 's war jetzt schon ganz hell. Bald fuhr er auf, streckte sich, wickelte sich aus dem Tuch – und 's war Miß Watsons Jim. Denk', ich war froh, ihn zu sehen!

»Hallo, Jim«, rief ich und sprang hervor.

Er fuhr herum und starrte mich wild an. Dann fiel er auf die Knie, legte die Hände zusammen und stammelte: »Mich nicht töten – du 's nicht tun! Ich nie 'nem Geist was getan! Ich nach ihm suchen wie andere Leute und alles tun, was ich können! Du wieder gehen in den Fluß und mich nicht töten den alten Jim, der immer gewesen dein Freund!«

Na, ich braucht' ihm nicht lange begreiflich zu machen, daß ich nicht tot war. Ich war so froh, Jim zu sehen. Jetzt war ich nicht mehr allein; sagte ihm, ich fürchtete nicht, daß er den Leuten sagen würde, wo ich sei. Ich schwatzte noch weiter, während er nur dasaß und mich anglotzte, ohne was zu sagen.

Dann sagte ich: »'s ist schon gut Tag. Laß uns frühstücken. Schür dein Feuer an.«

»Wozu Feuer anschüren, um zu kochen Erdbeeren und so 'n Zeug? Aber du haben 'ne Büchse, nicht? Dann wir können haben Besseres als Erdbeeren.«

»Erdbeeren und so 'n Zeug«, sagte ich, »ist das alles, wovon du lebst?«

»Ich nichts anderes finden.«

»Na, wie lang bist du denn schon auf der Insel, Jim?«

»Ich sein hergekommen die Nacht, nachdem du ermordet.«
»Was, so lange schon?«
»Ja, sicher.«
»Und hast nichts als so 'n Zeug zu essen gehabt?«
»N – nein, nichts sonst.«
»Na, dann mußt du ja so ziemlich verhungert sein, was?«
»Denk' wohl, daß ich 'nen Strumpf essen könnt'. Denk', ich könnt's. Wie lang du schon auf der Insel sein?«
»Seit der Nacht, wo ich ermordet wurde.«
»Nein – wie du gelebt haben? Aber du haben 'ne Büchse. O ja, du haben 'ne Büchse. Das ist gut. Nun du was töten, und wir dann machen Feuer.«

So gingen wir zu meinem Boot, und während er ein Feuer auf 'nem freien Platz zwischen den Bäumen anmachte, holte ich Mehl und Schinken und den Kaffeetopf, Brot und Zucker und den Zinnlöffel; und der Neger saß ganz nachdenklich, weil er glaubte, es geschähe alles durch Zauberkraft. Obendrein fing ich 'nen tüchtigen Fisch, und Jim schnitt ihn mit seinem Messer auf und briet ihn.

Als das Frühstück fertig war, warfen wir uns ins Gras und aßen alles dampfend heiß; Jim stopfte sich mit wahrer Wollust voll, denn er war am meisten ausgehungert. Dann, als wir ordentlich voll waren, lagen wir und plauderten.

Plötzlich sagte Jim: »Aber du mir sagen, wer worden getötet in der Hütte, wenn nicht Huck?«

Darauf erzählte ich ihm die ganze Sache, und er sagte, 's wär' famos. Er meinte, Tom hätt' nicht auf 'nen besseren Gedanken kommen können.

Dann fragte ich ihn: »Warum bist du hierhergekommen, Jim? Und wie hast du 's gemacht?«

Er schaute 'n bißchen unsicher und sagte für 'ne Minute gar nichts. Dann sagte er: »Ich lieber nicht erzählen das.«

»Warum, Jim?«

»Na, 's haben seinen Grund. Aber du niemand sagen, wenn ich dir erzähl', Huck?«

»Den Teufel werd' ich, Jim!«

»Na, ich dir glauben, Huck. Ich – ich durchgebrannt sein!«

»Jim!!«

»Aber denk', du nicht wollen sagen – du wissen, du sagen, du nicht wollen klatschen, Huck!«

»Gewiß, Jim, ich sagte so. Ich sagt', ich würd's nicht, und ich würd' dran ersticken, wenn ich's tät'. Die Leute werden mich 'nen gemeinen, schäbigen Abolitionisten schimpfen und mich verachten, wenn ich's nicht sag' – aber das tut nichts. Ich werd 's nicht sagen und ich werd' überhaupt nicht wieder hingehen. So ist's, und nun laß mich alles darüber hören.«

»Na, die alte Missis – das heißt Miß Watson – sie fortwährend auf mir herumstoßen und behandeln mich wie 'n räudigen Hund, aber sie immer sagen, sie mich nicht wollen verkaufen runter nach New Orleans. Aber ich merken, 'nen Negerhändler sich hier herumtreiben unlängst, und so ich mich fühlen nicht mehr sicher. Na, eine Nacht ich mich nach der Tür schleichen, die nicht fest geschlossen grad', und da ich hören die alte Miß zu dem Händler sagen, sie mich verkaufen nach Orleans, aber sie nicht tun, außer sie würd' kriegen tausendeinhundert Dollar für mich. Und den Händler ich hörte versuchen, ihr zu bestimmen, es zu tun, aber ich nicht warten zu hören das übrige. Ich ganz schnell machen fortzukommen – dir zu sagen. Ich davonrennen, runter den Hügel, zu stehlen ein Boot an der Küste. Aber Leute es würden bald merken, so ich mich halt einstweilen verstecken in 'nem verfallenen Schuppen am Ufer, zu warten, bis es möglich sein fortzukommen. Na, ich da warten die ganze Nacht. Ein paar fortwährend da vorbeilaufen. Lang' nach sechs Uhr morgens Schiffe zu gehen anfangen, und fast alle, die längsgehen, sprechen, wie dein Pap kommen rüber zu sagen, du tot. Die letzten Schiffe voll Ladies und Gentlemen im Begriff zu gehen rüber, zu besehen den Ort. Mehrmals sie wieder anhalten am Ufer, für aufnehmen noch Leute, so ich hören sprechen allerlei über den Mord. Ich natürlich mächtig traurig, Huck – aber jetzt ich nicht mehr sein traurig. Ich nun unter dem Schuppen liegen den ganzen Tag. Ich natürlich mächtig hungrig sein, aber ich haben keine Furcht; denn ich wissen, alte Miß und Witwe waren gegangen nach Frühstück zur Kirche wie alle Tage, und sie wissen, ich gehen fort frühmorgens mit Vieh, so sie nicht können wissen, ich durchgebrannt sein, und mich nicht vermissen vor Dunkelheit am Abend.

Wie es werden dunkel, ich ausreißen ans Ufer und gehen mehr als zwei Meilen, wo keine Häuser sein. Danach ich mich hinsetzen und denken, was tun. Du einsehen, wenn ich versuchen zu fliehen mit Füßen, die Hunde bald mich aufspüren; wenn ich nehmen ein Boot zu fahren über, sie würden suchen das Boot und würden wissen, ich gefahren sein nach anderem Ufer, und sie würden versuchen zu fangen mich. So ich mir sagen, ich nicht fliehen können.

Da ich plötzlich sehen ein Licht kommen geschwommen, ich rasch laufen und schwimmen halb über den Fluß und kommen zwischen Treibholz und vorsichtig mein Kopf hoch halten und wieder schwimmen gegen Strom, bis Floß kommen heran. Dann ich schwimmen drauflos und klettern drauf. Dann ich mich hinlegen auf Planken. Die Leute in der Mitte drauf sich alle wundern, daß Licht auf einmal flackern. Der Fluß hier haben reißenden Lauf, ich bis Morgen sein fünfundzwanzig Meilen fort, und dann ich einschlafen, bis kurz vor Tag, und dann ich wollen schwimmen ans Ufer und verstecken mich in Wald von Illinois-Seite.

Aber ich nicht haben Glück. Wenn wir dicht bis an Spitze von Insel, ein Mann kommen zu mir mit Laterne. Ich sehen, keine Zeit zu warten, so ich über Bord und fort nach Insel. Na, ich denken, ich würd' können überall landen. Aber ich nicht können – Ufer zu steil. Müssen noch mehr nach Ende von Insel, bevor können landen. Dann ich gehen in Wald. Meine Pfeife und Schwefelhölzer ich bei mir haben in mein Hut, und sie nicht feucht und so alles gut.«

»Und dann hast du all die Tage kein Brot und nichts zu essen gehabt – all die Zeit? Warum hast du nicht versucht, Fische und Aale zu fangen?«

»Wie ich sollen machen? Ich nicht können gehen an Ufer bei Tage.«

»Na ja, 's ist recht. Mußtest dich wohl die ganze Zeit im Wald drin aufhalten. Hörtest du nicht die Kanonen schießen?«

»O gewiß. Ich gleich wissen, sie dich suchen. Ich auch hingehen und mich verstecken unter Bäume.«

Ein paar Vögel kamen daher, sie flogen ein oder zwei Meter weit und ließen sich dann nieder. Jim sagte, 's wäre 'n Zeichen, daß es regnen würde; 's wär' 'n Zeichen, wenn junge Hühner auf solche Weise flögen, und so dächte er, 's wär' dasselbe, wenn junge Vögel so täten. Ich war im Begriff, einige von ihnen zu fangen, aber Jim wollte mich nicht lassen. Er sagte, es bedeutete 'nen Toten. Er sagte, sein Vater hätte mal schwer krank gelegen, und ein paar von ihnen jagten Vögel, und da sagte sein alter Zauberer, sein Vater würde sterben; und er starb. Dann sagte Jim noch, man dürfte nicht die Dinge, die man zum Mittag kochen wollte, zählen, denn das würde Unglück bringen. Grad' so, wenn man das Tischtuch nach Sonnenuntergang ausschütteln würde. Und er sagte auch, wenn man 'nen Bienenstock hätte, und der Mann stürbe, dann müßte man die Bienen vor nächstem Sonnenaufgang zählen, oder die Bienen würden alle krank werden und nicht mehr sammeln und sterben. Jim sagte, Blödsinnige würden die Bienen nicht stechen; aber das glaub' ich nicht, denn ich hatte das selbst mehrmals verflucht, und sie hatten mich nicht gestochen.

Manches von diesen Dingen hatte ich schon gehört, aber nicht alles. Jim kannte allerhand Anzeichen. Er sagte, er wüßte fast

alles. Ich sagte, es schien' mir, daß all die Anzeichen böse Anzeichen wären, und dann fragte ich ihn, ob's nicht auch gute Anzeichen gäbe. Er sagte: »Ziemlich wenige – und die nicht sein zu brauchen für 'nen kleinen Jungen. Warum du wollen wissen gute Anzeichen? Wenn du kriegen Haare auf Arm und auf Brust, 's ist 'n Zeichen, du werden reich; es sein kein Sinn für dich in so 'nem Zeichen, weil es sein noch so weit fort.«

»Hast du Haare auf deinen Armen und auf der Brust, Jim?«

»Warum du stellen diese Frage? Du nicht sehen, daß ich haben?«

»Na, bist du denn reich?«

»Nein, ich aber sein gewesen reich und wollen werden wieder reich. Ich nur brauchen fünfzehn Dollar, zu machen Geschäft damit.«

»Was würdest du denn tun, Jim?«

»Na, ich würden handeln Vieh.«

»Was für 'ne Art Vieh?«

»Na, lebendes Vieh. Kühe, du müssen wissen. Ich stecken zehn Dollar in 'ne Kuh. Aber ich nicht würd' gewinnen mit riskieren mein Geld an Vieh. Die Kuh werden sterben in mein Hand.«

»Dann hätt'st du die zehn Dollar verloren.«

»Nein, ich nicht würden verlieren sie ganz. Ich nur würden verlieren neun. Ich würden verkaufen Haut und Talg für ein Dollar und zehn Cent.«

»Dann hätt'st du fünf Dollar und zehn Cent verloren. Hast du schon mal spekuliert?«

»Ja – du kennen den einarmigen Neger, der gehören dem alten Mister Bradish? Na, der 'ne Bank halten und sagen, jeder, der da hineintun 'nen Dollar, nach 'nem Jahr würde kriegen 'nen Dollar mehr. Alle Neger natürlich hingehen, aber nichts mehr kriegen. Ich nicht einen wissen, der haben mehr. So ich verlangen meinen Dollar mehr und sagen, wenn ich nicht kriegen, ich selbst machen 'ne Bank. Na, nun der Neger mich wollen abbringen vom

Geschäft, weil er sagen, das seien nicht Geschäft genug für zwei Banken; so er sagen, ich können tun in seine Bank dreißig Dollar und dann würden kriegen fünfunddreißig an Ende von Jahr. So ich also tun. Da noch sein ein Neger Bob, der haben gestohlen ein Holzboot, und sein Herr das nicht wissen; das ich ihm gleich abkaufen und sagen ihm zu nehmen die fünfunddreißig Dollar, wenn das Jahr aus sein. Aber jemand das Boot stehlen die Nacht, und nächsten Tag der Neger sagen, die Bank sein futsch. So keiner von uns kriegen Geld.«

»Was würdest du denn mit den zehn Cent tun, Jim?«

»Na, ich sie wollen sparen, aber ich haben 'nen Traum, und der Traum mir sagen, sie zu geben 'nem Neger Balum. Er sein glücklich, sie sagen, aber ich nicht sein glücklich. Der Traum mir sagen, die zehn Cent zu geben Balum, er für mich zu machen ein Geschäft. Na, Balum das Geld also nehmen und sein in der Kirche und hören den Prediger sagen, daß wer geben den Armen, geben Gott, und sein Geld wiederkriegen hundertmal. So Balum geben das Geld zu den Armen und dann warten, was draus kommen.«

»Na, was kam denn raus, Jim?«

»Nichts draus kommen jemals. Ich nicht können wiederkriegen das Geld, und Balum es nicht können ebenso. Ich nicht wieder leihen mein Geld, ohne sehen Sicherheit. Und dabei der Prediger sagen, du kriegen wieder dein Geld hundertmal! Wenn ich können wiederkriegen die zehn Cents, ich sein sehr zufrieden.«

»Na, laß sein, Jim, früher oder später wirst du doch wieder reich werden.«

»Ja – ich jetzt sein reich, du nur aufpassen. Ich gehören mir selbst, und das mehr sein wie tausendeinhundert Dollar.«

Neuntes Kapitel

Ich hatte die Absicht, einen Platz aufzusuchen, grade in der Mitte der Insel, den ich bei meiner Entdeckungsreise gefunden hatte; so machten wir uns auf den Weg und kamen bald hin, denn die Insel war nur drei Meilen lang und eine Viertelmeile breit.

Dieser Ort war ein ziemlich langer, steiler Hügel, über vierzig Fuß hoch.

Wir brauchten 'ne hübsch lange Zeit, auf die Spitze zu gelangen, so steil waren die Abhänge, und das Gebüsch war sehr dicht. Wir stöberten oben überall herum und fanden plötzlich 'ne tüchtig große Höhle im Felsen, ziemlich nach der Spitze, auf der Seite nach Illinois zu.

Die Höhle war so geräumig wie zwei oder drei Zimmer zusammen, und Jim konnte drin aufrecht stehen; 's war kalt drin. Jim schlug vor, unsere Sachen hineinzuschaffen, aber ich sagte, 's würde nicht angenehm sein, fortwährend hinauf und hinunter zu klettern.

Jim meinte, wenn wir das Boot an 'nem guten Platz versteckt und alles in die Höhle geschafft hätten, könnten wir dorthin fliehen, wenn jemand auf die Insel käme; dann würde uns keiner ohne Hunde finden. Und dann, sagte er, hätten die kleinen Vögel uns doch gesagt, daß es regnen würde, und ob ich unsere Sachen naß werden lassen wollte?

Also gingen wir zurück zum Boot und schleppten alle unsere Sachen hinauf in die Höhle. Dann suchten wir uns 'nen Platz in der Nähe zwischen dichtem Weidengebüsch, um das Boot dort zu verstecken. Wir holten uns ein paar Fische von unseren Angelruten, setzten sie dann wieder aus und trafen unsere Vorbereitungen zum Mittagsessen.

Das Tor der Höhle war weit genug, um ein Oxhoft* hineinzurollen, und an einer Seite sprang der Felsboden etwas vor und war flach, was 'nen guten Platz für 'nen Feuerherd abgab. So richteten wir ihn dort ein und kochten Mittagessen.

Wir breiteten die Decken innen als Teppich aus und aßen drauf. Alles andere brachten wir bequem im Hintergrund der Höhle unter. Sehr bald wurde es dunkel und begann zu donnern und zu blitzen. So hatten die Vögel also recht gehabt. Gleich fing's an zu regnen, und 's regnete wie 'n Wasserfall, und niemals hab' ich solch 'nen Wind erlebt; 's war einer der regelmäßigen Sommerstürme. Der Regen wurde schließlich so stark, daß die Bäume bald ganz niedergedrückt und reine Spinnengewebe schienen. Dann kam wieder 'n Windstoß, der die Bäume umbog und die Unterseite der Blätter nach oben drehte; dann noch einer, der die Zweige sich schütteln ließ, als wenn sie verrückt wären. Als es grade am schwärzesten und blauesten war, gab 's 'nen Blitz, so hell und leuchtend, daß man auf einmal 'nen Ausblick auf sich beugende Baumkronen hatte, Hunderte von Metern weiter, als man bisher sehen konnte; im nächsten Augenblick war's wieder schwarz wie Kohle und dann ein schreckliches Krachen und danach ein Rollen und Poltern und Brummen vom Himmel runter, als wenn leere Tonnen 'ne Treppe runterrollen, eine mit hohen Stufen, wo sie recht aufprallen.

»Famos, Jim«, sagte ich. »Möchte jetzt nirgends anders sein als hier. Gib mir noch 'nen Fisch und 'n heißes Brot rüber.«

»Und du würden nicht sein hier, wenn nicht gewesen Jim. Du würden sein da unten in den Wäldern ohne Mittag und beinah' ertrunken obendrein, das ist was du würden. Hühner wissen, wenn wird regnen, und so tun die Vögel.«

Der Fluß wurde nun durch zehn oder zwölf Tage immer größer, bis er schließlich über die Ufer trat. Das Wasser war auf der Insel zu ebener Erde drei oder vier Fuß tief, auch drüben am Illinois-Ufer. Auf dieser Seite war's manche Meile breit, aber auf der Missouri-Seite hatte es die alte Breite – 'ne halbe Meile –, denn die Seite war wie 'n Wall von hohen Felsen.

Bei Tage fuhren wir im Boot über die Insel; 's war tüchtig kalt und dunkel im tiefen Wald, selbst wenn draußen die Sonne hell schien. Wir trieben uns beständig zwischen den Baumstämmen herum, und manchmal wurde das Gebüsch so dick, daß wir umkehren und 'nen anderen Weg suchen mußten. Zuweilen konnte man an 'nem alten umgebrochenen Baum Kaninchen und Schlangen sehen und so 'n Zeug; und nachdem die Insel zwei oder drei Tage überflutet worden war, wurden sie vor Hunger so zahm, daß man drauftreten und die Hand auf sie legen konnte; aber nicht bei den Schlangen und Schildkröten – die plumpsten sofort ins Wasser. Der hinterste Teil unserer Höhle war voll von ihnen.

Eines Nachts fanden wir 'ne hübsche Menge Treibholz, lauter gutes Kiefernholz. Es war zwölf Fuß breit und über fünfzehn oder sechzehn Fuß lang, und der Rand stand sechs oder sieben Zoll über das Wasser hinaus. Ein andermal, als wir auf dem Gipfel der Insel waren, grad' vor Tagesanbruch, kam ein Blockhaus herunter auf der Westseite. Wir ruderten hin und stiegen durch ein offenstehendes Fenster hinein. Aber 's war zu dunkel, um was zu sehen, so machten wir das Boot dran fest und warteten bis zum Tag.

Das Licht begann zu kommen, eh' wir das Ende der Insel erreichten. Dann schauten wir ins Fenster. Wir konnten ein Bett, 'nen Tisch, zwei alte Stühle und allerhand Zeugs auf dem Boden liegen sehen; auch waren Kleider da, die an den Wänden hingen. In der entferntesten Ecke lag etwas auf dem Boden, das aussah wie 'n Mann.

Plötzlich sagte Jim: »Hallo – Ihr!«

Aber er rührte sich nicht. So rief ich nochmals, und dann sagte Jim: »Der Mann nicht schlafen – er sein tot. Du still sein, ich wollen gehn und sehn.«

Er ging hin, bückte sich und sagte: »Es ein Toter sein. Ja, wahrhaftig, nackt obendrein. Ist geschossen in Rücken. Denk', er tot sein zwei oder drei Tage. Kommen herein, Huck, aber nicht sehen auf sein Gesicht, es sein zu gräßlich.«

Ich schaute überhaupt nicht hin. Jim zog 'n paar alte Lappen über ihn, aber 's wär' nicht nötig gewesen, ich hatte gar keine Lust, den Mann zu sehen. 's waren da Haufen schmutziger alter Karten über den Boden zerstreut, alte Whiskyflaschen und aus schwarzem Zeug gemachte Masken. Und überall an den Wänden waren die ordinärsten Worte und Bilder mit Kohle gemalt. Außerdem waren noch 'n paar dreckige alte Kalikokleider, ein Frauenhut, ein paar Frauen-Unterkleider, 'n paar Sachen für Männer und so was an den Wänden aufgehängt; 's war 'ne Flasche da, in der Milch gewesen war, und noch 'n Stöpsel drauf. Wir wollten die Flasche mitnehmen, aber sie war kaputt. Dann waren da 'n zerbrochener Kasten und 'n Haarkoffer mit kaputten Schlössern. Beide waren offen, aber 's war nichts Vernünftiges drin. Da alles so durcheinandergeworfen war, schlossen wir, daß die Leute das Haus in großer Eile verlassen hatten, ohne irgendwas mitnehmen zu können.

Wir nahmen 'ne alte Zinnlaterne und 'n Schlachtermesser ohne Heft und 'n Haufen Talgkerzen mit 'nem Leuchter, 'nen Kürbis, 'nen zinnernen Becher und 'ne Schachtel mit Nadeln, Zwirn, Wachs, Knöpfen und all so 'nem Zeug drin, ein Hufeisen, 'n paar Medizinflaschen ohne Aufschriften; und grade, als wir fortwollten, fand ich 'nen ziemlich guten Striegel und Jim 'nen tüchtig alten Fiedelbogen und 'nen Spazierstock. Der Riemen war abgegriffen, aber sonst war 's 'n guter Stock, obwohl er für mich zu lang und für Jim zu kurz war; 'nen anderen konnten wir nicht finden, soviel wir auch suchten.

Und so machten wir alles in allem ein ganz gutes Geschäft. Als wir abstoßen wollten, waren wir 'ne Viertelmeile über die Insel hinaus und 's war heller Tag; so ließ ich Jim sich niederlegen und sich mit der Decke zudecken, denn wenn er aufrechtsaß, konnten die Leute sehen, daß er 'n Neger war. Ich fuhr nach der Illinois-küste und trieb dabei wenigstens 'ne halbe Meile abwärts. Ich erwischte das tote Wasser und hatte kein Abenteuer weiter, sah auch niemand. Ganz ungeschoren kamen wir nach Hause.

Zehntes Kapitel

Nach dem Frühstück wollte ich von dem toten Mann wissen und auf welche Weise er getötet worden sei, aber Jim ging nicht drauf ein. Er sagte, 's würde Unglück draus entstehen; und dann, sagte er, möchte er kommen und uns erschrecken. Er sagte, ein Mann, der nicht begraben würde, wäre eher dazu geneigt, umzugehen und die Leute zu ängstigen, als einer der begraben und wohl aufgehoben sei. Das klang sehr hübsch glaubhaft, und so sagte ich nichts mehr; aber ich konnt's nicht hindern, daß ich drüber nachdachte und zu wissen wünschte, wer den Mann erschossen habe und warum er es getan.

Wir untersuchten die gefundenen Kleider und fanden elf Dollar in Silber im Futter eines alten Überrockes. Jim sagte, er glaube, die Leute in dem Hause hätten den Rock gestohlen, weil, wenn sie von dem Geld in dem Rock gewußt hätten, sie 's nicht dringelassen haben würden. Ich sagte, ich dächte, sie hätten ihn getötet, aber Jim wollte nicht drüber sprechen.

Ich sagte: »Jetzt meinst du, 's würd' Unglück bringen; aber was sagtest du, als ich die Schlangenhaut, die ich vor ein paar Tagen auf dem Hügel fand, brachte? Du sagtest, 's würde die böseste Vorbedeutung von der Welt sein, wenn ich die Schlangenhaut mit der Hand berührte. Na, hier ist das Unglück! Wir haben all dies Zeug bekommen und außerdem elf Dollar gefunden. Ich wollte, Jim, wir hätten öfters solches Unglück.«

»Du nichts reden lieber, nichts reden! Du dich nicht zu früh freun. Es noch kommen. Ich dir sagen, es noch kommen.«

Es kam allerdings. Es war 'n Dienstag, als wir drüber sprachen. Na, nach dem Mittagessen am Freitag lagen wir auf der Spitze des Hügels und wollten gern Tabak haben. Ich ging in die Höhle, welchen zu holen, und fand 'ne Klapperschlange drin. Ich tötete sie und legte sie an das Fußende von Jims Decke, aber so natürlich, daß ich dachte, s' würd' 'n Hauptspaß, wenn Jim sie fände. Na, bei der Nacht dachte ich nicht an die Schlange, und als Jim sich auf die Decke warf, während ich Licht machte, war das Weibchen der Schlange da und biß ihn. Er sprang schreiend auf, und das erste, was beim Aufflammen des Lichts zu sehen war, war das Reptil, das sich zu 'nem zweiten Biß aufgerichtet hatte. In 'nem Augenblick hatte ich es mit 'nem Schlag getötet, und Jim holte Paps Whisky und goß ihn hinunter.

Er war barfuß, und die Schlange hatte ihn grade in die Ferse gebissen. Das alles kam davon, weil ich so 'n Esel gewesen war, nicht dran zu denken, daß, wenn man 'ne tote Schlange wo liegen läßt, das Weibchen kommt und sich da rumtreibt. Jim bat mich, der Schlange den Kopf abzuschlagen und ihn wegzuwerfen und dann den Körper zu häuten und 'n Stück davon zu rösten. Ich tat 's, und er aß davon und sagte, 's würd' ihn heilen. Er befahl mir, die Klappern abzunehmen und ihm um die Handgelenke zu binden. Er sagte, 's würde helfen. Dann schleppte ich die Schlangen weit fort ins Gebüsch. Denn ich wollte nicht, daß Jim unnötigerweise dahinterkäme, daß alles nur mein Fehler gewesen sei.

Jim trank und trank aus der Flasche, und hie und da spuckte er aus, sprang herum und schrie; aber stets, wenn er wieder zu sich kam, kehrte er zur Flasche zurück und trank. Sein Fuß schwoll sehr stark an, ebenso sein Bein; aber allmählich begann der Whisky zu wirken, und so dachte ich, 's wäre alles gut. Jim lag drei bis vier Tage und Nächte. Dann war die Anschwellung ganz vorüber, und er war wieder munter.

Ich nahm mir vor, nie wieder 'ne Klapperschlangenhaut mit den Händen zu berühren, nachdem ich gesehen hatte, was davon kommen konnte. Jim meinte, er hoffe, ich würde ihm das nächste Mal glauben. Und er sagte, das Berühren von 'ner Schlangenhaut wär' so 'ne schrecklich schlechte Vorbedeutung, daß es leicht hätte sein können, wir wären alle beide draufgegangen; er würde lieber den Neumond über seine linke Schulter tausendmal ansehen, als 'ne Schlangenhaut anfassen. Na, ich glaube allmählich selbst, daß es so sein könnte, obwohl ich immer gedacht hatte, den Neumond über die linke Schulter ansehen sei das Leichtsinnigste und Dümmste, was einer tun könnte. Der alte Hauk Bunter tat es mal und prahlte noch damit; und in weniger als zwei Jahren war er betrunken und fiel von 'nem Schützenturm runter und wurde so breit gedrückt wie 'n Pfannkuchen; und sie packten ihn zwischen zwei Scheunentüren als Sarg und begruben ihn so, wie man sagt, aber ich hab 's nicht gesehen. Pap sagte 's mir. Aber einerlei, 's kam jedenfalls davon, daß er wie 'n richtiger Schafskopf auf diese Weise nach dem Mond gesehen hatte.

Die Tage vergingen, und der Fluß trat wieder zwischen die Ufer zurück, und eins der ersten Dinge, die wir taten, war, eine der Angeln mit 'nem Kaninchen zu versehen und sie auszusetzen und 'nen Fisch zu fangen, der so dick war wie 'n Mann, sechs Fuß zwei Zoll lang und über zweihundert Pfund schwer. Wir konnten ihn deshalb nicht heben; er hätt' uns in den Mississippi gerissen. Wir saßen da und rissen und zogen ihn herum, bis er tot war. Wir fanden 'n Messingknopf in seinem Magen, 'nen Ball und allerhand Zeug. Den Ball schnitten wir auf und fanden 'ne Spule drin. Jim sagte, er hätt' sich lange Zeit eine gewünscht, um sie zu überziehen und 'nen Ball draus zu machen. Ich denk', 's war der größte Fisch, der je im Mississippi gefunden wurde. Jim sagte, er hätte nie 'nen größeren gesehen. So 'n Fisch wird in den Markthallen pfundweise versteigert. Jeder kauft 'n Stück von ihm.

Am anderen Morgen fand ich, es finge an, langweilig und einsam zu werden, und wollte mich 'n bißchen rumtreiben. Ich sagte, ich wollte jenseits des Flusses schlafen und sehen, ob ich irgendwas zu unternehmen fände. Jim war einverstanden; aber er meinte, ich sollte nachts gehen und scharf aufpassen. Dann überlegte er und fragte, ob ich nicht einige von den alten Kleidern anlegen und als Mädchen gehen wollte; das war 'ne famose Idee. So kürzten wir eins von den Kalikokleidern, ich zog meine Beinkleider bis an die Knie hinauf und kroch hinein. Ich setzte den Frauenhut auf und band ihn unterm Kinn zusammen. Jim sagte, niemand würde mich erkennen, nicht mal am Tage.

Ich ging den ganzen Tag herum, um mich an die Sachen zu gewöhnen, und bald fühlte ich mich verteufelt behaglich, außer daß Jim sagte, ich ginge nicht wie 'n Mädchen; und er sagte, ich müßte mein Kleid aufheben, um in meine Hosentasche zu langen.

Gleich nach Dunkelwerden machte ich mich auf den Weg nach der Illinoisküste. Ich fuhr hinüber zum Dorfe, und die Strömung trieb mich dicht heran. Ich stieg aus und ging das Ufer entlang. Es brannte da ein Licht in 'ner kleinen Hütte, die noch nicht lange dort stand, und ich war begierig, wer sich dort niedergelassen haben könnte. Ich schlich mich ran und schaute durchs Fenster; 'ne Frau, ungefähr vierzig Jahre alt, saß drin bei 'nem Licht auf 'nem Tisch aus Tannenholz und strickte. Ich kannte ihr Gesicht nicht; sie war fremd, denn es gab kein Gesicht, das ich nicht gekannt hätte. Das war ganz gut, weil ich so nichts wagte. Ich hatte Furcht gehabt beim Kommen, die Leute möchten meine Stimme erkennen und mich aufhalten. Aber wenn diese Frau zwei Tage im Dorf war, konnte sie mir alles sagen, was ich wissen wollte; so klopfte ich an die Tür und nahm mir fest vor, nicht zu vergessen, daß ich ein Mädchen bin.

Elftes Kapitel

»Komm rein«, rief die Frau, und ich tat's.

Sie sagte: »Nimm 'nen Stuhl.«

Ich tat es. Sie schaute mich mit ihren glänzenden Augen von Kopf bis zu Fuß an und sagte: »Wie ist denn dein Name?«

»Sarah Williams.«

»Wo wohnst du? In der Nachbarschaft?«

»N – nein. In Hookerville, sieben Meilen von hier. Ich bin den ganzen Weg gegangen und todmüde.«

»Hungrig auch, denk' ich. Will dir was geben.«

»Nein, ich bin nicht hungrig. Ich war so hungrig, daß ich zwei Meilen von hier in 'ner Farm anhalten mußte; deshalb bin ich nicht mehr hungrig. Daher komm' ich erst so spät. Meine Mutter liegt krank und ohne Geld und irgendwas, und ich komm' um's meinem Onkel Abner Moore zu sagen. Er wohnt am anderen Ende des Dorfes, sagen die Leute. Hab' ihn noch nie gesehen. Kennt Ihr ihn?«

»Nein, aber ich kenne noch nicht alle Leute. Bin erst zwei Wochen hier; 's ist 'n tüchtiger Weg bis zum anderen Ende des Dorfes. Du bleibst besser die Nacht hier. Nimm den Hut ab.«

»Nein«, sagte ich, »ich will, denk' ich, 'ne Weile bleiben und dann gehen. Ich fürcht' mich nicht im Dunkeln.« Sie sagte, sie wollte mich nicht allein gehen lassen, aber ihr Mann würde bald kommen, in 'ner Stunde oder in 'ner halben, und den wollte sie mit mir gehen lassen. Dann fing sie an, von ihrem Alten zu schwatzen und über ihre Verwandtschaft flußaufwärts und über ihre Verwandtschaft flußabwärts, und wieviel besser sie 's dort gehabt hätten, und daß sie 's nicht gewußt hätten, und daß sie 'n Mißgriff gemacht hätten, in dies Dorf zu kommen und so weiter und so fort, bis ich fürchtete, ich hätte 'nen Mißgriff gemacht, zu ihr zu kommen, um zu erfahren, was im Dorf vorginge. Aber plötzlich kam sie auf Pap und den Mord, und da ließ ich sie ruhig schwatzen. Sie erzählte, wie ich und Tom Sawyer die sechstausend Dollar gefunden hätten (nur daß sie zehntausend sagte) und alles von Pap und was für 'n hartgesottener Sünder er sei und was für 'n hartgesottener Sünder ich sei, und schließlich sprach sie davon, wie ich ermordet worden sei.

Ich fragte: »Wer tat das? Wir haben 'ne Menge drüber gehört hinten in Hookerville, aber wir wußten nicht, wer der getötete Huck Finn wäre.«

»Na, ich denk' doch, 's gibt 'ne ganze Menge kluger Leute hier, die gern wüßten, wer ihn ermordet hat. Einige sagen, der alte Finn selbst hat's getan.«

»Na – ist das so?«

»Fast alle meinten's zuerst. Er wird's nie erfahren, wie nah dran er war, gelyncht zu werden. Aber noch vor Nacht desselbigen Tages änderten sie ihre Meinung und meinten, 's wäre durch 'nen davongelaufenen Neger namens Jim geschehen.«

»Was, der –«

Ich schwieg. Dachte, 's wär' wohl besser für mich, still zu sein. Sie sprach weiter, als wenn ich gar nichts gesagt hätte.

»Der Neger lief dieselbe Nacht davon, wo Huck Finn getötet wurde. 's ist 'ne Belohnung auf ihn ausgesetzt – dreihundert Dollar. Und auch eine auf den alten Finn – zweihundert Dollar. Du mußt wissen, er kam am Morgen nach dem Mord zur Stadt und sprach davon und fuhr mit auf dem Fährboot zum Suchen, und dann machte er sich davon. Abends wollten sie ihn lynchen, aber er war schon fort – weißt du. Na, am nächsten Tag kamen sie dahinter, daß der Neger auf und davon war; sie erinnerten sich, daß er sich nicht hatte sehen lassen seit zehn Uhr nachts von dem Tag, wo der Mord geschah. So, weißt du, gaben sie ihm die Schuld, und während sie noch ganz voll davon waren, kam am nächsten Tag der alte Finn zurück und ging sofort zum Richter Thatcher um etwas Geld, um damit den Neger nach Illinois zu verfolgen. Der Richter gab ihm was, und noch denselben Abend betrank er sich und trieb sich bis nach Mitternacht mit 'nem Haufen verdächtig aussehender Strolche herum, und dann ging er mit ihnen fort.

Na, seitdem ist er nicht mehr gekommen, und die Leute glauben jetzt, daß er seinen Sohn tötete und die Sache so drehte, daß man glauben sollte, Strolche hätten's getan, und dann würde er Hucks Geld kriegen, ohne noch lange 'nen Prozeß drum führen zu müssen. Die Leute sagen, er wär' nicht zu gut, um so was zu tun. Oh, er ist schlecht, denk' ich. Er wird klug tun, nicht vor 'nem Jahr zurückzukommen. Kannst dir 'n Urteil über ihn machen aus dem, was du über ihn weißt. Alle werden sich inzwischen beruhigen, und er kommt dann so leicht wie nichts zum Geld von Huck.«

»M – ja, denk', 's ist so. Hab' so was noch nie erlebt. Denkt noch jemand, der Neger hat 's getan?«

»Oh, bewahre – nicht alle; 'n gut Teil Leute denkt, er hat 's getan. Aber sie werden den Neger bald haben, und dann können sie 's schon aus ihm rauskriegen.«

»So – sind sie hinter ihm her?«

»Na, bist du unschuldig, hör mal! Liegen dreihundert Dollar alle Tage so rum, daß die Leute sie nur aufzuheben brauchen? Manche meinen, daß der Neger nicht weit von hier ist. Ich gehör' auch zu ihnen – aber ich hab' nicht drüber gesprochen. Vor 'nen paar Tagen sprach ich mit 'n paar Leuten, die nebenan in 'ner Hütte wohnen, die sagten mir, alle wollten 'nüber nach der Insel, die sie Jacksons Insel nennen. Wohnt dort jemand? fragte ich. Nein, niemand, sagten sie. Ich sagte nichts mehr, aber ich dachte mir was. Ich war fast sicher, daß ich über dem Gipfel von der Insel Rauch gesehen hatte – ein oder zwei Tage vorher; möglich, sagte ich mir, hat sich der Neger dort versteckt; der Ort wär' nicht gut dafür gewählt. Hab' seitdem keinen Rauch wieder gesehen, und ich denk', er ist fort, wenn er 's war. Aber einer hat ihn gesehen – ihn und noch einen. Er war über den Fluß, aber er kam am selben Tag noch zurück, und ich sprach mit ihm noch vor 'n paar Stunden.«

Mir war so heiß, daß ich nicht stillsitzen konnte. Mußte durchaus was mit den Händen zu tun haben; deshalb nahm ich 'ne Nadel vom Tisch und versuchte sie einzufädeln. Meine Hände zitterten, und ich konnt' 's nicht. Als die Frau aufhörte zu sprechen, schaute ich auf, und da sah sie mir so verteufelt spaßhaft zu und schmunzelte so 'n bißchen. Ich legte die Nadel hin, tat so, als wenn die Sache mich sehr interessierte – und das tat sie – und sagte: »Dreihundert Dollar sind 'ne tüchtige Menge Geld. Wünschte, meine Mutter könnt' sie kriegen. Geht Ihr Mann heut nacht hinüber?«

»O ja. Er ging ins Dorf mit dem Mann, von dem ich erzählte, um 'n Boot zu leihen und zu versuchen, ob sie nicht noch 'ne Büchse kriegen können. Nach Mitternacht wollen sie aufbrechen.«

»Könnten sie nicht besser sehen, wenn sie bis zum Tag warteten?«

»Ja. Und könnt' nicht auch der Neger dann besser sehen? Nach Mitternacht wird er schlafen, und sie können sich durch die Wälder heranschleichen an sein Lagerfeuer, wenn er eins hat.«

»Da – daran hab' ich nicht gedacht.«

Die Alte schaute mich schon wieder so kurios an, und ich fühlte mich nicht 'n bißchen komfortabel. Bald danach sagte sie: »Wie sagtest du, daß dein Name wäre?«

»M – Mary Williams.«

Einmal schien 's mir, daß ich Mary gesagt hätte, dann wieder kam's mir vor, 's wäre nicht an dem gewesen; dachte, ich hätt' Sarah gesagt. Ich hätte gewünscht, die Alte hätt' noch was weiter gesagt; je länger sie stillschwieg, um so ungemütlicher fühlte ich mich. Aber dann sagte sie: »Du – ich dächte, du hättst Sarah gesagt, wie du hereinkamst?«

»J – ja, das hab' ich. Sarah Mary Williams. Sarah ist mein erster Name. Einige nennen mich Sarah, andere Mary.«

»Ah, so ist 's also?«

»Ja, Mam.«

Es wurde mir 'n bißchen besser, aber ich wünschte doch, ich wär' draußen. Ich konnt' nicht mal aufschauen. Die Frau fing an, davon zu sprechen, wie schlechte Zeiten es wären und wie schwer sie durchkämen, und daß die Ratten so frech wären, als wenn ihnen das Haus gehörte, und so weiter und so weiter, und dann fühlte ich mich wieder leichter. Sie war ganz wütend über die Ratten. Alle Augenblicke, sagte sie, könnt' man eine die Nase aus 'nem Loch in der Ecke stecken sehen. Sie sagte, sie hätte Dinge bei der Hand, um nach ihnen zu werfen, wenn sie allein sei, sonst würden sie sie nicht in Ruhe lassen. Sie zeigte mir 'n Stück Tau, in 'nen Knoten gebunden, und sagte, es wär' 'n gutes Wurfmittel, aber jetzt hätte sie sich vor 'n paar Tagen den Arm verrenkt und wüßte deshalb jetzt nicht, was machen. Sie verlangte von mir, es mal zu versuchen. Ich hätte gewünscht davonzukommen, bevor ihr Mann zurück wäre, aber jetzt gab ich's auf. Ich nahm das Ding, und die erste Ratte, die sich sehen ließ, nahm ich aufs Korn und hätte ihr tüchtig eins aufgebrannt, wenn sie 'n bißchen 'ne dicke Ratte gewesen wäre. Sie sagte, fürs erste Mal wär 's schon sehr gut, und sie hoffte, daß ich's das nächste Mal träfe. Sie brachte 'ne Rolle Garn und befahl mir, ihr zu helfen. Ich hielt meine Hände hoch, und sie legte das Garn drüber und fing wieder an, von sich und ihrem Alten zu sprechen. Aber dann brach sie ab und sagte: »Gib acht auf die Ratten; 's ist besser, du hast das Tau im Schoß liegen.« Sie legte das Ding mir in den Schoß und fuhr fort zu erzählen. Aber nur 'nen Augenblick. Dann nahm sie das Garn auf, schaute mir starr, aber sehr freundlich in die Augen und sagte: »Na, sag – wie ist dein wirklicher Name?«

»W – was?«

»Wie ist dein wirklicher Name? Bill oder Tom oder Bob? Oder wie sonst?«

Ich denke, ich zitterte wie 'n Blatt und wußte nicht, was tun. Aber ich stammelte: »Bitte, machen Sie sich doch nicht lustig über 'n armes kleines Mädel wie mich, Mam. Wenn ich hier im Weg bin, will ich –«

»Nein, du gehst nicht. Setz dich und bleib, wo du bist. Will dich nicht verletzen und werd' dich auch nicht verraten. Du sollst mir dein Geheimnis verraten und mir vertrauen. Werd's für mich behalten; und was mehr ist, ich will dir helfen. Auch mein Mann, wenn's sein muß. Bist 'n Rumtreiber. Aber schadet nichts. Bist schlecht erzogen worden und hast nichts im Kopf als Dummheiten. Beruhige dich, Kind, ich will dich nicht verraten. Jetzt erzähl mir von dir – sei 'n guter Junge!«

So sagte ich, 's hätt' keinen Zweck, länger Versteck zu spielen und ich wollt' mein Gewissen befreien und ihr alles sagen, aber sie dürft' ihr Versprechen nicht zurücknehmen. Dann sagte ich ihr, daß mein Vater und meine Mutter tot seien und das Gericht mich zu 'nem alten Farmer in der Stadt, dreißig Meilen jenseits des Flusses, gegeben hätte und er mich so schlecht behandelte, daß ich's nicht länger hätte aushalten können. Er wär' auf 'ne Zeitlang fort gewesen, so hätt' ich meine Gelegenheit wahrgenommen und 'n paar alte Kleider von seiner Tochter gestohlen und wär' ausgerissen, und ich hätt' drei Nächte gebraucht, um die dreißig Meilen zurückzulegen. Ich ginge nur nachts und versteckte mich tags und schliefe, und der Sack mit Brot und Fleisch, den ich mitgenommen hätte, hätt' mir unterwegs durchgeholfen. Ich sagte, ich glaubte, mein Onkel Abner Moore würd' für mich sorgen, und das wär' der Grund, warum ich hierher nach Goshen gekommen sei.

»Goshen, Kind? Das ist nicht Goshen; 's ist St. Petersburg. Goshen ist zehn Meilen weiter flußabwärts. Wer sagte dir, dies wäre Goshen?«

»Ein Mann, den ich heute morgen traf, grad' als ich in den Wald zum Schlafen gehen wollte. Er sagte, wenn sich der Weg teilte, müßte ich den rechten einschlagen, und fünf Meilen wär's noch bis Goshen.«

»Denk', er war betrunken. Sagte dir grad' das Gegenteil.«

»Na – 's kam mir auch so vor, als wär' er betrunken gewesen, aber das hilft mir jetzt nichts mehr. Will lieber aufbrechen. Werde Goshen vor Tagesanbruch erreichen.«

»Halt 'ne Minute. Will dir was zu essen geben. Könntest es brauchen.«

So gab sie mir 'nen Bissen und sagte: »Sag, wenn 'ne Kuh liegt, welches Ende von ihr steht zuerst auf? Schnell, sag – denk nicht lang' drüber nach. Welches Ende steht zuerst auf?«

»Das hintere, Mam.«

»Recht, und bei 'nem Pferd?«

»Das vordere, Mam.«

»Welche Seite von 'nem Baum setzt am meisten Moos an?«

»Die Nordseite, Mam.«

»Wenn fünfzehn Kühe auf 'nem Hügel grasen, wie viele von ihnen fressen mit dem Kopf in dieselbe Richtung?«

»Alle fünfzehn, Mam.«

»Na, ich denk', du hast auf dem Land gelebt. Dachte, du triebst wieder Hokuspokus mit mir. Wie ist also dein rechter Name?«

»George Peters, Mam.«

»Na, merk's dir, George. Vergiß es nicht und sag nicht Alexander, eh' du gehst, und sag nicht George Alexander, wenn ich dich erwischt hab'. Und geh nicht in Frauenkleidern. Bist 'n sehr trauriges Mädel, aber könntst 'n durchtriebener Bursche sein. Gott segne dich, Kind – wenn du 'ne Nadel einfädeln willst, halt nicht den Zwirn fest und fahr mit der Nadel rum; halt die Nadel still und fahr mit dem Zwirn durch – so machen's die Frauen in der Regel; aber 'n Mann macht's meistens anders. Und wenn du 'ne Ratte oder sonstwas wirfst, stell dich auf die Zehen und halt die Hand so hoch übern Kopf, wie du kannst, und schmeiß sechs oder sieben Fuß vorbei. Wirf mit steifem Arm, nicht aus dem Ellbogen wie 'n Junge. Und merk dir, wenn 'n Mädel was im Schoß hält, tut sie die Knie auseinander und nicht fest zusammen, wie du 's vorhin gemacht hast. Sag' dir, hatte dich als Burschen erkannt, wie du die Nadel in die Hand nahmst, und ich tat das andere nur, um ganz sicher zu sein. Nun marsch zu deinem Onkel, Sarah Mary Williams George Alexander Peters, und wenn du in Not kommst, schreib 'n Wort an Frau Judith Loftus, und ich will tun, was ich kann, dir herauszuhelfen. Nimm den Weg am Fluß entlang, und 'n andermal, wenn du durchbrennst, nimm Schuh und Strümpfe mit. Der Weg am Fluß entlang ist steinig, und ich denk', deine Füße werden in 'nem netten Zustand sein, wenn du nach Goshen kommst.«

Ich ging ungefähr fünfzig Meter am Fluß entlang, dann drückte ich mich und schlich nach der Stelle, wo mein Boot lag, 'n gutes Stück vom Haus entfernt. Ich sprang rein und machte, daß ich fortkam. Den Frauenhut nahm ich ab, denn ich brauchte jetzt kein Mädel mehr zu sein. Als ich über die Mitte rüber war, hört' ich die Uhr schlagen; so hielt ich an und horchte – elf Uhr. Als ich den Anfang der Insel erreicht hatte, brauchte ich nicht mehr zu rudern, obwohl 's sehr windig war; ich trieb an die Stelle, wo mein Lager früher gewesen war und machte dort 'n mächtiges Feuer an.

Dann fuhr ich nach unserem Platz, eineinhalb Meilen weiter, so schnell ich konnte. Ich landete und schlich durchs Gebüsch, auf den Hügel und in die Höhle rein. Da lag Jim und schlief fest.

Ich rüttelte ihn auf und rief: »Auf, Jim, schnell, 's ist nicht 'ne Minute zu verlieren! Sie sind hinter uns her!«

Jim tat keine Frage, sagte kein Wort; aber die Art, wie er in der nächsten halben Stunde arbeitete, zeigte, wie erschrocken er war. Schnell hatten wir alles, was wir in der Welt besaßen, auf dem Floß untergebracht, und das war leicht unter den Weiden heraus in den Strom gebracht. Wir machten das Lagerfeuer aus, so daß man keinen Schimmer mehr davon wahrnehmen konnte.

Ich zog das Boot 'n Stück vom Land ab und hielt Umschau, aber wenn ein Boot in der Nähe war, konnt' ich's doch nicht sehen, denn Nacht und Schatten sind nicht gut, um durch sie zu sehen. Dann holten wir das Floß heraus und begannen zu rudern, trieben die Küste entlang und passierten das Ende der Insel, ohne ein Wort zu sprechen.

Zwölftes Kapitel

Es mußte nahezu ein Uhr sein, als wir am Ende der Insel anlangten, und die Strömung schien ziemlich stark. Wenn ein Boot käme, wollten wir das Floß anhalten und uns nach der Illinois-Küste hinüberschlagen.

Wenn Leute nach der Insel kamen, würden sie, wie ich annahm, das Lagerfeuer finden, das ich angefacht hatte, und dort die ganze Nacht bleiben in der Erwartung, daß Jim zurückkäme. Auf jeden Fall waren wir vor ihnen sicher, und wenn mein Feueranmachen sie nicht täuschte, war das nicht meine Schuld. Ich hatt' es so schlau gemacht, als ich konnte.

Beim ersten Schimmer des Tages hielten wir auf ein Gebüsch an 'ner Bucht an der Illinois-Küste zu und schnitten mit der Säge Zweige von Baumwollbäumen und bedeckten das Boot damit, daß es aussah, als wäre hier 'n Einschnitt in der Küste.

Wir hatten Berge auf der Missouri-Küste und hohes Gehölz auf der Illinois-Küste, und das Fahrwasser war hier an der Missouri-Küste; so brauchten wir nicht zu fürchten, daß uns jemand entdecken würde. Wir lagen den ganzen Tag da und paßten auf die Schiffe auf, die an der Missouri-Küste hinunterfuhren.

Ich erzählte Jim alles, wie ich bei der Frau gesessen hatte; und Jim sagte, sie wär' 'ne Schlaue, und wenn sie selbst uns verfolgen würde, sie würde sich nicht am Lagerfeuer niedersetzen und auf uns warten, nein, sie würd' 'nen Bluthund holen. »Na«, sagte ich, »warum könnte sie denn dann nicht ihrem Mann raten, 'nen Hund mitzunehmen?« Jim antwortete, er dächte, sie wird dran gedacht haben, wie ihr Mann im Begriff war aufzubrechen, und er glaubte, sie hätten dann erst ins Dorf reingehen müssen, um 'nen Hund zu holen, und so hätten sie 'nen Haufen Zeit verloren – sonst würden wir jetzt nicht hier sein, sechzehn oder siebzehn Meilen vom Dorfe entfernt –, nein, zum Teufel, wir würden wieder in dem verdammten alten Nest sein! Schließlich sagt' ich, es wäre mir ganz gleich, was der Grund wäre, warum sie uns nicht erwischten, solang' sie uns nicht erwischt hätten.

Als es anfing dunkel zu werden, steckten wir die Köpfe aus dem Gebüsch raus und schauten aufwärts und abwärts herum; nichts in Sicht. Dann nahm Jim 'n paar von den obersten Brettern aus dem Boot raus und baute 'n dichtes Wigwam, um bei heißem Wetter oder Regen drunter liegen zu können und alle Sachen trocken zu halten. Jim machte 'ne Tür in den Wigwam und brachte sie 'nen Fuß über dem Boden des Floßes an, damit die Decken und alle anderen Sachen vor den Wellen der Dampfboote geschützt wären. Grad' in die Mitte des Wigwams legte er 'ne Schicht Erde, über fünf oder sechs Zoll hoch, mit 'ner Art Gerüst drum, damit sie nicht aus'nanderfallen sollte; darauf sollte bei feuchtem Wetter oder Kälte Feuer gemacht werden; die Wände des Wigwams würden es verdecken, damit man 's nicht sehen könnte. Dann machten wir noch ein Steuerruder für den Fall, daß eins von den anderen mal kaputtgehen möchte. Wir errichteten 'nen kurzen Pfahl, um die Laterne dranzuhängen; denn wir mußten stets Licht haben, wenn ein Dampfboot stromabwärts kam, damit wir nicht überrannt würden; bei solchen, die aufwärts fuhren, wollten wir's nur tun, wenn wir grad' in 'ner

Stromschnelle uns befanden; denn da der Fluß noch tüchtig hoch war, waren manche Sandbänke nur eben unter Wasser, daher nahmen aufwärts fahrende Dampfer nicht immer den gewöhnlichen Fahrweg, sondern suchten seichtes Wasser.

Diese zweite Nacht fuhren wir sieben bis acht Stunden mit 'ner Strömung, die in der Stunde mehr als vier Meilen machte. Wir fingen Fische, schwatzten und schwammen zuweilen, um nicht einzuschlafen. Es war 'n bißchen trübsinnig, auf dem totenstillen Fluß hinunter zu treiben, auf dem Rücken zu liegen und nach den Sternen zu schauen; wir wagten kaum laut zu sprechen und lachten nicht grad' oft und nur mit 'nem kurzen Kichern. Wir hatten mächtig schönes Wetter, was die Hauptsache war, und nichts passierte während der ganzen Nacht, noch in der nächsten oder übernächsten.

Jede Nacht passierten wir Dörfer, von denen einige abseits auf Hügeln lagen und von denen man kein einziges Haus, sondern nur 'nen schwachen Lichtschein sehen konnte. In der fünften Nacht kamen wir an St. Louis vorbei, und 's war wie 'ne neue Welt. In St. Petersburg sagten sie, in St. Louis gäb's zwanzig- bis dreißigtausend Menschen, aber ich konnt's niemals glauben, bis ich um zwei Uhr nachts den kolossalen Lichtschein sah. Kein Geräusch war zu hören, alles schlief.

Jede Nacht pflegte ich mich jetzt so um zehn Uhr an die Küste zu schleichen, zu irgend 'nem kleinen Nest, und für fünfzehn Cents oder so Mehl oder Fleisch oder sonstwas zu essen zu kaufen; und zuweilen stahl ich 'n Huhn, das nicht gut verwahrt war, und schleppt's fort. Pap sagte immer, nimm 'n Huhn fort, wenn du kannst, denn wenn du's nicht selbst brauchst, kannst du doch leicht jemand finden, der's braucht, und 'ne gute Tat wird nicht immer vergessen. Ich hab' nie gesehen, daß Pap kein Huhn gebraucht hätte, aber er pflegte so zu sagen.

Morgens, vor Tagesanbruch, schlich ich in 'n Kornfeld und mauste 'ne Wassermelone oder 'ne Maismelone oder 'n bißchen

Korn oder sonstwas. Pap sagte immer, 's täte nichts, Dinge zu leihen, wenn man die Absicht hätte, sie zu bezahlen – später; aber die Witwe sagte, 's wär nur 'n hübscheres Wort für stehlen, und kein anständiger Junge würde so was tun. Jim meinte, die Witwe hätte halb recht und Pap hätte halb recht; so würd's für uns am besten sein, zwei oder drei Dinge auszunehmen, die wir nicht mehr leihen wollten – dann, dächte er, würd's kein Unrecht sein, die anderen zu nehmen. So schwatzten wir 'ne ganze Nacht fort, den Fluß entlang treibend, und dachten drüber nach, ob wir die Wassermelonen oder die Maismelonen oder was sonst in Zukunft in Ruhe lassen sollten. Aber gegen Morgen kamen wir zu dem befriedigenden Schluß, wir wollten auf die Holzäpfel und Walnüsse verzichten. Vorher hatten wir uns doch verteufelt ungemütlich gefühlt, aber jetzt war alles in Ordnung.

Ich freute mich tüchtig, daß es so gekommen war, denn Holzäpfel sind nicht grad' besonders angenehm, und die Walnüsse würden erst in zwei oder drei Monaten reif sein.

Zuweilen schossen wir 'n Wasserhuhn, das morgens zu früh aufgestanden oder abends nicht früh genug zu Bett gegangen war. Alles in allem lebten wir verteufelt angenehm.

In der fünften Nacht hinter St. Louis hatten wir nach Mitternacht 'nen tüchtigen Sturm mit 'nem mächtigen Donner und Blitz und 'nem ausgiebigen Regen dazu.

Wir faulenzten im Wigwam und ließen das Floß treiben. Als das Feuer aufflammte, konnten wir auf beiden Seiten hohe schroffe Felsen sehen. Plötzlich rief ich: »Hallo, Jim, aufgepaßt!« Es war ein Dampfboot, das auf 'nem Felsen aufgelaufen war.

Wir trieben grad' draufzu. Wir konnten ganz genau alles sehen. Es lag halb über, ein Teil des Oberdecks über Wasser, und man konnte 'n paar helle Kajütenfensterchen und 'n Gerüst mit der Schiffsglocke und beim Schein des Blitzes 'nen Schlägel dran sehen.

Es war tief in der Nacht und stürmisch und so geheimnisvoll, daß mir zumute war, wie 's jedem an meiner Stelle gewesen wäre, als ich das Wrack da so totenstill und verlassen mitten im Fluß liegen sah. Ich hatte Lust, an Bord zu gehen und 'n bißchen drauf rumzustöbern.

Ich sagte also: »Laß uns an Bord gehen, Jim.«

Aber Jim wollte zuerst gar nicht. Er meinte: »Ich nicht mögen gehn auf Wrack. Wir nicht tun gut, zu gehen hin, wie Bücher sagen; vielleicht auch Wächter sein an Bord.«

»Deine Großmutter ist 'n Wächter«, sagte ich. »'s gibt da nichts zu bewachen, außer das Steuerhaus und die Glocke. Und denkst du, 's wird in 'ner Nacht wie heut' jemand sein Leben an so was wie 'n Steuerhaus oder 'ne Schiffsglocke riskieren – wenn jede Minute die ganze Geschichte fortgewaschen werden kann?«

Jim konnte darauf nichts sagen, und so versuchte er's auch gar nicht.

»Und dann«, sagte ich wieder, »wir könnten in des Kapitäns Kajüte was erwischen, was Wert hat; 'n Kapitän von 'nem Dampfboot ist immer reich und kriegt im Monat 60 Dollar, und die, weißt du, achten nicht darauf, wieviel was kostet, wenn sie's brauchen. Steck 'ne Kerze in die Tasche, kann's nicht erwarten, bis wir erst drauf sind. Denkst du, Tom Sawyer würd' nicht hingehen? Nicht für 'ne Pastete! Er würd' sagen, 's ist 'n Abenteuer, das würd' er sagen; und er würd' hingehn, und wenn 's das letzte wär', was er überhaupt noch tun könnte. Und würd' er nicht 'ne große Geschichte draus machen? Würd' er nicht damit prahlen, was? Na, er würde denken, er wär' Christoph Kolumbus, der Amerika entdeckt hat. Wollte, Tom Sawyer wär' hier!«

Jim brummte 'n bißchen, aber er gab nach. Er sagte, wir sollten nichts sprechen, wenn's nicht sein müßte, und dann möglichst laut. Grad' in dem Augenblick zeigte uns ein Blitz das Wrack wieder, und wir fuhren an die Steuerbordseite und legten da an.

Das Deck ragte hier weit heraus. Wir rutschten im Finstern steil herunter nach Backbord, den Weg vorsichtig mit den Füßen suchend und die Hände ausbreitend, damit wir uns nicht an irgendwas stießen, was wir nicht sehen konnten. Bald erreichten wir des Kapitäns Kajütentür, die offen war, und beim Teufel, drinnen sahen wir ein Licht! Und im selben Augenblick hörten wir auch leise Stimmen!

Jim sagte flüsternd, er fühle sich furchtbar schwach, und bat mich, fortzugehen. Ich sagte ja und war im Begriff zu gehen, da hörte ich 'ne jammernde Stimme sagen: »Ach, bitte, tut's nicht, Jungens – ich schwöre, ich werd' niemand was sagen!«

Eine andere Stimme sagte barsch: »'s ist 'ne Lüge, Jim Turner. Hast's schon mal so gemacht. Wolltest immer mehr als deinen Anteil an der Beute und hast auch mehr bekommen, weil du drohtest, du würdst klatschen – aber jetzt hast du's einmal zuviel gesagt. Bist der meineidigste Hund in diesem Land!«

Jim war schon fort. Ich war noch zu neugierig. Ich sagte mir, Tom Sawyer würd' jetzt nicht zurück, und so wollt' ich's auch nicht. Wollte noch wissen, was kommen würde. So kroch ich auf Händen und Füßen, bis ich ganz dicht ran war. Dann sah ich 'nen Mann auf der Erde liegen, an Händen und Füßen gebunden, und zwei standen vor ihm, und einer hatte 'ne Laterne in der Hand und der andere 'ne Pistole. Dieser legte die Pistole an den Kopf des Mannes und sagte: »Möcht's wohl tun und werd 's auch tun – verdammtes Stinktier!«

Der Mann auf dem Boden schrie auf und winselte: »O – bitte, tut's nicht, Bill – werd' ganz gewiß nichts sagen!«

Noch 'n paarmal sagte er das, und dann lachte der Mann mit der Laterne und schrie:

»Wahrhaftig, du wirst's nicht! Hast nie 'n wahreres Wort gesagt als das!« Und dann sagte er: »Hört ihn winseln! Und wenn wir 'n nicht sicher nehmen und ihn kaltmachen, wird er uns beide kaltmachen! Und warum? Für gar nichts! Weil wir unser Recht verlangten – darum! Aber ich denke, du wirst niemand mehr betrügen, Jim Turner. Tu's Pistol weg, Bill.«

Bill entgegnete: »Hab' keine Lust, Jake Packard. Bin dafür, ihn zu töten – hat er nicht den alten Hatfield just auf dieselbe Art totgemacht, und hat er's nicht verdient?«

»Aber ich will ihn nicht kaltmachen lassen! Hab' meinen Grund dafür.«

»Gott segne dich für das Wort, Jake Packard! Will's dir nicht vergessen, so lang' ich leb'«, winselte der Kerl auf der Erde, fast heulend.

Packard achtete nicht darauf, hängte seine Laterne an 'nen Nagel und ging grad' auf mich zu, wo ich im Dunkeln lag, und winkte Bill, mitzukommen. Ich kroch so weit zurück, wie ich konnte, über zwei Meter, aber das Boot schaukelte so, daß ich nicht recht konnte. So, um nicht erwischt zu werden, kroch ich in 'ne andere Kajüte daneben. Die Männer kamen im Dunkeln daher, und als Packard an meiner Kajüte angekommen war, sagte er: »Hier, komm her.« Und er rein und Bill hinterher! Aber eh' sie noch rein waren, war ich in 'nem Bett. Dann standen sie da, die Hand auf dem Rand von dem Bett, und sprachen. Ich konnt' sie nicht sehen, aber ich wußte, wo sie waren – durch den Schnaps, den sie getrunken hatten. Ich war verteufelt froh, daß ich keinen getrunken hatte; aber 's hätt' wohl auch nichts getan, sie hätten mich doch nicht erwischt, denn ich wagte gar nicht zu atmen. Ich hatte zu große Angst! Und dann – man kann gar nicht atmen und so was hören! Sie sprachen laut und wütend.

Bill wollte Turner noch immer töten. Er sagte: »Er hat gesagt, er würd' schwatzen, und er wird's. Wenn wir ihm jetzt beide unseren Anteil geben wollten, würd's nach dem Spektakel doch nichts mehr nützen, und wir hätten ihm nur 'nen Gefallen getan. So gewiß du geboren bist, wird er uns anzeigen. Jetzt hör mich. Ich bin dafür, ihn nicht in die Lage zu bringen, es zu tun.«

»Grad' wie ich«, sagte Packard sehr ruhig.

»Teufel – dachte, du wärst's nicht. Na, dann ist alles gut. Laß uns gehen und 's tun.«

»Halt 'n Augenblick. Bin noch nicht fertig. Paß auf. Schießen ist gut, aber 's gibt bessere Manieren, so was zu machen. Was ich sagen wollte, ist das: Woll'n erst mal rumgehen und sehen, was wir etwa noch im Schiff Brauchbares übersehen haben und 's ans Ufer bringen und dort verstecken. Dann woll'n wir warten. Denk' doch, 's dauert nicht mehr als zwei Stunden, bis der Kasten auseinanderbricht und zum Teufel geht! Na – er wird ersaufen und 's hat niemand 'n Malheur davon als er. Denk', 's ist die beste Art, ihn kaltmachen zu lassen. Bring' nicht gern 'nen Mann um, wenn's nicht sein muß; 's ist kein angenehmes Gefühl, und 's ist unmoralisch. Hab' ich recht?«

»J – ja, denk', du hast's. Aber wenn's nicht zusammenbricht und abfährt.«

»Na, wir können ja zwei Stunden warten und sehen, wie's wird, he?«

»Na ja, also vorwärts.«

Sie gingen fort und ich raus, ganz naß von kaltem Schweiß, und davon; 's war dunkel wie Pech. Aber ich rief so leise ich konnte: »Jim!« und er antwortete, grad' bei meinem Ellbogen, mit 'ner Art Grunzen, und ich sagte: »Schnell, Jim, 's ist keine Zeit zum Grunzen; 's sind Mörder da – und wenn wir ihr Boot nicht runternehmen und 's den Fluß runtertreiben lassen, daß sie nicht vom Wrack fortkönnen, so ist einer von ihnen in 'ner verfluchten Patsche; aber wenn wir's können, sind sie alle in 'ner Patsche – weil sie dann der Sheriff erwischt. Still – rasch! Werd' die Backbordseite absuchen, du such die Steuerbordseite ab. Geh nach dem Floß und –«

»Oh – mein Himmel, mein Himmel! Floß? Da kein Floß mehr sein, es sich losreißen und gehen fort – und wir hier sein!«

Dreizehntes Kapitel

Na, mir blieb der Atem stehen, ich war ganz schwach. Auf 'nem Wrack eingesperrt bei so 'ner Gesellschaft! Aber 's war keine Zeit zum Kopfhängenlassen. Jetzt mußten wir das Boot finden für uns selbst. So krochen und tappten wir die Steuerbordseite entlang, und 's war 'n saures Stück – 's dauerte fast 'ne Woche, bis wir am Stern angelangt waren. Keine Spur von 'nem Boot. Jim sagte, er glaube nicht, daß er noch weiter gehen könnte; er hätt' so 'ne Angst, daß er gar keine Kraft mehr in sich fühlte, sagte er. Aber ich sagte: »Vorwärts – wenn wir hier bleiben, so sitzen wir sicher genug in 'ner verdammten Patsche.« So krabbelten wir wieder weiter. Als wir an der Tür des Kreuzganges angelangt waren, war da wahrhaftig ein Boot; konnt's ganz gut sehen, und 's war leer! Ich war so dankbar! Im nächsten Augenblick würd' ich drin gewesen sein; aber grad' jetzt ging die Tür auf. Einer der Männer streckte den Kopf raus, kaum 'nen Fußbreit von mir, und ich dachte, 's wär' aus mit mir. Aber er zog ihn zurück und schrie: »Halt die verdammte Laterne außer Sicht, Bill!« Er schmiß 'nen Packen Sachen ins Boot und sprang dann selbst rein. Es war Packard. Dann kam auch Bill raus und stieg ein. Packard sagte leise: »Alles fertig – los!«

Ich konnt' mich kaum noch halten vor Zittern, so schwach war ich. Plötzlich sagte Bill:

»Halt – hast du ihn durchsucht?«

»Nein. Tatst du's denn nicht?«

»Nein. Dann, denk' ich, hat er seinen Anteil noch bei sich.«

»Na, dann vorwärts – 's hat keinen Zweck, Zeugs mitzunehmen und Geld dazulassen.«

»Sag – weiß er, was wir wollen?«

»Kann sein. Aber wir müssen's doch irgendwie machen. Komm!«

Darauf stiegen sie aus und gingen hinein. Die Tür schlug zu, denn 's war auf der herausstehenden Seite; und in 'ner halben Sekunde war ich im Boot und Jim taumelnd hinterher. Ich 's Messer raus und das Seil durchgeschnitten – und fort!

Wir brauchten keine Ruder und sprachen kein Wort; totenstill trieben wir dahin, kamen am Ruderkasten vorbei und dann am Heck; dann, in ein oder zwei Sekunden, waren wir schon hundert Meter vom Boot entfernt, und die Dunkelheit ließ es verschwinden bis auf den letzten Schein – und wir waren in Sicherheit und wußten es.

Als wir drei- bis vierhundert Meter stromabwärts gekommen waren, sahen wir die Laterne gleich 'nem Gespenst für 'ne Sekunde an der Kajütentür und wußten, daß die Gauner jetzt ihr Boot vermißt hatten und einsahen, daß sie in grad' so 'ner Patsche säßen wie Jim Turner.

Dann brauchte Jim die Ruder, und wir machten uns auf die Jagd nach unserem Floß. Jetzt erst hatte ich Zeit, über die Kerle nachzudenken – hatte vorher keine gehabt. Ich dachte, wie schrecklich es wäre, selbst für Mörder, so in der Tinte zu sitzen; ich selbst, dachte ich, könnte ja vielleicht mal 'n Mörder werden, und wie dann mir so was gefallen würde. So sagte ich zu Jim: »Hundert Meter ober- oder unterhalb vom ersten Licht, das wir sehen, an 'ner guten Landungsstelle, wollen wir anlegen, und ich will an Land gehen und 'n Mittel ausfindig machen, hinzugehen und die Kerle aus ihrer Patsche zu befreien, damit sie zu ihrer Zeit gehenkt werden können.«

Aber aus der Idee wurde nichts. Bald fing's wieder an zu stürmen, und diesmal schlimmer als je. Der Regen stürzte nieder, und kein Licht war zu sehen; denk', daß alle Leute im Bett lagen. Wir trieben fort, nach Licht und unserem Floß ausschauend. Nach langer Zeit ließ der Regen nach, aber die Wolken blieben am Himmel – plötzlich zeigte ein Blitz uns 'n schwarzes Ding voraus, und wir machten uns dahinter her.

Es war das Floß, und wir waren seelenfroh, wieder drauf zu kommen. Jetzt sahen wir auch rechts an der Küste ein Licht. So schlug ich vor, hinzurudern. Das Boot war halb voll von allerhand Plunder, den die Kerle von dem Wrack gestohlen hatten; wir schleppten alles aufs Floß, und ich befahl Jim, weiterzutreiben, und wenn er ungefähr zwei Meilen zurückgelegt zu haben glaube, ein Feuer anzumachen und 's zu unterhalten, bis ich käme; dann nahm ich die Ruder und fuhr auf das Licht zu. Als ich in seine Nähe gelangt war, flammten noch drei oder vier auf 'nem Hügel auf. Es war 'n Dorf. Ich sah 'ne Laterne am Mast von 'nem eisernen Dampfboot hängen; ich schaute nach 'nem Wächter aus, in der Hoffnung, er möchte schlafen. Aber plötzlich sah ich ihn vorn an der Spitze sitzen, den Kopf zwischen den Knien. Ich stieß ihn zwei- oder dreimal an die Schulter und rief ihn an.

Er fuhr erschrocken auf; aber als er nur mich sah, gähnte er, reckte sich und grunzte: »Hallo, was gibt's? Schrei nicht, Junge. Was gibt's denn?«

Ich sagte: »Pap und Mam und Schwester –«

Hier versagte mir die Stimme.

Er brummte: »O Teufel, mach keine Geschichten! Haben alle unser Pack, und dies wird uns auch nicht umschmeißen. Was ist mit ihnen?«

»Sie sind – sie sind – seid Ihr der Wächter des Bootes?«

»Ja«, sagte er selbstgefällig. »Bin der Käp'ten und der Besitzer und der Maat und der Steuermann und der Wächter, und manchmal bin ich auch die Fracht und die Passagiere. Bin nicht so reich wie der alte Jim Hornback und kann nicht so verteufelt großmütig und gut sein gegen Tom, Dick und Harry und wie sie heißen und so mit Geld rumschmeißen wie er; hab's ihm aber oft gesagt, möchte nicht tauschen mit ihm; denn, sagt' ich, 'nen Seemanns Leben ist mein Leben und könnt's nicht aushalten, zwei Meilen innerhalb in 'nem Nest zu leben, wo 's nix zu tun gibt – nicht für all seine Schillinge und Zeugs, sagt' ich –«

Ich unterbrach ihn und schrie: »Sie sind in 'ner schrecklichen Patsche, und –«

»Wer ist?«

»Na, Pap und Mam und Schwester und Miß Hooker; und wenn Ihr nicht Euer Boot nehmt und macht, daß Ihr hinkommt –«

»Wohin? Wo sind sie?«

»Auf dem Wrack.«

»Was für 'n Wrack?«

»Na, 's ist doch nur eins da.«

»Was, meinst du den Walter Scott?«

»Ja.«

»Gut Land! Was haben sie da zu schaffen, um des Himmels willen?«

»Na, mit Absicht sind sie da nicht hingegangen.«

»Bitt dich, sind nicht – na, du meine Güte, 's ist keine Aussicht mehr für sie, wenn sie nicht ganz schleunigst runterkommen! Warum, zum Teufel, sind sie denn aber da hingekommen?«

»Miß Hooker war bei ihnen zu Besuch – oben in –«

»Ja, ja, in ›Booths Aufenthalt‹ – weiter!«

»Sie war zu Besuch in ›Booths Aufenthalt‹, und grad' an dem Abend wollt' sie mit ihrem Negerweib mit der Pferdefähre nunter, um die Nacht bei ihrer Freundin Miß Wasihrwollt, vergaß ihren Namen, zu bleiben, und verloren ihr Steuerruder, drehten rum und trieben, das Heck voran, über zwei Meilen und stießen auf den alten Kasten, und der Bootsmann und 's Negerweib und alle Pferde waren futsch, bis auf Miß Hooker; die tat 'nen Sprung und war auf 'm Wrack. Na, 'ne Stunde nach Dunkelwerden kamen wir in unserem Boot an, und 's war so dunkel, daß wir 's Wrack nicht sehen konnten, bis wir dran waren; und so kenterten wir. Aber wir wurden alle gerettet bis auf Bill Whippie – und ach, er war der beste Junge! Möcht' fast wünschen, ich wär' ersoffen!«

»Mein' – 's ist die verteufeltste Sache, die ich jemals gehört hab'! Und dann – was tatet ihr dann?«

»Na, wir schrien und machten Spektakel, aber 's ist so weit fort, und wir konnten's nicht machen, daß uns einer hörte. So schlug Pap vor, 's sollt' jemand ans Ufer fahren und Hilfe holen. Ich war der einzige, der schwimmen konnte, und faßte mir 'n Herz. Ich kam zwei Meilen weiter an Land und suchte Leute aufzutreiben; aber die sagten: ›Was, in so 'ner Nacht und bei so 'nem Wetter? 's hat keinen Sinn, geh zur Fähre.‹ Na, wenn Ihr wollt, und –«

»Zum Teufel, denk' doch, ich will! Aber, verdammt, wer bezahlt dafür? Denkst du, daß Pap –«

»Na, das ist mal sicher! Miß Hooker sagte mir im Vertrauen, ihr Onkel Hornback –«

»Großes Feuerrohr! Ist er ihr Onkel? Paß auf, mach dich auf die Beine nach dem Licht dort auf der anderen Seite, und nach 'ner Viertelmeile kommst du an 'ne Kneipe; sag ihnen, daß du nach Jim Hornback aus bist, und sie werden dich hinbringen wie 'nen Blitz; und versuch nicht, ihm was vorzumachen, denn er wird's doch wissen müssen. Sag ihm, ich werd' seine Nichte in Sicherheit haben, bevor er ins Dorf kommen kann. Pack dich jetzt!«

Ich rannte nach dem Licht, aber sobald ich außer Sichtweite war, drehte ich um und in mein Boot, macht's los und fuhr im seichten Wasser über sechshundert Meter, und dort versteckte ich mich zwischen Holzflößen; denn ich konnte doch nicht eher ruhig fort, bis ich nicht die Fähre nach dem Wrack unterwegs wußte; aber alles in allem fühlte ich mich ganz stolz, daß ich mir so viel Umstände um so 'n Pack gemacht hatte, wie's nicht viele getan haben würden. Wünschte, die Witwe wüßte es. Dachte, sie möchte stolz auf mich sein, weil ich so 'nem Lumpengesindel geholfen hatte, denn Lumpengesindel und tote Tiere sind die Geschöpfe, für die Witwen sich am meisten interessieren. Plötzlich kam das Wrack dahergetrieben, schwarz und trübselig! 'ne Art kalter Schauder lief mir den Rücken runter, und dann ich drauflos. Es ging sehr tief, und ich sah sofort, daß für die Leute drauf keine Rettung mehr möglich war. Ich fuhr ganz dicht ran und schrie, aber keine Antwort, 's war ganz totenstill. Ich fühlte 'n bißchen Mitleid mit den Kerlen, aber nicht viel.

Dann kam die Fähre hinterher; ich fuhr in die Mitte des Flusses hinaus, und sobald ich außer Sehweite war, griff ich zu den Rudern, und wie ich zurückschaute, sah ich Leute auf dem Wrack herumgehen und nach Miß Hookers Überbleibseln suchen, denn ihr Onkel würde sie brauchen; und dann gab's die Fähre bald auf und fuhr zum Ufer zurück, und ich kümmerte mich nicht weiter um die Sache und ließ mich abwärts treiben.

Es schien mir 'ne verteufelt lange Zeit, bis Jims Licht aufflammte, und wie's endlich geschah, schien's tausend Meilen entfernt zu sein. Gleichzeitig merkte ich, daß der Himmel im Osten 'n bißchen hell wurde; so fuhren wir beide nach 'ner Insel, versteckten das Floß und das Boot, krochen rein und schliefen wie tot.

Vierzehntes Kapitel

Nachdem wir 'n Stückchen geschlafen hatten, machten wir uns über die Sachen her, die die Strolche vom Wrack gestohlen hatten, und fanden Stiefel und Decken und Kleider und allerhand Zeugs, 'ne Menge Bücher und 'n Fernglas und 'ne Büchse mit Zwieback. Wir waren in unserem ganzen Leben noch nie so reich gewesen. Der Zwieback war das beste. Den ganzen Nachmittag lagen wir im Wald, schwatzten, ich schmökerte in den Büchern, und wir hatten 'ne famose Zeit. Ich erzählte Jim von allem, was im Wrack und auf der Fähre geschehen war, und sagte, solche Dinge nenne man Abenteuer. Aber er sagte, er möchte keine Abenteuer wieder erleben, denn er schätzte, als ich in der Kajüte war und er sah, daß das Floß fort war, er beinahe gestorben sei; er hätte gedacht, mit ihm wär's jetzt zu Ende, wie's auch gehen würde; wenn einer ihn erwischte, mocht's sein wer's wollte, würd' er ihn zurückliefern, und dann würde Miß Watson ihn ganz gewiß nach dem Süden verkauft haben. Na, das war richtig, 's war verteufelt richtig, er war für 'nen Neger 'n mächtiger Schlaukopf.

Ich las Jim 'nen Haufen vor von Königen und Herzögen und Grafen und lauter solchen, und wie famos die lebten und wie gut sie's hätten, und nannte jeden Majestät und Euer Gnaden und Eure Herrlichkeit und so weiter anstatt einfach Herr, und Jims Augen glänzten, und er war ganz närrisch.

»Ich nicht denken bisher«, sagte er, »daß sein so viele solche. Ich nicht haben gelernt ausgenommen von King Sollermun, nichts von deinen Grafen und Königen. Wieviel ein König kriegen?«

»Kriegen?« fragte ich, »na, die kriegen tausend Dollar im Monat, wenn sie's brauchen; können grad' soviel haben, wie sie mögen; alles gehört ihnen.«

»Das nicht fein sein? Und was haben die zu tun?«

»Die haben nichts zu tun! Na, wie du schwatzt! Die sitzen nur so rum.«

»Nein – das wirklich so sein?«

»Natürlich, ist's so. Sitzen nur so rum. Ausgenommen natürlich, wenn Krieg ist; dann gehen sie in den Krieg; aber sonst sitzen sie nur so rum oder gehen jagen und – pscht – hast du nicht 'n Geräusch gehört?«

Wir fuhren auf und schauten umher. Aber 's war nichts als der Spektakel von 'nem Dampfboot, das stromabwärts fuhr; so legten wir uns wieder hin.

»Ja«, fuhr ich fort, »und 'n andermal, wenn was schiefgeht, zanken sie mit dem Parlament, und wenn jemand nicht will wie sie – Kopf ab! Aber am öftesten sitzen sie in ihrem Harem herum.«

»Sitzen herum wo?«

»In ihrem Harem.«

»Was sein Harem?«

»Das Haus, wo sie ihre Frauen drin haben. Hast du noch nie vom Harem gehört? Salomon hatte einen, er hatte über 'ne Million Frauen.«

»M – ja, das so sein. Ich hatten vergessen. Ich denken, die Frauen gut schwatzen, nicht? Und sie sagen, Sollermun sein gewesen der weiseste Mann jemals leben. Ich nicht können das begreifen. Wenn er sein ein weiser Mann, würden er leben freiwillig in solchem Spektakel all die Zeit? Nein.«

»Na, aber er war der weiseste Mann, denn die Witwe hat's mir selbst erzählt.«

»Ich nicht wissen können, was die Witwe sagen, aber es nicht sein gewesen ein weiser Mann!«

Hab' nie so 'nen Neger gesehen. Wenn er sich was in den Kopf gesetzt hatte, war 's nicht weiter rauszubringen. Er war der unwissendste Neger über Salomon, den ich je gesehen habe. Deshalb sprach ich von anderen Königen und ließ Salomon weg. Ich erzählte ihm von Ludwig XVI, dem vor langer Zeit in Frankreich der Kopf abgehauen wurde; und von dem kleinen Burschen, dem Dauphin, der König geworden wäre, wenn sie ihn nicht genommen und in 'nen Turm eingesperrt hätten, wo er, wie einige sagen, gestorben ist.

»Armer kleiner Kerl!«

»Aber andere sagen, er ist rausgekommen und fortgelaufen nach Amerika.«

»Das sein gut! Aber er sein werden mächtig einsam – sie nicht haben hier Könige, nicht Huck?«

»Nee.«

»Dann er nicht können Fuß fassen hier. Was er wollen tun?«

»Na, weiß nicht. Einige gehen zur Polizei, andere bringen den Leuten Französisch bei.«

»Wie, Huck, die Franzosen nicht tun sprechen so wie wir?«

»Nee, Jim! Könntst kein Wort verstehen von dem, was sie sagen.«

»Na, da ich sein ganz verdonnert! Wie das kommen?«

»Weiß nicht; aber 's ist so. Wenn 'n Mann zu dir kommt und sagt: ›Polly voo franzy‹, was würdest du denken?«

»Ich nichts denken; ich ihn schlagen über Schädel; heißt, wenn er nicht sein Weißer. Ich keinen Neger erlauben, mir zu sagen das.«

»Schafskopf, 's ist keine Beleidigung dabei; 's heißt bloß: Können Sie französisch?«

»Na, dann, warum er das nicht sagen?«

»Na, er sagt's ja. 's ist die Art, wie's 'n Franzose sagt.«

»Das sein verdammt lächerliche Art zu sagen, und ich nicht verlangen zu hören mehr davon. Es sein kein Sinn drin.«

»Paß auf, Jim; spricht 'ne Katze wie du?«

»No, 'ne Katze nicht so sprechen.«

»Oder tut's 'ne Kuh?«

»No, 'ne Kuh auch nicht so sprechen.«

»Spricht 'ne Katze wie 'ne Kuh oder 'ne Kuh wie 'ne Katze?«

»No.«

»'s ist natürlich, daß sie verschieden von'nander sprechen, ist's nicht?«

»Sicher.«

»Und ist's nicht natürlich für 'ne Katze und 'ne Kuh, verschieden von uns zu sprechen?«

»Na, das sein ganz natürlich.«

»Na, warum ist's dann nicht natürlich und recht für 'nen Franzosen, anders zu sprechen als wir? Sag mir doch das.«

»Sein Katze Mensch, Huck?«

»Nee.«

»Na, dann sein nicht Sinn drin, 'ne Katze sprechen wie Mensch. Sein Kuh Mensch oder sein Kuh Katze?«

»Nee, nichts dergleichen.«

»Na, dann sie nicht haben Grund zu sprechen einer wie anderer oder wie Mensch. – Sein Franzose Mensch?«

»Ja.«

»Na – verdammt, warum er nicht sprechen wie Mensch? Du mir das sagen?«

Ich sah, 's hätte keinen Zweck, noch mehr Worte zu verlieren; 's ist die Art wie Neger streiten. Darum schwieg ich.

Fünfzehntes Kapitel

Wir nahmen an, daß noch drei Nächte uns bis Cairo bringen würden, in das Gebiet von Illinois, wo der Ohio einmündet, und darauf waren wir aus. Wir wollten das Floß verkaufen und auf 'n Dampfboot gehen und auf dem Ohio in die Staaten kommen, in denen es keine Sklaverei gab, und dann außer aller Sorge sein.

Na, in der zweiten Nacht kam Nebel, und wir wollten still liegen bleiben, denn 's ist nicht geraten, im Nebel zu fahren; aber als ich im Boot ans Ufer fuhr mit 'ner Leine, um festzumachen, war nur kleines Gestrüpp da. Ich legte die Leine darum, dicht am Rand des Ufers, aber 's war 'ne starke Strömung, und das Floß drängte so vorwärts, daß das Gestrüpp mit der Wurzel ausgerissen und fortgeschleppt wurde.

Ich sah den Nebel sich immer dichter niedersenken, und mir wurde so übel und schwach, daß ich mich wohl 'ne halbe Minute lang nicht rühren konnte – und dann war kein Floß mehr da. Auf zwanzig Meter weit konnte man nichts mehr sehen. Ich sprang ins Boot, rannte zum Heck, griff nach den Rudern und wollte sie auslegen. Aber 's ging nicht. Ich war in solcher Hast, daß ich sie loszubinden vergessen hatte. Ich versuchte es, aber meine Hände zitterten, daß ich kaum was damit machen konnte.

Sobald ich los war, machte ich mich schleunigst hinter dem Floß her, dicht unter dem überhängenden Ufer. Das war ganz gut, so weit das reichte, aber das war nur sechzig Meter weit, und im Augenblick, wo ich dran vorbei war, kam ich in den dichtesten Nebel hinein und hatte sowenig 'ne Idee, wohin ich trieb, wie 'n toter Mann gehabt hätte.

Ich dachte, 's würd' nichts helfen zu rudern; eh' ich's mich versähe, würd' ich auf 'ne Sandbank oder 'ne niedrige Uferstelle aufrennen; 's war besser, still zu sitzen und zu treiben – 'ne verdammt aufregende Sache bei so 'ner Gelegenheit. Ich schrie und horchte. Irgendwo unterhalb hörte ich bald 'nen schwachen Schrei, und dann hatte ich gleich wieder Mut.

Ich trieb hinterher, scharf aufpassend, ob ich's wieder hören würde. Beim nächsten Mal merkte ich, daß ich nicht mehr dahinter, sondern rechts davon sein müßte und keine Aussicht hätte, das Floß wieder zu erwischen, da ich im Kreis trieb, während es immer gradaus rannte.

Ich hoffte, der Schafskopf würd' an 'ne zinnerne Pfanne schlagen und immer wieder schlagen, aber er tat's nicht, und die tiefe Stille zwischen den Schreien war's gerade, die mich so beunruhigte. Ich fuhr immer weiter, und plötzlich hörte ich 'nen Schrei hinter mir. Jetzt war ich schön in Verwirrung. Das war der entferntere Schrei von 'nem anderen, oder ich hatte mich wieder gedreht.

Ich drehte nun mit ein paar Ruderschlägen. Wieder hörte ich 'nen Schrei; es war noch hinter mir, aber an 'ner anderen Stelle; dann kam's näher, veränderte fortwährend die Richtung, und ich antwortete, bis es plötzlich wieder vor mir war und ich wußte, daß die Strömung die Spitze meines Bootes wieder nach unterhalb gedreht hatte und daß jetzt alles gut sei, wenn es Jim war und nicht der Schrei irgendeines anderen. Bei dem Nebel konnte ich über die Stimme nicht ins klare kommen.

Das Schreien hielt an, und nach 'ner Minute etwa kam ich an

ein hohes Ufer mit dampfenden, gespensterhaft aussehenden großen Bäumen, und die Strömung trieb mich nach links in 'ne Menge Geröll, an dem ich tüchtig anprallte, so stark war die Strömung.

In ein oder zwei Sekunden war ich wieder frei und alles um mich hübsch weiß und still. Ich saß vollkommen unbeweglich und hörte mein Herz klopfen, und ich denke, während es hundert Schläge tat, holte ich nicht einmal Atem.

Jetzt gab ich die Sache verloren. Ich wußte, woran ich war. Das Ufer war 'ne Insel, und Jim war an der anderen Seite vorbeigetrieben; 's war keine Sandbank, an der man in zehn Minuten vorbei ist. Es sah vielmehr ganz solide aus wie 'ne rechte Insel; sie konnte fünf oder sechs Meilen lang sein und mehr als 'ne halbe breit.

Über fünfzehn Minuten hielt ich mich mit gespitzten Ohren still; ich trieb, denk' ich, mit vier bis fünf Meilen Schnelligkeit in 'ner Stunde weiter; aber man kann 's nie genau wissen; man hat 'n Gefühl, als läge man gänzlich still; und wenn 'ne kleine Sandbank oder so was vorbeihuscht, weiß man doch nicht, wie schnell man selbst dahinschießt, denn man hält den Atem an und denkt: Donnerwetter, wie schnell die da vorbeisaust! Und wenn ihr etwa glaubt, 's ist nicht 'ne verfluchte, halsbrecherische Sache, nachts im Nebel auf solche Art zu reisen – versucht's mal selbst, und ihr werdet sehen!

Eine halbe Stunde lang schrie ich noch hin und wieder; schließlich hörte ich die Antwort nach 'ner langen Zeit und versuchte ihr zu folgen, aber ich konnt's nicht; und gleich danach glaubte ich in Gebüsch zu geraten, denn kleine Büschel trieben zu beiden Seiten; daß manches in meiner Nähe sei, was ich nicht sehen konnte, wußte ich, denn ich hörte das Anschlagen des Wassers gegen Buschholz und Zweige, die über die Ufer überhingen.

Ich dachte, das Floß müßte jeden Augenblick ans Ufer getrieben werden, wahrscheinlich aber bedeutend weiter unterhalb, denn es trieb ein bißchen schneller als ich, und so mußte es wohl außer Hörweite sein.

Ich schien jetzt wieder im offenen Wasser zu sein, ganz plötzlich, konnte aber immer noch nichts hören; dachte, Jim wär' irgendwo aufgerannt und 's wär' mit ihm zu Ende. Nachgerade war ich natürlich todmüde, legte mich nieder und dachte, ich wollte mich um nichts mehr kümmern. Trotzdem wollte ich nicht schlafen; aber ich war so schläfrig, daß ich's nicht aushalten konnte. Ich nahm mir aber vor, nur 'n kleines Nickerchen zu nehmen.

Aber 's wurde, denk' ich, doch mehr als das, denn als ich aufwachte, schienen die Sterne hell, der Nebel war fort, und ich schoß abwärts, das Heck des Bootes voran. Ich wußte zuerst nicht, wo ich sei; ich dachte, ich träume, und als ich mich erinnerte, kam's mir vor, als wär' das alles 'ne Woche her.

Hier war der Fluß ganz verteufelt breit, auf beiden Seiten von dem dichtesten und mächtigsten Wald eingefaßt, wie von 'nem tüchtigen Wall, soviel ich beim Sternenlicht sehen konnte. Ich schaute voraus und sah 'ne schwarze Masse auf dem Wasser! Ich dahinterher; aber wie ich's erreichte, war's nichts als 'ne Anzahl aneinandergebundene Treibhölzer. Dann sah ich wieder was und machte Jagd drauf; dann noch was; und diesmal war's richtig – 's war das Floß.

Als ich's erreichte, saß Jim drauf, schlafend, den Kopf zwischen den Knien, den rechten Arm aufs Steuerruder gelegt. Das andere Ruder war abgerissen und das ganze Floß mit Blättern, Zweigen und Erde bedeckt; 's war ihm also auch schlechtgegangen.

Ich machte fest, legte mich Jim vor die Nase aufs Floß, begann zu gähnen, reckte die Fäuste und sagte:»Hallo, Jim, hab' ich geschlafen? Warum hast du mir nicht 'nen Puff gegeben?«

»Barmherzige Güte, sein das nicht Huck? Und du nicht sein tot, du nicht sein ertrunken, du sein wieder da? Es sein zu gut, zu sein wahr, es sein zu gut! Lassen dich anschauen, lassen dich fühlen, Kind! Nein, du nicht sein tot! Du wieder da, lebend und gesund, alter Huck – derselbe alte Huck – Dank dem Himmel!«

»Was ist's mit dir, Jim? Bist du besoffen?«

»Bah – haben ich denn zu sein besoffen? Können ich mich machen besoffen?«

»Na – was schwatzt du also für dummes Zeug?«

»Was du nennen dummes Zeug?«

»Was? Na, hast du nicht von Zurückkommen gesprochen und solches Zeug, als wenn ich fort gewesen wär'?«

»Huck – Huck Finn, du mich schauen in die Augen, mich schauen in die Augen! Du sein gewesen fort!«

»Fort? Na, was zum Kuckuck meinst du? Bin nirgendshin gewesen. Wohin sollt' ich denn gewesen sein?«

»Na, schau her, das sein 'n bißchen stark! Ich das sein oder nicht sein? Das mögen gern wissen!«

»Na, denk' doch, du bist 's, aber ich denk', du bist 'n rappelköpfiger alter Dummkopf, Jim!«

»Ich sein – ich? Du nicht haben genommen die Leine aus Boot, zu machen fest an 'nem Baum?«

»Na, ich nicht. Was für 'n Baum? Hab' keinen Baum gesehen.«

»Du nicht haben gesehen Baum? Schau her – und wohl auch nicht sein abgerissen die Leine von Baum, und du nicht sein zurückgeblieben im verd – Nebel?«

»Was für 'n Nebel?«

»Na – der Nebel! Der Nebel, der sein die ganze Nacht; und du nicht schreien ganze Nacht, und ich schreien, bis die Insel kommen und uns trennen, und wir uns verlieren, und ich glauben dich verloren und nicht wissen, wo du sein und ich nicht aufrennen auf Insel und brauchen 'ne gräßlich lange Zeit zu machen los? Na, das so sein oder nicht? Du mir antworten auf das!«

»Nee, 's ist zuviel für mich, Jim. Hab' keinen Nebel gesehen und keine Insel und nichts. Hab' die ganze Nacht hier gesessen und mit dir geschwatzt, bis du vor zehn Minuten einschliefst und ich, denk' ich, auch. Getrunken kannst du nicht haben in der Zeit, also hast du geträumt.«

»Wie ich das können träumen alles in zehn Minuten?«

»Na, zum Teufel, du hast's geträumt, weil's nicht geschehen ist.«

»Aber, Huck, es mir sein alles so klar –«

»Weiß nicht, wie klar dir alles ist, denn 's ist überhaupt nicht. Weiß das, denn ich bin all die Zeit hier gewesen.«

Jim sagte fünf Minuten lang gar nichts, sondern saß da und dachte eifrig nach. Dann sagte er: »Na, dann ich denken, ich das alles träumen, Huck. Aber wenn das nicht sein der wundervollste Traum, ich jemals haben gesehen! Ich noch nie haben 'nen Traum so lebhaft wie dieser.«

»Will's glauben, Jim; erzähl mir alles drüber.«

so fing Jim an und erzählte mir alles ganz ausführlich, ganz wie's gewesen war, nur daß er mächtig aufschnitt. Dann sagte er, er müßte ihn sich merken und »auslegen«, denn 's wär 'ne Warnung. Er sagte, das bewußte Gebüsch wär 'n Mann, der uns was Gutes tun wollte, aber die Strömung wär' 'n anderer, der uns forttreiben würde. Die Schreie wären Warnungen, die uns von Zeit zu Zeit zukommen würden, und wenn wir nicht auf sie hören würden, kämen wir sicher durch sie ins Unglück, statt daß sie uns davor bewahrten. Die Menge Sandbänke wären Unannehmlichkeiten, die wir mit streitsüchtigen Leuten und allerhand Pöbel haben würden, aber wenn wir auf unsere Geschäfte achten und uns nicht in Abenteuer einlassen würden, würden wir gut weg und aus dem Nebel raus und in den klaren breiten Fluß hineinkommen, und der Fluß seien die Nordstaaten, und würden keine Gefahren mehr für uns haben. Ich hörte das alles mit Skepsis

Als ich die Jagd aufs Floß begann, war's allerdings hübsch dunkel gewesen, aber jetzt war's wieder ganz klar geworden.

»O ja, 's ist ganz verflucht gut ausgelegt, Jim«, sagte ich, »aber was bedeutet dieser Plunder da?« Ich meinte die Blätter und die Erde auf dem Floß und das abgebrochene Ruder.

Jim schaute auf das Zeugs und auf mich und dann wieder auf das Zeugs. Er hatte sich seinen Traum so festgesetzt in seinem Negerschädel, daß es ihm unmöglich war, ihn aufzugeben und sich mit den Dingen wieder zu beschäftigen, wie sie wirklich waren. Nachdem er lange nachgedacht hatte, schaute er mich starr an, ohne zu lächeln, und sagte:

»Was diese Dinge sein? Das sein leicht zu sagen. Als ich einschlafen, sein mein Herz schwer wegen du sein verloren, und ich nicht können wissen, was zu erleben auf Floß. Und ich dann aufwachen und finden dich da, mir die Tränen kommen und ich gern fallen auf Knie und dich küssen, so dankbar ich sein. Und du nur daran denken, wie alten Jim zum Narren zu haben und lügen. Das sein Plunder. Und Plunder sein Leute, Kummer zu bringen auf Kopf von Freunden und sie machen sich zu schämen.«

Dann stand er langsam auf und ging zum Wigwam und hinein, ohne noch 'n Wort zu sagen. Aber 's war genug. Ich fühlte mich zu beschämt, daß ich jetzt seine Füße hätte küssen können, um ihn wieder zu versöhnen.

Es dauerte wenigstens 'ne Viertelstunde, bis ich mich aufraffen konnte, um hinzugehen und mich vor 'nem Neger zu demütigen – aber ich tat's und war niemals nachher ärgerlich drüber, daß ich's getan hatte. Ich spiele ihm keine solchen Streiche mehr und hätt' ihm auch diesen nicht gespielt, wenn ich gewußt hätte, daß er's so tief fühlen würde.

Sechzehntes Kapitel

Wir schliefen fast den ganzen Tag und reisten nachts weiter, ein Stückchen hinter 'nem riesengroßen Floß, das so langsam ging wie 'ne Prozession. Es hatte vier große Boote am Ende hängen, so daß wir urteilten, 's müßte wenigstens dreißig Mann an Bord haben. Fünf abgesonderte Wigwams befanden sich drauf und in der Mitte 'n offenes Feuer und an jeder Ecke 'ne riesige Flaggenstange. Es gehörte jedenfalls 'n bißchen was dazu, auf so 'nem Riesending Steuermann zu sein.

Wir legten 'ne mächtige Biegung im Flußlauf zurück, und inzwischen wurd 's Nacht, und 'ne schwüle dazu. Der Fluß war sehr breit und auf beiden Seiten von dichtem Wald eingeschlossen; nicht 'ne einzige Lichtung war drin zu sehen. Wir plauderten von Cairo und rieten, ob wir's wohl merken würden, wenn wir ihm nahe kämen. Ich meinte, wir würden's nicht, denn ich hatte sagen hören, es zählte nur ungefähr 'n Dutzend Hütten; und wenn sie die nicht angestrichen hätten, woher sollten wir wissen, daß es 'ne Stadt wäre? Jim sagte, wenn die zwei großen Ströme da zusammenflössen, müßten wir's doch sehen. Aber ich sagte wieder, 's könnte sein, wir glaubten, an 'ner Insel vorbeizufahren und würden wieder in den alten Strom zurückkommen. Das beunruhigte Jim und mich auch. Es war also die Frage, was tun. Ich meinte, wir sollten gleich am Morgen ans Ufer fahren und den Leuten sagen, Pap käme mit 'nem Handelsschiff hinter uns her, und weil er noch grün wär' in dem Geschäft, möchte er wissen, wie weit 's noch bis Cairo wäre.

Es gab jetzt nichts zu tun, als scharf nach der Stadt auszuschauen, um nicht dran vorbeizufahren, ohne sie zu sehen. Jim meinte, er würd' sie sicher sehen, denn er würde 'n freier Mann sein in dem Moment, wo er sie sähe; wenn er aber dran vorbeikäme, wäre er wieder im Sklavenland und würd' nie 'nen Schimmer von der Freiheit zu sehen bekommen. Alle Augenblicke fuhr er in die Höhe und schrie: »Da sie sein!«

Aber 's war nie an dem; 's waren Wachtfeuer oder Leuchtkäfer. Dann setzte er sich wieder und fuhr fort aufzupassen. Er sagte, 's machte ihn ganz zitternd und fieberisch, so nah' bei der Freiheit zu sein. Na, ich kann sagen, 's machte mich auch zitternd und fieberisch, ihm zuzuhören, und 's wollte mir schon nicht mehr aus dem Kopf, daß er schon so gut wie frei sei. Und wem konnt' man 'nen Vorwurf draus machen? Na – nur mir!

Es wurde so aufregend, daß ich nicht mehr sitzen konnte, konnt' nicht auf 'nem Platz stillstehen. Es war mir noch nie recht in den Sinn gekommen, was ich da eigentlich täte. Aber jetzt fiel's mir ein; und ich konnt's nicht vergessen, und 's plagte mich fortwährend. Ich suchte mich zu beruhigen, daß mich nicht die Schuld träfe, denn ich ließ ja nicht Jim seinem rechtmäßigen Eigentümer fortlaufen; aber 's half nichts, immer wieder kam's Gewissen und sagte: Aber du wußtest, daß er in die Freiheit rannte, und du konntest ans Ufer fahren und 's jemand sagen! Es war so – ich konnte nicht drüber wegkommen. Das Gewissen sagte: Was hat die arme Miß Watson dir getan, daß du Jim, noch obendrein unter deinen Augen, fortrennen sehen konntest, ohne 'n Wort zusagen? Was tat dir die arme alte Frau, daß du sie so betrügen konntest? Wie, sie versuchte dich aus den Büchern zu belehren, sie bemühte sich, dir Gutes zu tun, wo sie nur konnte. Das hat sie getan.

Ich fühlte mich so schlecht und miserabel, daß ich wünschte, ich wäre tot. Ich rannte auf dem Floß auf und ab, mich gegen mich selbst verteidigend, und Jim rannte auch auf und ab. Keiner von uns konnt' sich still halten. Jedesmal, wenn er herumtanzte und schrie: »Da sein Cairo!«, ging 's mir durch und durch wie 'n Pistolenschuß, und ich dachte, wenn's Cairo wäre, müßte ich sterben vor Elend.

Jim schwatzte fortwährend laut, während ich mit mir sprach.

Er sprach davon, das erste, was er tun wollte, wenn er in 'nen freien Staat käme, sollte sein, 'n bißchen Geld zu verdienen und nie wieder 'nen Cent zu verschwenden, und wenn er genug hätte, wollte er seine Frau loskaufen, die auf 'ner Farm dicht bei Miß Watson diente; und dann wollten sie beide drauf hinarbeiten, ihre beiden Kinder loszukaufen, und wenn ihre Herren sie nicht losgeben wollten, würden sie 'nen Kerl mieten, sie zu stehlen.

So was zu hören, ärgerte mich mächtig. Er hätte nie vorher gewagt, so was zu reden. Man konnte sehen, was für 'ne Veränderung mit ihm vorging in dem Moment, wo er frei werden sollte. Es paßte gut zu dem alten Spruch: Gib 'nem Neger 'nen Zoll, und er wird 'ne Elle verlangen. Ich mußte mir sagen, 's käme alles von meiner Gedankenlosigkeit. Hier war 'n Neger, dem ich geholfen hatte, davonzulaufen, der da auf seinen Plattfüßen ganz frech rumtanzte und davon phantasierte, seine Kinder zu stehlen – Kinder, die 'nem Mann gehörten, den ich nie gesehen hatte; 'nem Mann, der mir nie was getan hatte.

Ich war sehr traurig, Jim so was sagen zu hören, 's war 'ne Gemeinheit von ihm. Mein Gewissen quälte mich immer mehr, bis ich ihm schließlich sagte: »Laß mich in Ruh – 's ist noch nicht zu spät – ich will gleich am Morgen ans Ufer fahren und 's sagen!«

Ich fühlte mich danach leicht und glücklich. Alle Zweifel waren fort. Ich fing an, scharf nach 'nem Licht auszuschauen und dabei leise vor mich hinzusingen. Plötzlich sah ich eins.

»Wir frei sein, Huck«, schrie Jim, »wir frei sein! Du herkommen und auf Fußspitzen stellen – da sein endlich das gute, alte Cairo – ich es wissen sicher!«

Ich sagte: »Will 's Boot nehmen und hingehen, um nachzusehen, Jim. Könnt' sein, 's wär's doch noch nicht, weißt du.«

Er rannte und machte 's Boot zurecht, warf seinen alten Rock hinein, für mich zum Draufsitzen, und gab mir das Ruder. Und als ich abstieß, sagte er: »Ich bald verrückt sein vor Freude, und ich wollen sagen, es sein alles durch Huck! Er sein freier Mann, und ich niemals sein können freier Mann ohne Huck – Huck es haben gemacht! Jim niemals dich werden vergessen, Huck; du sein bester Freund, Jim jemals haben gehabt; und du jetzt sein einziger Freund, Jim haben!«

Ich war drauf und dran gewesen, ihm alles zu sagen; aber wie er das sagte, war alle Entschlossenheit von mir weggenommen; ich fuhr still hinüber und war nicht recht sicher, ob mir froh zumute war oder nicht. Wie ich fünfzig Meter fort war, rief Jim mir nach: »Da fahren der gute alte Huck; einziger weißer Gentleman, der jemals an Vorteil von altem Jim denken.«

Na, jetzt fühlte ich mich wieder ganz elend. Aber ich sagte mir, ich würd 's tun, denn 's müßte sein. Plötzlich kam ein Boot mit zwei Männern drin mit Büchsen; sie hielten an, und ich hielt auch an.

Einer von ihnen sagte: »Was ist das?«

»'n Stück von 'nem Floß«, sagte ich.

»Gehörst du auch dazu?«

»Ja, Herr.«

»Noch mehr Leute drauf?«

»Nur einer, Herr.«

»Na, 's sind fünf Neger die Nacht fortgelaufen, hier oberhalb an der Flußkrümmung. Ist dein Mann weiß oder schwarz?«

Ich antwortete nicht gleich. Ich versuchte es wohl, aber die Worte kamen nicht raus; dachte für 'nen Augenblick dran, aufzuspringen und fort, aber ich war nicht Manns genug dazu, hatt' nicht den Mut der Verzweiflung. Ich fühlte, wie ich zitterte; so gab ich 's auf und sagte: »Er ist weiß.«

»Denk', wir wollen gehen und selbst nachsehen.«

»Wollte, ihr tätet 's«, antwortete ich, »denn 's ist Pap, und ihr könntet mir vielleicht helfen, das Floß ans Ufer zu bringen. Er ist krank – auch Mam und Mary Ann.«

»O Teufel! Wir sind 'n bißchen eilig, Junge. Aber denk', wir wollen 's tun. Komm, nimm 's Ruder, und vorwärts.«

Ich nahm mein Ruder und sie auch. Als wir ein oder zwei Schläge getan hatten, sagte ich: »Pap wird euch sehr dankbar sein, kann ich euch sagen. Alles rennt davon, wenn ich sie bitte, mir zu helfen.«

»Na, das ist 'ne teufelmäßige Gemeinheit! Wunderlich obendrein. Sag, Junge, was ist mit deinem Alten?«

»Es ist – 's ist – na – 's ist – nicht viel.«

Sie hielten an. Es war jetzt nicht mehr weit zum Floß.

Einer sagte: »Junge, 's ist gelogen! Was ist mit deinem Alten? Jetzt aber raus mit der Antwort, 's wird besser sein für dich!«

»Will ja, Herr, will ja reden – aber verlaßt uns nicht, bitte! Es ist – 's ist, Gentlemen, wenn ihr nur rudern wollt und mich die Leine halten lassen; braucht gar nicht näher ans Floß zu kommen – bitte, tut's!«

»Zurück, John, zurück!« schrie der eine. »Fort, Junge, scher dich zum Teufel! Verdammt, wußte doch, daß der Wind daher wehte! Dein Alter hat die schwarzen Blattern, und du weißt's wohl! Warum rückst du nicht raus damit? Willst du 's überall hinschleppen?«

»Na«, sagte ich weinerlich, »hab 's allen Leuten bisher gesagt, und dann drehten sie auch alle um und ließen uns im Stich.«

»Armer Teufel, 's ist was damit! Sind sehr betrübt, weißt du – aber – wir – na, hol's der Teufel, haben keine Lust, die schwarzen Blattern zu kriegen, siehst du! Paß auf, will dir sagen, was du tun sollst. Laß dir nicht einfallen, an Land zu gehen, sonst steckst du alles an: Fahr nur weiter runter den Fluß, so kommst du nach zwanzig Meilen an 'ne Stadt auf der linken Seite. Es wird dann lange nach Sonnenaufgang sein, und wenn du dann Leute um Hilfe bittest, sag, deine Leute hätten 's Fieber. Sei nicht wieder 'n Dummkopf und laß sie merken, wie's steht. Es hätt' keinen Zweck, zu landen, wo 's Licht ist – 's ist doch nur 'n Bauernhof. Sag – ich denke, dein Vater ist arm und 's geht ihm schlecht? Da – werd' zwanzig Dollar in Gold da auf den Rand legen, kannst sie nehmen, wenn wir fort sind; 's wird mir verteufelt schwer, dich allein zu lassen, aber, zum Teufel'! 's wär' doch zu dumm, sich mit Blattern einzulassen, meinst du nicht auch?«

»Halt, Parker«, sagte der andere, »hier ist noch 'n Zwanziger von mir aufs Boot zu legen. Leb' wohl, Junge!«

»Mein Junge, leb wohl. Wenn du 'nen rumtreibenden Neger siehst, hilf ihn festnehmen, kannst dir Geld damit verdienen.«

»Adieu, Gentlemen«, sagte ich, »werd' keinen rumtreibenden Neger freilassen, wenn ich's ändern kann.«

Sie fuhren fort und ich nach dem Floß, niedergeschlagen und unruhig, denn ich wußte sehr wohl, daß ich nicht recht gehandelt hatte; und ich sah wohl ein, daß es mir nie glücken würde, recht zu handeln; 'n Mensch, der nicht lernt, recht handeln, wenn er klein ist, lernt's nie. Wenn er in 'ne Verlegenheit gerät, ist nichts da, ihn aufzurütteln und ihn auf den rechten Weg zu weisen, und er kriegt Prügel. Dann überlegt' ich 'ne Minute und sagte mir: Halt – vorausgesetzt, du hättst recht gehandelt und Jim angegeben, würd' dir dann besser zumute sein? Nein, dachte ich, 's würd' mir jämmerlich zumute sein, grad' wie mir's jetzt ist. Na, drum, was hat's für 'nen Nutzen, zu lernen, recht zu handeln, wenn's so trübselig macht, recht zu handeln, und nicht trübselig macht, unrecht zu handeln, und's immer dasselbe ist? Ich war ganz verwirrt; konnte mir das nicht beantworten. So nahm ich mir vor, nicht mehr darüber zu grübeln, sondern in Zukunft immer so zu handeln, wie's zu Zeiten am praktischsten sein würde.

Ich ging in den Wigwam. Jim war nicht drin. Ich schaute überall herum; er war nirgends. Ich rief: »Jim!«

»Hier er sein, Huck! Sie fort sein? Du nicht so laut sprechen!«

Er steckte im Fluß, unterm Steuerruder, bloß seine Nase war zu sehen. Ich sagte ihm, daß sie weg wären, worauf er herauskam.

»Ich alles hören und in den Fluß kriechen und schwimmen an

Ufer, wenn sie kommen an Bord; dann ich wieder kommen nach Floß, wenn sie fort sein. Aber, Huck, wie du sie dumm machen! Das sein der verdammteste Streich, den jemals machen! Ich sag' dir, Kind, es allein retten alten Jim, alter Jim niemals dir vergessen das!«

Dann sprachen wir vom Geld. Es war 'n hübsches Stück, vierzig Dollar! Jim meinte, wir könnten Deckplätze auf 'nem Dampfboot nehmen, und das Geld würde uns so weit in die Nord-Staaten hineinbringen, wie wir nur wollten. Er meinte dann, zwanzig Meilen mehr wären nicht viel fürs Floß, aber er wünschte doch, wir wären schon da.

Gegen Tagesanbruch machten wir uns auf, und Jim war mächtig drauf aus, das Floß tüchtig vorwärts zu bringen. Dann arbeitete er den ganzen Tag, um unsere Sachen zusammenzupacken und alles bereitzumachen, um schnell aufbrechen zu können.

Nachts um zehn bekamen wir die Lichter von 'ner Stadt links unterhalb in Sicht.

Ich sprang ins Boot, um mich zu erkundigen. Bald fand ich 'nen Mann in 'nem Boot, der 'ne Angelleine auswarf. Ich hielt an und sagte: »Ist das Cairo, Herr?«

»Cairo? Nee! Mußt 'n verdammter Dummkopf sein!«

»Was ist's denn für 'ne Stadt, Herr?«

»Wenn du's wissen willst, geh hin und schau nach. Wenn du dich noch 'ne halbe Minute hier rumtreibst, gibt's für dich, was du nicht haben möchtest – glaub' ich.«

Ich ruderte zum Floß zurück. Jim war schrecklich enttäuscht, aber ich suchte ihn zu beruhigen und sagte, ich dächte, der nächste Ort müßte sicher Cairo sein.

Wir kamen vor Tag noch an 'nem Ort vorbei, und ich wollte wieder hinfahren, aber da das Ufer sehr hoch war, fuhr ich doch nicht. Bei Cairo wär's Ufer nicht hoch, sagte Jim; ich hatt's vergessen.

Für den Tag legten wir am linken Ufer an 'nem hohen Felsen

an. Ich begann unruhig zu werden; ebenso Jim. Ich sagte: »Kann sein, wir sind diese Nacht an Cairo vorbei.«

»Wir nicht davon sprechen, Huck«, meinte Jim. »Armer Neger nicht können haben Glück. Ich wollten, Klapperschlangengift haben getan seine Wirkung.«

»Wollte, hätt' nie die Klapperschlange gesehen, Jim, hätt' sie nie vor Augen gehabt.«

»Es nicht sein dein Fehler, Huck, du's nicht wissen. Du dich nicht grämen drum.«

Als es hell wurde, war hier am Ufer das klare Ohiowasser, hübsch rein, und draußen der alte bekannte Schlamm; 's war also aus mit Cairo.

Wir schwatzten darüber; 's würde nicht gehen, ans Ufer zu fahren, ebensowenig konnten wir das Floß gegen den Strom aufwärts bringen, 's war also nichts zu machen, als bis Dunkelwerden zu warten und dann im Boot zurückzurudern und 's drauf ankommen zu lassen. So schliefen wir den ganzen Tag im dichten Gebüsch, um uns für die Arbeit zu stärken, und wie wir gegen Abend zum Floß zurückkamen, war 's Boot futsch!

Eine gute Weile konnten wir kein Wort rausbringen; 's war halt nichts drüber zu sagen. Wir wußten beide nur zu gut, daß das vom Klapperschlangengift herrührte; wozu also drüber jammern? Es wär' nur drauf rausgekommen, daß wir geflucht hätten, und das hätte noch mehr Pech zur Folge gehabt.

Dann sprachen wir drüber, was nun zu tun sei, und kamen überein, daß uns nichts übrig bliebe, als mit dem Floß noch weiter runter zu treiben, bis wir Gelegenheit hätten, ein Boot zu kaufen und drin zurückzurudern. Wir wollten uns aber wohl hüten, wenn keins zu kriegen wär', eins zu »leihen«, wie's Pap gemacht haben würde, denn das hätt' uns die Leute auf den Pelz bringen können.

So machten wir uns also mit der Dämmerung auf unserem Floß auf den Weg.

Wer nach alledem, was uns das Klapperschlangengift eingebrockt hatte, noch nicht glauben will, daß es 'ne Dummheit ist, sich damit einzulassen, wird's schon glauben, wenn er weiter liest und hört, was es uns noch alles eingebrockt hat.

Drei oder vier Stunden trieben wir fort. Na, die Nacht wurde dunkel und dann schwül, wonach immer Nebel kommt. Man kann nicht mehr die Gestalt der Ufer erkennen und überhaupt nichts mehr sehen. Es wurde verflucht still und tot, und dann kam 'n Dampfboot den Fluß rauf. Wir schwenkten die Laterne und meinten, sie müßten's sehen. Aufwärts fahrende Dampfboote kamen uns in der Regel nicht nahe. Sie folgen den Ufern und suchen 's seichte Wasser; aber Nächte wie diese machen 's Ufer völlig unsichtbar.

Wir konnten die Schrauben hören, aber wir sahen nichts, bis es ganz dicht ran war. Kamen grad' auf uns zu. Oft tun sie's, um zu sehen, wie dicht sie rankommen können, ohne zu streiten. Zuweilen überschüttet einen das Rad mit 'ner ganzen Welle, und dann steckt der Steuermann den Kopf raus und lacht und denkt, er ist 'n verdammt witziger Junge. Na, sie kamen, und wir dachten, sie würden's wieder mal versuchen, vorbeizukommen. Es war 'n tüchtiger Kasten und kam obendrein hübsch rasch ran, wie 'n schwarzer Koloß mit glühenden Augen; aber plötzlich macht's 'ne Wendung und war mit 'ner weit offenen Kesseltür, die wie 'ne glühendrote Zunge aussah, und mit seinem dicken Bauch und mit 'm Radkasten grad' über uns.

Wir schrien, so laut wir konnten, daß sie die Maschine stoppen sollten, dann noch 'n lautes Knirschen und Rasseln, ein Sausen von Wasser, und indem Jim auf der einen, ich auf der anderen Seite runterplumpsten, fuhr's schnaubend grad' übers Floß weg.

Ich tauchte unter bis auf den Boden, denn ein Ding von dreißig Fuß Höhe mußte über mich weg, und das brauchte schon den ganzen Platz. Ich konnte 'ne Minute unter Wasser aushalten; diesmal, denk' ich, blieb ich 'ne Minute und noch 'ne halbe drunter. Dann schnellte ich mich schleunigst wieder 'nauf, denn ich platzte fast. Ich blies das Wasser aus der Nase und schnaubte tüchtig. Nachdem das Dampfboot zehn Sekunden gestoppt hatte, setzte es sich wieder in Bewegung; denn 's werden niemals viel Umstände mit 'n paar Schiffbrüchigen gemacht; es fuhr den Fluß rauf und war bald im Dunkeln verschwunden, obwohl ich's noch 'ne Weile hören konnte.

Ich schrie 'n dutzendmal nach Jim, kriegte aber keine Antwort; so griff ich nach 'nem Balken, den ich beim Wassertreten erwischt hatte, und schwamm nach dem Ufer, das ich dicht über mir sah. Aber ich merkte gleich, daß die Strömung aufs linke Ufer zuging; so wandte ich um und schwamm dorthin. Ich brauchte 'ne lange Zeit, um rüberzukommen, und dann kletterte ich ans Ufer. Ich konnte nichts sehen als 'nen kleinen Weg, aber ich rannte stolpernd 'ne Viertelmeile oder mehr über Steingeröll und kam plötzlich an ein altes Blockhaus, ohne es recht zu merken. Ich wollte mich schleunigst aus dem Staube machen, aber 'ne Menge Hunde stürzten raus und heulend und knurrend auf mich, und so blieb mir nichts übrig, als mich anders zu besinnen.

Siebzehntes Kapitel

Nach 'ner halben Minute sprach jemand, ohne den Kopf rauszustrecken, aus dem Fenster: »Still, Jungens! Wer da?«

Ich antwortete: »Ich bin's.«

»Wer ist ich?«

»Georg Jackson, Herr.«

»Was willst du?«

»Will nichts, Herr. Will nur weitergehen, aber die Hunde lassen mich nicht.«

»Wozu treibst du dich hier bei Nacht rum, he?«

»Hab' mich nicht rumgetrieben, Herr; fiel über Bord vom Dampfboot.«

»Oh, tatst du, tatst du? Gib 'n Licht her, jemand. Wie sagst du, ist dein Name?«

»Georg Jackson, Herr. Bin nur 'n Junge.«

»Paß auf; hast du die Wahrheit gesprochen, brauchst du dich nicht zu fürchten; aber wag's nicht, dich zu rühren; bleib, wo du bist. Raus, Bob oder Tom, einer, und hol die Büchsen. Georg Jackson, ist noch einer bei dir?«

»Nein, Herr, niemand.«

Ich hörte die Leute im Hause rumstöbern und sah 'n Licht.

Der Mann schrie: »Licht weg, Betsy, altes Trampeltier – hast du deinen Verstand verloren? Setzt 's hinter die Haustür. Bob, wenn du und Tom fertig seid, nehmt eure Plätze ein!«

»Schon recht.«

»Jetzt, Georg Jackson, kennst du die Shepherdsons?«

»Nein, Herr, hörte nie von ihnen.«

»Na, kann sein, kann auch nicht sein; 's ist aber gleichviel. Vorwärts, Georg Jackson. Und hör, nicht so rasch – hübsch langsam rein. Ist jemand mit dir, laß ihn sich packen – wenn er sich zeigt, kriegt er eins aufgebrannt. Jetzt rein! Langsam! Mach selbst die Tür auf – grad' so viel, um dich reinzuschieben, hast du gehört?«

Ich konnte nicht schnell machen, auch nicht, wenn ich gewollt hätte. Ich tat 'nen langsamen Schritt, und 's war so still, nur mein Herz konnt' ich schlagen hören. Die Hunde waren so still wie die Menschen, folgten mir aber auf den Fersen nach. Als ich zu den drei hölzernen Türstufen kam, hörte ich sie aufschließen und aufriegeln. Ich legte meine Hand auf den Türgriff und machte 'n bißchen auf und noch 'n bißchen, bis jemand sagte: »So, 's ist genug, steck 'n Kopf rein.« Ich tat's, aber ich dachte, sie würden ihn mir abschlagen.

Das Licht stand auf dem Boden, und da standen sie alle, schauten auf mich, und ich schaute auf sie, wenigstens 'ne Viertelminute. Drei große Kerle mit Büchsen starrten mich an, was mich zittern machte, wie ihr euch denken könnt; der älteste, grau und über sechzig, die anderen beiden dreißig oder mehr, alle fein und hübsch, und die zierliche alte grauhaarige Dame, und hinter ihnen zwei junge Frauen, die ich nicht genau sehen konnte.

Der Alte sagte: »Na, denk', 's ist alles in Ordnung. Komm rein.«

Sobald ich drin war, schloß der Alte die Tür und verriegelte sie und befahl den anderen, mit den Büchsen reinzukommen, und dann gingen sie alle in ein großes Wohnzimmer, in dem ein feiner Teppich auf dem Boden lag, in 'ne Ecke, die außer dem Bereich der Frontfenster war. Sie hielten das Licht, schauten mich gehörig an und sagten alle. »Nein, der ist kein Shepherdson – nein, 's ist nichts von 'nem Shepherdson in ihm.« Dann sagte der Alte wieder, er hoffte, ich würd' mir nichts draus machen, nach Waffen untersucht zu werden, denn 's wär' nicht bös gemeint – 's wär' nur der Sicherheit wegen. Deshalb griff er mir auch nicht in die Taschen, sondern fühlte nur von außen mit der Hand und sagte dann, 's wär' gut. Er sagte, ich sollte nur unbesorgt sein und tun, als wenn ich zu Hause wäre, und alles über mich erzählen; aber die alte Dame meinte:

»Bitt' dich, Saul, der arme Kerl ist ja so naß, wie er nur sein kann; und meinst du nicht, er wird hungrig sein?«

»Danke dir, Rachel, vergaß das.«

Dann sagte die alte Dame wieder: »Betsy (das war 'n Negerweib), lauf und hol ihm was zu essen, so schnell du kannst – dem armen Ding; und eins von euch Mädchen geh und weck Buck und sag ihm – oh, da ist er ja selbst. Buck, nimm da den kleinen Fremden, nimm ihm die nassen Kleider ab und zieh ihm trockene von dir an.«

Buck schien so alt zu sein wie ich selbst – dreizehn oder

vierzehn oder so, obwohl er 'n bißchen größer war als ich. Er hatte nichts an als 'n Hemd und war mächtig verschlafen. Er kam rein, mit 'ner Faust in jedem Auge und schleppte 'ne Büchse wie die anderen.

»Sind keine Shepherdsons in der Nähe?« fragte er.

Sie sagten: Nein, 's wär' 'n falscher Lärm gewesen.

»Na«, sagte er dann, »wenn's kein schlechter Kerl ist, denk' ich, wird's wohl 'n guter sein.«

Sie lachten alle, und Bob sagte: »Du, Buck, denk', sie hätten uns alle skalpieren können, so lang' hast du gebraucht, um rauszukommen.«

»Na, 's rief mich ja niemand, und 's war nicht recht; werde immer niedergehalten; werd' nie Gelegenheit haben, mich auszuzeichnen.«

»Unsinn, Buck, mein Junge«, sagte der Alte, »wirst dich schon zur rechten Zeit auszeichnen können, hab' darum keine Sorge. Geh jetzt mit dem jungen Freund und tu, was deine Mutter dir gesagt hat.«

Als wir die Treppe raufkamen in sein Zimmer, gab er mir 'n grobes Hemd und Hosen von sich und 'ne Weste, und ich kroch rein. Während ich's tat, fragte er mich nach meinem Namen, aber bevor ich's ihm sagen konnte, fing er an, mir von 'nem blauen Nußhäher und 'nem jungen Kaninchen zu erzählen, die er vor 'n paar Tagen im Walde gefangen hatte; und dann fragte er mich, wo Moses war, als das Licht ausging. Ich sagte, ich wüßt' es nicht, hätt' noch nie vorher davon gehört.

»Na, rat«, sagte er.

»Wie soll ich raten«, fragte ich, »wenn ich nie vorher davon gehört hab'?«

»Aber du kannst doch raten, kannst du? Es ist so leicht.«

»Welches Licht?« fragte ich wieder.

»Na, irgend 'n Licht.«

»Weiß nicht, wo er war. Wo war er?«

»Na, er war im Dunkeln! Da war er!«

»Aber wenn du weißt, wo er war, was fragst du denn dann?«

»Na, zum Teufel, 's ist 'n Aufsitzer, verstehst du denn nicht? Sag, wie lange willst du hier bleiben? Könntest immer bleiben; 's ist jetzt grad' keine Schule. Sag, hast du 'n Hund? Ich hab' einen bekommen, der geht in den Fluß und bringt Holz, das man 'neinwirft. Hast du Lust, ihn am Sonntag zu kämmen und all die anderen Dummheiten? Ich hab' keine, aber Ma macht mir welche. Probier mal die alte Jacke da an, sollte sie eigentlich selbst anziehen, aber 's ist so warm. Bist du fertig? Na, dann also vorwärts, komm, alter Spitzbub.«

Kalter Maiskuchen, kaltes Rindfleisch, Butter und Buttermilch – 's war nicht wenig, was sie für mich runtergebracht hatten, und 's war alles so gut, wie ich's noch nie bekommen hatte. Buck und seine Ma und alle rauchten Kalkpfeifen, ausgenommen die Negerin, die fortgegangen war, und die zwei jungen Frauen. Sie rauchten und schwatzten, und ich saß und schmatzte. Die Frauen hatten ihre Bettdecken um und 's Haar offen über den Rücken. Sie stellten alle Fragen an mich, und ich erzählte ihnen, wie Pap und ich und die ganze Familie auf 'ner kleinen Farm unterhalb am Arkansasufer wohnten, und wie meine Schwester Mary Ann davonlief und sich verheiratete und nichts mehr von sich hören ließ, und wie Bill sie suchen ging und auch nichts mehr von sich hören ließ, und wie Tom und Mort starben, und wie dann niemand mehr übrig war als Pap und ich, und wie er so niedergeschlagen war, daß er nichts tun konnte; wie ich, als er dann starb, nahm, was er hinterlassen hatte, weil die Farm nicht uns gehörte, und als Deckpassagier den Fluß rauffuhr und über Bord fiel, und wie ich dann hierherkam. Dann sagten sie, ich könnt' bei ihnen ein Heim haben, so lang' ich wollte.

Inzwischen war's fast Tag, und alle gingen zu Bett, und ich mit Buck; und wie ich dann am Morgen aufwachte, hatt' ich beim Henker vergessen, wie mein Name war. Ich lag über 'ne Stunde da und dachte nach, und als Buck aufwachte, fragte ich: »Kannst du raten, Buck?«

»Ja«, sagte er.

»Wette, du kannst meinen Namen nicht raten.«

»Wette, was du willst, ich kann's.«

»Es ist recht«, sagte ich, »also los.«

»G – e – o – r – g J – a – c – k – s – o – n –, da hast du's«, sagte er.

»Na, hast's wirklich rausgekriegt; dacht' nicht, daß du's könntst. Bin nicht stark drin, 'nen Namen zu raten.«

Ich übte mir ihn in Gedanken mächtig ein, denn 's konnt' ihn mir jemand zu raten aufgeben, deshalb mußte ich ihn parat halten, als wenn's wirklich meiner wäre.

Es war 'ne verdammt angenehme Familie und 'n verdammt angenehmes Haus obendrein. Hatt' noch nie 'n Haus vorher gesehen, das so angenehm war und so bequem. Es hatte keine eiserne Klinke an der Haustür und auch keine von Holz mit 'ner Zeugschnur, sondern 'nen messingnen Klopfer, grad' wie die Häuser in der Stadt. Im Wohnzimmer standen keine Betten; keine Spur von 'nem Bett. Aber 'n Haufen Häuser in der Stadt haben Betten im Wohnzimmer. Dann gab's 'nen riesigen gemauerten Herd, und die Mauern wurden schön rein gehalten durch draufgegossenes Wasser und Schrubben und Scheuern. Manchmal wurden sie mit roter Farbe angestrichen, was sie Spanisch-Braun nannten, grad' wie die in der Stadt. Auf dem Kaminsims stand 'ne Uhr, mit 'nem Bild von 'ner Stadt, und in der Mitte war 'n Kreis für die Sonne, und man konnte das Pendel hin und her gehen sehen. Es war wundervoll, die Uhr schlagen zu hören; und manchmal, wenn ein Hausierer kam und sie aufzog und sie in Ordnung brachte, fing sie an und schlug hundertfünfzig, bis sie ausgeschlagen hatte. Sie hätten sie für kein Geld hergegeben.

An den Wänden hatten sie Bilder hängen – lauter Washingtons und Lafayettes und Schlachten und Hochland-Marys, und eins hieß »Unterzeichnung der Verfassung«. Dann waren einige da, die sie Medaillons nannten; die hatte eine der Töchter, die tot war, von sich selbst gemacht, als sie erst fünfzehn Jahre alt war. Sie waren verschieden von allen Bildern, die ich bis jetzt gesehen hatte; sie waren viel schwärzer als gewöhnlich. Eins war 'ne Frau in 'nem glänzenden schwarzen Kleid, dicht unter den Armen geschnürt, mit Ärmeln, die wie Kohlköpfe gebauscht waren, und mit 'nem mächtigen Hut, mit 'ner schwarzen Feder, und mit kleinen weißen Füßen mit schwarzen Bändern und sehr schwarzen Schuhen, wie 'ne Meise; mit dem rechten Ellbogen lehnte sie gedankenvoll gegen 'nen Grabstein, unter 'ner Trauerweide; und die andere Hand hing runter und hielt 'n weißes Taschentuch und 'n Ridicul; und unter dem Bild stand: »Ach, soll ich nie dich wiedersehen?«

Ein anderes war 'ne junge Dame, die alles Haar auf dem Kopf in 'nen Turm zusammengebunden hatte und in ein Taschentuch weinte, und 'n toter Vogel lag in ihrer anderen Hand auf dem Rücken und mit offenem Schnabel, und drunter stand: »Ach, nie wieder soll ich hören dein süßes Gezwitscher.«

Alle waren traurig, daß sie so früh gestorben war, denn sie hatte noch 'ne Menge solcher Bilder malen wollen, und man konnte an den fertigen sehen, was sie an ihr verloren hatten.

Sie war grad' bei dem gewesen, was sie ihr größtes Werk nannten, als sie krank wurde, und Tag und Nacht hatte sie gebetet, noch so lang' leben zu dürfen, bis sie es fertig gemacht hätte, aber 's hatte nicht sein sollen. Es war das Bild von 'ner jungen Frau in 'nem langen weißen Kleid, die auf der Brücke stand, im Begriff runterzuspringen, mit offenem Haar und nach dem Mond schauend, mit Tränen auf dem Gesicht, und zwei Armen über der Brust gekreuzt, und zwei Armen grad' ausgestreckt, und noch zwei nach dem Mond ausgestreckt, sie hatte probieren wollen, welche Arme am besten aussehen würden, und dann wollte sie die anderen vier abkratzen. Aber sie starb, eh' sie's ausgemacht hatte, und jetzt hing das Bild über dem Kopfende ihres Bettes, und jedesmal an ihrem Geburtstag waren Blumen drüber. Sie führte auch, als sie noch lebte, ein Tagebuch und schrieb Beobachtungen und Ereignisse und Einfälle rein und nannt' es den »Geistlichen Beobachter«; und dann schrieb sie auch Gedichte von ihr selbst rein. Sie waren verflucht poetisch. Über 'nen Jungen namens Stephen Dowling Bots, der in 'nen Brunnen fiel und ersoff, schrieb sie:

Ode an Stephen Dowling Bots

Mußte jung Stephen leiden,
  Und mußt' er sterben gar?
Und weint bei Trauerweiden
  Der Angehör'gen Schar?

Nein, so war's nicht beschlossen
  Ob Stephen Dowling Bots,
Wenn auch viel Tränen flossen;
  Er starb viel schlimmren Tods.

Nicht schwarzer Blattern tückische Plage,
  Nicht Diphterie und Masern rot
Beschwerten seines Lebens Waage,
  Erzeugten seines Leibes Tod.

Nicht abgewiesner Liebe Meiden
  Brach dieser jungen Knospe Herz,
Nicht schweren Kummers bittres Leiden
  Bracht' seiner Seele Todesschmerz.

O nein! Des Mitleids Zähren rinnen,

Tu' ich sein Schicksal schaudernd kund,
Das ihn geführt so früh von hinnen –
Er fiel in eines Brunnens Schlund.

Man zog ihn aus dem Brunnen – ach, vergebens
Ward ausgepumpt des Wassers Flut!
So ging er ein zur Stätte wahren Lebens,
Wo alles schön und groß und gut!

Wenn Emmeline Grangerford solche Gedichte machen konnte, eh' sie noch vierzehn Jahre alt war, ist's gar nicht zu sagen, was sie nach und nach noch hätte erreichen können. Buck sagte, sie konnte Verse runterrasseln wie nichts; konnte gar nicht wieder aufhören damit. Er sagte, sie hätt' immer 'ne Zeile hingeschrieben, und wenn sie keinen Reim drauf hätte finden können, hätt' sie sie wieder ausgestrichen und 'ne andre hingeschrieben. Sie war auch gar nicht wählerisch; sie konnte schreiben über alles, was man ihr aufgab, besonders wenn's was Trauriges war. Sooft 'n Mann starb oder 'ne Frau oder 'n Kind, war sie mit ihrem »Tribut« bei der Hand, eh' er noch kalt war. Sie nannte das nämlich »Tribut«. Die Nachbarn sagten, zuerst der Doktor, dann Emmeline, zuletzt der Leichenbesorger; nur einmal war der Leichenbesorger vor Emmeline gekommen, und da hatte sie sich den Kopf über 'nen Reim auf den Namen Whistler zerbrechen müssen. Danach war sie nicht mehr dieselbe; sie klagte nicht, aber sie schwand dahin und lebte nicht mehr lange. Armes Ding, oft machte ich mich selbst in das Zimmer, das ihres gewesen war, und nahm ihr Tagebuch raus und las drin, wenn ihre Bilder mich aufgeregt hatten und ich 'n bißchen drüber nachgedacht hatte. Ich mochte die ganze Familie gern, die Tote und die Lebenden, und hütete mich, was zwischen uns aufkommen zu lassen. Die arme Emmeline machte Verse über tote Leute, als sie noch lebte, und 's war daher nicht recht, daß niemand welche über sie machte, nachdem sie tot war. So versuchte ich, 'nen Vers oder zwei rauszuschwitzen, aber 's wollte nicht recht gehen. Ihr Zimmer wurde sauber und nett gehalten, und 's blieb alles, wie sie 's gern gehabt hatte, und nie schlief jemand drin. Die alte Dame selbst besorgte den Raum, obwohl 'ne Menge Neger da waren, und sie brachte 'n gut Teil Zeit drin zu und las meistens ihre Bibel dort.

Ich sprach vorher vom Wohnzimmer; 's waren prachtvolle Vorhänge drin, weiß, mit Bildern drauf von Schlössern mit Wein auf allen Mauern und Vieh, das zur Tränke kam. Dann war da noch 'n altes Piano, und nichts war so hübsch, als die jungen Mädchen singen zu hören: »Das letzte Band ist zerrissen« oder »Die Schlacht bei Prag«. Die Böden in allen Zimmern waren gepflastert, und in den meisten lagen Teppiche, und das ganze Haus war außen weiß angestrichen. Es war 'n Doppelhaus, und der große freie Platz zwischen ihnen war überdeckt und gedielt, und oft wurde tagsüber der Tisch rausgesetzt; und 's war wirklich 'n kühler angenehmer Aufenthalt; nichts konnte angenehmer sein. Und wie gut das Essen war, und was für 'ne Menge von allem!

Achtzehntes Kapitel

Colonel Grangerford war natürlich 'n Gentleman; er war 'n Gentleman in allem, und seine Familie war's auch. Er war wohlgeboren, wie die Leute sagen, und das will was bedeuten, bei 'nem Menschen so gut wie beim Pferd, sagte die Witwe Douglas, und niemand konnte leugnen, daß sie zur ersten Aristokratie unseres Dorfes gehörte; und Pap sagt' es auch, obwohl er selbst nicht mehr wert war als 'ne alte Katze. Colonel Grangerford war sehr groß und schmächtig und hatte 'ne etwas dunkle Gesichtsfarbe ohne 'ne Spur von Rot drin. Er war jeden Morgen glatt rasiert, hatte die dünnsten Lippen und die dünnsten Nüstern, 'ne hohe Nase und dichte Augenbrauen und die schwärzesten Augen, die so tief lagen, daß sie aussahen, als schauten sie aus Höhlen raus auf einen, sozusagen. Seine Stirn war hoch, sein Haar schwarz und dicht und hing bis auf die Schultern. Seine Hände waren lang und schmal, und jeden Tag legte er 'n reines Hemd an und 'nen Anzug, von Kopf bis zu Fuß aus Leinen, so weiß, daß es einen ordentlich blendete. Er trug 'nen Mahagonistock mit 'nem silbernen Knopf. Nichts an ihm war ausgelassen, nicht 'n bißchen, und er war niemals laut. Er war so freundlich, wie er nur konnte, man fühlt' es und hatte Vertrauen zu ihm. Manchmal lächelte er, und 's war verdammt angenehm zu sehen. Aber wenn er sich wie 'n Freiheitspfahl aufrichtete und 'ne Art Lichter unter seinen Augenbrauen hervorleuchteten, hatte man erst Lust, auf 'nen Baum zu klettern, und kam dann erst drauf, was los war. Es fiel ihm niemals ein, einem Manieren beibringen zu wollen – jedermann hatte in seiner Gegenwart immer gute Manieren. Überhaupt war jeder gern in seiner Nähe; er war fast immer Sonnenschein, und 's schien einem immer gut Wetter zu sein, wo er war. Wenn er sich in Wolken hüllte, war's für 'ne halbe Minute mächtig dunkel, und das war genug; für 'ne Woche gab's dann wieder gut Wetter.

Wenn er und die alte Dame morgens runterkamen, stand die ganze Familie von ihren Stühlen auf und wünschte ihnen guten Morgen und setzte sich nicht wieder hin, bis sie saßen. Dann gingen Tom und Bob zum Seitentisch, wo die Flaschen standen, und mischten ein Glas Bittern und brachten's ihm, und er hielt's in der Hand, bis Toms und Bobs Gläser auch gemischt waren, und dann standen sie auf und sagten: »Unsere Ergebenheit für euch, Herr und Frau«, und sie verbeugten sich und sagten: danke, und dann tranken alle drei, und Tom und Bob gossen 'nen Löffel voll Wasser zum Zucker und 'n bißchen Whisky oder

Apfelwein in zwei Trinkgläser und gaben's mir und Buck, und wir tranken auch den alten Leuten zu.

Bob war der Älteste, und nach ihm kam Tom. Hübsche schneidige Kerle mit breiten Schultern und braunen Gesichtern und langen schwarzen Haaren und Augen. Sie waren wie der Alte von Kopf bis Fuß in weißes Leinen gekleidet und trugen breite Panamahüte.

Dann war da Miß Charlotte, fünfundzwanzig Jahre alt, groß und stolz und hübsch; aber so gut sie sein konnte, wenn sie bei Laune war, konnte sie einen doch mit 'nem Blick ansehen, der einen in den Kleidern zittern machte, grad' wie ihr Vater. Sie war prachtvoll.

Grad' so war ihre Schwester, Miß Sophia, aber doch ganz anders. Sie war so sanft und zart wie 'ne Taube und erst zwanzig Jahre alt.

Jede Person hatte ihren eigenen Neger zum Aufwarten, auch Buck. Mein Neger hatte 'ne verdammt gute Zeit, denn ich war nicht dran gewöhnt, jemanden für mich allein zu haben, aber Buck war die meiste Zeit auf dem Sprung.

Das waren alle, die zur Familie gehörten; aber 's waren noch mehr gewesen – drei Söhne; sie waren getötet worden, und Emmeline war auch tot.

Der alte Herr hatte 'ne Menge Farmen und über hundert Neger. Manchmal kam 'n Haufen Leute zu Pferde von zehn und fünfzehn Meilen weit und blieben fünf oder sechs Tage, sie trieben solch 'nen Spektakel überall und auf dem Fluß, tanzten und hatten Picknicks in den Wäldern bei Tage und Bälle bei Nacht! Das waren meistens Verwandte von ihnen. Die Männer brachten ihre Büchsen mit sich. Es war 'n hübscher Haufen Leute, kann ich euch sagen.

Es gab in der Nähe noch 'n paar Leute aus der Aristokratie – fünf oder sechs Familien –, meistens mit Namen Shepherdson. Sie waren grad' so stolz und wohlgeboren und reich und vornehm wie die Familie der Grangerfords. Die Shepherdsons und die Grangerfords hatten denselben Dampfbootanlegeplatz, über zwei Meilen oberhalb des Hauses; und manchmal, wenn ich mit unseren Leuten stromaufwärts ging, sah ich 'ne Menge Shepherdsons da auf ihren schönen Pferden.

Eines Tages waren Buck und ich zum Jagen in die Wälder gegangen und hörten Pferde kommen. Wir sprangen über den Weg, und Buck flüsterte: »Schnell rein ins Dickicht!«

Wir taten's und schlichen dann im Gebüsch abwärts. Bald kam 'n feiner junger Herr den Weg runtergaloppiert, der aussah wie 'n Soldat. Er hatte seine Büchse querüber gelegt. Hatte ihn schon vorher gesehen. Es war der junge Harney Shepherdson. Ich hörte Bucks Büchse dicht an meinem Ohr knallen, Harney riß seine Büchse in die Höhe und galoppierte auf die Stelle zu, wo wir waren. Aber wir warteten nicht. Wir rannten Hals über Kopf durch den Wald davon. Der Wald war nicht dicht, und ich schaute über meine Schulter, ob 'ne Kugel unterwegs wäre, und sah Harney auf Buck anlegen; und dann rannte er auf den Weg zurück, woher er gekommen war; denke, um seinen Hut zu holen, konnt 's aber nicht sehen. Wir rannten, bis wir zu Haus waren. Des alten Mannes Augen blitzten 'ne Minute – vor Vergnügen, denk' ich –, dann wurde er wieder ganz ernst und sagte freundlich: »Mag das Schießen vom Busch aus nicht. Warum stelltest du dich nicht auf den Weg, mein Junge?«

»Die Shepherdsons tun's nicht. Sie nutzen jeden Vorteil.«

Miß Charlotte hielt ihren Kopf hoch wie 'ne Königin, während Buck erzählte, und ihre Nüstern blähten sich, und ihre Augen funkelten. Die beiden jungen Männer schauten finster genug aus, sagten aber nichts. Miß Sophia wurde ganz blaß, aber die Farbe kam wieder, wie sie hörte, daß dem Mann nichts passiert war.

Sobald ich Buck allein erwischen konnte, fragte ich: »Wolltest du ihn töten, Buck?«

»Na, denke, daß ich's wollte.«

»Was hat er dir getan?«

»Er? Er hat mir nie was getan.«

»Na, warum wolltest du ihn dann töten?«

»Warum? Na – 's ist halt einer von der Fehde.«

»Was ist 'ne Fehde?«

»Na, wo hast denn du gelebt? Weißt nicht, was 'ne Fehde ist?«

»Hab's nie gehört, sag's mir, bitte.«

»Na«, sagte Buck, »'ne Fehde ist das: Einer hat 'nen Streit mit 'nem anderen und tötet ihn; dann tötet des anderen Bruder ihn; dann gehen die anderen Brüder von beiden Seiten gegeneinander los; dann kommen die Vettern – und schließlich sind alle getötet, und dann ist keine Fehde mehr, aber 's ist 'ne langwierige Sache und dauert verteufelt lange Zeit.«

»Dauert's schon lange, Buck?«

»Na, sollte denken! 's sind schon dreißig Jahre oder mehr noch. Es gab 'nen Streit über was und dann 'nen Prozeß, um den Streit beizulegen; und einer verlor ihn und ging hin, um den Mann zu erschießen, der ihn gewonnen hatte – und das war ganz natürlich; jeder hätt's getan.«

»Wovon ist der Streit gekommen, Buck – Land?«

»Denk', 's kann sein – weiß nicht.«

»Na, und wer fing das Schießen an? War's 'n Grangerford oder 'n Shepherdson?«

»Teufel, wie soll ich das wissen? 's ist doch schon lange her.«

»Weiß es niemand?«

»O doch, Pa weiß es, denk' ich, und 'n paar von den älteren Leuten; aber sie wissen auch nicht mehr, wovon der Streit gekommen ist.«

»Sind schon viele getötet, Buck?«

»Na – 'ne verdammt hübsche Menge Begräbnisse! Aber sie werden nicht immer getötet. Pa hat schon 'n paar Kugeln im Leib; aber er achtet nicht weiter drauf. Bob ist mit 'nem Messer gestochen worden, und Tom ist auch schon 'n paarmal verletzt.«

»Ist in diesem Jahr schon jemand getötet worden?«

»Ja, wir haben einen erwischt und sie einen. Ungefähr vor drei Monaten war mein Vetter Bud, vierzehn Jahre alt, an der anderen Seite vom Fluß durch 'nen Wald geritten und hatte keine Waffe bei sich, was 'ne verdammte Dummheit war; und an 'nem einsamen Platz hört' er 'n Pferd hinter sich und sieht den alten Baldy Shepherdson mit 'ner Büchse in der Hand und sein weißes Haar im Wind wehen. Und statt abzuspringen und in den Wald zu rennen, dachte Bud, er könnt' ihm auswischen; so trieben sie's fünf Meilen oder mehr, der Alte immer dicht hinter ihm. Schließlich sah Bud, daß es nicht ging, so drehte er sich um, um die Kugel in die Stirn zu kriegen, weißt du, und der alte Mann auf ihn zu und schoß ihn runter. Aber er konnt' sich nicht lange über sein Glück freuen, denn in 'ner Woche hatten unsere Leute ihn.«

»Denk', der alte Mann war 'n Feigling.«

»Denk', er war kein Feigling; 's ist kein Feigling unter den Shepherdsons – nicht einer. Und auch unter den Grangerfords ist keiner. Nee, der alte Mann fand seinen Tod in 'nem halbstündigen Kampf mit drei Grangerfords und blieb Sieger. Sie waren alle zu Pferde. Er sprang runter und stellte sich hinter 'nen Baumstamm, den Gaul vor sich, um die Kugeln abzufangen; aber die Grangerfords blieben sitzen um den Alten rum und haben auf ihn geschossen, und er auf sie! Er und sein Gaul kamen beide nach Haus durchlöchert und krumm geschossen, aber die Grangerfords mußten nach Haus getragen werden – und einer von ihnen war tot, und der andere starb den nächsten Tag. Nein, mein Lieber, wenn einer Feiglinge sehen will, darf er sie nicht bei den Shepherdsons suchen!«

Am nächsten Sonntag zogen wir alle zur Kirche, über drei Meilen, alle zu Pferde. Die Männer hielten ihre Büchsen parat, auch Buck. Die Shepherdsons machten's grad' so.

Es war 'ne feine Predigt, immer über brüderliche Liebe und lauter so 'n Zeug; aber jeder sagte, 's wär' 'ne verdammt gute

Predigt, und sie schwatzten beim Nachhausereiten drüber und wußten so 'ne Menge über den Glauben und gute Werke und Nächstenliebe und Vorbestimmung und ich weiß nicht was zu schwatzen, daß es mir einer der frömmsten Sonntage zu sein schien, die ich jemals erlebt hatte.

Eine Stunde nach dem Essen lag alles rum, einige in Stühlen, die anderen in ihren eigenen Zimmern, und 's wurde mächtig schwül. Buck mit 'nem Hund lag in der Sonne im Gras rum und schlief fest. Ich ging in unser Zimmer rauf und dachte, ich wollte selbst auch 'n Nickerchen nehmen. Ich fand die süße Miß Sophia in ihrer Tür stehend, die neben unserer war, und sie zog mich in ihr Zimmer, schloß die Tür fest zu und fragte mich, ob's mir hier gefiele, und ich sagte: ja; dann fragte sie mich, ob ich was für sie tun wollte und niemand was davon sagen, und ich sagte, ich würd's. Dann sagte sie, sie hätte ihr Testament im Stuhl in der Kirche vergessen, und ich sollte hinlaufen, und 's ihr holen und niemand was davon sagen. Ich sagte, ich würd's tun. So rannte ich davon, und 's war niemand in der Kirche, ausgenommen ein oder zwei Schweine, denn 's war kein Schloß an der Tür, und Schweine lieben im Sommer 'nen Steinboden, weil der hübsch kühl ist. Die meisten Menschen gehen nur zur Kirche, wenn sie müssen, die Schweine sind darin anders.

Ich dachte bei mir, 's wär' nicht ganz natürlich für 'n Mädel, so besorgt zu sein um 'n Testament; deshalb schüttelte ich es 'n bißchen, und da fiel 'n Stück Papier raus, darauf stand: »Halb zwei Uhr«, mit Bleistift geschrieben. Ich durchsuchte das Testament, konnte aber nichts weiter finden. Ich konnte nichts draus machen, tat 's Papier wieder rein und ging nach Haus und rauf, und da stand Miß Sophia noch wartend in der Tür. Sie zog mich rein und schloß die Tür; dann suchte sie in dem Testament, bis sie das Papier fand, und wie sie's gelesen hatte, sah sie ganz vergnügt aus; und eh' ich's mich versah, hatte sie mich umarmt und gab mir 'nen Kuß und sagte, ich wär' der beste Junge in der Welt und sollte niemandem was davon sagen. Sie war ganz rot im Gesicht; und ihre Augen leuchteten auf und machten sie ganz verdammt hübsch. Ich war 'n gut Teil erstaunt, aber wie ich wieder zu Atem gekommen war, fragte ich, was auf dem Papier stände, und sie fragte mich, ob ich's gelesen hätte, und ich sagte: nein; und dann fragte sie, ob ich Geschriebenes lesen könnte, und ich sagte: ja; und dann sagte sie, 's wär' nur 'n Buchzeichen.

Ich ging den Fluß abwärts, um über all das nachzudenken, und bald merkte ich, daß mein Neger mir folgte. Als wir außer Sicht des Hauses waren, schaute er 'ne Weile zurück und rundum und kam dann ran und sagte: »Mars Jupiter, Ihr wollen runterkommen in den Sumpf, ich Euch zeigen 'ne Menge Wassermokassins.«

Ich dachte, 's wär' doch verdammt sonderbar; er sagte mir das schon gestern. Muß doch wissen, daß 'n Junge wie ich Wassermokassins nicht so gern hat, um hinter ihnen herzujagen. Was will er nur? So sagte ich: »'s ist gut, geh voran.«

Ich folgte ihm 'ne halbe Meile, dann ging's im Sumpf noch 'ne halbe Meile weit bis über die Knöchel im Dreck. Schließlich kamen wir an 'ne trockene Stelle, die ganz mit Bäumen und Buschwerk bewachsen war, und er sagte: »Mars Jupiter, Ihr noch 'n paar Schritt weit gehen, dann Ihr sein, wo sie sind. Ich sie schon sehen vorher und nicht wollen sie sehen noch mal.«

Dann kehrte er um, und bald war er zwischen den Bäumen verschwunden. Ich ging weiter und kam an 'ne kleine freie Stelle, nicht größer als 'ne Bettstelle, und fand da 'nen Mann schlafend – und beim Henker, 's war mein alter Jim!

Ich weckte ihn auf und dachte, er würde mächtig überrascht sein, mich wiederzusehen, aber er war's nicht. Er schrie fast, so froh war er, aber er war nicht überrascht. Sagte, er hätt' sich schon diese Nacht um mich rumgetrieben und mich schnarchen hören, aber er hätt' mich nicht rufen dürfen, damit ihn nicht einer erwischt und wieder in die Sklaverei gebracht hätte.

»Ich auf den Grund gehen damals«, sagte er, »und nicht können schwimmen, so ich weit zurückbleiben zuletzt hinter dir; wie du landen, ich denken, dich wieder einholen durch laut schreien, aber dann ich sehen dich gehen nach dem Haus, und dann ich sein still. Ich sein zu weit, zu hören, was sie sagen zu dir – ich auch haben Angst vor Hunden. Wie ich wieder sein ruhig, ich gehen in Wald zu warten bis Tag. Ganz früh ein paar Neger kommen und zeigen mir dies Platz, wo die Hunde nicht können mich finden wegen Wasser; und sie mir bringen jede Nacht zu essen und mir sagen, wie du leben.«

»Warum hast du Jack nicht eher gebeten, mich hierherzubringen?«

»Na, es nicht sein recht zu stören dich, Huck, aber jetzt es sein gut. Ich nachts finden das Floß –«

»Was für 'n Floß, Jim?«

»Unser altes Floß.«

»Was, du willst sagen, daß unser altes Floß nicht zum Teufel gegangen ist?«

»Nein, es nicht sein. Ein gut Teil sein noch da, und alles gut sein, wenn nicht unsere Sachen fast alle sein verloren. Wir nicht hätten so tief tauchen und schwimmen müssen so weit, und die Nacht nicht sein so dunkel, und wir nicht sein so erschrocken, wir sehen müssen das Floß. Aber es nichts tun, jetzt wieder alles fast sein wie vorher.«

»Na, wie hast du denn das Floß gekriegt, Jim, hast du 's wieder eingeholt?«

»Wie ich sollen es einholen und laufen in Wald? No, 'n paar Neger es finden auf 'nem Felsen, und die es bringen zwischen Weiden am Ufer und streiten lang, wem es gehören von ihnen; und ich schlichten Streit und sagen, das Floß gehören dir und mir, und sie fragen, was ihnen passieren, wenn sie stehlen Eigentum von weißem Gentleman. Dann ich ihnen geben jedem zehn Cent, und sie müssen sein sehr zufrieden und sich wünschen noch mehr

Floß, um zu kommen und mir verkaufen. Sie sein verdammt gut für mich, und wenn ich wollen haben etwas, sie hingehen und es bringen. Jack sein guter Neger, verteufelt guter Neger.«

»Ja, weiß wohl. Hat mir nichts gesagt, daß du hier warst; sagte mir, er wollte mir 'ne Menge Wassermokassins zeigen. Wenn was passiert, darf er nicht reinverwickelt werden. Kann sagen, er hätt' uns nie zusammen gesehen, und 's wird die Wahrheit sein.«

Über die nächsten Tage kann ich nicht viel sagen. Kann's mit 'n paar Worten abmachen. Ich wachte auf, ging wieder zu Bett und merkte, daß es viel stiller geworden sei und was los sein müsse. Na, ich ging rum, wunderte mich, ging rauf und runter – niemand im ganzen Haus. Auch draußen nicht; denk' ich, was kann's sein? Unten auf'm Platz kommt mir Jack entgegen, und ich frag' ihn: »Was ist nur los?«

»Mars Jupiter, Ihr's nicht wissen?«

»Nee«, sagt' ich, »weiß nicht.«

»Na, dann, Miß Sophia sein fortgelaufen! Das sein! Sie fortlaufen nachts, niemand wissen, wann, fortlaufen zu heiraten jungen Harney Shepherdson, Ihr wissen. Die Familie es finden aus vor 'ner halben Stunde, und ich Euch sagen, sie nicht verlieren Zeit! Die Frauen sein fort zu rufen alle Verwandten, und der alte Mars Saul und die Jungen sein den Fluß rauf mit Büchsen, zu fangen jungen Mann und töten, eh' er können kommen über Fluß mit Miß Sophia. Ich denken, sie jetzt haben schlechte Zeit!«

»Buck ist fort, ohne mich aufzuwecken.«

»Na, ich denken, er sein! Sie nicht wollen mischen Euch in das. Buck hochhalten Büchse und geloben, zu töten 'nen Shepherdson oder zu krepieren.«

Ich rannte den Fluß rauf, so schnell ich konnte. Plötzlich hörte ich 'n gut Stück Weg fort 'ne Anzahl Schüsse. Als ich die Stelle, wo das Dampfboot anlegte, in Sicht bekam, schlich ich unterm Gebüsch weiter bis zu 'nem guten Platz, und dann kletterte ich auf 'ne Weide und wartete.

Vier oder fünf Männer trieben sich am Landungsplatz herum. Sie fluchten mächtig und versuchten ein paar Kerle zu erwischen, die im Gebüsch neben der Landungsstelle steckten, aber sie konnten nicht an sie ran. Zeigte sich einer von ihnen, wurde gleich auf ihn geschossen. Die Kerle krochen immer weiter zurück ins Gebüsch, weil sie gegen die anderen zu schwach waren.

Plötzlich hörten die Männer auf zu fluchen und rumzustöbern. Sie ritten ans Ufer. Im nächsten Augenblick stand einer von denen im Gebüsch auf, zielte und schoß einen von ihnen aus dem Sattel. Alle fuhren auf ihren Gäulen in die Höhe, packten den Getroffenen und schleppten ihn fort. Das benutzten die im Gebüsch, um davonzurennen. Sie kamen ganz dicht an dem Baum, in dem ich saß, vorüber. Wie die anderen sie sahen, kamen sie auf ihren Pferden und setzten ihnen nach. Sie strengten sich mächtig an, aber 's half ihnen nichts, die Kerle hatten 'nen zu großen Vorsprung; sie erreichten die Holzhütte vor meinem Baum, schlüpften rein und hatten wieder den Vorteil den anderen gegenüber. Einer von ihnen war Buck, der andere 'n hübscher junger Kerl, ungefähr neunzehn Jahre alt.

Die Männer suchten 'ne Weile ranzukommen und ritten dann wieder fort. Sobald sie außer Sicht waren, rief ich Buck an. Er wußte zuerst nicht, was das für 'ne Stimme war vom Baum runter. Er war schrecklich überrascht. Er bat mich, scharf aufzupassen und 's ihn wissen zu lassen, wenn die Männer wieder in Sicht kämen. Wollte, ich wär' aus dem Baum raus, aber 's ging nicht gut. Buck begann zu schreien und zu fluchen und sagte, daß er und sein Vetter (das war der andere) für diesen Tag Rache nehmen wollten. Des anderen Vater und seine beiden Brüder seien getötet und zwei oder drei vom Feind. Sagte, die Shepherdsons hätten ihnen im Busch 'nen Hinterhalt gelegt gehabt. Sein Vater und seine Brüder waren davon, um die Verwandtschaft zusammenzutrommeln, die Shepherdsons waren zu stark für sie.

Ich fragte ihn, was aus dem jungen Harney und Miß Sophia geworden sei. Er sagte, sie seien über den Fluß und in Sicherheit. Ich freute mich mächtig drüber. Aber wie Buck drüber sprach, daß es ihm nicht gelungen sei, ihn zu töten, als er auf ihn schoß – hatte noch nie was gehört gleich dem!

Plötzlich bum! bum! bum! drei oder vier Schüsse – die Männer hatten sich durch den Wald rumgeschlichen und kamen ohne ihre Pferde von hinten ran! Die beiden rannten zum Fluß runter, Hals über Kopf, und wie sie 'n Fluß runterschwammen, rannten die Männer am Ufer mit und schossen auf sie und brüllten in einem fort: »Gebt 's ihnen! Gebt 's ihnen!« Das machte mich so elend, daß ich fast aus dem Baum fiel! Mag auch gar nicht alles erzählen, was noch geschah, 's würd' mich nur wieder elend machen! Wünschte, ich wär' gar nicht ans Ufer gekommen, um so was sehen zu müssen. Noch jetzt träum' ich oft genug davon.

Ich blieb in dem Baum, bis es dunkel wurde, weil ich nicht wagte, runterzusteigen. Manchmal hörte ich in der Ferne Schüsse aus dem Wald; und zweimal sah ich kleine Trupps mit Büchsen das Ufer entlanggaloppieren, so dacht' ich, das Spektakel fängt immer wieder von neuem an. Mir war verdammt trübselig zumute. Ich nahm mir vor, überhaupt nicht wieder nach dem Haus zurückzugehen, meinte, 's müßte dort jetzt für mich zu heiß sein. Ich wußte jetzt ja, daß auf dem Stück Papier der Miß Sophia gestanden hatte, daß sie um halb zwei Uhr irgendwann mit Harney davonrennen sollte; und ich dachte, ich hätte dem Alten davon sagen müssen, und wie sie sich mit ihm verabredet hätte; dann würde er ihr auf die Finger gepaßt haben, und dies gräßliche Gemetzel hätte nicht stattgefunden.

Nachdem ich endlich runtergeklettert war, rannte ich 'n Stück abwärts und fand die beiden Jungen im seichten Wasser liegen; ich zog sie ans Ufer, bedeckte ihre Gesichter und rannte davon, so schnell ich konnte. Ich heulte 'n bißchen, als ich Bucks Gesicht bedeckte, denn er war sehr gut gegen mich gewesen.

Jetzt war's ganz dunkel. Ich kam dem Haus nicht mehr nahe, sondern schlug mich durch den Wald nach dem Sumpf hin. Jim war nicht auf seiner Insel; ich suchte zwischen den Weiden rum, denn ich brannte drauf, aus diesem verdammten Land fortzukommen, aber – das Floß war fort! Herrgott, war ich erschrocken! Konnte 'ne Minute lang keinen Atem kriegen! Dann schrie ich so laut ich konnte; 'ne Stimme, nicht fünfundzwanzig Fuß von mir, antwortete: »Du's sein, Huck? Machen ja keinen Lärm.«

Es war Jims Stimme – nichts hatte mir jemals so angenehm geklungen. Ich rannte 'n gutes Stück am Ufer entlang und ging an Bord, und Jim packte mich und fiel mir um den Hals, er war so glücklich, mich zu sehen. »Himmel dich sollen segnen, Kind«, sagte er, »ich wollen grad' fortfahren, weil glauben, du wieder tot! Jack sein gewesen hier, er sagen, er denken, du sein erschossen, weil du nicht kommen nach Haus; so ich sein im Begriff zu treiben Floß abwärts. Ich sein so froh, du wieder da, Huck!«

»Na, 's ist schon gut«, sagte ich, »'s ist mächtig gut! Sie werden mich nicht finden und denken, ich bin tot und 'n Fluß runtergetrieben – 's ist natürlich, daß sie so denken; also verlier keine Zeit, Jim, und fahr, so schnell du kannst, ins tiefe Wasser.«

Ich fühlte mich nicht wohl, bis das Floß zwei Meilen unterhalb und mitten im Mississippi war. Dann hängten wir unsere Signallaterne raus und glaubten wieder frei und sicher zu sein. Ich hatte seit gestern nicht 'nen Bissen zu essen gehabt; so holte Jim 'n wenig Kornkuchen und Buttermilch raus und Speck und 'n paar Rüben und Gemüse – 's ist nichts in der Welt so gut, wenn's nur gut gekocht ist –, und während ich mein Abendbrot aß, schwatzten wir und ließen's uns wohl sein. Ich war verdammt vergnügt, von der »Fehde« fort zu sein, und Jim war's, weil er aus seiner Sumpfinsel raus war. Wir kamen überein, daß es nirgends gemütlicher sei als auf 'nem Floß. Andere Wohnplätze sind so dumpfig und eng, aber 'n Floß ist's nicht. Man fühlt sich frei und lustig und komfortabel auf 'nem Floß!

Neunzehntes Kapitel

Ein paar Tage und Nächte vergingen; ich könnte auch sagen, denk' ich, schwammen dahin, so ruhig und beschaulich und ungestört waren sie. Weiter unterhalb wurd's 'n mächtig breiter Fluß, gewiß anderthalb Meilen breit. Wir fuhren nachts und lagen tags irgendwo versteckt. Sobald die Nacht ziemlich zu Ende war, hörten wir auf zu fahren und machten uns auf die Seite, meistens ins seichte Wasser unter 'ner hohen Uferstelle, und dann schnitten wir junge Baumwollbäume und Weiden ab und bedeckten das Floß damit. Dann legten wir Angelruten aus. Danach sprangen wir in den Fluß und schwammen drin rum, um uns zu erfrischen und abzukühlen. Wir setzten uns auf 'ne Sandbank, wo 's Wasser nicht mehr als knietief war, und warteten, bis es ganz hell geworden sein würde.

Kein Ton irgendwo – vollkommen still –, grad' als wenn die ganze Welt schliefe; nur zuweilen kam's vor, daß 'n Ochsenfrosch quakte. Das erste, was zu sehen war, war 'ne dunkle Linie über dem Wasser, 's waren die Wälder am anderen Ufer; dann kam 'n fahler Schimmer am Himmel; dann breitete sich noch mehr Schimmer aus; dann wurde der Fluß hell und war nicht mehr schwarz wie vorher, sondern grau; man konnte zuweilen kleine schwarze Punkte treiben sehen, schwimmende Baumäste und so was, und lange schwarze Striche – Flöße. Manchmal hörte man ein leises Knacken oder 'ne Stimme von ganz fern, und dann war's doppelt still danach. Hin und wieder sah man 'nen Streifen auf dem Wasser, dem man's ansehen konnte, daß da 'n kleiner Felsen war, an dem sich das Wasser bricht und 'nen kleinen Strudel bildet, und davon kommt der Streifen. Und dann sieht man den Nebel sich vom Wasser abheben, und im Osten wird's rot, und auch das Wasser wird rot; und dann erkennt man drüben am anderen Ufer 'ne große Lücke im Waldrand. Dann kommt 'ne Brise auf und kommt so kühl und frisch rüber und riecht so fein vom Wald und von den Blumen; aber zuweilen riecht's auch anders, wenn jemand drüben faule Fische und so 'n Zeug hat liegenlassen, und die stinken ganz hübsch. Und dann ist's heller Tag, und alles lächelt in der Sonne – und dann fangen die Singvögel an!

Einen kleinen Rauch konnte man jetzt kaum wahrnehmen, deshalb zogen wir 'n paar Fische raus und kochten unser Frühstück. Danach träumten wir in der Einsamkeit des Flusses und wurden dabei ganz schläfrig; und schließlich schliefen wir ganz fest. Dann, nach 'ner Zeit, wachten wir auf, schauten 'rum und sahen ein Dampfschiff, aufwärts dampfend, so fern jenseits am Ufer, daß man nichts von ihm erkennen konnte, ob's 'n Hinterschiffsrad oder Seitenräder hatte. Dann war wieder für 'ne Stunde nichts zu hören und zu sehen – tiefste Einsamkeit. Zuweilen sahen wir 'n Floß runtertreiben, ganz fern; irgend 'n Bootsmann hackte Holz drauf; sie tun das fast immer auf 'nem Floß. Man konnte die Axt blitzen und runterfallen sehen – hören konnte man nichts; man sah die Axt auf und nieder gehen, auf und nieder, und dann hörte man's plötzlich – so lang' hatte der Ton gebraucht, um übers Wasser rüberzukommen!

So brachten wir den Tag zu, faul herumlungernd und auf die Stille horchend. Wenn dicker Nebel war, schlugen sie auf den Flößen und Fahrzeugen, die vorüberkamen, gegen zinnerne Kessel, damit das Dampfboot sie nicht überrennen sollte. Ein Floß kam so dicht bei uns vorüber, daß wir sie ganz deutlich schwatzen und fluchen und lachen hören konnten; aber sehen konnten wir keinen Schein von ihnen. Das war ganz unheimlich; es war, als wenn Geister durch die Luft führen. Jim sagte, er glaubte, daß es Geister wären, aber ich sagte: »Geister würden nicht sagen: ›Hol der Teufel den verdammten Nebel!‹«

Sobald's Nacht war, fuhren wir weiter; wenn wir 's Floß in der Mitte hatten, ließen wir's gehen, wohin 's die Strömung trug;

dann zündeten wir unsere Pfeifen an, legten die Angelruten aus und schwatzten über allerhand Zeugs; wir waren immer nackt, Tag und Nacht, so lang' uns die Moskitos in Ruhe ließen – die neuen Kleider, die Bucks Leute für mich gemacht hatten, waren zu gut, um bequem zu sein, und dann wollt' ich jetzt überhaupt nicht mehr mit Kleidern gehen.

Manchmal hatten wir den Fluß lange Zeit für uns ganz allein; ausgenommen die Sandbänke und Felsen, die aus dem Wasser ragten; zuweilen kam 'n Floß, und man hörte die Leute drauf fiedeln und singen; 's ist famos, auf 'nem Floß zu leben! Wir hatten den Himmel über uns, ganz bedeckt mit Sternen, lagen auf dem Rücken, schauten rauf und schwatzten drüber, woraus die wohl gemacht wären, oder ob die von selbst da wären. Jim meinte, sie wären gemacht, aber ich meinte, sie wären von selbst da; dachte, 's würde zu lang gedauert haben, so viele zu machen. Jim sagte aber, der Mond machte sie, und das klang ganz passabel glaubhaft; so sagte ich nichts mehr drüber. Wir achteten auf die Sterne, die fielen, und wir sahen sie runterschießen. Jim sagte, sie würden von den anderen überfallen und aus dem Nest rausgeschmissen.

Ein- oder zweimal in der Nacht sahen wir 'n Dampfschiff durch die Dunkelheit schleichen, und zuweilen stieß es 'ne ganze Welt von Funken aus dem Schornstein raus, und die regneten ins Wasser nieder, und das sah mächtig hübsch aus. Dann machte es 'ne Wendung, und die Lichter verschwanden, und der Lärm des Schaufelrades hörte auf; und dann war's wieder ganz still; nach 'ner langen Zeit, nachdem 's verschwunden war, kamen auf einmal feine Wellen zu uns und ließen das Floß leicht schaukeln – und dann hörte man wieder, wer weiß wie lange, gar nichts, ausgenommen die Frösche oder so was.

Nach Dunkelwerden gingen die Leute am Lande zu Bett, und dann war für zwei oder drei Stunden das Ufer leer – kein einziges Licht in den Fenstern. Diese Lichter waren unsere Uhren; das erste, das wieder erschien, zeigte uns an, daß der Morgen wiederkam; dann suchten wir 'nen Platz und versteckten uns da.

Eines Tages beim Morgengrauen fand ich 'n Boot, fuhr ans Land und machte 'nen Streifzug in den Wald, um zu sehen, ob ich nicht 'n paar Beeren finden könnte. Ich befand mich grad' an 'ner Stelle, wo 'ne Art Kuhpfad war, als 'n paar Kerle darauf rangeschlichen kamen, so leise sie konnten. Dachte, 's wären Sheriffmänner, denn immer, wenn einer hinter 'nem anderen her zu sein schien, glaubt' ich, 's wär' hinter mir oder Jim. Ich wollte mich schon Hals über Kopf davonmachen, aber sie waren zu dicht ran und schrien und baten mich, ihr Leben zu schonen – sagten, sie hätten nichts getan und würden deshalb verfolgt, und 's wären Männer und Hunde hinter ihnen her. Sie wollten sich wieder davonmachen, aber ich hielt sie auf und sagte: »Tut's nicht. Hör' noch keine Pferde und Hunde; ihr habt noch Zeit durchs Gebüsch auf diesem Wege weiter runter ans Wasser zu gehen; dann watet 'n Stück durchs Wasser und dann kommt zu mir – das wird die Hunde von der Spur abbringen.«

Sie taten's, und sobald sie an Bord waren, fuhren wir in unser Versteck; und nach fünf Minuten hörten wir die Männer in der Ferne schießen. Wir hörten sie den Weg runterkommen, konnten sie aber nicht sehen; sie schienen anzuhalten und 'ne Weile rumzusuchen; dann, wie wir uns immer weiter entfernten, konnten wir sie kaum noch hören. Wir hatten inzwischen 'ne Meile zurückgelegt, alles war still, wir kamen in unserem Versteck beim Floß an und waren vollkommen sicher.

Einer dieser Kerle war über siebzig Jahre alt oder noch mehr und hatte 'nen kahlen Schädel und sehr grauen Backenbart; er hatte 'nen alten, schlottrigen, eingetriebenen Deckel auf und 'n grau-blaues Wollenhemd an und 'ne zerlumpte blaue Hose, in die Stiefelschäfte gestopft, und 'nen alten langschößigen Rock mit messingnen Knöpfen, und beide hatten 'ne Art fettige Reisesäcke bei sich.

Der andere war über dreißig und wie 'n Stromer gekleidet. Nach dem Frühstück lagen wir alle rum und schwatzten, und das erste, was ich rauskriegte, war, daß die beiden einander nicht kannten.

»Was habt Ihr ausgefressen?« fragte der Kahlköpfige den anderen Strolch.

»Na, ich verkaufte 'nen Artikel, den Schmutz von den Zähnen zu entfernen – und er nahm ihn auch weg, und 'n Schmelz obendrein; eines Nachts hielt ich mich an 'nem Ort, wo ich was verkauft hatte, länger auf, als ich gesollt hätte, und war grad' dran, mich davonzumachen, als ich bei der Stadt auf Euch stieß und Ihr mir sagtet, sie wären hinter Euch her, und mich batet, Euch zu helfen. Sagte Euch, hätte mit mir genug zu tun und wollt' nicht mit Euch gehen; 's ist mein ganzes Garn – was ist Eures?«

»Ich sein ein wenig 'n rumreisender Temperenzlerprediger gewesen und der Liebling von allen alten Frauen 'ne Woche oder so, denn ich macht' ihnen die Hölle tüchtig heiß, sag' ich Euch, und hab' fünf und sechs Dollar verdient in 'ner Nacht – zehn Cent auf 'nen Kopf, Kinder und Neger frei – und allerwegen ein Geschäft; bis irgend 'n Kerl, verdamm' ihn, letzte Nacht 'n Gerede in die Welt setzen tut, ich hätt' heimlich was mit 'nem Whiskykrug in meiner freien Zeit. Irgend 'n Neger hinterbrachte mir's den Morgen und sagte, die Kerle wollten hinter mir her mit Hunden, und sie würden mir 'ne halbe Stunde Vorsprung geben und dann hinter mir her; und wenn sie mich kriegen täten, wollten sie mich teeren und federn. Wartete nicht aufs Frühstück – war gar nicht mehr hungrig.«

»Alter Gauner«, grinste der Jüngere. »Denk', wir könnten 'n feines Gespann abgeben zusammen; meint Ihr nicht?«

»Bin nicht abgeneigt. Was ist Euer Fach – für gewöhnlich?«

»Zeitungsdrucker im Herumziehen; 'n bißchen Patent-Mediziner, Schauspieler, Tragöde, wißt Ihr. Mach 'n bißchen in Mesmerism' und Phrenologie, wenn was zu machen ist; hab' auch wohl 'ne Schule in Singen und Geographie, halte Vorlesungen – tu' überhaupt 'ne Menge Dinge am liebsten, was am bequemsten ist. Was macht Ihr?«

»Hab' zu meiner Zeit 'nen hübschen Stiebel in der Doktorei gemacht. Händeauflegen war mein bester Trick – für Krebs und Schwindsucht und so 'n Zeugs. Könnt' nicht sagen, daß mir's gutgegangen wär', wenn wer hinter mein Handwerk gekommen ist. Hab' auch wohl gepredigt; und Meetings veranstaltet und bin als Missionär rumgereist.«

Niemand sagte mehr was für 'ne Weile; dann stieß der Jüngere 'nen tiefen Seufzer aus und stöhnte: »Aaach!!«

»Was winselt Ihr denn?« fragte der Kahlköpfige.

»Zu denken, verurteilt zu sein, solch ein Leben zu führen und zu solcher Gesellschaft heruntergekommen zu sein!« Und dann fing er an, sich mit 'nem Lappen wütend die Augenwinkel zu wischen.

»Hol Euch der Henker! Die Gesellschaft nicht gut genug für Euch?!« sagte der Kahlköpfige mürrisch.

»Ja, sie ist gut genug für mich; ist so gut, wie ich's verdiene! Denn wer stürzte mich so tief, nachdem ich so erhaben gewesen war? Ich tat's selbst! Fluche euch nicht, Gentlemen, weit davon entfernt; ich fluche niemand. Verdiene alles . . . Laß die kalte Welt mir ihr Schlimmstes antun; eins weiß ich – irgendwo ist ein Grab für mich gegraben! Die Welt mag weitergehen, wie sie immer gegangen ist, und mag mir alles nehmen – ausgenommen eines – das kann sie mir nicht nehmen! Eines Tages werd' ich drunten liegen und alles vergessen, und mein armes gebrochenes Herz wird Ruhe haben.« Er ging schluchzend beiseite.

»Tut Euer armes gebrochenes Herz nur trösten«, grunzte der Kahlköpfige. »Was schert uns Euer armes gebrochenes Herz? Haben nichts nich damit zu tun.«

»Nein, ich weiß, Ihr habt nichts damit zu tun! Fluche Euch nicht, Gentlemen! Brachte mich selbst runter – ja, ich tat's selbst!

's billig, wenn ich drunter leiden muß – ganz verflucht billig – ich beschwere mich nicht.«

»Brachtet Euch runter von wo? Wovon wurdet Ihr runtergebracht?«

»Ach, Ihr würdet es mir ja doch nicht glauben; die Welt glaubte es nie – nie! – Laßt – 's ist einerlei! – Das Geheimnis meiner Geburt –«

»Geheimnis Eurer Geburt? Wollt Ihr sagen –«

»Gentlemen«, sagte der junge Mann trübselig, »ich will es Euch anvertrauen, denn ich fühle, daß Ihr für mich Mitleid haben werdet! – Von Rechts wegen bin ich – Herzog!«

Jims Augen quollen förmlich aus dem Kopf raus, als er das hörte; und meine auch, denk' ich. Dann sagte der Kahlköpfige: »Na, was schwatzt Ihr da für 'n Zeug?«

»Es ist so. Mein Großvater, der älteste Sohn des Herzogs von Brückenwasser, floh in dies Land ums Ende des letzten Jahrhunderts, um die reine Luft der Freiheit zu atmen, heiratete hier und starb. Er ließ 'nen Sohn zurück, während sein eigner Vater zur selben Zeit starb. Der zweite Sohn des letzten Herzogs erbte den Titel und das Land, der wahre Erbe wurde übergangen. Ich bin der direkte Nachkomme dieses wahren Erben – ich bin der rechtmäßige Herzog von Brückenwasser –, und hier bin ich, heruntergekommen, aus meinem Lande ausgestoßen, von Menschen gehetzt, ausgestoßen von der kalten Welt, arm, krank, gebrochenen Herzens und verurteilt zur Gesellschaft von Landstreichern und Banditen!«

Jim bemitleidete ihn immer mehr, und ich auch. Wir versuchten, ihn aufzuheitern, aber er sagte, 's hülfe nichts mehr, er könnte nicht mehr aufgeheitert werden; sagte, wenn wir ihn anerkennen wollten, so würde ihn das mehr trösten als sonst irgendwas; so versprachen wir ihm, wir wollten's tun, wenn er uns sagte, wie wir's zu machen hätten. Er sagte, wir müßten uns verbeugen, wenn wir mit ihm sprächen, und »Euer Gnaden« oder

»Mylord« oder »Eure Herrlichkeit« sagen, und 's würd' ihm auch recht sein, wenn wir ihn schlechtweg »Brückenwasser« nennten, was, wie er sagte, 'n Titel und kein Name wäre. Einer von uns müsse ihm beim Essen aufwarten und alles, was er verlangte, für ihn tun.

Das war nicht so schwer, und so taten wir's. Während allen Mahlzeiten stand Jim rum und wartete ihm auf und sagte: »Euer Gnaden wollen haben dies Ding oder das Ding?« und so lauter Zeugs, und man konnt' sehen, daß es ihm Spaß machte.

Der Alte fing indessen allmählich an, schweigsam zu werden – schwatzte nicht mehr so viel und schaute verdammt verdrießlich zu all dem Hokuspokus um den neuen Herzog. Er schien was im Kopf zu haben. Gegen Abend sagte er: »Paßt auf, Brückenwasser, hab' verdammt Mitleid mit Euch, aber Ihr sein nicht die einzige Person, die so 'n Unglück gehabt hat.«

»Nein?«

»Nee, seid's nicht. Seid nicht die einzige Person, die von ihrem hohen Platz vertrieben ist.«

»Ah!«

»Nee, seid nicht die einzige Person, die 'n Geheimnis ihrer Geburt haben tut.«

Und, beim Henker, er fing auch an zu heulen.

»Na – was meint Ihr?«

»Brückenwasser – kann ich Euch trauen?« fragte der Alte unter beträchtlichem Schluchzen.

»Beim bittern Tod, Ihr könnt's!« Er nahm den Alten bei der Hand, drückte sie und sagte: »Sprecht!«

»Brückenwasser – ich bin der letzte Dauphin!«

Könnt euch denken, was für 'n Gesicht Jim und ich machten!

»Ihr seid was?« fragte der Herzog.

»Ja, mein Freund, 's ist nur zu wahr – Eure Augen sehen in diesem gesegneten Augenblick den armen verstoßenen Dauphin, Luy XVII, Sohn von Luy XVI und Mary Antoinette.«

»Ihr! In Eurem Alter! Nein! Ihr wollt sagen, der letzte ›Charlemagne‹; Ihr müßt ja, verdamm' mich, wenigstens sechs oder sieben Jahrhunderte alt sein!«

»Trübsal hat's getan, Brückenwasser, Trübsal hat's getan; Trübsal hat diese grauen Haare erzeugt und dieses klägliche Äußere. Ja, Gentlemen, ihr seht vor euch, in blauem Hemd und Elend, den wandernden, vertriebenen, gefolterten und leidenden rechtmäßigen König von Frankreich!«

Na, er heulte nicht schlecht und macht' es so arg, daß Jim und ich uns gar nicht zu lassen wußten, so trübselig war uns zumute – und so vergnügt und stolz, daß wir ihn auch noch unter uns hatten! So machten wir uns an ihn, wie vorher an den Herzog, und versuchten 's jetzt, ihn aufzuheitern. Aber er sagte, wir sollten's nicht, 's könnt' ihm nichts mehr helfen, als tot und mit allem durch zu sein; doch sagte er, 's täte ihm wohl und er fühlte sich für 'ne Weile leichter und glücklicher, wenn ihn die Leute behandelten, wie's ihm zukäme, und auf die Knie fielen und so mit ihm sprächen und ihn »Eure Majestät« anredeten und ihm bei der Mahlzeit zuerst aufwarteten und sich in seiner Gegenwart nicht setzten, ausgenommen, er fordere sie dazu auf. So majestäteten wir ihn also, taten dies und das für ihn und standen, bis er uns erlaubte, uns zu setzen. Das tat ihm ganz mächtig gut, und er wurde immer freundlicher und gemütlicher. Aber der Herzog war 'n bißchen wütend auf ihn und war durchaus nicht zufrieden mit der neuen Lage der Dinge. Schließlich wandte sich der König an ihn und sagte, sein Vater habe oft von dem Urgroßvater des Herzogs und all den anderen Herzögen von Brückenwasser gesprochen und habe 'n gut Teil von ihnen gehalten. Aber der Herzog blieb lange Zeit stumm, bis der König wieder sagte: »Werden wahrscheinlich 'ne verflucht lange Zeit auf dem verflixten Floß zusammen aushalten müssen, Brückenwasser, wozu also so 'n Gesicht machen? Macht's nur ungemütlich. Es ist nicht mein Fehler, daß ich nicht als Herzog geboren sein tu' –, 's ist nicht

Euer Fehler, daß Ihr nicht als König geboren seid – also warum schneidet Ihr Gesichter? Nehmt den besten Weg, den Ihr finden könnt, sag' ich Euch – 's ist mein Leibspruch. Es ist kein übel Ding, daß wir hier zusammengetroffen sein – 'n schweres Leben und 'n leichtes Leben – kommt, gebt uns Eure Hand, Herzog, und laßt uns Freunde sein!«

Der Herzog tat's, und Jim und ich waren riesig froh, es zu sehen. Es nahm alle Ungemütlichkeit fort, wir fühlten uns alle mächtig wohl, denn 's wär' 'ne verdammte Sache gewesen, 'ne Feindschaft auf 'nem Floß zu haben; denn 's ist die erste Sache auf 'nem Floß, daß jeder zufrieden und gegen die anderen freundlich gesinnt ist.

Ich brauchte nicht lange, um dahinterzukommen, daß diese Gauner nicht König und Herzog waren, sondern alles eitel Humbug. Aber ich hütete mich wohl, was zu sagen; 's ist immer 's beste; man hat sonst nur Unannehmlichkeiten davon. Wenn sie wollten, daß wir sie König und Herzog nennen sollten, so machte ich mir nichts draus, solang' Frieden in der Familie herrschte; und 's hatte keinen Zweck, Jim was zu sagen, und so tat ich's nicht. Hatte ich wohl auch sonst nicht viel Gutes von Pap gelernt, so hatte ich doch das gelernt, daß man am besten mit den Leuten auskommt, wenn man sie ihre eigenen Wege gehen läßt.

Zwanzigstes Kapitel

Sie stellten allerhand Fragen an uns; wollten wissen, wo wir das Floß herhätten und warum wir am Tage still lägen, statt zu fahren; wär' Jim 'n davongelaufener Neger?

»Bei Gott«, sagte ich, »würd' 'n davongelaufener Neger nach Süden gehen?«

Nein, sie glaubten nicht, daß er's würde. Ich sagte also:

»Meine Familie wohnt in der Stadt Pike in Missouri, und sie sind alle tot, bis auf mich und Pap und mein Bruder Ike. Pa wollte zu 'nem Onkel Ben, vierundvierzig Meilen unterhalb von New Orleans. Pap war sehr arm und hatte einige Schulden; nachdem er die bezahlt hatte, war nichts übrig geblieben als sechzehn Dollar und unser Neger Jim. Das war nicht genug, vierzehnhundert Meilen zu reisen, auch nicht als Deckpassagiere. Na, wie der Fluß stieg, hatte Pap mal 'n großes Glück; erwischte dieses Stück von 'nem Floß; deshalb dachten wir, wir wollten auf ihm nach Orleans. Paps Glück hielt aber nicht lange an. Ein Dampfboot rannte eines Nachts über das vordere Ende des Floßes, und wir wurden alle runter und ins Wasser geschmissen. Jim und ich kamen wieder raus, Pap war ertrunken, und Ike war erst vier Jahre alt, so kam er natürlich nicht wieder rauf. In den nächsten Tagen hatten wir 'ne mächtige Angst, weil fortwährend Leute in Booten rankamen und mir Jim wegnehmen wollten, indem sie sagten, sie glaubten, er wär' 'n fortgelaufener Neger. Konnten nicht mehr bei Tage fahren; nachts tun sie uns nichts.«

»Laßt mich 'ne Weile allein, damit ich mir was ausdenken kann, wie wir bei Tage fahren können, wenn wir Lust haben«, sagte der Herzog. »Will drüber nachdenken – 'nen verdammt feinen Plan.«

Gegen Abend wurd's trübe und sah 'n bißchen nach Regen aus. Wir sahen Blitze von einer Wolke zur anderen schießen, die Blätter begannen zu zittern – 's war leicht zu sehen, daß es bald häßlich hergehen würde.

Der König und der Herzog machten sich schleunigst dran, unseren Wigwam zu untersuchen, um zu sehen, ob da Betten wären. Mein Bett war 'n Strohhaufen – besser noch immer als Jims, das 'n Getreidehaufen war; da drin sind stets dicke Knoten und so 'n Zeugs, das drückt und weh tut. Und wenn man sich umdreht, raschelt's, als wenn's 'n Haufen trockenes Laub wäre; 's macht solch 'nen Spektakel, daß man davon aufwacht. Der Herzog wollte mein Bett nehmen. Aber der König sagte, er dürft's nicht. »Sollte meinen«, sagte er, »daß 'n Getreidehaufen bei dem Unterschied unseres Ranges für mich nicht passend sein tut, drauf zu schlafen. Euer Gnaden soll das Bett nur selbst nehmen.«

Jim und ich schwitzten gleich wieder vor Angst, daß es wieder Krakeel geben würde; um so mehr waren wir fidel, als wir den Herzog sagen hörten: »Es ist mein Schicksal immer gewesen unter der eisernen Faust des Unglücks; Unglück hat meinen ehemals stolzen Sinn gebrochen; ich füge mich, unterwerfe mich; 's ist mein Schicksal so. Bin allein in der Welt – laßt mich leiden; ich kann's tragen.«

Wir machten uns davon, sobald der Streit beigelegt war und 's dunkel wurde. Der König befahl uns, auf der Mitte des Floßes stehen zu bleiben und kein Licht zu zeigen, bis wir weit am Dorf vorbei wären. Bald kamen 'ne Anzahl Lichter in Sicht – 's war das Dorf – und blieben hinter uns zurück nach ungefähr 'ner halben Meile. Dann zogen wir unsere Laterne auf; und ungefähr um zehn Uhr fing's an zu regnen und zu donnern und zu blitzen. Der König befahl uns, Wache zu halten, bis das Wetter vorbei sein würde. Dann krochen er und der Herzog in den Wigwam und richteten sich für die Nacht ein. Bis zwölf Uhr hatte ich die Wache, aber ich hätte mich nicht daran geschert, wenn ich nur 'n Bett gehabt hätte. Hatte nicht oft so 'nen Sturm erlebt. Wie der Wind dahinfegte! Und jeden Augenblick 'n Blitz, der die weißen Wellenköpfe 'ne halbe Meile ringsum sehen ließ und die dunklen Inseln und die Bäume, die sich im Winde beugten! Dann kam der Donner krachend und rollend, und dann war 's 'ne Weile still, und dann ging der Tanz wieder los. Die Wellen fegten mich fast vom Floß runter, aber ich hatte keine Kleider an und machte mir nichts draus. Wir brauchten keine Angst zu haben, aufzulaufen; das Licht von den Blitzen leuchtete so beständig und so grell um uns rum, daß wir jedes Riff früh genug gesehen hätten, um ihm auszuweichen.

Ich hatte zwar die Wache, aber ich war verdammt müde, so bot mir Jim an, für mich zu stehen; er war immer so gut gegen mich, der alte Jim! Ich kroch in den Wigwam, aber König und Herzog hatten ihre Betten so auseinandergezerrt, daß kein Platz für mich war. Ich legte mich also draußen hin; der Regen kümmerte mich nicht, denn 's war warm, und die Wellen gingen nicht mehr so hoch. Um zwei Uhr fing's aber wieder an, und Jim wollt's mir sagen, ließ es aber, weil er meinte, 's würde nicht mehr so arg werden; hatte sich aber verteufelt geirrt, denn plötzlich kam 'n wahres Haus von 'ner Welle und riß mich über Bord; und Jim wär' beinahe krepiert vor Lachen. Er war von allen Negern, die ich gesehen habe, am leichtesten zum Lachen zu bringen.

Ich bezog die Wache, und Jim legte sich hin; und allmählich legte sich der Sturm völlig. Beim ersten Licht, weckte ich ihn, und wir führten das Floß für den Tag in ein Versteck.

Der König holte nach dem Frühstück 'n altes schmutziges Spiel Karten raus, und er und der Herzog spielten 'ne Weile »Sieben auf«, das Spiel zu fünf Cent. Dann wurd's ihnen langweilig, und sie wollten, wie sie's nannten, »ein Lager aufschlagen«. Der Herzog fuhr in seinen Reisesack und holte 'ne Menge bedruckter Zettel raus und las sie laut vor. Einer lautete: »Der berühmte Doktor Armand de Montalbau von Paris würde 'ne Vorlesung über Phrenologie halten« an dem und dem Ort und an dem und dem Datum, gegen zehn Cent Eintritt, und »den Charakter gegen fünfundzwanzig Cent pro Kopf« ablesen. Der Herzog sagte, das wäre er. Auf 'nem anderen Zettel war von dem »weltberühmten Shakespeare-Tragöden Garrick dem Jüngeren von Drury Lane, London« die Rede. Auf wieder 'nem anderen standen 'ne Menge Namen und wurden andere wundervolle Dinge versprochen, wie »Wasser und Gold mit 'nem göttlichen Stab hervorrufen«, »Zauberspuk bannen« und so 'n Zeugs mehr. Schließlich sagte er: »Aber die historische Muse ist doch 's beste. Habt Ihr je die Bretter betreten, Königliche Hoheit?«

»Nee«, sagte der König.

»Ihr sollt's aber, bevor Ihr drei Tage älter geworden seid, gefallene Größe«, fuhr der Herzog fort. »Im ersten passablen Ort, wo wir hinkommen, woll 'n wir 'n Theater aufschlagen und die Schwertszene aus Richard III. und die Balkonszene aus Romeo und Julia aufführen. Wie gefällt Euch das?«

»Bin bei jedem Humbug dabei, der gehörig smart sein tut, Brückenwasser, obschon, wißt Ihr, ich verdammt wenig vom Theaterspielen weiß. War noch zu klein, als Pap eins im Palast hielt. Denkt Ihr, Ihr könnt's mich lehren?«

»Ist 'n Pappenstiel!«

»Na, 's ist recht. Hab' jetzt grad' Verlangen nach 'ner Aufheiterung. Laßt uns nur gleich anfangen.«

So schwatzte ihm der Herzog was vor, wer Romeo und wer Julia war, und sagte, er wollte Romeo sein und der König Julia.

»Aber wenn Julia so 'n Fratz ist, Herzog, möcht' mein kahler Schädel und mein weißer Bart verflucht komisch sein für sie, meint Ihr nicht?«

»Na, macht Euch darum keine Sorge – diese Landflöhe merken's gar nicht. Außerdem, müßt Ihr wissen, werdet Ihr in 'nem Kostüm stecken, und das macht 'nen gewaltigen Unterschied; Julia steht auf 'nem Balkon und schmachtet den Mond an, bevor sie ins Bett kriecht, in 'nem Nachtrock und 'ner Nachtmütze. Hier habt Ihr die Kostüme.«

Damit zog er 'ne Art Kaliko-Gardinen raus, woraus er, wie er sagte, die Kleidung für Richard III. und die anderen Kerle machen würde, und 'n langes weißes Nachthemd und 'ne schmierige Nachtmütze. Der König war zufrieden, also holte der Herzog sein Buch raus und las die Rollen in 'ner wundervoll hochtrabenden, gespreizten Art vor, wobei er rumfuhr und zugleich mit den Armen um sich haute, um zu zeigen, wie's gemacht werden müßte; dann gab er das Buch dem König und befahl ihm, seine Rolle auswendig zu lernen.

Inzwischen kamen wir an 'ne lausige kleine »Stadt«, und nach dem Essen sagte der Herzog, er hätte jetzt 'ne Idee, wie wir bei Tage dran vorbeikommen könnten, ohne irgend 'ne Gefahr für Jim; er wollte also hingehen und die Sache vorbereiten. Der König meinte, er wollt's auch und sehen, ob's nicht was für ihn zu machen gäbe. Wir hatten keinen Kaffee mehr, und Jim schlug vor, ich solle mitgehen und welchen holen.

Als wir hinkamen, war niemand zu sehen; die Straßen waren vollkommen tot und leer wie an 'nem Sonntag. Wir fanden 'n kranken Neger, der sich auf 'nem Hinterhof wärmte und der sagte, jeder, der nicht zu jung oder zu krank oder zu alt wäre, sei zur Feldpredigt gelaufen, die zwei Meilen davon in 'nem Wald gehalten würde. Der König ließ sich die Richtung sagen, um hinzugehen und zu sehen, ob sich was machen ließe, und ich sollte auch mitgehen.

Der Herzog dagegen sagte, was er brauchte, sei 'ne Druckerei. Wir fanden eine; 'n kleines Ding von 'nem Haus, und drüber 'ne Zimmermannswerkstatt; Zimmermann und Buchdrucker waren beide fort zur Predigt und keine Tür verschlossen. Es war 'n dürftiges, schmutziges Loch und lauter Buchstaben von Blei drin, und an allen Wänden wundervolle Bilder von durchgehenden Pferden und Negern. Der Herzog warf den Rock ab und sagte, 's wär' schon alles in Ordnung. So machten der König und ich uns auf den Weg zur Predigt.

Wir kamen in 'ner halben Stunde hin, triefend von Schweiß, denn 's war 'n höllisch heißer Tag. Mehr als tausend Menschen standen rum, von zwanzig Meilen in der Umgegend. Der Wald war voll von Kutschen und Wagen. Es waren aus Baumstämmen gemachte und mit Zweigen bedeckte Schuppen da, in denen Limonade und Pfefferkuchen verkauft wurden sowie Wassermelonen und allerhand grünes Zeugs.

Die Zuhörer befanden sich auch unter 'ner Art Schuppen, nur daß diese fester gemacht waren und 'ne Unmenge Leute faßten.

Die Bänke waren aus Wagendeichseln gemacht, mit Löchern drin für die Stricke, von denen sie getragen wurden, und hatten keine Rückenlehnen. Auf einer Seite des Schuppens war auch 'ne Plattform, auf der Leute stehen konnten. Die Frauen hatten Sonnenhüte auf. Einige der jungen Männer waren barfuß, und 'ne Menge Kinder hatten überhaupt nichts an als 'n grobes Hemd. Ein paar alte Frauen strickten, und 'n paar junge schäkerten mitnander. Im ersten Schuppen, zu dem wir kamen, sang der Prediger 'nen Gesangbuchvers vor. Er sang ein bis zwei Zeilen, und alle sangen's nach; und 's war hübsch zu hören, denn 's waren so 'ne Menge Leute, und sie taten's auf so 'ne andächtige Manier. Dann sang er wieder zwei Zeilen vor – und so weiter. Die Leute wurden immer lebendiger und sangen immer lauter; und schließlich fingen welche an zu seufzen und danach andere zu heulen. Dann begann der Prediger zu sprechen, und das gehörig. Er wandte sich erst nach der einen Seite der Plattform und dann nach der anderen, dann nach vorn, fortwährend mit den Armen und dem ganzen Körper agierend und seine Worte mit aller Kraft rausstoßend; und hin und wieder machte er die Bibel auf und gab 'ne Stelle draus zum besten; und dann schrien die Leute jedesmal: »Amen!« und darauf ging's wieder weiter, und die Leute seufzten und heulten und schrien: »Amen!«

»Oh, komm zu den Betrübten, beladen mit Sünde! (Amen!) Komm zu den Traurigen und Kranken! (Amen!) Komm zu den Lahmen und Tauben und Blinden! (Amen!) Komm zu den Armen und Bedürftigen, versunken in Scham! (Amen!) Komm zu den Verlassenen und Leidenden und Verstoßenen! (A – a – amen!! Gloria Halleluja!!)«

Und so weiter. Bald konnte man vor Heulen und Schreien nicht mehr verstehen, was der Prediger sagte. Die Leute brachen sich Bahn zu ihm, fielen nieder, und die Tränen liefen ihnen über die Backen runter. Und dann sangen sie und seufzten und schlugen sich auf die Brust, ganz wie von Sinnen.

Der erste von allen war der König; ich konnte ihn alle überschreien hören; und dann lief er händeringend auf der Plattform rum, und die Leute baten ihn, zu ihnen zu sprechen, und er tat's auch richtig.

Er sagte ihnen, er wär' 'n Seeräuber, wär' einer gewesen schon mit dreißig Jahren, hinten im Indischen Ozean, und sein Schiffsvolk wäre letzthin bei 'nem Gefecht stark zusammengehauen worden, und er wäre jetzt gekommen, neue Kerle zu werben; nun dankte er der himmlischen Gnade, daß er diese Nacht ausgeraubt und ohne 'nen Cent von 'nem Dampfboot davongejagt worden sei; und freute sich drüber; 's wäre das gesegnetste Pech, das er jemals gehabt hätte, denn er wäre jetzt 'n anderer Mensch und zum erstenmal in seinem Leben glücklich; arm, wie er sei, würde er jetzt wieder nach dem Indischen Ozean gehen und den Rest seines Lebens dransetzen, die Piraten auf den rechten Weg zu bringen, denn er könnt's besser als irgend 'n anderer, da er mit allen Seeräubern im ganzen Ozean bekannt sei; und obwohl's 'ne lange Zeit dauern würde, bis er ohne Geld hinkäme würd' er doch hinkommen, und sooft er 'nen Piraten träfe, würde er sagen: »Dankt mir nicht, gebt mir nicht 'nen Schilling, 's gehört alles den gesegneten Leuten von Pokeville, den Brüdern und Wohltätern und ihrem gesegneten Prediger, dem treuesten Freund, den jemals 'n Pirat gehabt hat!«

Und danach brach er in Tränen aus, und alle mit ihm. Dann schrien welche: »Macht 'ne Sammlung für ihn, 'ne Sammlung!« Ungefähr 'n Dutzend Leute wollten schon anfangen, aber andere schrien dagegen: »Laßt ihn selbst sammeln gehen!« Dann schrien's alle, und auch der Prediger.

So drückte sich der König durch den ganzen Haufen mit dem Hut in der Hand, die Augen verdrehend und die Leute segnend und ihnen dankend, daß sie so gut seien gegen die armen Piraten, die doch so weit fort wären; und manchmal trat eines von den hübschesten Mädels, während ihr die Tränen die Nase runtertropften, an ihn ran und fragte, ob es ihn küssen dürfe – zur Erinnerung; er erlaubt' es jedesmal; und manche umarmte und küßte er fünf- und sechsmal; und dann wurde er aufgefordert, 'ne Woche zu bleiben. Jeder wollte, er sollte in seinem Haus wohnen, und sagte, er würd' sich's als 'ne Ehre anrechnen. Aber er sagte, da dies der letzte Tag der Predigten sei, könnt' er's nicht gut tun, und dann brenne er auch drauf, nach dem Indischen Ozean zu den Piraten zu gehen.

Als wir zum Floß zurückkamen und er nachzählte, fand er, daß er siebenundachtzig Dollar und fünfundsiebzig Cent gesammelt hatte. Und dann hatte er noch drei Flaschen Whisky gemaust, die er unter 'nem Wagen gefunden hatte. Er sagte, alles in allem wär's einer der besten Tage gewesen, die er auf seinen Missionsreisen gehabt habe; Heiden könnten sich in bezug auf ihre Brauchbarkeit bei Feldpredigten ohne Zweifel absolut nicht mit Piraten messen.

Der Herzog hatte gedacht, er hätt' seine Sache nicht übel gemacht, bis der König mit seinem Geschäft rausrückte; dann dachte er's nicht mehr. Er hatte zwei kleine Artikel für Farmer aufgesetzt und gedruckt – Pferdebills – und vier Dollar damit gemacht. Dann hatte er noch für zehn Dollar Zeitungsnachrichten mitgenommen, die er, wie er sagte, für vier Dollar hergeben würde, wenn sie gleich bezahlt würden, und das war auch geschehen. Der Preis der Zeitung war zwei Dollar im Jahr, aber er hatte sie auf Subskription zu 'nem halben Dollar abgegeben, gegen Barzahlung. Die Leute hatten mit Klafterholz und Zwiebeln bezahlen wollen, wie sie's immer taten, aber er sagte, er hätte den Preis runtergesetzt, soviel er könnte, und müßte deshalb gegen Kasse verkaufen. Dann hatte er noch 'ne Portion Verse dazugegeben, die er, versteht sich, selbst gemacht hatte, drei Verse, süß und rührselig. Im ganzen hatte er neun und 'nen halben Dollar gekriegt und sagte, 's wär' 'n hübsches Stück Tagewerk gewesen.

Er zeigte uns noch 'nen anderen kleinen Wisch, den er gedruckt, aber nicht verkauft hatte, denn er war nur für uns bestimmt. Es war 'n Bild von 'nem davonlaufenden Neger mit 'nem Stock und 'nem Bündel dran, über seine Schulter gelegt, und drunter stand: »Zweihundert Schilling Belohnung!« Die Beschreibung galt Jim und traf ihn auf 'n Haar. Es hieß, er sei von der St. Jacques-Plantage fortgelaufen, vierzig Meilen unterhalb von Orleans, im Winter, und wahrscheinlich nach Norden gegangen; und wer ihn erwischen und zurückbringen würde, kriegte die Belohnung und seine Auslagen.

»Na«, sagte der Herzog, »können jetzt bei Tage fahren, wenn's uns so paßt. Sehen wir jemand kommen, binden wir Jim an Händen und Füßen und legen ihn in 'n Wigwam, zeigen den Wisch da und sagen, wir hätten ihn gefangen, wären aber zu arm, ihn auf dem Dampfboot fortzubringen, hätten deshalb dieses Floß von guten Freunden geliehen und brächten ihn jetzt zurück. Handfesseln und Stricke haben wir wohl, aber 's geht nicht gut mit der Geschichte von unserer Armut; wir haben zuviel Kostbarkeiten; müssen sie durchaus verstecken.«

Wir sagten alle, der Herzog sei verflucht gepfeffert, und für uns drei könnt's keine Not haben mit dem bei Tage fahren; dachten, wir könnten diese Nacht genug Meilen machen, um aus dem Bereich der Stadt zu kommen, denn des Herzogs Geschichten in der Druckerei würden dort gewiß bekannt werden, und wir konnten, wenn wir wollten, bald genug alle baumeln.

Wir legten bei und verhielten uns bis ungefähr zehn Uhr still, dann fuhren wir ab, zündeten die Laterne aber erst an, als wir 'ne hübsche Strecke vom Ort entfernt und außer Sicht waren.

Als mich Jim morgens um vier Uhr weckte, um die Wache zu halten, fragte er: »Huck, denken du, wir noch mehr treffen Könige von dieser Art?«

»Nee«, sagte ich, »denk' nicht.«

»Na«, meinte er dann, »das sein gut. Ich mir lassen gefallen ein oder zwei, aber das sein genug. Dieser sein wundervoll besoffen, und der Herzog nicht sein besser.«

Ich hörte, daß Jim ihn hatte französisch sprechen lassen wollen, um dahinterzukommen, ob was dran sei; aber er hatte gesagt, er sei schon so lange in diesem Lande und hätte so viel Trübsal durchgemacht, daß er alles vergessen hätte.

Einundzwanzigstes Kapitel

Es war inzwischen nach Sonnenaufgang, aber wir fuhren noch immer weiter, ohne anzuhalten. Der König und der Herzog kamen allmählich raus, sahen aber verdammt übernächtigt aus; nachdem sie indessen über Bord gesprungen und 'n bißchen rumgeschwommen waren, wurde ihnen besser zumute. Nach dem Frühstück setzte sich der König auf 'ne Ecke vom Floß, zog seine Stiefel aus, krempelte die Hosen auf, ließ seine Beine möglichst komfortabel runterhängen, zündete sich 'ne Pfeife an und fing an, Romeo und Julia zu studieren. Als er's ziemlich raushatte, fingen er und der Herzog an, die Rollen zusammen durchzugehen.

Der Herzog mußt' es ihm immer und immer wiederholen, wie er sprechen sollte; zugleich machte er's ihm vor, legte seine Hand aufs Herz, und nach 'ner Weile sagte er, 's wär' jetzt sehr hübsch; »nur«, sagte er, »müßt Ihr nicht ›Romeo!‹ brüllen wie 'n Ochs – Ihr müßt's leise, zärtlich, lockend sagen, so – R – o – o – meo! Denn Julia ist 'n verdammt süßes kleines Mädel und heult nicht wie 'n Schakal.«

Dann holten sie 'n paar lange Schwerter, die der Herzog aus Eichenstämmen gemacht hatte, und fingen an, die Schwertszene zu probieren – der Herzog nannte sich selbst Richard III., und dann legten sie aus und schlugen auf'nander los, daß das Floß 'n ganz vornehmes Ansehen kriegte. Aber schließlich strauchelte der König und fiel über Bord, und damit machten sie Schluß und schwatzten über allerhand Abenteuer, die sie in früheren Jahren den Fluß rauf und runter gehabt hatten.

Nach dem Mittagsessen sagte der Herzog: »Na, Capet, müssen 'ne erstklassige Vorstellung geben, wißt Ihr; will noch 'n Stück dazu geben. Brauchen noch was, was 'n ordentliches Dakapo gibt.«

»Was ist 'n Dakapo?«

Der Herzog sagt' es ihm und fuhr dann fort: »Werden ihn sicher kriegen mit 'nem ›Hochländer‹ oder 'ner ›Matrosen-Hornpipe‹; und Ihr – na, wartet mal – oh, hab's schon – Ihr könnt Hamlets Monolog halten.«

»Hamlets was?«

»Hamlets Monolog, alter Esel; das berühmteste Ding des berühmten Shakespeare. Ah, 's ist wundervoll, wun – der – voll! Füllt alle Häuser. Hab's nicht im Buch, aber ich denk', ich kann's aus 'm Gedächtnis zusammenflicken. Werd' 'ne Minute auf und ab gehen und sehen, ob ich's rauskrieg'.«

So rannte er, in Nachdenken versunken, 'ne Zeitlang auf und ab, wobei er von Zeit zu Zeit ganz schrecklich die Stirn runzelte; erst zog er seine Augenbrauen in die Höhe; danach preßte er die Hand auf den Schädel und grunzte und seufzte und schaute gedankenvoll nach den Wolken. Zuweilen stieß er einzelne Worte raus, spuckte dazwischen 'n paarmal aus, warf sich in die Brust und kramte allerhand Brocken aus Stücken aus, von denen ich nie was gehört hatte. Hier ist der Monolog, den ich leicht genug lernte, während er ihn dem König einbleute:

Sein oder nicht sein; 's ist just der ganze Krempel,
Der Elend schafft im ganzen langen Leben;
Denn wer wird zittern, eh' der Birnam-Wald kommt ran nach Dunsinane?

Doch 's ist die Furcht vor etwas nach dem Tode
Bei Mördern, die des Nachts schlecht schlafen;
Es macht uns mächtig zittern vor des Schicksals giftgetränkten Pfeilen.
Und fliehen zu ganz unbekannten Freunden.
's ist der Respekt, der uns 'ne Haltung gibt.
Weckt Duncan mit dem Klöpfer! Ich wollt', du könntest's!
Denn wer trägt Seufzer leicht und Leiden seiner Tage,
Bedrückers Hochmut, frechen Kerles Schimpfen,
Gesetzes Willkür und verdammter Feinde Blüten
Im wüsten Tode und in finstrer Nacht, wenn die Schakale heulen?
Doch 's ist das Land, von dessen Küste nie ein Wandrer heimgekehrt!
Des Atems Hauch trägt in die Welt die Pest
Und Wehgeschrei und Not, so wie die Katz' im Sprichwort.
Die höchste Demut ist zu wünschen, doch hüt't Euch, schön' Ophelia:
Tu nicht den finstren Marmorrachen auf,
Doch troll dich in ein Kloster – geh!

Na, dem Alten gefiel 's, und 's dauerte nicht eben lange, bis er's raushatte. Es schien, als wenn er dafür geboren wäre; und wie er's erst ordentlich raushatte, war's prachtvoll, wie er fluchte und heulte und aufschluchzte, indem er's runterleierte.

Bei der ersten Gelegenheit druckte der Herzog 'ne Anzahl Eintrittskarten, und dann ging's auf dem Floß verdammt lebendig zu; 's gab nichts als Proben, wie's 's der Herzog nannte. Eines Morgens kriegten wir 'n kleines Nest an 'nem hohen Ufer in Sicht. Wir fuhren 'ne Weile drüber 'naus in 'ne Art Kanal, der wie 'n Tunnel durch die Zypressen gebohrt schien, und alle außer Jim stiegen ins Boot und fuhren ran, um zu sehen, ob an dem Ort was zu machen sei mit 'ner Vorstellung.

Wir trafen's sehr glücklich; es sollte den Abend ein Zirkus ankommen, und 's Landvolk kam schon zu Pferde und in allen möglichen Fuhrwerken in Masse an. Da der Zirkus noch vor Nacht abreisen sollte, so hatten wir mächtig gute Aussichten für unseren Rummel.

Der Herzog mietete das Gerichtshaus, und wir rannten rum und klebten überall unsere Zettel an. Darauf stand:

!!!Shakespeares Wiedererweckung!!!

!Wundervolle Sensation!
!Nur eine Nacht!

Die weltberühmten Tragöden
David Garrick der Jüngere von Drury Lane, London,
Edmund Kean der Ältere von Royal Haymarket, Whitechapel,
Pudding Lane, Piccadilly, London, und den Königl. Theatern
des Kontinents, in ihrem wundervollen Shakespeare-Stück

!!!Die Balkon-Szene aus »Romeo und Julia«!!!

Romeo . . . . . .Mr.Garrick
Julia . . . . . . .Mr.Kean

Unterstützt von sämtlichen Mitgliedern der Truppe!
Neue Kostüme, neue Kulissen, neue Ausstattung!

Dann:
Die schauerliche, meisterhafte und bluttriefende

!!!Schwertkampf-Szene aus »Richard III«.!!!

Richard III . . ..Mr. Garrick
Richmond . . . . . .Mr. Kean

Dann:
(Auf besonderes Verlangen)

!!! Hamlets unsterblicher Monolog!!!

gehalten von dem göttlichen Kean!
in 300 aufeinanderfolgenden Nächten in Paris!

!Nur eine Nacht!
Eintritt 25 Cent; Kinder und Dienstboten 10 Cent!

Dann bummelten wir 'n bißchen durch die Stadt. Die Wirts- und Wohnhäuser waren meistens alte wacklige schäbige Barakken und waren niemals angestrichen gewesen; sie standen drei bis vier Fuß über dem Boden auf Pfählen, damit sie bei Überschwemmungen außer dem Bereich des Flusses waren.

Rundherum waren kleine Gärten angelegt, 's schien aber nichts in ihnen zu wachsen außer Sumpfblumen und zerfetzten alten Stiefeln und Schuhen, Flaschenscherben und Lumpen. Die Zäune waren aus allerlei Brettern zusammengestoppelt, die nach allen Seiten herumwackelten, und hatten fast alle Türen, die nicht schlossen und nur in einer Angel hingen.

Einige waren mal weiß gewesen – zu irgend 'ner entlegenen Zeit –, der Herzog sagte, zur Zeit des Kolumbus vielleicht. Meistens waren in den Gärten Schweine und Leute, die versuchten, sie wieder rauszutreiben.

Alle Läden lagen in ein und derselben Straße. Sie hatten an der Front alle weiße Zeltdächer, an welche die Leute ihre Pferde anbanden.

Unter diesen Dächern standen 'ne Menge Kisten mit Ausschnittwaren, Kautabak und allerhand Zeugs.

Die meisten Leute hatten gelbe Strohhüte, so weit wie Regenschirme, auf, dafür aber keine Röcke und Westen an; sie nannten einander Bill und Buck und Hank und Joe und Andy, sprachen lärmend und sparten nicht grad' mit Schimpfwörtern. An jeder Zeltstange lümmelte wenigstens einer rum, hatte immer die Hände in den Hosentaschen und zog sie nur raus, um 'nen Kautabak zu nehmen.

Fortwährend konnte man hören: »Lang mal 'ne Prieme her, Hank.«

»Kann nicht, hab' nur noch eine. Frag Bill.«

Konnt' sein, daß Bill eine hergab; konnt' sein, er tat's nicht und log, er hätte keine. Mancher von ihnen hatte nie 'nen Cent oder 'nen Kautabak im Vermögen; sie bezogen ihren Tabak lediglich auf dem Wege des Pumpes; sagten zu 'nem anderen: »Wollte, du gäbst mir 'ne Prieme, Jack; hab' diese Minute meine letzte Ben Thompsen 'geben.« Es ist natürlich 'ne Lüge, und niemand fällt drauf rein als 'n Fremder.

Alle Straßen waren mächtig dreckig, sie waren nichts als Dreck, vom Dreck, so schwarz wie Teer, an einigen Stellen über fußtief; zwei bis drei Zoll tief war er überall. Überall trieben sich die Schweine grunzend und schnüffelnd herum. Wir sahen 'ne Muttersau, gefolgt von 'ner ganzen Herde Ferkel, gemütlich die Straße runterkommen, sich recht tief im Dreck einwühlen, grad' da, wo die Leute vorbei mußten, die Augen schließen und mit den Ohren fächeln, während die Ferkel an ihr sogen, so eifrig, als wenn sie dafür bezahlt würden. Plötzlich schrie 'n herumlungernder Gauner: »Hoho, faß, Tig!« Die Sau rannte schrecklich quieksend, mit 'nem Hund oder zwei an den Ohren und 'ner ganzen Herde hinterher, davon; und alle die Kerle standen rum, schauten zu und lachten aus vollem Halse über den Spektakel, von Herzen froh über die Abwechslung. Dann lümmelten sie sich wieder hin und warteten auf 'nen neuen Hundekampf; 's gibt nichts, was ihnen solchen Spaß macht wie 'n Hundekampf, außer Petroleum auf 'nen herumstrolchenden Köter zu gießen und 's dann anzuzünden oder ihn dann zu Tode zu hetzen.

Am Ufer ragten ein paar Häuser über den Rand hinaus, sie waren gestützt und verankert und trotzdem drauf und dran, zusammenzufallen. Die Leute waren schon aus ihnen ausgezogen. So 'n Nest muß immer weiter zurückgeschoben werden, und wieder weiter und immer wieder, weil der Fluß beständig mehr vom Ufer abwäscht.

Je näher an neun Uhr es wurde, um so dichter drängten sich die

Wagen und Reitpferde in den Straßen, und 's kamen immer noch mehr. Familien schleppten ihr Abendessen mit sich vom Land rein und aßen's im Wagen; 's war schon 'ne rechte Whiskykneiperei im Gange, und ich konnte auch richtig schon drei Messerstechereien sehen.

Auf einmal schrie jemand: »Da kommt der alte Boggs! Zu seinem gewohnten Monatssuff! Da kommt er, Jungens, hurra!«

Alle grinsten vor Vergnügen; denke, sie waren gewohnt, ihn zum besten zu haben. Einer sagte: »Möcht' wissen, wo er 'nen Kautabak hernimmt.«

Ein anderer: »Wollte, Boggs ging' mir zu Leibe, wäre dann sicher, noch tausend Jahre zu leben.«

Boggs kam auf seinem Gaul angetrottet, hohoend und schreiend wie 'n Indianer.

»Hol der Teufel 's Pack«, schrie er, »bin auf 'm Kriegspfad und 'n Sarg umsonst!«

Er war besoffen und wackelte im Sattel hin und her. Er war über fünfzig Jahre und hatte 'n sehr rotes Gesicht. Jedermann machte Witze über ihn, lachte ihn aus, und er lachte auch, sagte, er wollte ihnen auflauern und 's ihnen schon besorgen, aber jetzt könnt' er nicht, da er in die Stadt müßt', um den alten Colonel Sherburn zu töten.

Er sah mich, fuhr in die Höhe und schrie: »Warum bist du zu mir gekommen? Willst wohl gern abgestochen sein?«

Dann ritt er weiter. Ich war ganz erschrocken. Aber jemand sagte: »Meint nichts Besonderes damit; macht's immer so, wenn er besoffen ist. Ist der beste alte Spitzbube in Arkansas – hat noch nie wem was getan, weder nüchtern noch besoffen.«

Boggs ritt vor den größten Laden, beugte den Kopf runter, so daß er unters Zeltdach sehen konnte, und heulte: »Komm raus, Sherburn! Komm raus zu dem Mann, den du übers Ohr gehauen hast. Bist grad' der Hund, dem ich an die Gurgel möchte, und ich hab' dich, 'damm mich!«

Damit ritt er weiter, Sherburn alle Namen beilegend, die auszusprechen seine Zunge fähig war, während alle Leute auf der Straße stillstanden, zuhörten und lachten.

Plötzlich kam ein hochmütig aussehender und ungefähr fünfundfünfzig Jahre alter Mann, der bestgekleidete Mann in der ganzen Stadt, aus dem Laden raus, und die Leute traten nach beiden Seiten auseinander, um ihn durchzulassen. Er sagte ganz langsam und ruhig zu Boggs: »Sollt's eigentlich nicht, aber ich will's bis ein Uhr anhören. Bis ein Uhr, nicht länger, hört Ihr? Wenn Ihr dann noch mal gegen mich 's Maul aufmacht, könnt Ihr nicht so weit davonlaufen, daß ich Euch nicht erwischen sollte.«

Damit drehte er sich um und ging davon. Die Leute machten ganz verblüffte Gesichter. Niemand machte Bemerkungen drüber, und 's lachte auch keiner. Boggs trabte davon, so laut er konnte über Sherburn schimpfend. Bald kam er zurück und hielt wieder vor dem Hause und fing von vorn an. Einige machten sich an ihn und bemühten sich, ihn abzuhalten. Sie sagten ihm, 's wär' in fünfzehn Minuten ein Uhr, und deshalb sollte er sich schleunigst nach Haus machen. Aber 's half nichts. Er schimpfte mit aller Macht weiter, warf seinen Hut in den Dreck, ritt drüberweg und kam zurück, während sein graues Haar nur so im Winde wehte. Jeder, der an ihn rankommen konnte, suchte ihn zu beschwatzen, vom Gaul runterzusteigen, um ihn dann fortzubringen und nüchtern zu machen; 's half aber alles nichts, er gab Sherburn nur immer mehr Schimpfnamen zu hören.

Plötzlich sagte jemand: »Geh einer zu seiner Tochter – schnell. Wenn jemand ihn bereden kann, so kann sie's.«

Ein paar Leute rannten sogleich fort. Ich ging 'ne Weile rum und blieb dann wieder stehen. In fünf oder zehn Minuten kam Boggs vorbei, aber nicht auf seinem Pferd. Er taumelte barhäuptig über die Straße, mit 'nem Freund auf jeder Seite, die ihn hielten und fortschleppten. Er war ganz ruhig und sah trübselig genug aus.

Jemand schrie plötzlich: »Boggs!«

Ich schaute rüber, um zu sehen, wer's getan hätte; 's war der Colonel Sherburn. Er stand ganz ruhig auf der Straße und hatte in der rechten Hand 'ne Pistole, zielte aber nicht, sondern hielt sie mit der Mündung nach oben. Im gleichen Augenblick sah ich 'n junges Mädel gerannt kommen und zwei Männer mit ihr. Boggs' seine Begleiter wandten sich um, um zu sehen, wer sie riefe, und wie sie die Pistole sahen, sprangen sie rasch auf die Seite, während der Lauf der Pistole langsam sich immer mehr senkte, bis er waagerecht stand; beide Hähne waren gespannt. Boggs hob beide Hände und winselte: »Schießt nicht, Herr!«

Der erste Schuß ging los, Boggs wankte zurück, in die Luft greifend; der zweite, und er fiel schwer und leblos zurück auf die Erde, mit weit ausgebreiteten Armen. Das junge Mädel schrie laut auf, kam herangerannt und warf sich über ihren Vater. »Er hat ihn getötet, er hat ihn getötet!« schrie und heulte sie. Die Menge schloß sich um sie und schubste und stieß sich gegenseitig mit den Ellbogen, um was zu sehen; die Leute vorn suchten die rückwärts stehenden zurückzustoßen und schrien: »Zurück da! Zurück! Gebt ihm Luft, hol euch der Teufel!«

Colonel Sherburn warf die Pistole auf den Boden, drehte sich auf den Hacken rum und ging wieder in sein Haus.

Sie schleppten Boggs in 'ne Art Apotheke, und fast die ganze Stadt hinterher; mir gelang's , 'nen guten Platz an 'nem Fenster zu erwischen, wo ich ganz dicht bei ihm war und ihn sehen konnte. Sie legten ihn auf den Boden, legten 'ne Bibel unter seinen Kopf, öffneten 'ne andere und legten sie ihm offen auf die Brust; aber erst machten sie ihm 's Hemd auf, und ich konnte die Stelle sehen, wo eine von den Kugeln hineingedrungen war. Er holte noch 'n dutzendmal Atem, wobei seine Brust die Bibel jedesmal in die Höhe hob, und dann lag er still – er war tot.

Sie zogen seine heulende Tochter von ihm fort. Sie war sechzehn, sehr hübsch und vornehm, aber schrecklich blaß.

Bald war die ganze Stadt beisammen, schwatzend und stoßend, um ans Fenster zu gelangen und 'n Blick hineinzubekommen; aber die Leute, die die besten Plätze schon hatten, wollten sie nicht hergeben, und die hinter ihnen schrien fortwährend: »Holla, Kerls, habt jetzt genug gesehen, ihr Spitzbuben; 's ist nicht recht und gemein von euch, euch so unanständig vorzudrängen und 'nen ehrlichen Kerl nicht ranzulassen. Haben 's gleiche Recht wie ihr!«

Ich drückte mich, denn ich meinte, 's könnte gleich noch 'nen Spektakel setzen. Die Straßen waren dicht gedrängt und alle mächtig aufgeregt. Jeder, der dabeigewesen war, erzählte, wie's zugegangen sei; um jeden von ihnen hatte sich 'n Kreis gebildet, alle machten lange Hälse und horchten begierig. Ein langer Kerl, mit langem Haar und 'ner langen Pfeife, zeigte, wo Boggs gestanden hatte und wo Sherburn, und die Leute folgten ihm von einem Platz zum anderen und paßten genau auf alles, was er vormachte. Er stellte sich steif hin an den Platz des Colonels, die Hutkrempe über die Augen gezogen, und schrie: »Boggs!« – und dann hielt er seine Pfeife als Pistole erst in die Höhe, dann waagerecht, sagte »Bumm!«, taumelte zurück, sagte noch mal »Bumm!« und fiel auf den Rücken. Die Leute, die's gesehen hatten, sagten, er machte es vorzüglich, 's wär grad', wie's gewesen sei. Dann zogen 'n Dutzend Leute ihre Flasche raus und ließen ihn 'nen Schluck tun. Plötzlich sagte einer, Sherburn müßte gelyncht werden; im nächsten Augenblick sagten's alle; drauf machten sie sich räsonierend und schwatzend auf den Weg, wobei sie alle Stricke, die sie erwischen konnten, zusammenrafften, um ihn dran aufzuhängen.

Zweiundzwanzigstes Kapitel

Sie drängten schreiend und fluchend und wie die Indianer heulend nach dem Hause Sherburns, 's war schauderhaft zu sehen. Kinder rannten vor dem Haufen her und trieben allerhand Unfug; jedes Fenster am Wege war voll von Frauenköpfen, in den Bäumen saßen Negerjungen, und hinter jedem Zaun schauten halbwüchsige Burschen und Mädels hervor; und sobald ihnen der Pöbel nahe kam, rannten sie schleunigst kreischend davon. Gruppen von Frauen und Mädels kreischten und kriegten Zustände, halbtot vor Angst.

Vor dem Hause des Colonels stauten sie sich, so dicht's nur immer ging, und man konnte vor Spektakel sein eigenes Wort nicht hören. Einige schrien: »Runter mit dem Zaun; und im Nu war 'ne mächtige Bresche gelegt, durch die die Kerle hineinfluteten gleich 'ner Welle.

In diesem Augenblick trat Sherburn auf das Dach seiner kleinen Vorhalle, mit 'ner doppelläufigen Büchse in der Hand, und stellte sich ganz ruhig und kaltblütig, ohne 'n Wort zu sagen, vor sie hin. Die Kerle standen, und die Welle ebbte zurück.

Sherburn sagte noch immer nichts – stand nur da und schaute runter. Die Stille war schrecklich unheimlich und beängstigend. Sherburn ließ seine Augen über den ganzen Haufen hinspazieren, und wo er hinschaute, versuchten die Kerle seinem Blick standzuhalten, aber sie konnten's nicht. Sie mußten die Augen niederschlagen und sahen verdammt verlegen aus. Dann lachte Sherburn auf einmal auf; auf eben keine angenehme Art; 's war, als wenn man Brot ißt und man merkt, 's ist Sand drin.

Dann sagte er langsam und spöttisch: »Zu denken, daß ihr jemanden lynchen wollt! Es ist prachtvoll! Zu denken, daß ihr euch einbildet, Mut genug zu haben, 'nen Mann zu lynchen! Weil ihr Courage genug habt, arme, freundlose, heimatlose Frauen, die hierherkommen, zu teeren und zu federn, bildet ihr euch ein, daß ihr's auch wagt, Hand an 'nen Mann zu legen? Denk' doch, daß 'n Mann unter zehntausend von eurer Sorte sicher ist – solang 's Tag ist und ihr nicht hinter ihm seid.

Denk' doch, ich kenn' euch gut genug. Ich bin im Süden geboren und aufgewachsen und hab' im Norden gelebt; weiß also, was die Menschen im allgemeinen wert sind. Die meisten sind Memmen. Im Norden läßt sich so einer von 'nem Kerl, der dazu Lust hat, schinden, und geht heim und betet demütig, Gott möge den anderen zum Teufel jagen. Im Süden raubt 'n einziger Mann allein 'ne Postkutsche aus am hellen Tag. Eure Zeitungswische schimpfen euch so oft 'n tapferes Volk, daß ihr euch schließlich selbst einbildet, mehr Courage zu haben als 'n anderes; und seid doch grad' so tapfer wie die und nicht 'n Deut mehr. Warum hängen eure Richter 'nen Mörder nicht? Weil sie Angst haben, die Freunde des Kerls werden sie nachts in den Rücken schießen – und 's würd' auch so kommen.

So halten sie lieber 's Maul; und 'n Mann geht nachts mit hundert Feiglingen mit Masken hin und lyncht den Schuft; 's ist euer Fehler, daß ihr nicht 'nen Mann mitgebracht habt; 's ist der eine, und der andere ist, daß ihr nicht im Dunkeln gekomen seid und eure Masken mitgebracht habt. Habt nur 'n Stück von 'nem Mann mitgebracht, da – Buck Harkneß, und hättet ihr den nicht, wärt ihr längst schon davongelaufen.

Hättet lieber nicht kommen sollen. Durchschnittskerle halten nicht viel von 'ner ordentlichen Gefahr. Ihr haltet verflucht wenig davon. Aber wenn nur 'n Stück von 'nem Kerl wie Buck Harkneß schreit: ›Lyncht ihn, lyncht ihn‹, geniert ihr euch, davonzulaufen, weil ihr euch fürchtet, daß man merkt, was ihr seid – Feiglinge –, und macht drum 'n großes Geschrei, hängt euch an seine Rockschöße, kommt hierhergerannt, lügt 's Blaue vom Himmel, was ihr alles tun wollt. Das erbärmlichste Ding ist mal der Pöbel; kämpft nicht mit dem Mut, den er selbst im Leibe hat, sondern mit dem, den ihm seine Masse und seine Führer gaben. Aber 'n Pöbel ohne 'nen Mann an der Spitze ist mehr als erbärmlich.

Rat' euch, euch schleunigst nach Hause zu scheren und in ein Mauseloch zu kriechen. Wenn hier wer gelyncht werden soll, wird's auf südliche Manier, bei Nacht, geschehen; und wenn sie kommen, werden die Kerls Masken vorhaben und 'nen Mann mitbringen. – Jetzt macht, daß ihr fortkommt, und nehmt euer Stück von 'nem Kerl mit!« Und damit hob er seine Büchse.

Die Menge wich sofort zurück; und dann löste sie sich auf, rannte davon und riß alles mit sich fort. Buck Harkneß hintendrein, er sah ziemlich schöpsmäßig aus.

Ich ging zum Zirkus und trieb mich an der Rückseite rum, bis der Wächter weg war, und dann kroch ich unters Zelt. Ich hatte mein Zwanzig-Dollarstück und sonst noch 'n bißchen Geld, aber ich dachte, 's wär' besser, es zu behalten, denn ich konnte nicht wissen, wie bald ich's brauchen würde, fern von zu Hause und unter lauter fremden Leuten. Man kann nicht vorsichtig genug sein; hatte keine Lust, den Zirkusleuten Geld vorzuwerfen, wenn's nicht nötig war, und 's war nicht nötig. Es war 'n ganz mächtig großartiger Zirkus; 'nen glänzenderen Anblick konnt's gar nicht geben, als wenn sie, zwei und zwei, immer 'n Gentleman und eine Dame, er ganz einfach in Unterhosen und 'ner Unterjacke, ohne Schuhe und Steigbügel, die Hände auf 'm Schenkel, leicht und sorglos – ihrer wenigstens zwanzig, und jede Dame in graziöser, prachtvoller Haltung, wie 'ne Art Königin rumschauend, in 'ner Kleidung, die sicher Millionen Dollar gekostet hatte und von Diamanten funkelte, reingeritten kamen. Es war 'n ganz wundervoller Anblick; sah nie vorher was dergleichen. Und wie sie dann, Paar auf Paar, vorritten, stillhielten, durcheinander im Kreise rumritten, so vornehm und leicht und herablassend, die Männer kühn und lustig und die Hüte schwenkend, und die Damen, wie der verdammt süßeste Sonnenschein aussehend in ihren rosenroten Kostümen.

Und dann ging's schneller und immer schneller im Tanzschritt, erst einen Fuß in die Luft ausstreckend und dann den anderen, während der Stallmeister immer im Kreise rumging, die Peitsche schwingend und »Hipp! Hipp!« schreiend, und der Clown ihm zwischen den Beinen durchkroch; und dann ließen auf einmal alle die Zügel fallen, jede Dame stemmte die Hände in die Hüften, und jeder Gentleman kreuzte die Arme, und die Pferde beugten sich bis auf die Erde! Und dann ritten sie alle, einer nach dem anderen, in die Mitte, machten die niedlichsten Verbeugungen, die ich je gesehen habe, und rasten hinaus! Jedermann klatschte in die Hände und stellte sich an, als wenn er verrückt wäre.

Während des ganzen Abends machten sie dann noch die allererstaunlichsten Dinge; und fortwährend trieb der Clown Zeug, daß die Leute fast krepierten vor Lachen. Der Stallmeister konnte kein Wort zu ihm sagen, gleich war er hinter ihm mit irgend 'nem verdammten Unsinn, wie ich nie was gesehen hab'. Konnte durchaus nicht begreifen, wo er nur alles hernehmen konnte, und obendrein, ohne lang' nachzudenken! Ich könnt' in 'nem ganzen Jahr nicht so viel ausdenken. Plötzlich versuchte 'n Besoffener in den Ring zu kommen – sagte, er wollte reiten; sagte, er könnte reiten. So gut wie irgend 'n anderer. Sie versuchten alles, um ihn rauszukriegen, aber 's half nichts, und so wurde die ganze Vorstellung unterbrochen. Schließlich begannen die Leute auf ihn zu schimpfen und Witze über ihn zu reißen; das machte ihn wütend, und er fing an um sich zu stoßen und zu schlagen. Jetzt wurd 's Volk auch wütend, und 'ne Anzahl Kerle sprangen runter in den Kreis: »Haut ihn nieder! Fort mit 'm Kerl!« brüllend, und ein oder zwei Frauen fingen gleich an zu kreischen. Schließlich hielt der Stallmeister 'ne kleine Rede, sagte, er hoffte, 's würde keinen Streit nicht geben, und wenn die Herrschaften es erlaubten, wollte er nichts nicht mehr dagegen haben und den Kerl reiten lassen, wenn er glaubte, daß er auf dem Gaul stehen könnte. Alle lachten, sagten, 's wär' ihnen recht, und der Kerl machte sich richtig dran. Im Augenblick, wo er drauf war, fing das Pferd an zu stoßen und sich zu bäumen und rumzurasen, mit zwei Zirkusmännern am Zügel hängend und dem Besoffenen am Hals. Seine Beine baumelten bei jedem Satz in der Luft, und die ganze Gesellschaft stand rum, schrie und lachte bis zu Tränen. Schließlich riß sich der Gaul trotz allem, was die Zirkusleute taten, um ihn zu halten, los und lief davon wie der Wind, immer rundrum, den Besoffenen auf dem Rücken, die Arme um den Hals des Pferdes, das eine Bein runterbaumelnd und dann das andere; die Leute heulten jetzt vor Entzücken. Mir kam's eigentlich gar nicht spaßhaft vor; 's war nicht angenehm zu sehen, in welcher Gefahr er sich befand. Aber bald rappelte er sich in die Höhe und erwischte die Zügel; dann, plötzlich, sprang er auf, ließ die Zügel fallen und stand! Und dabei rannte der Gaul wie 's Feuer! Stand drauf vergnügt lächelnd, und so leicht und komfortabel, als wäre er nie im Leben besoffen gewesen! Dann fing er an, die Kleider auszuziehen und fortzuschleudern; schleuderte sie so wütend fort, daß 'n ordentlicher Wind entstand. So hatte er schließlich siebzehn Anzüge fortgeworfen und stand da, hübsch und nett und auf die spaßhafteste Weise, die man je gesehen hat, angezogen. Der Gaul wurde ganz verrückt, so schlug er auf ihn los, bis er auf einmal runtersprang, 'ne Verbeugung machte und aus dem Ring davonhüpfte. Alles schrie und brüllte vor Entzücken.

Wie der Stallmeister sah, daß er betrogen worden war, war er der trübseligste Stallmeister, den man jemals sehen konnte. Es war einer von seinen eigenen Leuten gewesen! Hatte sich den Spaß ganz allein ausgedacht und niemandem was davon gesagt. Ich fühlte mich auch schafsmäßig genug, daß ich mich so hatte reinlegen lassen, aber an des Stallmeisters Stelle hätte ich nicht für tausend Dollar sein mögen! Kann sein, 's gibt großartigere Zirkusse als den; für mich war der sicher gut genug, und sooft ich ihn wo treffe, kann er sicher auf meine Kundschaft rechnen.

Na, nachts hatten dann wir unsere Vorstellung; aber 's waren nicht mehr als zwölf Personen da – grad' genug, um die Auslagen zu decken. Und die Leute lachten die ganze Zeit, was den Herzog ganz wütend machte. Bevor's noch zu Ende war, liefen alle davon, bis auf 'nen Jungen, der eingeschlafen war. Der Herzog sagte darauf, die Dummköpfe von Arkansas wären einfach nicht reif für Shakespeare. Was sie brauchten, wären Rührstücke.

Am anderen Morgen trieb er 'n paar Bogen Umschlagpapier auf und 'ne schwarze Farbe, machte 'ne Anzahl Plakate draus und schlug sie überall in der Stadt an. Sie lauteten:

!Im Gerichtshause!

!Nur an drei Abenden!
Die weltberühmten Tragöden

!David Garrick der Jüngere!
!Edmund Kean der Ältere!

von den Londoner und den Theatern des Kontinents
in dem schauderhaften Trauerspiel

Des Königs Giraffe

oder
!!!Der unvergleichliche König!!!

!Eintritt: 50 Cent!

Dann am Schluß kam die unverschämteste Zeile von allen:

!!Frauen und Kinder haben keinen Zutritt!!

»Damm mich«, sagte er, »wenn das nicht zieht, kenn' ich Arkansas nicht!«

Dreiundzwanzigstes Kapitel

Den ganzen Tag waren er und der König mächtig beschäftigt, ein Gerüst aufzurichten, 'nen Vorhang anzubringen und 'ne Menge Kerzen für die Beleuchtung; nachts war dann auch richtig die Bude im Handumdrehen mit Leuten vollgepfropft.

Als keine mehr reingingen, schloß der Herzog die Tür ab, ging hinten rum, kletterte aufs Gerüst, stellte sich vor den Vorhang und hielt 'ne kleine Ansprache, worin er seine Tragödie mächtig rausstrich und sagte, 's wär' die erschütterndste, die jemals geschrieben worden sei. Dann schwatzte er noch allerlei drüber und über Edmund Kean den Älteren, der den vornehmsten Teil davon geben würde; und schließlich, als er die Erwartung der Leute aufs höchste gespannt hatte, zog er den Vorhang in die Höhe, und im nächsten Augenblick kam der König nackt auf auf allen vieren reingekrochen, über und über mit allen möglichen Farben angepinselt; er glänzte wie 'n Regenbogen. Und – aber genug über sein Aussehen, 's war blödsinnig, aber verteufelt komisch. Die Kerle platzten fast vor Lachen; und wie dann der König anfing, Bocksprünge zu machen und von der Bühne weg hinter die Kulissen hüpfte, heulten und brüllten und schrien und pfiffen sie, bis er zurückkam und 's nochmal machte; 's würde wahrhaftig 'ne Kuh lachen gemacht haben, den alten verrückten Kerl seine Glossen machen zu sehen.

Darauf ließ der Herzog den Vorhang runter, machte 'nen Bückling und sagte, die große Tragödie würde nur zweimal aufgeführt werden wegen dringender Londoner Engagements, wo im Drury-Lane-Theater bereits alle Plätze im voraus verkauft seien. Dann machte er noch 'nen Bückling und sagte, wenn's ihm gelungen sei, sie zu unterhalten und zu belehren, würde er ihnen sehr verpflichtet sein, wenn sie's ihren Freunden sagen und sie auffordern wollten, auch herzukommen.

Zwanzig Kerle brüllten auf einmal: »Was, ist das alles? Ist's schon vorüber?«

»Ja«, sagte der Herzog.

Darauf wurd's fidel. Alles sprang auf und brüllte: »Schwindel!« und johlte; und die Kerls kletterten über die Bänke und auf die Bühne und auf die Schauspieler los.

Aber 'n dicker, vornehm aussehender Herr sprang auf 'nen Stuhl und schrie: »Halt da, Gentlemen, noch 'n Wort!«

Alle blieben stehen, um zu hören.

»Wir sind angeschmiert – verdammt niederträchtig angeschmiert! Aber, denk' ich, woll 'n uns nicht zum Narren für die ganze Stadt machen und uns das nicht vorhalten lassen, so lang wir leben. Nein, was wir tun müssen, ist, ganz ruhig fortgehen und den Leuten was über die Vorstellung vorschwatzen und sie reinlegen! Sind dann alle in der gleichen Patsche! Ist's nicht das beste?«

»Freilich ist's das! 's ist ganz verteufelt richtig!« schrien alle wie besessen.

»Na also, dann – kein Wort darüber! Geht heim und macht alle neugierig, herzukommen und die Tragödie anzusehen.«

Am nächsten Tage konnte man im ganzen Nest nichts hören als darüber, wie wundervoll die Vorstellung gewesen sei. Die Bude war abends noch voller, und wir schmierten die Kerle grad' so an. Als ich und der König und der Herzog zum Floß kamen, hatten wir 'n glänzendes Abendessen. Um Mitternacht weckten sie Jim und mich auf und ließen uns das Floß in den Strom rausfahren, und über zwei Meilen unterhalb der Stadt gingen wir wieder in 'nen Versteck.

Am dritten Abend war's grad' so voll – aber diesmal waren's keine Neulinge, sondern lauter Kerle, die schon bei 'ner Vorstellung gewesen waren. Ich stand beim Herzog an der Tür und sah, daß jeder, der reinkam, was in der Tasche oder unterm Hut versteckt hatte – und ich sah wohl, 's war nichts weniger als was Wohlriechendes; stinkend faule Eier, faule Kohlrüben und so 'n Zeug.

Na, als die Bude voll war, gab der Herzog 'nem Burschen ein Geldstück und befahl ihm, für 'ne Weile auf die Tür zu achten, und dann ging er selbst nach der Tür zur Bühne, und ich hinter ihm drein. Aber wie wir in 'nem dunklen Winkel waren, flüsterte er mir leise zu: »Scher dich jetzt fort aus der Stadt und nach 'm Floß, als wenn der Teufel hinter dir wär'!«

Ich tat 's, und er tat's auch. Wir kamen zu gleicher Zeit beim Floß an, und nach noch nicht zwei Sekunden trieben wir stromabwärts, und 's war mäuschenstill und dunkel, und wir fuhren nach der Mitte des Flusses, und keiner sagte 'n Wort. Dachte, der König würd' wohl 'nen netten Tanz kriegen mit dem Publikum; aber nichts dergleichen; auf einmal kroch er unterm Wigwam raus und grunzte: »Na, Herzog, wie ist 's denn diesmal gegangen?«

Er war überhaupt nicht nach der Stadt gegangen.

Wir machten kein Licht, bis wir zehn Meilen unterhalb waren. Dann zündeten wir eins an, aßen unser Abendessen, und der König und der Herzog lachten mächtig über die verdammt famose Art, wie sie diese Kerle angeschmiert hätten.

Dann meinte der Herzog: »Hornochsen, Dickköpfe! Wußte, daß die erste Abteilung sich's ruhig gefallen lassen und die anderen auch reinlocken würde; wußte, daß sie uns für 'n dritten Abend was zugedacht hatten und glaubten, diesmal wären sie an der Reihe! Na, sie sind jetzt dran, und ich gäb' was drum, zu wissen, was sie tun werden, wenn sie's merken! Können 'nen Picknick halten, wenn's ihnen paßt, Vorrat genug haben sie mitgebracht.«

Die beiden Gauner machten an den drei Abenden vierhundertsechsundfünfzig Dollar. Ich hatte nie vorher so 'ne Menge Geld beisammen gesehen.

Als sie schon lange schliefen und schnarchten, fragte Jim auf einmal: »Du nicht wundern, Huck, daß König sich so betragen?«
»Nee«, sagte ich, »tu's nicht.«
»Warum du's nicht tun, Huck?«
»Na, tu's nicht, weil's ganz in der Ordnung ist. Denk', sie sind alle so.«
»Aber, Huck, dieser König nichts sein als Spitzbub, das er sein; gewöhnlicher Spitzbub!«
»Na, das sag' ich ja; alle Könige sind Spitzbuben, soviel ich weiß.«
»Das so sein wirklich?«
»Wirst schon nochmal was drüber zu lesen kriegen, wirst schon sehen, Jim. Denk an Heinrich XI.; der da ist 'n Sonntagsschullehrer gegen den. Und denk an Karl II., an Ludwig XIV., an Ludwig XV., an Richard III. und noch vierzig andere. Teufel, hättest Heinrich XI. sehen sollen zu seiner besten Zeit; jeden Tag mußte er 'ne neue Frau zum Heiraten haben, und schlug ihr am nächsten Morgen den Kopf ab. Und tat's obendrein so gleichgültig, als wenn er Eier aufschlagen ließe. ›Holt Nell Gwynn!‹ sagt' er. Sie holten sie. Nächsten Morgen: ›Kopf runter!‹ Sie schlugen ihn ihr runter. ›Holt Jane Shore.‹ Sie holten sie. Nächsten Morgen: ›Kopf runter.‹ Sie taten's. ›Her mit Fair Rosamun.‹ Nächsten Morgen: ›Kopf runter.‹ Jede mußt' ihn 'ne ganze Nacht lang unterhalten; und er sammelte so lang', bis er tausendundeine Geschichten beisammen hatte, und dann macht' er 'n Buch draus. Du weißt nichts von Königen, Jim, aber ich weiß was; und dieser Gauner ist noch einer von den besten, die mir vorgekommen sind. Dem Heinrich fiel's mal beim Essen ein, mit diesem Land anzubinden. Und wie tat er's – glaubst du, er hätt's vorher angekündigt? Nee. Plötzlich schmeißt er im Bostoner Hafen allen Tee über Bord und erläßt 'ne Herausforderung und sagt, sie soll'n nur rankommen. Das war so seine Manier – macht's niemals nicht anders. Hatte Verdacht gegen den Herzog von Wel-

lington, seinen Vater. Was tut er? Fordert ihn auf, Rechenschaft zu geben? Denkt nicht dran – steckt ihn in 'n Marmeladefaß, wie 'ne Katze. Wenn Leute in seiner Nähe Geld liegen ließen – was tat er? Grapschte es schleunigst. Wenn er wem was versprach zu tun, und der bezahlt ihn dafür und kümmert sich nicht weiter drum, ob's auch geschieht – was tut er? Tut grad' 's Gegenteil davon. So 'n Vieh war der Heinrich. König ist König, sag' ich, alle sind sie Spitzbuben.«

»Aber der da tun stinken wie 'n Strolch, Huck!«

»Damm mich, er tut's, Jim. Weiß nicht, wie 'n rechter König riecht, darüber sagen die Geschichtsbücher nichts.«

»Na, und Herzog sein ganz verteufelt lustiger Kauz, nicht?«

»Ja, 'n Herzog ist 'n bißchen anders als 'n König; aber nicht viel. Der da ist 'n mittelmäßiges Stück von 'nem Herzog. Wenn er besoffen ist, kann ihn 'n Kerl mit noch so guten Augen nicht von 'nem König unterscheiden.«

Was hätt's für 'nen Zweck gehabt, Jim zu sagen, daß dies keine echten Könige und Herzoge waren? Hätte doch nichts genützt; und dann, wie ich schon sagte, man konnt' sie nicht von richtigen Königen und Herzogen unterscheiden.

Ich fing wieder an zu schlafen, und Jim weckte mich nicht, als meine Wache kam. Er machte 's oft so. Als ich grade bei Tagesanbruch aufwachte, saß er da mit dem Kopf zwischen den Knien, mit sich selbst brummend und grunzend. Ich kümmerte mich nicht drum; wußte, was es zu bedeuten hatte. Er dachte an seine Frau und seine Kinder, war trübselig gestimmt und hatte Heimweh. Er war in seinem Leben niemals von zu Hause fort gewesen, und ich denke, er hing grad so an seinen Leuten wie 'n weißer Mann. Das scheint nicht sehr natürlich, aber ich denke doch, 's ist so. Nachts grunzte er oft auf diese Art, wenn er dachte, ich schliefe. »Arm' kleine Lisabeth! Arm' klein Johnny! Es sein sehr hart; ich fürchten, euch zu sehen nie wieder!« Es war 'n verdammt weichherziger Neger, der Jim.

Vierundzwanzigstes Kapitel

Am nächsten Tage legten wir gegen Abend bei 'ner kleinen von Weiden überwachsenen Sandbank mitten im Fluß bei, wo auf jeder Seite des Flusses ein kleines Dorf war, und König und Herzog fingen an, 'nen Plan auszuhecken, die Orte ebenfalls reinzulegen. Jim sprach mit dem Herzog und sagte, er hoffte, 's würd' nicht mehr als 'n paar Stunden dauern, denn 's wär' gar zu trübselig und einsam für ihn, den ganzen Tag gebunden im Wigwam zu liegen. Wir mußten ihn natürlich binden, wenn wir ihn verließen, denn wenn ihn jemand nicht gebunden erwischte, hätt's ihm leicht an den Kragen gehen können. Der Herzog glaubte wohl, daß es 'ne verdammt langweilige Sache sein müßte, so zu liegen, und er sagte, er wollte sehen, was rauszufinden, daß es nicht mehr nötig wäre.

Er war ungewöhnlich gerissen, der Herzog, und hatte es bald gefunden. Er steckte Jim in das Kostüm von König Lear – 'nen ganz ordinären Kalikorock, 'ne Perücke von weißem Pferdehaar und ebensolchen Bart. Dann holte er seine Theaterfarbe und strich ihm Gesicht, Hände, Ohren und Nase über und über mit 'ner soliden blauen Farbe an, daß er aussah wie 'n Mann, der neun Tage im Wasser gelegen hat. Es war die greulichste Fratze, die ich jemals gesehen hab'. Dann holte der Herzog 'ne Schindel hervor und schrieb drauf: »Ein verrückter Araber! Ist harmlos, wenn er nicht grade 'nen Anfall hat!« Diese Schindel band er an 'nen Pfahl und stellte ihn vier oder fünf Fuß vor dem Wigwam auf. Jim war's zufrieden. Er meinte, 's wär' immer noch besser, als jahrelang jeden Tag an 'nen Pfahl gebunden zu liegen und bei jedem Geräusch vor Furcht zittern zu müssen. Der Herzog befahl ihm, sich ganz ungeniert und vergnügt zu stellen, und wenn sich jemand in der Nähe herumtriebe, aus dem Wigwam rauszustürzen, 'n wenig rumzurennen, wie 'ne wilde Bestie die Zähne zu fletschen – und dann, dächte er, würde jeder sich davonmachen und ihn ungeschoren lassen; was verdammt klug ausgesonnen war, nur daß die meisten gar nicht warten würden, bis Jim anfinge zu heulen, denn er sah nicht nur aus, wie wenn er tot wäre, sondern noch hundertmal greulicher.

Die beiden Gauner hatten Lust, den Unsinn noch mal zu versuchen, weil sie so viel Geld damit gemacht hatten; aber sie dachten; 's möcht' nicht ganz sicher sein, denn ihr Scherz konnte inzwischen hier schon bekannt geworden sein. So erklärte schließlich der Herzog, er würde sich 'ne Stunde oder zwei hinlegen und nachdenken, ob ihm nicht was anderes einfiele, das Nest auf der Arkansasseite reinzulegen; und der König nahm das andere Dorf auf sich, wollte aber gleich 'nüber und 's dem Himmel überlassen, ihm 'ne gute Art, die Leute zu schröpfen, einzugeben, wenn er drüben wäre; aber ich glaub', er meinte eigentlich den Teufel. Wir hatten, wo wir zuletzt gelegen hatten, 'ne Menge Kleider zusammengetragen. Die des Königs waren ganz schwarz, und er sah ganz geschwollen und steif drin aus. Hätte nie gedacht, daß Kleider 'nen Menschen so verändern können. Vorher hatte er wie der ordinärste Landstreicher ausgesehen; aber jetzt, wenn er seinen neuen weißen Biberhut abnahm und 'nen Bückling machte und dabei freundlich grinste, sah er so vornehm und gut und fromm aus, daß man glauben konnte, er käm' grad' aus der Arche raus und wär' der alte Leviticus selbst.

Ein großes Dampfboot lag an der Küste, ungefähr drei Meilen vom Dorf entfernt, das schon mehrere Stunden beschäftigt war, Fracht einzunehmen.

»Anbetracht, wie ich gekleidet sein tu', denk' ich, 's ist besser, komm' von St. Louis oder Cincinnati oder so 'nem großen Dingsda«, sagte der König. »Ruder nach 'm Dampfboot, Huck, woll'n von ihm aus nach 'm Dorf kommen.«

Ich ließ es mir nicht zweimal sagen, den Kurs aufs Dampfboot zu nehmen. Wir erreichten die Küste 'ne halbe Meile unterhalb des Dorfes. Bald sahen wir 'nen kleinen unschuldig aussehenden Landbewohner, auf 'nem großen Packen sitzend, der damit beschäftigt war, sich den Schweiß vom Gesicht abzuwischen, denn 's war 'n mächtig heißes Wetter.

»Fahr ans Ufer ran«, kommandierte der König. Ich tat 's.
»Worauf wartst du, kleiner Strolch?«
»Aufs Dampfboot; 's geht nach Orleans.«
»Komm rein«, sagte der König. »Halt 'ne Minute, mein Diener wird dir beim Sack helfen. Vorwärts, hilf dem Gentleman, Adolphus« – womit er, wie ich sah, mich meinte.

Ich tat's, und wir ruderten alle drei wieder weiter. Der junge Kerl war mächtig dankbar; sagte, 's wär' 'n saures Stück, bei solchem Wetter so 'nen Packen zu schleppen. Er fragte den König, wo wir hingingen, und der sagte, er wär' diesen Morgen den Fluß runtergekommen nach dem anderen Dorf; und jetzt wollt' er 'n paar Meilen aufwärts, um 'nen alten Freund auf 'ner Farm zu besuchen.

»Wie ich Euch zuerst sah«, sagte der Bursche, »dacht' ich, 's ist gewiß Mr. Wilks, und er kommt mächtig zeitig hier an; aber dann dacht' ich wieder, nee, wird's doch wohl nicht sein, sonst würd' er nicht den Fluß raufkommen. Ihr seid's nicht, he?«

»Nee, mein Name ist Blodgett – Elexander Blodgett – Ehrwürden Elexander Blodgett, denk', 's ist nicht mehr als recht zu sagen, daß ich einer von des Herrn niedrigen Dienern bin. – Aber jetzt sollt' ich eigentlich betrübt sein, daß Mr. Wills nicht zur rechten Zeit da sein tut, wenn was Besonderes vorliegt – hoff', 's ist nichts Besonderes?«

»Na, er wird grad' kein Vermögen dadurch verlieren, denn er kriegt's auf jeden Fall; kommt, um seinen toten Bruder Peter zu sehen, was er, glaub' ich, nicht eben gern tut – aber sein Bruder hätt' alles in der Welt dafür gegeben, ihn noch zu sehen, eh' er starb; sprach seit drei Wochen von nichts anderem mehr; hatte ihn nicht geschen, seit sie beide Kinder waren – seinen Bruder

William überhaupt nicht; 's ist der Taubstumme, dreißig oder fünfunddreißig Jahre alt. Peter und George waren die einzigen, die hier zusammen gelebt haben. George war verheiratet; er und seine Frau starben beide voriges Jahr. Harvey und William sind die beiden einzigen, die jetzt noch leben, und die sind, wie ich sagte, seit 'ner ewig langen Zeit nicht hier gewesen.«

»Hat jemand Nachricht geschickt?«

»Gewiß; vor 'nem Monat oder zwei, als Peter zuerst krank war. Peter sagte damals, er fühlte, daß er's nicht mehr lange machen würde; er war schon hübsch alt, müßt Ihr wissen, und Georges Mädel waren zu jung, um viel Gesellschaft für ihn sein zu können, ausgenommen Mary Jane, die Rothaarige; und deshalb war er verteufelt einsam, nachdem George tot war, und hatte keine rechte Lust mehr am Leben. Um so mehr wünschte er Harvey noch mal zu sehen – William auch, versteht sich –, denn er war einer von denen, die's nicht übers Herz bringen können, ein Testament zu machen. Er ließ 'nen Brief für Harvey zurück, sagte, er hätte ihm drin mitgeteilt, wo sein Geld vergraben sei, und daß er wollte, daß sein übriges Eigentum unter die Töchter von George gleichmäßig verteilt würde – denn George selbst hatte gar nichts hinterlassen.«

»Warum denkst du, daß Harvey nicht kommen wird? Wo wohnt er?«

»Oh, er lebt in England – Sheffield –, ist dort Prediger, niemals in diesem Land gewesen. Hat wohl nicht zu viel Zeit und hat vielleicht auch den Brief gar nicht gekriegt, müßt Ihr wissen.«

»Traurig, zu traurig, daß er seinen Bruder nicht mehr zu sehen kriegt, armer Kerl! – Gehst nach Orleans, sagst du?«

»Ja, 's ist aber nicht alles; nächsten Mittwoch fahr' ich nach Rio de Janeiro, wo 'n Onkel von mir lebt.«

»Ist 'ne verdammt lange Reise; wird aber lustig für dich sein; wollt', könnte mit. – Ist Mary Jane die älteste? Wie – wie alt sein die anderen?«

»Mary Jane ist neunzehn, Susan fünfzehn und Joanna über vierzehn – hat 'ne Hasenscharte.«

»Ar – me Dinger!! Einsam und verlassen zu sein in der kalten Welt!«

»Na, 's könnt' schlimmer mit ihnen stehen. Der alte Peter hatte Freunde, und die werden sie nicht umkommen lassen. Hobson, der Baptistengeistliche, und Deacon Lot Hovey und Ben Rucker und Abner Shackleford und Levi Bell, der Richter, und Doktor Robinson und ihre Frauen und Witwe Bartley, und – na, noch 'n ganzer Haufen; aber mit diesen war Peter am befreundetsten und hat zuweilen von ihnen geschrieben, wenn er seinem Bruder schrieb; die wird Harvey also schon kennen und wissen, daß sie Freunde sind, wenn er herkommt.«

Na, der alte König fuhr fort, allerhand Fragen zu stellen, bis er den Jungen fast damit umgebracht hatte. Der Teufel soll mich holen, wenn er sich nicht über alle und alles in dem gesegneten Ort erzählen ließ, vor allem natürlich über die Wilks. Über Peters Geschäft, der 'n Gerber gewesen war; über Georges, 'n Zimmermann, und über Harveys, was wir ja schon wußten. Und so weiter, und so weiter.

Dann fragte er: »Warum hast du den ganzen Weg zum Dampfboot hierher gemacht?«

»Weil 's 'n großes Orleans-Boot ist, und ich fürchtete, 's möchte dort nicht halten. Wenn sie's eilig haben, halten sie nicht auf 'nen Ruf; ein Cincinnati-Boot tut's.«

»War – war Peter Wilks wohlhabend?«

»M – jah! Ganz hübsch wohlhabend; hatte Häuser und Land, und sie haben ausgerechnet, daß er drei oder viertausend in 'ner Kasse vergraben hinterlassen hat.«

»Wann starb er, sagtest du?«

»Hab's nicht gesagt, aber 's war letzte Nacht.«

»Beerdigung morgen – denk' ich!«

»Ja, um Mittag.«

»'s ist wahrhaftig schrecklich traurig! Aber wir müssen alle sterben, einer früher, 'n anderer später. Was wir tun müssen, ist deshalb, uns vorzubereiten, junger Mann. Dann sein alles in Ordnung.«

»Ja, Herr, 's ist 's beste. Ma pflegte auch immer so zu sagen.«

Als wir das Dampfboot erreichten, war's fertig beladen, und bald ging's auf und davon. Der König sprach nicht mehr davon, an Bord zu gehen; er hatte mich also vergebens arbeiten lassen. Er ließ mich noch 'ne Meile aufwärts rudern nach 'nem stillen Plätzchen, dann gingen wir ans Ufer, und er sagte: »Jetzt schleunigst zurück, bring den Herzog hierher und den neuen Reisesack. Ist er schon auf die andere Seite 'nüber, rüber und hol ihn! Sag ihm, soll alles im Stich lassen. Jetzt marsch!«

Ich sah wohl, was er vorhatte, sagte aber nichts. Als ich mit dem Herzog zurückkam, versteckten wir das Boot, und der König erzählte ihm alles, grad' wie's der Junge getan hatte – Wort für Wort. Und dabei versuchte er in einem fort wie 'n Engländer zu sprechen, für 'nen Landstreicher nicht zu schlecht. Ich konnt's ihm nicht nachmachen, aber er macht' es wirklich verdammt gut.

Dann fragte er: »Wie gefällt Euch der ›Taubstumme‹, Brückenwasser?«

Der Herzog sagte, er sollt's ihm nur überlassen, er wollt's schon machen. Darauf setzten sie sich, und wir warteten auf 'n Dampfboot.

Gegen Abend kam eins, schickte uns 'n Boot, und wir gingen an Bord; 's kam von Cincinnati, und wie sie merkten, daß wir nur vier oder fünf Meilen mit wollten, waren sie mächtig wütend und sagten, sie würden uns nicht an Land setzen. Aber der König sagte ganz gemütlich: »Wenn 'n paar Gentlemen 'nen Dollar für 'ne verdammte Meile zu blechen bereit sein, denk' ich, und in 'nem Boot rangeholt und in 'nem anderen Boot wieder rausgesetzt sein möchten, so wird 'n Dampfboot, denk' ich, wohl so gut sind können, sie den Gefallen zu tun – denk' ich.«

Das besänftigte sie, und sie sagten, 's wär schon recht; und beim Dorf setzten sie uns auch richtig ab. Ungefähr zwei Dutzend Menschen drängten sich ran, wie sie 's Boot kommen sahen, und wie der König fragte: »Kann einer von die Gentlemen mir sagen, wo Peter Wilks wohnt?« gaben sie einander Zeichen und nickten sich zu, womit sie wohl sagen wollten: »Hab' ich's euch nicht gesagt?« Dann sagte einer trübselig und respektvoll: »Tut mir verteufelt leid, Herr – aber 's beste, was wir Euch sagen können, ist, wie 's ihm gestern abend ging, Herr.«

Gleich fing der verdammte alte Spitzbube an zu heulen, als wollt' er in Stücke gehen, warf sich auf den Mann, legte seinen Kopf an seine Schulter und winselte: »Ach, ach! Unser ar – mer Bruder – tot! Und wir haben ihn nicht mehr gesehen! Ach – 's ist zu – zu hart!«

Dann drehte er sich um und machte mit den Händen 'nen Haufen verrückte Zeichen gegen den Herzog – und dieser Teufelskerl schmiß die Reisetasche hin und brach in 'n gräßliches Geheul aus! Wenn das nicht die beiden abgefeimtesten, durchtriebensten Spitzbuben waren, die mir jemals vor die Nase gekommen sind!

Die Leute standen derweil herum, sahen trübselig aus und sagten ihnen lauter schöne Dinge, schleppten ihnen die Reisetaschen nach, stützten sie und ließen sie heulen und erzählten dabei dem König von den letzten Augenblicken seines Bruders, und der König gab alles mit den Händen weiter an den Herzog. Es war genug, einen über die ganze menschliche Gesellschaft heulen zu machen, und ich will 'n Neger sein, wenn mir so was schon mal vorgekommen war.

Fünfundzwanzigstes Kapitel

In zwei Minuten hatte sich die Neuigkeit durchs ganze Dorf verbreitet, und man konnte Leute aus allen Richtungen gerannt kommen sehen; einige von ihnen zogen erst unterwegs ihre Röcke an. Bald waren wir von 'nem dichten Haufen umgeben, und 's herrschte 'n Lärm wie in 'nem Kriegslager. Alle Fenster und Türschwellen waren dicht besetzt, und jeden Augenblick hörte man hinter irgend 'nem Zaun jemanden flüstern:

»Sind sie's?« Und dann antwortete 'n anderer aus dem Haufen, der uns begleitete: »Wollt's meinen, daß sie's sind.«

Als wir beim Haus ankamen, war die Straße davor dicht gedrängt voll, und die drei Mädels standen in der Tür. Mary Jane war rothaarig, aber das tat nichts, sie war trotzdem wundervoll hübsch, und ihre Augen und ihr Gesicht glänzten wie von 'nem Heiligenschein, so selig war sie, daß ihre Onkel gekommen waren. Der König breitete die Arme aus, Mary Jane warf sich hinein; die Hasenschartige warf sich auf den Herzog – und da hatten sie sie! Fast alle, die Frauen natürlich voran, schrien vor Freude, sie vereinigt und so glücklich zu sehen.

Dann stieß der König den Herzog heimlich an – ich sah 's ihn tun –, und beide schauten rings um sich – und sahen den Sarg auf zwei Stühlen in der Ecke stehen; worauf er und der Herzog, jeder einen Arm um die Schulter des anderen geschlungen, die andere Hand vor den Augen, feierlich langsam hinmarschierten; alle traten beiseite, um ihnen Platz zu machen, und hörten sofort auf zu sprechen; jemand sagte: »Pst!« – und alle nahmen die Hüte ab und ließen die Köpfe hängen, so daß man leicht 'ne Feder hätte fallen hören können. Als sie vor dem Sarg standen, beugten sie sich drüber, schauten hinein und fingen sofort wieder an zu heulen, daß man's mindestens bis Orleans hätte hören können; wobei sie die Arme gegenseitig um ihre Hälse legten und die

Nasen hinten über die beiderseitigen Buckel runterhängen ließen. Und dann sah ich während drei oder vier Minuten zwei Männer sich aufführen, wie ich's noch nie gesehen hatte. Und, beim Deuker, alle Leute machten's ihnen nach, und der Boden wurde richtig klatschnaß davon. Danach trat jeder von ihnen auf eine Seite des Sarges, sie knieten nieder, steckten die Nasen in den Sarg und schienen ganz im Gebet verloren zu sein. Wie sie das taten, stellten die anderen Leute sich an, wie ich nicht geglaubt hätte, daß es sein könnte; alle beugten sich nieder und heulten ganz laut raus, die Mädels nicht ausgenommen. Die übrigen Frauen gingen, ohne 'n Wort zu sagen, auf sie zu, küßten sie feierlich auf die Stirn, legten ihnen die Hand auf den Kopf, schauten mit Tränen im ganzen Gesicht zur Decke hinauf, brachen dann auch los und schlichen heulend und schluchzend zurück, um den nächsten Platz zu machen.

Schließlich stand der König auf, trat 'n Stückchen vor, gab sich 'nen Ruck und stotterte unter Schluchzen 'ne Rede hervor, was für 'ne grausame Prüfung dieser Verlust für ihn und seinen armen Bruder sei, und wie schrecklich es wäre, daß sie nach 'ner Reise von viertausend Meilen doch den Verstorbenen nicht mehr haben sehen dürfen; aber trotzdem sei diese grausame Prüfung für sie versüßt und erhaben durch die tiefgefühlte Teilnahme und alle diese Tränen; und so dankte er ihnen von ganzem Herzen und aus seines Bruders Herzen, da dessen Mund es nicht selbst tun könnte – bis alle windelweich waren; zum Schluß heulte er 'n heuchlerisches: »Amen, Amen!« heraus, wandte sich ganz versunken ab und fing von neuem an zu winseln.

Nachdem er ausgeheult hatte, setzte er seine Kinnbacken wieder in Tätigkeit und sagte, wie er und seine Nichten glücklich sein würden, wenn die besonders nahen Freunde der Familie den Abend mit ihnen essen und ihnen helfen wollten, die Asche des Verstorbenen zu bestatten; sagte, daß, wenn sein armer toter Bruder noch reden könnte, er wohl wüßte, welche Namen er nennen würde, denn 's wären Namen, süß seinem Herzen, die er oft in seinen Briefen erwähnt habe. Und so wolle er sie denn nennen: Reverend Mr. Hobson, Diakon Lot Hovey; Mr. Ben Rucker und Abner Shackleford; Levi Bell und Doktor Robinson, ihre Frauen und die Witwe Bartley.

Reverend Hobson und Doktor Robinson befanden sich am anderen Ende des Dorfes, zusammen jagend, das heißt, der Doktor beförderte 'nen armen Kranken ins Jenseits, und der Prediger gab seinen Segen dazu; Richter Bell war in Geschäften nach Louisville. Aber die übrigen waren da und kamen und schüttelten dem König die Hand, dankten ihm und unterhielten sich 'n bißchen mit ihm; dann schüttelten sie dem Herzog ebenfalls die Hand, sagten aber nichts, sondern begnügten sich, ihm zuzulächeln und mit den Köpfen zu wackeln wie 'ne Büffelherde, während er 'ne Menge Zeichen mit der Hand machte und dazu: »Goo – goo – goo – goo« stammelte wie 'n Baby, das noch nicht sprechen kann.

Der König schwatzte ganz frech von allen Leuten im Dorf bis runter zu den Hunden und erzählte lauter kleine Geschichten, die sich zu irgendeiner Zeit mit Georges Familie oder mit Peter zugetragen hatten; sagte jedesmal, daß Peter ihm das geschrieben habe, was natürlich 'ne Lüge war, denn er hatte all das ja aus dem kleinen Jungen im Boot rausgepreßt.

Darauf brachte Mary Jane den Brief ihres Onkels, den der König vorlas, wobei er wieder ganz erbärmlich heulte. Es wurde darin das Wohnhaus und dreitausend Dollar in Gold den Mädels vermacht; die Gerberei, die famos ging, zusammen mit 'n paar anderen Häusern und Land (im Wert über siebentausend Dollar) sowie dreitausend Dollar in Gold bekamen Harvey und William; auch wurde gesagt, wo die sechstausend Dollar im Keller vergraben lägen. Worauf diese beiden Gauner erklärten, sie wollten runtergehen und sie ausgraben, damit alles hübsch in die rechte Ordnung käme. Sie befahlen mir, ihnen mit 'ner Kerze voranzugehen. Wir schlossen die Kellertür hinter uns, und nachdem sie den Beutel gefunden hatten, schütteten sie ihn auf dem Boden aus. Es war 'n wahres Vergnügen, die beiden Schufte zu sehen! Wie die Augen des Königs funkelten! Er schlug dem Herzog auf die Schulter und grinste: »'s ist 'n verflucht feiner Haufen, ist's nicht? 's ist doch mal 'n Stückchen, das die Mühe lohnt, Kerl – oder nicht, he?«

Der Herzog sagte, 's wär' eins. Sie wühlten in den Geldstücken, ließen sie durch die Finger rollen und klimperten 'ne Weile damit; darauf sagte der König: »'s läßt sich gar nichts drüber sagen, 's ist 'n feiner Spaß, Brüder von 'nem toten reichen Mann zu sein; 'n feiner Spaß für mich und dich, Brückenwasser! Der gerechte Lohn für 'n bißchen Courage und Vertrauen auf die verdammt gütige Vorsehung, wißt Ihr. Hab' alle Wege versucht, aber, 'damm mich, 's ist der beste von allen!«

Die meisten wären mit dem Haufen zufrieden gewesen und hätten ihn unbesehen mitgehen heißen; aber nein, sie mußten's erst zählen. Sie zählten's, und da zeigte sich, daß vierhundertfünfzehn Dollar fehlten. »Hol ihn der Teufel«, fluchte der König, »möcht' wissen, was er mit dem Geld gemacht haben kann?«

Sie stritten 'ne Weile drüber und brachten lauter ungewaschenes Zeug vor. Schließlich sagte der Herzog: »Na, 's war 'n kranker Mann, und vielleicht hat er sich geirrt; denk', 's wird so sein. Das beste wird sein, es so zu nehmen, wie's ist, und nicht weiter drüber zu räsonieren; können's entbehren.«

»O Teufel, können's entbehren! Sag' Euch, wir müssen hier ganz verdammt offen und gradaus tun; müssen's 'nauftragen und 's vor jedermann zählen – 's könnt' sonst leicht einer Verdacht schöpfen. Wenn der tote Kerl sagt, es sein sechstausend, wißt Ihr, dürfen wir nicht –«

Der Herzog unterbrach ihn. »Halt einmal«, sagte er, »woll'n den Fehlbetrag ersetzen.« Damit fing er an, Geldstücke aus seiner Tasche rauszuklauben.

»'ne verdammt gute Idee, Herzog«, grölte der König. »Habt wirklich 'nen ganz riesig gescheiten Kopf auf Euren gesegneten Schultern!« Worauf er auch Dollars rauszuklauben anfing.

»Paßt auf«, fing der Herzog wieder an, »noch was. Woll'n 'naufgehen, das Geld zählen und es dann den Mädels geben.«

»'damm mich, Herzog, laßt Euch hängen! 's ist der verteufeltste Einfall, den jemals 'n Kerl gehabt hat ... Seid doch der merkwürdigste Kopf, den ich noch gesehen hab'! ... Laß sie jetzt nur immer kommen mit was wie 'n Verdacht, wenn sie Lust dazu haben – das da stopft ihnen 's Maul, denk' ich!«

Wie wir raufkamen, lungerten sie alle um den Tisch rum, der König zählte das Geld und ließ es hübsch ordentlich aufmarschieren, immer dreihundert Dollar auf 'nem Haufen – zwanzig Haufen. Alles schaute habgierig danach und leckte sich die Lippen. Dann wurd 's wieder in den Beutel getan, und ich bemerkte, wie der König sich zu 'nem neuen Quatsch aufblähte.

Darauf begann er: »Meine Freunde! Mein lieber Bruder, der dort aufgebahrt liegt, hat großmütig der Hinterbliebenen seines Schmerzes gedacht; hat großmütig gehandelt an diesen armen kleinen Dingern da, die er liebte und schätzte und die er elternlos zurückgelassen hat. M – ja; und wir, die wir ihn kannten, wir wissen, daß er noch großmütiger gewesen sein würde, wären nicht mein geliebter William und ich gewesen. Oder würd' er vielleicht nicht? Für mich gar keine Frage! Na, da – was für 'n Bruder müßt' das sein, der in so 'ner Zeit ihnen im Weg stehen möchte? Was für 'n Onkel müßt' das sein, der die süßen kleinen Lämmchen, die er so liebte, berau – ben und besteh – len wollte, und das in so 'ner Zeit?! Wenn ich William kennen tu' – und ich denk', ich tu's – so – na, will ihn selber fragen.« Drehte sich rum und machte 'nen Haufen Zeichen gegen den Herzog; und der Herzog schaute ihn 'ne Zeitlang stumpfsinnig von der Seite an, bis er mit 'm Mal seine Absicht zu erraten schien, auf ihn zuschoß mit 'ner scheußlichen Fratze, die Freude ausdrücken sollte, und ihn wenigstens fünfzehnmal umarmte, bis er ihn wieder ausließ. Dann fuhr der König fort: »Wußte es; denk', 's hat allen gezeigt, wie ihm ums Herz ist. - Hier, Mary Jane, Susan, Joanne, nehmt 's Geld – nehmt alles; 's ist alles, was unten liegen tat.«

Mary Jane ging auf ihn zu, Susan und die Hasenscharte auf den Herzog, und dann fingen sie 'n Schmatzen und Küssen an, wie ich nie was gesehen hab'. Alle Leute hatten auch richtig gleich wieder Tränen in den Augen, wozu die meisten den beiden Schuften obendrein die Hand schüttelten und ein übers andere Mal seufzten: »Ihr lieben guten Kerle! Wie lieb! Wie könnt ihr nur!«

Und dann fingen sie wieder an, von dem Toten zu schwatzen, und wie gut er gewesen sei, und was für 'n Verlust es sei, und lauter so 'n Zeugs. Ein starker braungebrannter Mann war inzwischen von draußen reingekommen und stand, ohne 'n Wort zu sprechen, horchend und scharf beobachtend dabei; auch sagte niemand was zu ihm, denn der König schwatzte schon wieder, und alle hörten andächtig zu.

Es ging bei ihm immer unaufhaltsam weiter, und alle Augenblicke kam er wieder mit 'nem Stück von 'ner Trauerrede dazwischen, bis der Herzog es nicht mehr aushalten konnte. Er schrieb also auf 'nen Zettel: »Leichenbegängnis, altes Rindvieh!« und schob's ihm über die Köpfe der Leute zu. Der König las es, steckte es in seine Tasche und sagte: »Armer William, von Kummer bedrückt, wie er ist, trifft sein Herz das Rechte. Bittet mich da, jedermann einzuladen, zum Begräbnis zu kommen; aber er wünscht's nicht allein – 's ist grad' dasselbige, was ich sagen wollte.«

Darauf schwatzte er ruhig weiter, grad wie vorher zuweilen in seine Trauerreden verfallend. Schließlich sagte er: »Ich sagte ›Orgien‹, nicht weil's der gewöhnliche Ausdruck sein tut – Leichenbegängnis ist der gewöhnliche Ausdruck –, sondern weil Orgien der richtige Ausdruck ist. In England sagt man nicht mehr Leichenbegängnis – 's ist aus damit. Orgien tun wir jetzt in

England sagen. Orgien ist besser, denn 's trifft die Sache besser – viel besser. Es kommt vom griechischen ›orgo‹, außen, offen, und dann vom hebräischen ›jeesum‹, decken, belasten, legen. Ihr seht, meine Lieben, Leichenorgien seien öffentliche Leichenbegängnisse – mh, ja.«

Das war das Unverschämteste, was ich je gehört habe. Der braune Mann lachte ihm denn auch ganz ungeniert ins Gesicht. Alles war erschrocken. Alle sagten: »Aber Doktor!«, und Abner sagte: »Robinson, habt Ihr 's Neueste schon gehört? Dies ist Harvey Wilks.«

Der König lächelte kriechend und fragte: »Ist's meines armen Bruders zärtlich geliebter Freund und Arzt? Ich –«

»Nehmt Eure Hand fort!« schrie der Doktor. »Ihr sprecht wie 'n Engländer – nicht so? 's ist die jämmerlichste Nachahmung, die mir vorgekommen ist. Ihr seid Peter Wilks' Bruder? Ein Betrüger seid Ihr, das seid Ihr!«

Donner, wie sie zusammenfuhren! Sie drängten sich um den Doktor, versuchten ihn zu beruhigen, sagten ihm, wie Harvey auf hunderterlei Weise gezeigt hatte, daß er Harvey war, wie er alle Namen wüßte bis auf die der Hunde, und bestürmten ihn, Harveys Gefühle zu schonen und die Gefühle der Mädels und aller Gefühle. Aber 's war umsonst, er polterte immer weiter, sagte, einer, der 'n Engländer sein wollte und dabei die Sprache nicht besser kannte, sei 'n Betrüger und 'n Lügner. Die armen Mädels hängten sich an den König und heulten. Plötzlich sprang der Doktor auf und auf sie los. »Ich war eures Vaters Freund und bin euer Freund«, sagte er, »und rate euch als Freund und ehrenhafter Mann, der euch beschützen und vor allem Kummer bewahren will, euch von dem Lumpen dort abzuwenden und nicht mit ihm zu tun zu haben, diesem unwissenden Landstreicher mit seinem blödsinnigen Griechisch und Hebräisch, wie er das Zeugs nennt. Der Kerl gehört zu der kläglichsten Sorte von Betrügern – kommt hierher mit 'ner Menge zusammengestoppelter Namen und Tatsachen, die er irgendwo aufgegabelt hat; und ihr nehmt's für 'nen Beweis und betrügt euch selbst. Mary Jane Wilks, Ihr kennt mich als Euren Freund, und obendrein als Euren selbstlosen Freund. Jetzt paßt auf; jagt diesen armseligen Kerl fort – ich bitte Euch, tut's! Wollt Ihr?«

Mary Jane richtete sich grad' auf, und, beim Teufel, wie schön sie war, als sie sagte: »Hier ist meine Antwort.« Damit nahm sie den Geldbeutel, gab ihn dem König und sagte dazu: »Nehmt diese sechstausend Dollar, legt sie für mich und meine Schwestern an, wie Ihr wollt und gebt uns keinen Empfangsschein!«

Dann legte sie die Arme in den einen des Königs, und Susan und die Hasenscharte taten's auf der anderen Seite. Alle klatschten in die Hände und trampelten auf den Boden, während der König sich ganz steif machte und unverschämt grinste.

»'s ist gut«, sagte der Doktor traurig, »ich wasche meine Hände in Unschuld. Aber ich sag' Euch, es wird 'ne Zeit kommen, wo Euch traurig ums Herz sein wird, wenn Ihr an diesen Tag denkt.«

»Schon gut, Doktor«, sagte der König, ihn frech ansehend, »wollen 's Geld aufheben und Euch schicken.« Alle lachten und sagten, das wär' 'n verdammt guter Hieb.

Sechsundzwanzigstes Kapitel

Als alle fort waren, fragte der König Mary Jane, was für Zimmer sie ihnen geben wollte, und sie sagte, 's wär' eins da, was wohl für Onkel William genügen würde, ihr eigenes würde sie Onkel Harvey geben; sie selbst würde zu ihren Schwestern ziehen und in 'ner Hängematte schlafen. Auf dem Boden wär' dann noch 'ne kleine Kammer mit 'ner Pritsche drin. Der König sagte, die Dachkammer würd's tun für seinen Bedienten, womit er mich meinte.

So nahm uns Mary Jane auf und zeigte ihre Räume, die 'n bißchen groß, aber ganz hübsch waren. Sie sagte, sie würde ihre Röcke und allerhand anderes Zeug aus ihrem Zimmer schaffen, wenn's Onkel Harvey im Wege sei, aber er sagte, er machte sich nichts draus; sagte, 's machte das Zimmer viel heimlicher und freundlicher, und 's würde ihn nicht stören. Des Herzogs Zimmer war sehr schmal, aber sonst groß genug, grad' wie meine Kammer.

Abends gab's 'n tüchtiges Essen, alle Männer und Frauen waren da, und ich stand hinter den Stühlen des Königs und des Herzogs und wartete auf; die anderen bedienten Neger. Mary Jane saß am Kopfende des Tisches mit Susan an ihrer Seite und jammerte drüber, wie schlecht das Brot und wie abgestanden das Eingemachte sei und wie zäh die Hühner – wie's die Frauenzimmer machen, um Schmeicheleien zu hören zu kriegen. Die Leute wußten natürlich auch, daß das alles Humbug sei, und fragten fortwährend: »Wie macht Ihr's nur, um das Brot so zart zu backen?« oder: »Woher in aller Welt nehmt Ihr diese famosen Pickles?«

Nachher kriegten ich und die Hasenscharte unser Essen in der Küche, während die anderen beiden den Negern halfen abdecken. Die Hasenscharte versuchte, mich über England auszuholen, und der Teufel soll mich holen, wenn's mir nicht manchmal vorkam, daß das Eis unter mir verdammt dünn sei.

»Hast du jemals den König gesehen?« fragte sie.

»Wen? William IV.? Na, denk' doch, ich hab's – geht in unsere Kirche.« Ich wußte wohl, daß er seit 'nem Jahr tot sei, dachte aber grad' nicht dran. Wie ich also sagte, er käme in unsere Kirche, fragte sie wieder: »Was – regelmäßig?«

»Ja – regelmäßig. Sein Platz ist grad' gegenüber von unserem – auf der anderen Seite von der Kanzel.«

»Dachte, er lebte in London?«

»Na, gewiß. Wo sollte er denn wohnen?«

»Aber ich denke, ihr wohnt in Sheffield?«

Ich sah, daß ich mich verrannt hatte; um zu überlegen, tat ich, als müßte ich plötzlich stark husten. Dann sagte ich: »Ich meine, er geht in unsere Kirche, wenn er in Sheffield ist. In den Sommermonaten, wenn er dahin kommt, um Seebäder zu nehmen.«

»Nee, was du schwatzt! Sheffield liegt doch nicht an der See!«

»Na, wer sagt denn das?«

»Na – du!«

»Hab 's niemals gesagt.«

»Doch hast du 's gesagt.«

»Ist mir gar nicht eingefallen.«

»Aber doch tatst du's!«

»Hab' nichts der Art gesagt.«

»Na – was hast du denn gesagt?«

»Sagte, er käme hin, um Seebäder zu nehmen – das hab' ich gesagt!«

»Na also! Wie kann er Seebäder nehmen, wenn's nicht an der See liegt?«

»Paßt auf – habt Ihr jemals Kongreßwasser gesehen?«

»Ja.«

»Na – mußtet Ihr zum Kongreß gehen, um's zu bekommen?«

»Aber nein.«

»Also – ebensowenig muß der König an die See gehen, um Seebäder zu haben.«

»Wie kriegt er sie denn?«

»Grad' wie die Leute hier Kongreßwasser kriegen – in Flaschen. Im Palast in Sheffield gibt's halt Öfen, da drin läßt er sich's heiß machen.«

»Jetzt versteh' ich's. Hättest es gleich sagen sollen.«

So war ich glücklich wieder aus der Patsche und war verflucht vergnügt drüber. Dann fragte sie wieder: »Gehst du auch in die Kirche?«

»J – ja, regelmäßig.«

»Wo sitzt du?«

»Na, in unserem Stuhl.«

»Wessen Stuhl?«

»Na, in unserem – Euern Onkels Stuhl.«

»Was – wozu braucht er 'nen Stuhl?«

»Braucht ihn, um drin zu sitzen. Was denkt Ihr, wozu er ihn brauchen sollte?«

»Na denk' doch, er steht auf der Kanzel?«

Teufel, ich hatte vergessen, daß er Prediger war; kriegte also wieder 'nen Husten und dachte währenddessen nach, wie ich mich rausreißen könnte.

Dann sagte ich: »Na, denkt Ihr denn, 's gibt nur einen Prediger in 'ner Kirche?«

»Ja, wozu sollt's denn mehr geben?«

»Wozu? Um vor 'nem König zu predigen? Hab' nie so 'n Mädel gesehen wie Ihr! 's gibt nicht weniger als siebzehn.«

»Himmel – siebzehn! Würd' als König nicht so 'nen Aufwand treiben. Das muß ihn ja ganz windelweich machen.«

»Na, die predigen doch nicht alle zugleich – immer einer von ihnen.«

»Ja, dann – was machen denn die anderen solange?«

»Oh, nichts. Faulenzen rum, kratzen sich am Kopf oder sonst so was.«

»Herrgott, wozu sind sie denn dann da?«

»Na, sie sind halt zum Staat da! – Wollt Ihr sonst noch was wissen?«

»Nee – will keinen solchen Schwindel mehr hören wie der da. – Wie werden die Diener in England behandelt; besser als die Neger bei uns?«

»Nee! Ein Diener ist dort gar nichts. Sie behandeln sie schlechter als Hunde.«

»Haben Sie keine Feiertage, Weihnachten, Neujahr und vierten Juli?«

»O Himmel Herrgott! Einer kann sehen, daß Ihr nie in England gewesen seid! Nee, Hasensch –, nee, Joanne, sehen niemals 'nen Feiertag vom Anfang des Jahres bis zum Ende; kommen nie in den Zirkus oder ins Theater oder auf 'nen Negermarkt oder sonst wohin.«

»Auch nicht in die Kirche?«

»Auch nicht in die Kirche.«

»Aber du bist doch immer in die Kirche gegangen?«

Na, da saß ich schon wieder drin! Hatte vergessen, daß ich des Alten Diener war! Aber im nächsten Augenblick machte ich schon 'ne Geschichte zurecht, wie der Bediente eines Geistlichen was anderes sei als irgend 'n anderer lausiger Dienstbote und in die Kirche gehen müßte, ob er wollte oder nicht, und bei der Familie sitzen, weil das Gesetz so sei. Aber ich macht's nicht so recht gut und merkte wohl, daß sie nicht damit zufrieden war.

»Jetzt mal raus damit – hast du mir 'nen Haufen Lügen aufgebunden?«

»Auf Ehre nicht.«

»Gar nichts davon gelogen?«

»Gar nichts. Nicht eine Lüge.«

»Leg die Hand auf das Buch und schwör!«

Ich sah, 's war nur 'n Wörterbuch; legte also die Hand drauf und schwor. Darauf schien sie 'n bißchen mehr zufrieden zu sein und sagte: »Na, da will ich 'nen Teil davon glauben; das Ganze zu glauben wäre zuviel.«

»Was ist denn das, was du nicht glauben willst, Jo?« fragte Mary Jane, die plötzlich mit Susan hinter uns stand. »Es ist nicht recht, so mit ihm zu sprechen, der hier 'n Fremder ist und so weit von seinen Leuten entfernt. Wie würd's dir gefallen, so behandelt zu werden?«

»Ganz deine Weise, Maim, allen fremden Leuten zu Hilfe zu kommen, ehe Sie's verlangt haben. Ich hab' ihm gar nichts getan; denk' vielmehr, er hat 'n paar Lügen erzählt, und ich sagte darauf, daß ich nicht alles glauben könnte. Das ist alles, was ich gesagt habe. Ich sollte doch denken, er wird's ertragen können, nicht?«

»Ich will gar nicht wissen, ob's viel oder wenig war, er ist hier in unserem Hause und 'n Fremder, und darum war's nicht recht von dir, so was zu sagen. Wärst du an seiner Stelle, so würd's dich gekränkt haben, und deshalb darfst du auch nichts zu anderen sagen, was sie kränken muß.«

»Na, Maim, er sagte –«

»Ist ganz egal, was er sagte, weißt du. Hättest ihn freundlich behandeln sollen und nicht Dinge sagen, die ihn dran erinnern müssen, daß er nicht in seinem Lande und unter seinem eigenen Volke ist.«

Darauf fing Mary Jane auf 'ne andere Art an; sie wurde wieder sanft und freundlich – was ihre eigentliche Natur war –, und damit kriegte sie die Hasenscharte auch richtig rum. »Also«, sagte sie, »du mußt ihn um Verzeihung bitten.«

Sie tat's denn auch; und noch dazu ganz wundervoll; so wundervoll, daß es 'n Vergnügen war, es zu hören; und ich wollte, ich könnte ihr tausend Lügen erzählen, um sie's noch mal tun zu lassen. Ich dachte bei mir, das seien ein paar Mädels, für die ich den beiden Gaunern das Geld wieder abjagen müßte. Sie taten von jetzt ab alles, was sie nur konnten, damit ich mich zu Hause fühlen und wissen sollte, daß ich unter Freunden wäre. Ich fühlte mich dabei so elend und zerknirscht und erbärmlich, daß ich mir schwor, das Geld für sie zu kriegen oder drüber zugrunde zu gehen.

Ich machte mich also davon – zu Bett, wie ich sagte. Als ich allein war, fing ich an über die Sache nachzudenken. Sollte ich heimlich zum Doktor gehen und diese Gauner verraten? Nee, war nichts. Der würde gesagt haben, wer's ihm verraten hätte, und dann würden der König und der Herzog mir wohl bös eingeheizt haben. Sollte ich 's Mary Jane gestehen? Nee – auch nicht.

Sie hätten's ihr vom Gesicht abgelesen und wären mit dem Gelde durchgebrannt. Es gab schließlich nur eine Art; ich mußte das Geld stehlen, und zwar auf 'ne Art, daß sie mich nicht in Verdacht haben konnten. Es ging ihnen hier so gut, und sie ließen's sich so wohl sein, daß sie sicher noch gar nicht daran dachten, fortzugehen, ich also Zeit hatte, es zu tun, wenn's sich grad so machte. Ich wollte das Geld stehlen und vergraben und dann, wenn ich wieder auf dem Fluß war, Mary Jane 'nen Brief schreiben und ihr sagen, wo's vergraben lag. Aber dann dacht' ich doch, 's möcht' besser sein, die Geschichte schon in der Nacht zu machen, denn der Doktor würd' ihnen gewiß auf die Finger sehen.

Ich ging also hin, um ihre Zimmer zu durchsuchen. Auf der Treppe war's dunkel, aber ich fand des Herzogs Kammer und machte mich dran, mit den Händen drin rumzutappen; aber dann sagte ich mir, es wäre nicht des Königs Art, jemand anderen auf das Geld aufpassen zu lassen. Ich ging also in sein Zimmer und fing dort an zu suchen. Ich sah aber bald, daß ich ohne Licht nichts machen konnte, und das war zu gefährlich. Deshalb war's wohl geratener, mich auf die Lauer zu legen und sie auszuhorchen. Plötzlich hörte ich sie kommen und wollte schleunigst unters Bett kriechen. Ich suchte danach rum, aber 's war nicht da, wo's hätte sein sollen; statt dessen stieß ich an den Ständer, an dem Mary Janes Kleider hingen, kroch dahinter, versteckte mich, so gut's ging, und stand dann mäuschenstill.

Sie kamen rein und schlossen die Tür; und das erste, was der Herzog tat, war, sich zu bücken und unters Bett zu schauen. Ich war natürlich mächtig froh, daß ich vorher das Bett nicht gefunden hatte.

Sie setzten sich, und der König sagte: »Na, was gibt's? Mach's kurz, denn 's ist besser, drunten zu sein und mit den Leidtragenden zu heulen, als hier zu sitzen und ihnen Gelegenheit zu geben, uns runterzureißen.«

»Es ist das, Capet. Bin gar nicht recht komfortabel, gar nicht; dieser Doktor liegt mir im Magen. Möchte Eure Absichten wissen. Hab' 'nen Einfall, und ich denke, keinen schlechten.«

»Was ist's, Herzog?«

»Daß es besser wäre, vor drei Uhr morgens davonzugehen und mit dem zufrieden zu sein, was wir erwischt haben; besonders, da wir's so leicht gekriegt haben – uns einfach aufgedrungen, an den Kopf geworfen, während wir's sonst mühsam hätten zurückstehlen müssen. Bin dafür, Schluß zu machen, und fort.«

Mir wurde ganz schlecht dabei; 'ne Stunde oder zwei vorher wär's mir ziemlich gleich gewesen, aber jetzt ging mir's ganz mächtig gegen das Gewissen.

Der König spuckte aus und sagte: »Was! Und nicht noch den Rest des Geldes mitgehen lassen? Davonzugehen wie 'ne Herde Rindvieh, und gute acht- oder neuntausend Dollar an Wert zurücklassen, die nur so rumliegen, um gegrapscht zu werden? Und obendrein lauter leichtverkäufliche Sachen?«

Der Herzog brummte; sagte, 's wär' genug an dem Beutel Geld, und er hätt' keine Lust, noch weiterzugehen, und 's wär' mal nicht billig, den armen Dingern von Waisen alles zu nehmen.

»Na, was du schwatzt!« grinste der König. »Nehmen ihnen ja ohnehin nichts weg wie's verdammte Geld; die, die's gestohlene Zeugs von uns kaufen tun, sind's, die den Schaden haben! Weil, sobald sie's merken, daß wir nicht sein, wofür sie uns gehalten haben – was bald genug sein wird, wenn wir fort sein –, der Kauf, sag' ich, nicht mehr Gültigkeit hat, und 's kommt alles wieder an die Mädels zurück. Die ›Waisen‹ da unten kriegen ihr Haus und alles, und das ist, 'damm mich, genug für sie; sind jung und zäh und können 'ne Lehre brauchen. Sie kommen nicht zu kurz . . . Kerl, denkt doch – 's sind Tausende und Tausende, wollt Ihr die liegenlassen?«

Der König kriegte ihn richtig rum, so daß er schließlich nachgab und zu allem ja sagte, nur sagte er, 's wär' doch 'ne verdammte Dummheit, zu bleiben und den Doktor sich über den Hals kommen zu lassen.

Aber der König sagte mit 'nem kräftigen Fluch: »Hol der Teufel den Doktor! Warum sich um den scheren? Haben doch alle Esel im ganzen Dorf rangekriegt – und tun die nicht 's Übergewicht haben in jedem Nest?«

Sie waren schon im Begriff, runterzugehen, als der Herzog plötzlich stehenblieb, den König unruhig ansah und sagte: »Denk' doch, wir haben 's Geld nicht an 'nen guten Ort getan.«

Ich freute mich nicht wenig; denn ich hatte schon gedacht, ich würd' nichts hören, was mich auf 'ne Spur bringen konnte.

»Warum?« fragte der König.

»Weil's das Zimmer von dem Mädel, der Mary Jane, ist; und dem Neger, der 's Zimmer hier aufräumt, wird sie gesagt haben, ihre Siebensachen zusammenzuklauben und rauszuschaffen. Denkt Ihr, 'n Neger könnte an Geld vorbeigehen, ohne was zu stehlen?«

»Seid wahrhaftig wieder der Klügere, Herzog«, grunzte der König. Und damit fing er an, drei Fuß von der Stelle, wo ich stand, zwischen den Kleidern rumzuwühlen. Ich drückte mich fest an die Wand und hielt mich ganz still, obwohl ich am ganzen Leibe zitterte; möchte wissen, was die Kerle gesagt hätten, wenn sie mich hier erwischt haben würden. Aber der König hatte den Sack gefunden, eh' ich noch 'nen halben Gedanken gefaßt hatte, und dachte gar nicht dran, was zu argwöhnen. Sie schoben den Beutel in eine Ritze des Strohsacks im Bett, der unter dem Federbett lag, drückten ihn möglichst tief ins Stroh rein und meinten, 's wär' jetzt ganz in Ordnung, denn ein Neger macht nur 's Federbett, den Strohsack kriegt er höchstens zweimal im Jahre zwischen die Finger; und so wär' gar keine Gefahr mehr.

Ich wußt's freilich besser, hatte ihn raus, eh' sie halb die Treppe runtergekommen waren. Dann rannte ich in meine Kammer und versteckte ihn da, bis ich 'nen besseren Ort gefunden hätte. Ich dachte, es würde besser sein, das Geld außerhalb des Hauses irgendwo zu verbergen, denn wenn sie's vermißten, würden sie 'nen schönen Spektakel machen, das wußte ich sehr genau. Ich warf mich mit den Kleidern ins Bett, konnte aber nicht einschlafen, weil ich nicht eher Ruhe haben konnte, bis das Geschäft erledigt war. Plötzlich hörte ich den König und den Herzog raufkommen. Ich sprang raus, streckte den Kopf über den Rand der Leiter runter und horchte angestrengt, ob sich irgendwas ereignen würde. Aber es geschah nichts weiter.

Ich hielt aus, bis das letzte Geräusch erstorben war und sich nichts mehr im ganzen Hause regte. Und dann schlüpfte ich die Leiter, die zu meiner Kammer führte, hinunter.

Siebenundzwanzigstes Kapitel

Ich schlich an die Tür und horchte; da ich sie schnarchen hörte, lief ich auf den Zehen ganz hinunter. Nirgends 'n Ton. Ich schob mich durch die halboffene Eßzimmertür und sah, daß die Männer, die bei der Leiche wachten, fest schliefen. Die Tür zu dem Vorplatz, wo der Sarg stand, war offen, und in beiden Räumen waren Lichter aufgestellt. Es war niemand da als die sterblichen Reste Peters. Ich wollte weitergehen, da hörte ich jemanden hinter mir die Treppe runterkommen. Ich rannte auf den Vorplatz und schaute schnell rum nach 'nem Versteck für den Sack; 's war keiner da, außer dem Sarg. Der Deckel war 'nen Fußbreit zurückgeschoben, so daß man den Kopf des Toten mit 'nem Tuch drüber sehen konnte. Ich schob den Sack unter den Deckel, grad' unter seine gefalteten Hände, wobei's mir ordentlich grauste, so kalt waren sie, und dann rannte ich ins andere Zimmer zurück und versteckte mich hinter die Tür.

Die Person, die ich gehört hatte, war Mary Jane. Sie ging ganz leise an den Sarg ran, kniete nieder und schaute rein; darauf zog sie ihr Taschentuch raus, und ich sah sie weinen, obwohl ich's nicht hören konnte und sie mir den Rücken zuwandte. Ich schlich 'naus, und wie ich durchs Eßzimmer kam, wollt' ich mich überzeugen, daß die Wächter mich nicht gesehen hatten; ich schaute durch den Türspalt zurück, und 's war alles still: Sie hatten sich gar nicht gerührt.

Ich ging wieder zu Bett, mächtig froh, daß alles gutgegangen war, nachdem ich so 'ne schreckliche Angst ausgestanden und so viel dabei riskiert hatte. Ich dachte, das Geld könnte ganz gut bleiben, wo's war, denn wenn wir wieder so hundert Meilen flußabwärts sein würden, konnte ich an Mary Jane schreiben, und sie konnt' ihn ausgraben lassen und 's holen. Aber so würde es wahrscheinlich nicht werden, sondern so, daß sie's fänden, wenn sie den Deckel zunageln wollten. Dann würde der König es wieder kriegen, und 's würd' dann wohl 'ne Weile dauern, bis er wieder jemandem Gelegenheit gäbe, es ihm zu stehlen. Hätte also von Rechts wegen noch mal 'nunterschlüpfen und 's von da fortnehmen sollen; aber ich hatte nicht die Courage dazu. Mit jeder Minute wurde es jetzt heller, und bald mußten die Wächter aufwachen, und ich wär' erwischt worden, hatte deshalb gar keine Lust, mich noch mal auf solch 'n Abenteuer einzulassen.

Als ich morgens runterkam, waren die Wächter fort. Es war niemand da als die Familie, die Witwe Bartley und wir. Ich beobachtete sie, um rauszukriegen, ob was passiert wäre, konnte aber nicht dahinterkommen. Gegen Mittag kam der Leichenbesorger mit seinen Leuten, sie taten den Sarg mitten im Vorplatz auf 'ne Anzahl Stühle, setzten alle Stühle aus den Zimmern drumrum und holten noch mehr aus der Nachbarschaft dazu, bis Halle, Vorplatz und Eßzimmer ganz voll waren. Ich sah, daß der Sargdeckel noch grad' so lag wie vorher, traute mich aber nicht, mit all den Leuten um mich rum, drunterzuschauen.

Bald fingen die Leidtragenden an zu kommen, die Mädels und

die beiden Spitzbuben nahmen am vorderen Ende des Sarges Platz, und wenigstens 'ne halbe Stunde lang passierten die Leute am Sarge vorbei, jeder blieb 'nen Augenblick stehen, warf 'nen Blick aufs Gesicht des Toten und mancher auch 'ne Träne; es war sehr feierlich und ganz still, außer daß die Mädels und die beiden Kerle Taschentücher vor die Augen hielten und mit gesenkten Köpfen so 'n bißchen schluchzten. Sonst hörte man nur Füßescharren und wenn sich einer die Nase schnaubte – und die Leute schnaubten sich bei 'ner Leichenfeier die Nase immer viel öfters als sonstwo, in der Kirche ausgenommen.

Als der Raum ganz voll war, setzte sich 'n junges Frauenzimmer an ein Instrument und fing an zu spielen, daß einem ganz weh und weich wurde, und alle fielen ein und sangen – und Peter hatte es entschieden am besten von uns allen, dacht' ich bei mir. Dann trat der Reverend Hobson vor, ernst und langsam, und begann zu sprechen; und plötzlich fing im Keller unten ein Spektakel an, wie man's nur wünschen konnte. Es war nur 'n Hund, machte aber 'nen ganz verfluchten Lärm und brachte es auch richtig dahin, daß der Prediger dastehen und warten mußte; man konnte sich selbst kaum denken hören. Es kam verdammt ungelegen, und 's schien niemand zu wissen, was zu tun. Aber dann sah man, wie der lange Leichenbesorger dem Prediger ein Zeichen machte, als wollt' er sagen: »Laß dich nicht stören, wirst schon sehen, daß ich ihn still krieg'.«

Damit ging er fort in den Keller, und nach zwei Augenblicken hörten wir 'n kurzes Aufheulen von dem Hund, dann war's totenstill, und der Prediger konnte da fortfahren, wo er aufgehört hatte. Wie der Mann wieder reinkam, stellte er sich dem Prediger gegenüber auf 'nen Stuhl, legte die Hände wie 'ne Trompete vor den Mund, streckte den Hals über die Köpfe der Leute weg vor und flüsterte ihm zu: »Hatte 'ne Ratte!« Worauf er runterstieg und wieder an seinen Platz. Man konnte sehen, wie vergnügt die Leute waren, denn natürlich hatte jeder wissen wollen, was losgewesen war. So 'ne kleine Abwechslung kostet ja nichts, und grad' die sind 's, die den Leuten Spaß machen und sie wieder aufheitern; es gab keinen unterhaltsameren Mann im ganzen Dorf als den Leichenbesorger.

Na, die Leichenrede war verflucht schön, aber 'n bißchen lang und langweilig. Der König schlief ein und schnarchte 'ne Weile; und schließlich war die Arbeit getan, und die Leichenträger konnten anfangen, den Sarg rauszuschaffen. Ich wußte nun doch nicht, ob das Geld im Sarg war oder nicht; wenn's nun jemand gestohlen hätte? Durfte ich jetzt an Mary Jane schreiben oder nicht? Wenn sie ihn ausscharrte und fand nichts – was sollte, was konnte sie von mir denken? Es war 'ne verdammte Sache; ich hatte gedacht, es recht gut zu machen, und hatte es nur hundertmal schlimmer gemacht; wollte jetzt, ich hätt' mich überhaupt nicht in was eingemischt, was mich gar nichts anging!

Sie begruben ihn, wir kamen wieder nach Hause, und ich fing wieder an, sie zu beobachten – konnt's nicht lassen und konnte keine Ruhe finden. Aber 's half gar nichts, ihre Gesichter sagten mir gar nichts.

Gegen Abend machte der König überall herum Besuche, biederte sich bei allen recht an und tat ganz verteufelt freundschaftlich; dabei sprengte er aus, daß seine Gemeinde in England ganz schrecklich hinter ihm her sei und er sich sputen müsse, alles in Ordnung zu bringen und wieder hinzufahren. Er war so traurig, so bald wieder fort zu müssen, und die Leute waren's erst recht; wünschten, er könnte länger bleiben, sahen aber ein, daß er's nicht könnte. Dann sagte er wieder, er und William dächten dran, die Mädels mitzunehmen; das fanden wieder die Leute zu nett von ihm, weil die armen Dinger dort gewiß besser dran und bei ihren Verwandten sein würden. Es gefiel auch den Mädels – freute sie so, daß sie drüber ganz vergaßen, daß sie schon jemals in der Welt traurig gewesen waren. Sie drängten ihn, sobald wie möglich alles zu verkaufen und abzureisen. Die armen Dinger waren so glücklich, daß mir's fast das Herz brach, zu denken, wie sie betrogen und genasführt werden sollten, sah aber nirgends 'nen Weg für mich, aus dieser Gaunerei herauszukommen.

Der König ließ sich denn auch nicht lange bitten, Haus und Neger und alles sonst auf 'ne Auktion zu bringen – zwei Tage nach dem Begräbnis; aber jedermann konnte vorher unter der Hand kaufen, was er haben wollte.

Schon am Tage nach dem Begräbnis kriegte die Freude der Mädels den ersten Stoß; 'ne Negerhändlerbande kam, und der König verkaufte ihnen kaltblütig ihre Neger gegen 'ne Dreitage-Tratte, wie sie's nannten, und sie zogen mit ihnen ab; die zwei Söhne kamen den Fluß rauf nach Memphis, ihre Mutter runter nach Orleans. Ich glaubte, den Mädels und den Negern würde das Herz brechen vor Kummer. Sie schrien und heulten und machten mich ganz krank. Die Mädels jammerten, sie hätten sich nie träumen lassen, die Familie getrennt und aus dem Dorf raus verkauft zu wissen. Ich kann den Anblick der armen Dinger, wie sie sich gegenseitig um den Hals fielen und weinten, gar nicht mehr loswerden; und ich denke, ich hätt' auch nicht dabeistehen und 's mit ansehen können, wenn ich nicht gewußt hätte, daß es keine Gültigkeit hätte und die Neger in längstens zwei Wochen zurückkommen würden.

Die Sache machte 'n mächtiges Aufsehen im Dorfe; irgend 'ne gute Haut rannte überall herum und schrie, 's wär' niederträchtig, 'ne Mutter und ihre Kinder auf solche Weise zu trennen. Es ärgerte die beiden Gauner nicht wenig; aber die Alte nahm erst recht 's Maul voll, während der Herzog, wie ich wohl merkte, schon verdammt unruhig geworden war.

Am nächsten Tage war die Auktion. Bei Tagesanbruch kamen der König und der Herzog zu mir rauf, weckten mich, und ich sah an ihren Gesichtern, daß sie ganz verstört waren.

»Warst du vorgestern nacht in meinem Zimmer, he?« fragte der König.

»Nee, Eure Majestät« – wie ich ihn anreden mußte, wenn wir allein waren.

»Gestern oder letzte Nacht?«

»Nee, Eure Majestät.«

»Jetzt raus mit der Wahrheit, Schuft – nicht gelogen!«

»Wahrhaftig, Eure Majestät, will Euch die Wahrheit sagen. Bin nicht in Eurem Zimmer gewesen, seit Mary Jane es Euch und dem Herzog gezeigt hat.«

»Hast du jemand reingehen sehen?« fragte darauf der Herzog.

»Nee, Euer Gnaden, wüßte nicht – nein, glaub' nicht.«

»Na also, Kerl, denk mal nach!«

Ich dachte 'ne Weile nach, was wohl das beste für mich sein würde, und dann antwortete ich: »Ja, ich sah die Neger reingehen.«

Beide fuhren zusammen und sahen aus, als wenn sie das nicht erwartet hätten, dann wieder, als hätten sie es erwartet.

Dann fragte der Herzog: »Was – alle?«

»Nee – nicht alle auf 'nmal. Heißt, ich glaub' nicht, daß ich sie alle auf 'nmal rauskommen sah.«

»Hallo – wann war 's?«

»Es war am Tage, wo 's Begräbnis war. Morgens. Früh kann's nicht gewesen sein, denn ich schlief wieder ein.«

»Na, vorwärts, raus damit, was taten sie? Was wollten sie?«

»Sie – sie taten nichts, wollten auch nichts, soviel ich sehen konnte. Gingen auf den Zehen runter. Dachte, sie hätten gemeint, Ihr wärt schon auf und hätten dann gefunden, daß Ihr nicht auf wart, und wären deshalb vorsichtig wieder rausgegangen, um Euch nicht zu wecken, wenn sie Euch nicht schon geweckt hatten.«

»Verfluchte Geschichte, beim Teufel!« schimpfte der König, und beide sahen mächtig niedergeschlagen und wütend dabei aus; standen 'ne Zeitlang nachdenklich da und schüttelten die Köpfe, worauf der Herzog in 'ne Art meckerndes Gelächter ausbrach und sagte: »Immer gibt's doch 'n Malheur, wenn Neger die Finger bei 'ner Sache im Spiele haben! Taten, als wären sie traurig, aus diesem Loch rauszumüssen. Und ich glaubte auch, sie wären traurig, und Ihr glaubtet's auch, und sie alle. Sag mir noch mal einer, daß 'n Neger kein Talent zum Schauspielern hat! Auf die Art, wie sie's gemacht haben, hätten sie jeden über's Ohr gehauen. – Sag, wo ist 's Floß?«

»Am Ufer – wo sollt's sonst sein?«

»Na – 's ist 'n Glück, beim Teufel!«

Ich tat, als verstünde ich sie gar nicht, und fragte ganz schüchtern: »Ist irgendwas passiert?«

Der König fuhr wütend auf mich los und schrie: »Scher dich um deine Angelegenheiten! Halts Maul und scher dich um deine Angelegenheiten – wenn du welche hast. Vergiß das nicht, solang' du hier im Dorfe bist – verstanden?« Dann zum Herzog: »Müssen's verschweigen und nichts davon sagen. Müssen den Mund halten.«

Als sie runtergingen, meckerte der Herzog wieder und sagte: »Kleiner Absatz und geringer Verdienst! Famoses Geschäft – beim Teufel!«

»Hab's so gut gemacht, als ich's wußte, als ich sie so schnell verkaufte«, brummte der König. »Wenn der Vorteil so gering sein tut, ist's mein Fehler mehr als Eurer?«

»Na, sie würden noch hier im Hause sein und wären hiergeblieben, wenn mein Rat 'ne Geltung gehabt hätte.«

Der König zuckte die Achseln, weil er nichts dagegen sagen konnte, und kam dann wieder rauf und machte mir nochmals die Hölle heiß, weil ich's nicht gesagt hätte, daß ich die Neger hatte reingehen sehen; sagte, 'n jeder Dummkopf hätt's merken müssen, daß da was dahintersteckte. Darauf rannte er 'n bißchen rum und schimpfte auf sich selbst, sagte, 's käm' alles nur davon, weil er nicht lang' genug liegen geblieben sei und ausgeschlafen hätte, und der Satan sollt' ihn holen, wenn er's 'n andermal nicht täte.

Dann zogen sie jammernd und fluchend ab. Ich war schrecklich froh, daß ich's auf die Neger abgeschoben hatte und daß die doch nicht den geringsten Schaden davon hätten.

Achtundzwanzigstes Kapitel

Als es Zeit war aufzustehen, kletterte ich die Leiter runter, und als ich am Zimmer der Mädels vorbeikam, stand die Tür offen, und ich sah Mary Jane vor 'nem alten Haarkoffer sitzen, in den sie allerhand Sachen reinstopfte – um nach England zu reisen. Aber in diesem Augenblick hatte sie aufgehört, hielt 'nen zusammengefalteten Rock im Schoß, hatte das Gesicht in den Händen vergraben und weinte. Mir ging's durch und durch, das zu sehen, und 's würde jedem so gegangen sein. Ich ging zu ihr hin und sagte: »Miß Mary Jane, Ihr könnt's nicht sehen, wenn Leute 'nen Kummer haben, und ich kann's auch nicht. Sagt mir's doch, bitte!«

Sie tat's auch. Es waren die Neger – hatte es fast erwartet. Sie sagte, die herrliche Reise nach England wäre ihr ganz verleidet und sie wüßte nicht, wie sie jemals wieder glücklich werden sollte, wo sie wußte, daß Mutter und Kinder getrennt worden seien und sich nie wiedersehen sollten. Und dann fing sie noch bitterer an zu weinen, rang die Hände und jammerte: »O Gott, Gott, zu denken, daß sie sich nie wiedersehen sollen!«

»Aber sie werden's – und noch dazu in längstens zwei Wochen – und ich weiß es!« rief ich.

Da war's raus, eh' ich recht wußte, wie! Und eh' ich mich noch recht besonnen hatte, fiel sie mir um den Hals und bat mich, es noch mal, noch mal, noch mal zu sagen.

Ich sah wohl, daß ich mich verplappert und zuviel gesagt hatte und jetzt recht hübsch in der Patsche saß. Ich bat sie, mich 'ne

Sekunde nachdenken zu lassen; und dann saß sie da, mächtig ungeduldig und aufgeregt und so verteufelt hübsch, und war ganz glücklich und strahlend wie einer, dem 'n Zahn ausgerissen worden ist.

Ich stand da und zerbrach mir den Kopf, was ich tun sollte; sagte mir, daß einer, der die Wahrheit sagt, wenn er in so 'ner kitzligen Lage ist, 'n mächtiges Risiko läuft, obwohl ich keine Erfahrung hatte und 's nicht gewiß wußte; es schien mir aber so. Schließlich nahm ich mir doch vor, mit der Wahrheit rauszurükken, was soviel heißen wollte, als sich auf 'n Pulverfaß setzen und 's anzünden, um zu sehen, wohin man fliegen wird.

»Miß Mary Jane«, sagte ich, »gibt's irgend 'nen Ort außerhalb des Dorfes, wo Ihr hingehen und drei oder vier Tage bleiben könntet?«

»Ja – Mr. Lothrop. Warum?«

»Oh, nur so. Wenn ich Euch beweise, daß ich weiß, die Neger werden sich wiedersehen – in 'ner Zeit von zwei Wochen und hier im Hause –, wollt Ihr dann auf drei oder vier Tage zu Mr. Lothrop gehen?«

»Vier Tage – 'n Jahr!«

»Es ist gut«, sagte ich, »brauchte nichts weiter von Euch als Euer Wort – 's ist so gut, als wenn 'n anderer die Bibel geküßt hätte.«

Sie lächelte und wurde hübsch rot, und ich fuhr fort: »Wenn Ihr nichts dagegen habt, will ich die Tür zuriegeln.«

Dann kam ich zurück, setzte mich und sagte: »Erschreckt nicht. Sitzt ganz still und haltet Euch wie 'n Mann. Werde die Wahrheit sagen, und 's könnte sein, daß Ihr erschreckt, Miß Mary, denn 's ist 'ne verdammt niederträchtige Geschichte und kann einem wohl hart ankommen, aber 's hilft doch mal nichts. Diese Eure Onkels sind gar keine Onkels – sind 'n paar abgefeimte Gauner – schlechtweg Galgenvögel. So, nun haben wir 's Schlimmste gehabt, und Ihr könnt den Rest ganz leicht anhören.«

Sie zuckte natürlich ganz gehörig zusammen, aber weil doch die Hauptsache schon raus war, fuhr ich ruhig fort, wobei ihre Augen immer größer und größer wurden; sagte ihr alles, von da an, wo wir den Burschen beim Dampfboot getroffen hatten, bis dahin, wo sie sich dem alten Gaunerkönig vor der Haustür an die Brust geworfen und er sie sechzehn- oder siebzehnmal geküßt hatte – und da sprang sie auf mit 'nem feuerroten Gesicht und schrie: »Diese Bestien! Komm – verlier nicht 'ne Minute – nicht 'ne Sekunde – wollen sie teeren und federn und in den Fluß werfen lassen!«

»Natürlich«, sagte ich, »aber meint Ihr, bevor Ihr zu Mr. Lothrop geht, oder –«

»Oh«, machte sie, »woran denk' ich nur!« und setzte sich wieder hin. »Denk nicht an das, was ich gesagt hab' – bitte, tu's nicht – wirst's nicht tun, nicht wahr?«

Dabei legte sie ihre Hand in meinen Schoß auf 'ne Art, daß ich sagte, ich würd' eher sterben, als dran denken.

»Hätte nie gedacht«, fuhr sie fort, »daß ich so wild werden könnte. Jetzt mach weiter, ich werde nicht wieder so sein. Sag mir, was ich tun soll, und was du mir sagst, werd' ich tun.«

»Na«, sagte ich, »'s ist 'ne verdammte Sache für mich, mit diesen beiden Schuften noch länger zusammenzubleiben – mehr als ich 's Euch sagen kann; und wenn Ihr sie beim Kragen nehmen laßt, so werden die Leute mich aus ihren Klauen losmachen, und 's wär' das beste, was ich mir wünschen könnte; aber da ist 'ne andere Person, die Ihr nicht kennt, die dadurch in 'ne mächtige Patsche kommen würde. Na, die müssen wir retten, nicht? Also! Wollen sie also noch nicht henken lassen.«

Wie ich das sagte, kam mir 'ne famose Idee, wie ich mich und Jim aus dem Wege schaffen könnte; und dann mochten sie die beiden Gauner meinetwegen aufknüpfen. Ich sagte: »Miß Mary Jane, will Euch sagen, was wir tun wollen – und Ihr braucht dann nicht so lang' bei Mr. Lothrop zu bleiben. Wie weit ist es?«

»Ungefähr vier Meilen.«

»Na, 's ist gut. Ihr geht also hin und haltet Euch ruhig bis neun oder halb zehn Uhr abends, und dann bittet Ihr sie, Euch nach Haus zurückzubringen. Kommt Ihr vor elf Uhr zurück, so setzt 'ne Kerze ins Fenster, und wenn ich dann noch nicht da bin, wißt Ihr, daß ich fort bin und in Sicherheit. Dann könnt Ihr hingehen und 's den Leuten erzählen, damit die Kerle gehenkt werden.«

»Gut«, sagte sie, »ich will's tun.«

»Und wenn's so kommen sollte, daß ich nicht rechtzeitig fort bin und in die Geschichte mit reingerissen werd', so müßt Ihr für mich eintreten und sagen, daß ich Euch alles vorher verraten hab', und müßt mir ordentlich beistehen.«

»Versteht sich, ich will dir beistehen! Sollen kein Haar auf deinem Haupt anrühren!« sagte sie ganz feierlich.

»Wenn ich fort bin, kann ich nicht mehr abweisen, daß diese Landstreicher nicht Eure Onkels sind – und könnt's auch nicht, wenn ich hier wär'; könnte schwören, daß sie Schufte und Tagediebe sind, das ist alles, und 's wär' wahr genug! Es gibt andere, die's besser können als ich – und Leute, denen man mehr glauben wird als mir. Will Euch sagen, wie Ihr sie finden könnt. Gebt mir 'nen Bleistift und 'n Stück Papier. Da – ›Königlicher Schwindel in Bricksville‹. Hebt'svrt's nicht. Wenn die Richter was Näheres über diese zwei wissen wollen, sollen sie nur nach Bricksville schicken und sagen lassen, sie hätten die beiden erwischt, die dort als Könige Schwindel getrieben hätten, und bäten um Auskunft; werdet 's ganze Nest hier haben, eh' Ihr's denkt.«

Jetzt hatten wir, dachte ich, alles abgemacht. »Laßt nur die Auktion ruhig vorübergehen«, fuhr ich fort, »macht Euch keine Sorge drum. Niemand braucht die Sachen, die er kauft, früher als 'nen Tag nach der Auktion zu bezahlen; 's ist grad' wie mit den Negern – es war kein gesetzlicher Verkauf, und sie müssen zurückgebracht werden. Können 's Geld für sie nicht einfordern, weil sie selbst in der allerverdammtesten Patsche sitzen!«

»Ich werde jetzt hinuntergehen und frühstücken und dann zu Mr. Lothrop fahren«, sagte sie.

»'s ist nicht 's beste, was Ihr tun könnt, Miß Mary Jane«, bemerkte ich; »geht lieber vor dem Frühstück. Glaubt Ihr, daß Ihr Euren Onkels ruhig ins Gesicht sehen könntet, wenn sie sich wieder dranmachen, Euch zu küssen?«

»Himmel, 's ist richtig! Ja, ich will fortgehen, ohne zu frühstükken! Und sollen meine Schwestern hierbleiben?«

»Ja – kann ihnen nicht helfen. Müssen's schon noch 'ne Weile aushalten; 's möchte zu leicht Verdacht erregen, wenn ihr alle drei fortgeht. Müßt schon allein gehen, Miß Mary, und ich will's schon mit ihnen in Ordnung bringen. Werde Miß Susan sagen, sie soll 'nen Gruß von Euch an die Onkels bestellen und sagen, Ihr wäret vor 'n paar Stunden fort, um noch 'n paar Freunde zu besuchen, und würdet bis abends oder spätestens morgen früh zurück sein.«

»Ein paar Freunde besuchen wär' schon 'ne gute Ausrede – aber ich möchte doch nicht gern 'nen Gruß bestellen lassen – ihnen.«

»Na, dann nicht. – Aber 's ist noch was – der Geldsack.«

»Den haben sie ja; und 's wird mir ganz heiß zu denken, wie sie ihn bekommen haben.«

»Nee – Ihr versteht mich nicht. Sie haben ihn nicht.«

»Wa – was? Wo ist er denn?«

»Wollt', ich wüßt's, aber ich weiß es nicht. Ich hatte ihn, denn ich hab' 'n ihnen gestohlen; und ich stahl ihn, um ihn Euch zu geben; weiß auch, wo ich ihn versteckt hab', aber ich fürchte, er ist nicht mehr dort. Es tut mir schrecklich leid, Miß Mary Jane, so leid, wie ich's gar nicht sagen kann; aber ich hab's gemacht, so gut ich's wußte, bei Gott, ich hab's. Wurde überrascht und mußte ihn am ersten besten Platz verstecken, den ich fand – und 's war kein guter Platz.«

»O hör auf, dich selbst schlechtzumachen – 's ist nicht recht;

und ich werd's auch nicht erlauben; konntest ja nichts dafür; 's war nicht dein Fehler. Wo hast du ihn denn versteckt?«

'ne Minute sagte ich gar nichts, dann faßte ich mir 'n Herz und sagte: »Kann's Euch nicht sagen, wo ich ihn hintat, Miß Mary Jane, wenn Ihr's nicht durchaus verlangt; aber ich will's Euch auf 'n Stück Papier schreiben, und Ihr könnt's auf dem Wege zu Mr. Lothrop lesen, wenn Ihr wollt. Ist's Euch so recht?«

»Natürlich.«

Ich schrieb also: »Ich hab's in den Sarg gelegt. Ich war da letzte Nacht, wie Ihr da waret und weintet. Ich stand hinter der Tür, und Ihr tatet mir so leid, Miß Mary Jane.« Mir wurden die Augen ganz naß, wie ich dran dachte, wie sie geweint hatte, so allein mitten in der Nacht, während diese Teufel unter ihrem Dach ruhig schnarchten und sie beschimpften und beraubten. Und wie ich das Papier zusammenlegte und 's ihr gab, sah ich auch in ihren Augen Tränen. Dann schüttelte sie mir herzhaft die Hand und sagte: »Leb wohl, leb wohl! Ich will alles ganz so machen, wie du mir's gesagt hast; und wenn ich dich nicht wiedersehen sollte – ich werde dich nie vergessen und oft, oft an dich denken und obendrein für dich beten!« Damit ging sie.

Für mich beten! Ich dachte, wenn sie mich recht kennte, würde sie anders sprechen . . . Aber sie würd's doch wohl tun, denn 's war ganz ihre Art – sie wäre imstande gewesen, für Judas zu beten. Wie ich sie kannte, hatte sie mehr Herz, als irgend'n anderes Mädel, das ich jemals gesehen hab'.

Sie mußte aus der Hintertür gegangen sein, denn niemand hatte sie gesehen. Als ich Susan und die Hasenscharte traf, fragte ich: »Wie heißen die Leute auf der anderen Seite vom Fluß, die ihr zuweilen besucht?«

»Da sind verschiedene, meistens die Proctors.«

»Das ist der Name! Hatte ihn vergessen. Miß Mary Jane hat mir aufgetragen, euch zu sagen, daß sie schrecklich eilig zu ihnen hat hin müssen – 's ist jemand krank.«

»Wer denn?«

»Weiß nicht; hab's auch vergessen. Aber ich denk', 's ist –«

»Um des Himmels willen, hoff' doch, 's ist nicht Hanner?«

»Tut mir leid, sagen zu müssen, daß sie's ist.«

»Meine Güte! Ist sie sehr krank?«

»'s hat keinen Namen. Haben die ganze Nacht bei ihr aufgesessen und haben geglaubt, sie wird nicht mehr viele Stunden leben.«

»Das nur zu denken! Was fehlt ihr denn?«

Ich konnte nicht schnell auf was kommen, deshalb sagte ich ganz frech: »Mumps.«

»Mumps, Dummkopf? Man sitzt nicht bei Leuten, die Mumps haben.«

»Tut man's nicht, wirklich? Bei 'nem gewöhnlichen Mumps nicht, aber dies ist 'n besonderer Mumps; ist 'ne neue Art Mumps – sagte Miß Mary Jane.«

»Was für 'ne neue Art?«

»Na, 's sind noch andere Dinger dabei.«

»Was für andere Dinger?«

»Na, Masern, Keuchhusten und Schwindsucht und – und Blutvergiftung, ja, und 's gelbe Fieber. Und ich weiß nicht, was alles.«

»Herrgott! Und das nennen sie Mumps?«

»Ja, Miß Mary Jane hat's mir so gesagt.«

»Aber, um alles, warum nennen sie das Mumps?«

»Natürlich, 's ist auch kein Sinn drin. Jemand kann sich 'ne Zehe abstoßen, 'ne Leiter runterfallen, sich 's Genick brechen und seinen armen Geist aushauchen, und die Leute fragen: ›Woran ist er gestorben?‹ – und irgend 'n Schafskopf sagt: ›Er hat sich 'ne Zehe abgestoßen.‹ Ist da Sinn drin? Nein. Und hier drin ist auch kein Sinn.«

»Ist's ansteckend?«

»Ist's ansteckend? Na, wie ihr schwatzt! Wenn ihr an eine

Zinke von 'ner Egge gebunden seid, seid ihr auch an die anderen gebunden, oder nicht? Könnt nicht mit der einen Zinke auf und davon, ohne die ganze Egge mitzuschleppen. Na, diese Art von Mumps ist wie 'ne Egge, und 's ist keine sanfte Egge, wenn ihr drangebunden seid, könnt ihr euch denken!«

»Ja, 's ist schrecklich, glaub' ich«, seufzte die Hasenscharte. »Ich will zu Onkel Harvey gehen und –«

»Oh, natürlich«, sagte ich, »würd's auch tun, selbstverständlich würd' ich's tun. Würde keine Zeit verlieren.«

»Na, warum würdst du's denn nicht tun?«

»Hört mal 'ne Minute zu, vielleicht begreift ihr's dann. Muß euer Onkel nicht so schnell er kann nach England zurück? Und glaubt ihr, er wird fortreisen und euch zurücklassen, daß ihr dann die Reise allein machen müßt? Euer Onkel ist 'n Prediger, nicht wahr? Gut also; darf 'n Prediger 'nen Schiffskapitän bestecken – darf er? Ihn bestechen, daß er Mary Jane an Bord läßt? Na, ihr wißt wohl selbst, er darf's nicht. Was soll er also tun? Er muß sagen: 's ist 'ne böse Geschichte, indessen meine Kirchenangelegenheiten müssen sich allein durchhelfen, so gut sie können; denn meine Nichte ist von der schrecklichen, grausamen pluribus-unum-Mumps-Krankheit angesteckt, und so ist's meine verdammte Pflicht und Schuldigkeit, hier zu sitzen und drei Monate lang zu warten, bis sie damit durch ist. Aber wenn ihr meint, daß es das beste ist, es Onkel Harvey zu sagen –«

»Unsinn – damit wir hier rumsitzen, wo wir schon so schön in England sein könnten, und warten, ob Mary Jane 's kriegt oder nicht? Na, du schwatzt wie 'n Dummkopf.«

»Dann wollt ihr's also wohl 'n paar von euren Nachbarn erzählen?«

»Nu hör mal den! Aber 's ist seine natürliche Dummheit! Begreifst du nicht, daß sie hingehen und 's ihm sagen würden? 's ist jetzt nichts zu machen, dürfen 's überhaupt niemand erzählen.«

»Na, kann sein, daß ihr recht habt – ja, denke, ihr habt recht.«

»Aber wir werden ihm sagen müssen, daß sie für 'ne Weile ausgegangen ist, damit er sich nicht beunruhigt?«

»Ja, Miß Mary Jane wünschte, daß ihr das tätet. Sagte: Bestellt 'nen Gruß an Onkel Harvey und William, und sagt, ich sei über den Fluß rüber zu Mr. – Mr.– wie ist der Name der reichen Familie, von der euer Vater so oft zu sprechen pflegte?«

»Glaube, du meinst die Apthorps, was?«

»Natürlich! 's gibt hier so viele Namen, daß sie einer nicht so schnell behalten kann. Sie wollte die also auffordern, rüberzukommen und euer Haus zu kaufen, damit's nicht in andere Hände käme.«

»Schon gut«, sagten die Mädels und gingen fort, um's dem Gauneronkel auszurichten. Jetzt war alles prächtig. Die Mädels würden nichts sagen, denn sie brannten drauf, nach England zu kommen; und der König würde glauben, Mary Jane sei fort, um Leute zur Auktion zu holen. Ich dachte, ich hätt's sehr gut gemacht, und Tom Sawyer selbst könnt's nicht besser, ausgenommen, daß er wohl mehr Stil reingebracht haben würde.

Die Auktion wurde in 'nem öffentlichen Lokal gegen Abend richtig abgehalten. Anfangs ging das Geschäft ganz riesig flott, und der König war famos in seinem Element. Der Herzog rannte rum und grinste, um die Leute anzufeuern. Es dauerte auch gar nicht lange, bis alles verkauft war; alles bis auf 'n armseliges kleines Plätzchen auf dem Friedhof. Sie machten sich auch daran, und ich hab' nie so was von Gier gesehen, womit der alte Gaunerkönig alles und alles zu Geld zu machen suchte!

Während sie noch im besten Feilschen waren, legte 'n Dampfboot an, und in nicht mehr als zwei Minuten kam 'ne Anzahl Kerle johlend und fluchend und lachend herauf, und wie sie dicht ran waren, schrien sie durch'nander: »Hier sind noch 'n paar Erben! Erben vom alten Peter Wilks! Ho ho! Können unser Geld zahlen, an wen wir Lust haben! Hurra!«

Neunundzwanzigstes Kapitel

Sie brachten 'nen sehr fein aussehenden alten Gentleman rangeschleppt und 'nen jungen ebenso feinen mit 'nem Arm in der Binde. Und wie die Kerls dabei heulten, lachten und mit den beiden Ulk trieben! Mir kam's aber verdammt wenig spaßhaft vor, und ich dachte, 's möchte dem König und dem Herzog doch 'nen kleinen Stoß geben, sie zu sehen; dachte, sie würden klein beigeben. Aber nein, mit 'nem Zaunpfahl hätte man die nicht kleingekriegt. Der Herzog tat, als merkte er gar nicht, was um ihn her vorging, sondern lief immerfort wie vorher brummend und grunzend hin und her, glücklich und zufrieden; und was den König anbetrifft, der starrte fortwährend mit 'nem höchst traurigen Gesicht auf die Ankömmlinge, als wenn's ihm im tiefsten Herzen wehe täte, zu denken, daß es solche Betrüger und Gauner auf der Welt geben könne. Oh, er machte es ganz prachtvoll! Die Leute machten ihm ordentlich Platz, damit er seine Rivalen recht sehen könnte. Der alte Herr sah aus, als befände er sich in tödlicher Verlegenheit. Dann begann er zu sprechen, und ich merkte sofort, daß er wie 'n Engländer sprach, nicht wie der König, obwohl dessen Art für 'ne Nachahmung ganz famos war. Ich weiß die Worte des alten Herrn nicht mehr und kann auch seine Sprache nicht nachmachen; aber ungefähr sagte er folgendes, indem er sich im Kreise umschaute: »'s ist 'ne Überraschung für mich, wie ich sie nicht erwartet hatte; und ich will frank und frei anerkennen, daß ich schlecht drauf vorbereitet bin, mich dagegen zu verantworten, denn mein Bruder und ich hatten Unglück, er brach den Arm, und unser Gepäck wurde letzte Nacht durch 'n Versehen verwechselt. Ich bin Peter Wilks' Bruder Harvey, und dies ist mein Bruder William, der nicht hören und sprechen kann und auch nicht mal ordentlich Zeichen machen kann, weil er nur einen Arm dazu hat. Wir sind, wer wir sagten, daß wir wären; und in ein oder zwei Tagen, wenn ich unser Gepäck habe, kann ich's auch beweisen. Bis dahin aber werd' ich kein Wort weiter sagen, sondern in den Gasthof gehen und warten.«

Damit gingen die beiden ab. Der König sah ihnen höhnisch nach und sagte lachend: »Seinen Arm gebrochen – sehr wahrscheinlich, nicht? Und obendrein sehr angenehm für 'nen Betrüger, der keine Zeichen machen kann – weil er's nicht gelernt hat! Ihr Gepäck verloren! 's ist zu gottvoll – zu scharfsinnig ausgedacht! Unter diesen Umständen!«

Er lachte immer mehr, und auch die meisten Leute taten's, ausgenommen drei oder vier oder vielleicht 'n halbes Dutzend. Einer von diesen war der Doktor, ein anderer ein scharfäugiger Gentleman mit 'ner Reisetasche, der gerade vom Dampfboot gekommen war und leise mit ihm sprach, zuweilen nach dem König hin winkte und mit dem Kopf schüttelte. Das war Levi Bell, der Richter, der in Louisville gewesen war. Noch 'n anderer war 'n großer, 'n bißchen wild aussehender Mann, der dicht rankam und gespannt auf alles, was der alte Mann sagte, aufgepaßt hatte, und jetzt dem König zuhörte. Als dann der König still schwieg, trat er vor und sagte: »Hallo, aufgepaßt! Wenn Ihr Harvey Wilks seid, wann seid Ihr in dieses Dorf gekommen?«

»'nen Tag vorm Begräbnis, Freund«, antwortete der König.

»Aber zu was für 'ner Tageszeit?«

»Abends – 'ne Stunde oder zwei vor Sonnenuntergang.«

»Wie seid Ihr hergekommen?«

»Kam auf der Susan Powell von Cincinnati.«

»Na – wie konntet Ihr dann morgens auf 'm Fluß in 'nem Boot sein?«

»Bin auch nicht drin gewesen.«

»'s ist 'ne Lüge!«

Ein paar von den Leuten beschworen ihn, nicht so mit 'nem alten Mann und Prediger zu sprechen.

»An 'nen Baum mit dem Prediger! Er ist 'n Lügner und Betrüger. War in 'nem Boot auf 'm Fluß an dem Morgen. Ich war dort, und er war's. Hab' ihn gesehen. War in 'nem Boot mit Tim Collins und 'nem Jungen.«

Jetzt kam der Doktor ran und fragte: »Würdet Ihr den Jungen wiedererkennen, wenn Ihr ihn sähet, Hines?«

»Denk', ich würd's, aber ich weiß nicht gewiß. Na, der da ist's. Kenn' ihn ganz leicht wieder.«

Damit zeigte er auf mich. Der Doktor fuhr fort: »Nachbarn, ich weiß noch nicht, ob die neuen Männer Betrüger sind oder nicht; aber wenn diese da keine sind, so bin ich ganz einfach 'n Idiot! Ich denk', 's ist unsere Pflicht, sie nicht fortzulassen, bis wir die Wahrheit rausgekriegt haben. Kommt mit, Hines, und ihr alle auch. Wollen diese Burschen mitnehmen zum Wirtshaus und sie den anderen beiden gegenüberstellen, und ich denke, wir werden das eine und 's andere rauskriegen, eh' wir fertig sind.«

Das war natürlich 'n Hauptspaß für die meisten, aber verdammt wenig für die Freunde des Königs. Wir machten uns alle auf den Weg; 's war um Sonnenuntergang. Der Doktor führte mich an der Hand und war ganz freundlich, ließ mich aber doch nicht 'n einziges Mal los.

Wir gingen in ein großes Zimmer im Gasthof, zündeten 'ne Anzahl Lichter an und holten die anderen beiden Kerle rein.

Der erste, der sprach, war der Doktor. »Möchte nicht zu hart sein gegen diese beiden Männer«, sagte er, »aber ich denke, sie sind Betrüger und müssen Komplizen haben, die wir noch nicht kennen. Wenn sie welche haben, sind die mit dem Geld von Peter Wilks schon davon? 's ist nicht unwahrscheinlich; sind die beiden hier keine Betrüger, so sollen sie nach dem Geld schicken und 's uns zum Aufbewahren geben, bis sie bewiesen haben, daß mit ihnen alles in Ordnung ist – ist's so recht?«

Alle stimmten ihm zu, und mir kam's wieder vor, als säßen wir in 'ner ganz niederträchtigen Patsche. Aber der König machte nur 'n mächtig betrübtes Gesicht und sagte: »Gentlemen, wünschte, 's Geld wär' da, denn ich gäb' alles drum, aus dieser unangenehmen Geschichte rauszukommen; aber ach! Das Geld ist nicht da; könnt hinschicken und nachsehen, wenn's euch beliebt.«

»Wo ist's denn also?«

»Wie's mir meine Nichte gab, es für sie aufzubewahren, nahm ich's und versteckte es im Strohsack von meinem Bett, um's nicht wieder rauszunehmen, solange wir noch hier wären; und hielt's für 'nen sicheren Platz, da ich nicht mit den Negern rechnete und dachte, sie wären grad' so ehrlich wie unsere Diener in England. Haben's am nächsten Morgen gestohlen, als ich fort war aus 'm Zimmer. Und als ich sie verkaufen tat, hatt' ich noch nicht gemerkt, daß sie's gestohlen hatten, so konnten sie es ganz bequem fortschleppen. Mein Diener hier kann's euch sagen, Gentlemen.«

Der Doktor und 'n paar andere riefen: »Schwindel!« – und ich sah, daß niemand da war, der dem König geglaubt hätte. Einer fragte mich, ob ich gesehen hätte, daß die Neger es stahlen. Ich sagte: »Nein«, aber ich hätte sie aus dem Zimmer schleichen sehen und runterrennen, und ich hätte mir nichts dabei gedacht, weil ich geglaubt hätte, sie hätten meinen Herrn geweckt und liefen davon, um nicht Skandal mit ihm zu bekommen. Das war alles, was sie von mir wissen wollten.

Dann fragte mich der Doktor: »Bist du auch 'n Engländer?«

»Ja«, sagte ich, und er und die anderen lachten und riefen wieder: »Schwindel!« Dann fingen sie 'n großartiges Kreuzverhör an, 's ging eine Stunde um die andere immer hin und her, und niemand sprach 'n Wort vom Abendessen, 's schien überhaupt niemand dran zu denken. Sie ließen den König sein Garn spinnen und dann den alten Gentleman; und jeder außer 'n ausgemachter Schwachkopf mußte sehen, daß der alte Gentleman die Wahrheit sprach und der König log. Und dann auf einmal fiel's ihnen ein,

von mir zu verlangen, ich sollte sagen, was ich wußte. Der König warf mir solch 'nen Seitenblick zu, der genügte, damit ich wußte, was ich zu sagen hatte. Ich fing an von Sheffield und wie wir dort gelebt hätten, und allerhand über die englischen Wilks und so weiter. Aber ich kam nicht weit, so fing der Doktor an zu lachen, und Levi Bell, der Richter, sagte: »Setz dich, mein Junge, 's würde mir auch sauer werden, wenn ich du wäre. Scheinst nicht gewohnt zu sein zu lügen. Hast halt keine Übung drin; machst es verdammt ungeschickt.«

Ich bedankte mich nicht fürs Kompliment, aber ich war froh, in Ruhe gelassen zu werden. Der Doktor wollte noch was sagen und fing schon an: »Wärt Ihr anfangs schon im Dorf gewesen, Levi Bell —«, als der König ihn unterbrach, seine Hand ausstreckte und ausrief: »Was, ist das meines armen toten Bruders alter Freund, von dem er mir so oft geschrieben hat?«

Der Richter und er schüttelten sich die Hände, der Richter schmunzelte, und dann schwatzten sie lange Zeit mit'nander, und dann gingen sie auf die Seite und flüsterten zusammen. Schließlich sagte der Richter laut: »Das wird's tun. Will 'ne Order ausstellen
und Euren Bruder damit hinschicken; dann wollen wir's schon kriegen.«

Sie holten Papier und 'ne Feder, der König setzte sich hin, legte den Kopf auf eine Seite, steckte die Zunge raus und kritzelte was hin. Darauf gaben sie die Feder dem Herzog; der schien erst 'n bißchen unruhig, aber dann nahm er die Feder und schrieb 'n paar Worte. Darauf wandte sich der Richter an den alten Gentleman und sagte: »Wollt Ihr und Euer Bruder ein oder zwei Zeilen schreiben und eure Namen drunter setzen.«

Der Alte schrieb, aber niemand konnt' es lesen. Der Richter schien mächtig erstaunt, brummte: »Na, das muß ich sagen!«, holte 'nen Packen Briefe hervor, prüfte sie und die Handschrift des Alten und dann wieder sie und sagte schließlich: »Diese alten

Briefe sind von Harvey Wilks, und hier sind diese beiden Handschriften, und 's kann jeder leicht sehen, daß es andere sind« (König und Herzog machten verdammt dumme Gesichter, als sie sahen, daß der Richter sie überlistet hatte), »und hier ist die Handschrift des alten Gentlemans, und 's kann jeder leicht sehen, daß er die Briefe auch nicht geschrieben hat; die Kraxen, die er macht, sind überhaupt nicht geschrieben. Nun sind hier 'n paar Briefe von –«

Der Gentleman unterbrach ihn und sagte: »Bitte, laßt's mich erklären. Niemand kann meine Schrift lesen als mein Bruder hier – darum schreibt er sie für mich ab. 's ist seine Handschrift, die Ihr da in den Briefen habt, nicht meine.«

»Gut«, sagte der Richter, »kann sein; hab' auch 'n paar von William seinen Briefen; wollt Ihr ihn also 'n paar Zeilen schreiben lassen, so können wir –«

»Er kann nicht schreiben mit der linken Hand«, warf der alte Gentleman ein. »Könnte er seine rechte Hand gebrauchen, so würdet Ihr sehen, daß er seine eigenen Briefe und meine obendrein geschrieben hat. Schaut sie doch an, ob sie nicht beide von derselben Hand sind.«

Der Richter tat's und sagte: »Glaub', 's ist so; wenn's nicht so ist, so ist das 'ne größere Ähnlichkeit, als ich jemals eine gesehen hab'. Gut, gut, gut! Eins ist jetzt bewiesen, von diesen beiden ist keiner ein Wilks«, und damit zeigte er mit dem Kopf nach dem König und dem Herzog hin.

Sollt' man's glauben? Dieser verdammte alte Schuft gab sich noch nicht verloren! Tat's wahrhaftig nicht! Sagte, 's wär' immer noch kein Beweis da. Sagte, sein Bruder sei der durchtriebenste Witzbold von der Welt und hätt' sich gar keine Mühe beim Schreiben gegeben – er hätt's gleich in der Minute, wo er die Feder angesetzt hätte, gesehen, daß er einen von seinen verdammten Witzen vorhätte! Und auf die Art schwatzte er und schwatzte, bis er schließlich selbst glaubte, was er sagte; aber dann mischte sich auf einmal wieder der alte Gentleman dazwischen. »Hab' eben an was gedacht«, sagte er. »Ist hier jemand, der dabei war, wie mein Bru –, wie Peter Wilks in den Sarg gelegt wurde?«

»Ja«, antwortete einer, »ich und Ab Turner. Waren beide dabei.«

Darauf wandte sich der Alte an den König: »Vielleicht kann der Herr sagen, was auf seiner Brust tätowiert war?«

Diesmal zuckte der König zusammen, wie wenn 'n steiles Ufer vom Wasser runtergerissen wird; 's kam aber auch zu plötzlich. Woher sollte er wohl wissen, was Peter Wilks für Zeichen auf der Brust gehabt hatte? Er zögerte 'ne Weile, aber 's konnte ihm nichts helfen. Alle waren mäuschenstill und schauten auf ihn. Jetzt sagte ich zu mir, muß er endlich dran glauben. Aber tat er's? Man sollt's nicht glauben, er tat's noch nicht! Denke, er wollte die Sache nur hinziehen, um Zeit zur Flucht zu gewinnen. Inzwischen saß er da ganz ruhig, dann fing er an zu grinsen und sagte: »Pah! 'ne verdammt kitzlige Frage, was? Ja, Herr, ich kann's Euch sagen! 's ist 'n kleiner, dünner blauer Anker; und wenn Ihr's nicht glaubt, könnt Ihr euch überzeugen. Na, was sagt Ihr jetzt?«

Hab' nie so 'nen abgefeimten, dickhäutigen, hartherzigen Schuft gesehen!

Der alte Gentleman wandte sich kurz an Ab Turner; seine Augen funkelten, weil er diesmal den König gefaßt zu haben glaubte. »Na«, sagte er, »habt ihr 's gehört, was er gesagt hat! War so 'n Zeichen auf der Brust von Peter Wilks?«

Beide standen auf und sagten: »Haben nichts dergleichen gesehen.«

»Gut. Jetzt – was ihr saht, war 'n kleines, zartes P und 'n B und 'n W. Habt ihr's gesehen?«

Sie standen wieder auf und sagten: »Nee – haben 's nicht gesehen.«

Na, jetzt waren die Leute aber alle überrascht! »Alle zusammen sind sie Betrüger!« schrien sie. »Wollen sie ersäufen! Aufhängen! Dämpfen!« Alles schrie durcheinander, 's war 'n gräßlicher Spektakel. Aber der Richter sprang auf den Tisch und rief: »Gentlemen, Gentlemen! Hört noch 'n Wort – noch 'n einziges Wort! 's ist noch 'ne Möglichkeit – laßt uns gehen, die Leiche ausgraben und nachsehen!«

Das zog. »Hurra!!« brüllten sie und machten sich sofort auf die Beine, aber der Richter und der Doktor sprachen wieder dagegen: »Halt, halt! Wollen diese vier Kerle und den Jungen binden und sie mitnehmen!«

Mir war greulich zumute. Aber ich wußte, 's gab keinen Ausweg. Sie packten uns und schleppten uns zu dem Kirchhof, der anderthalb Meilen unterhalb am Fluß lag und 's ganze Nest hintennach, denn wir machten mächtiges Aufsehen und 's war erst um neun Uhr abends.

Als wir bei unserem Hause vorbeikamen, wünschte ich, ich hätte Mary Jane nicht fortgeschickt; jetzt hätte sie mich retten können.

Wir trieben also nach dem Kirchhof zu, beinahe wie Wildkatzen rennend. Der Himmel war bewölkt, und der Wind fing an zu heulen. Der große Kerl hatte mich gepackt – Hines –, und ich hätte grad' so gut versuchen können, mich von Goliath frei zu machen, wie von ihm.

In 'nem Nu war der ganze Kirchhof mit Leuten bedeckt; als wir am Grab ankamen, fanden sie, daß sie hundertmal mehr Schaufeln hatten, als sie brauchten, aber keiner hatte dran gedacht, 'ne Laterne mitzubringen. So fingen sie einstweilen beim Licht der Blitze an zu graben und schickten einen in ein Haus in der Nachbarschaft, eine zu holen.

Es wurde immer dunkler, der Regen stürzte runter, der Wind heulte, und ein Blitz folgte immer schneller auf den anderen; aber sie waren so eifrig beschäftigt, daß keiner drauf achtete.

Schließlich stießen sie auf den Sarg und machten sich dran, ihn zu öffnen; und dabei schoben und drängten sie wild gegen'nander an, um was zu sehen; 's war schrecklich. Hines hielt mich immer noch an der Hand und zerrte und riß an mir herum, um vorzukommen; ich denke, er hatte ganz vergessen, daß ich überhaupt auf der Welt war.

Plötzlich schrien die vordersten laut auf: »Beim Himmel, da ist der Sack mit dem Geld!!«

Hines stieß 'nen Schrei aus wie alle, machte 'ne mächtige Anstrengung, um vorzukommen, ich riß mich los und rannte wie wahnsinnig in die Finsternis hinein.

Ich hatte die Bahn frei, und 's wär' ganz gut gegangen, wenn's nicht finster gewesen wär', und dann die blendenden Blitze und der schreckliche Regen und der Sturm und das Krachen des Donners – so wahr ich geboren bin – 's war schrecklich!

Als ich das Dorf erreichte, sah ich, daß niemand auf den Straßen war; so brauchte ich keinen Umweg zu machen, sondern konnte grad' durchrennen. Und als ich bei unserem Hause vorbeikam, war da kein Licht, das Haus lag wie ausgestorben; 's machte mich schrecklich traurig und niedergeschlagen.

Sobald ich weit genug war, daß ich für den Augenblick nichts mehr zu fürchten hatte, schaute ich scharf nach 'nem Boot aus; und bei 'nem Blitz sah ich bald eins, das nicht festgemacht war. Ich verlor keine Zeit, und als ich beim Floß ankam, war ich so erschöpft, daß ich mich wie tot hätte hinwerfen mögen. Aber ich tat's nicht. Ich schrie laut: »Hallo, Jim! Raus! Mach vorwärts, um des Himmels willen, oder wir sind verloren!«

Jim kam mit ausgebreiteten Armen auf mich zu, er war ganz verrückt vor Freude. Aber als es hell wurde und ich ihn sah, fiel ich rückwärts über Bord vor Schreck, denn ich hatte ganz vergessen, daß er König Lear war und wie 'n Araber angezogen. Aber er fischte mich raus und tat ganz närrisch, weil wir wieder beisammen und von dem König und dem Herzog befreit waren.

In zwei Stunden trieben wir ab in den Fluß rein, und 's schien mir nicht so sehr schön, allein und verlassen auf dem großen, dunklen Wasser zu sein ohne sonst jemanden! Plötzlich hörte ich 'nen Ton, den ich nur zu gut kannte; ich hielt den Atem an und horchte – und 's war so: Beim nächsten Blitz sah ich sie kommen! Der König und der Herzog in 'nem Boot grad' auf uns zu rudernd! Ich zog mich auf die äußerste Ecke des Floßes zurück und ließ alles gehen; und 's war schon 'ne mächtige Leistung, daß ich nicht laut schrie, als ich sie sah!

Dreißigstes Kapitel

Kaum waren sie an Bord, so fuhr der König auf mich los, schüttelte mich und schrie mich an: »Hast uns im Stich lassen wollen, verfluchter Hund! Wolltest dich von uns losmachen, he?«

»Nee, Eure Majestät«, sagte ich, »'s ist nicht an dem – bitte, Eure Majestät!«

»Dann also raus, sag, was du wolltest, oder ich will dir 's Innerste zuäußerst schütteln!«

»Will Euch gewiß alles sagen, Eure Majestät, wie's war. Der Mann, der mich an der Hand hielt, war sehr freundlich zu mir, sagte, er hätt' 'nen Jungen so alt wie ich gehabt, der im vorigen Jahre gestorben sei, und 's täte ihm leid, mich in so 'ner Patsche zu sehen; und wie sie dann alle ganz verrückt vor Überraschung waren, wie sie 's Geld fanden, ließ er mich los und flüsterte mir zu: »Jetzt mach, daß du fortkommst, oder sie werden dich henken!«, worauf ich natürlich davonrannte; 's hätt' keinen Zweck gehabt, zu bleiben, denn ich konnt' Euch nicht helfen und hatte keine Lust, gehenkt zu werden, wenn 's nicht notwendig war. Und wie ich herkam, drängte ich Jim, abzustoßen, weil die Leute sonst doch noch kommen und mich henken würden, und sagte, ich fürchtete, Ihr und der Herzog wäret inzwischen schon gehenkt, und ich war furchtbar traurig, Jim auch.«

Jim sagte, 's wäre so, aber der König befahl ihm, 's Maul zu halten, und sagte höhnisch, 's wäre sehr wahrscheinlich; darauf schüttelte er mich wieder, daß ich dachte, ich würde draufgehen. Aber der Herzog sagte: »Laßt den Jungen, alter Dummkopf! Würdet Ihr's anders gemacht haben? Hättet Ihr Euch um ihn gekümmert, wenn Ihr hättet davonkommen können? Glaub's doch nicht!«

Der König ließ mich darauf los und fing an, auf das Dorf und alle darin zu schimpfen. Aber der Herzog unterbrach ihn wieder: »Solltet lieber auf Euch selbst schimpfen, denn Ihr seid zum größten Teil selbst dran schuld. Habt von Anfang an nichts in der Sache getan, das 'n bißchen Sinn gehabt hätte, außer daß Ihr so kaltblütig mit der Geschichte von dem blauen Anker rauskamt. Das war famos – 's war geradezu wundervoll! Und 's war das, was uns gerettet hat. Denn wenn das nicht gewesen wär', hätten sie uns eingesperrt, bis das Gepäck des alten Engländers gekommen wäre, und dann – dann hätt's geheißen, sein Testament machen!«

'ne Minute lang dachten wir alle nach, dann sagte der König anscheinend ganz geistesabwesend: »Und wir dachten, die Neger hätten's gestohlen!«

»Ja«, antwortete der Herzog höhnisch und wütend zugleich, »wir glaubten's!«

Dann fing der König wieder an: »Heißt – ich glaubt' es!«

Der Herzog dagegen: »Unsinn – ich!«

»Hört mal, Brückenwasser«, fuhr ihn der König an, »was wollt Ihr damit sagen?«

»Wenn Ihr so wollt«, antwortete der Herzog grob, »möcht' ich doch fragen, was Ihr damit sagen wollt?«

»Geschwätz!« brummte der König höhnisch; »aber ich weiß ja nicht, kann sein, daß Ihr schlieft und nicht wußtet, was Ihr machtet.«

Jetzt fuhr der Herzog erst recht auf ihn los: »Oh, laßt doch den verdammten Unsinn! Haltet Ihr mich für 'nen Dummkopf? Glaubt Ihr wirklich, daß ich nicht weiß, wer das Geld in den Sarg getan hat?«

»Ja natürlich, weiß wohl, daß Ihr's wißt – habt's ja selbst getan!«

»'s ist 'ne verdammte Lüge!« Damit packte der Herzog ihn am Hals.

»Hand weg!« heulte der König. »Laßt meine Kehle los! Nehm's ja zurück!«

»Gesteht erst, daß Ihr's Geld reingetan habt, um's allein zu behalten!«

»Wartet noch 'ne Minute, Herzog – beantwortet mir 'ne Frage, offen und gradaus; heißt das, wenn Ihr's Geld nicht reingetan habt, und ich glaub's Euch und nehm' alles zurück.«

»Ihr alter Gauner, ich tat's nicht, und Ihr wißt das ganz genau! Also vorwärts!«

»Na ja, ich glaub's Euch ja! Aber sagt doch – na, werdet nur nicht gleich wieder bös! – Hattet Ihr nicht die Absicht, es zu tun?«

Der Herzog sagte 'ne Weile gar nichts mehr, dann sagte er: »Na, ich weiß nicht, 's kann sein, daß ich's tun wollte. Aber Ihr wolltet's nicht nur, Ihr habt's auch getan!«

»Will niemals sterben, Herzog, wenn ich's tat; und das ist die Wahrheit! Will nicht sagen, daß ich's nicht tun wollte, denn ich wollt's. Aber Ihr – sonst irgend jemand, wollt' ich sagen – kam mir zuvor.«

»'s ist 'ne Lüge! Ihr habt's getan und sollt's sagen, daß Ihr's getan habt, oder –«

Der König begann zu röcheln und konnte nur noch mühsam rausstoßen: »Teufel – ja – hab's getan!«

Ich freute mich mächtig, es ihn sagen zu hören, und fühlte mich gleich viel freier als vorher.

Der Herzog zog die Hand zurück und brummte: »Wenn Ihr noch mal so 'nen Streich macht, erwürge ich Euch. Hab' so 'nen alten kollernden Truthahn wie Euch noch nie gesehen, und hab' Euch doch vertraut, als wenn Ihr mein eigener Vater gewesen wärt. Solltet Euch schämen, so was zu tun und 's dann auf 'n paar arme Neger zu schieben! Könnte mich selbst auslachen, daß ich so 'nem Lumpenkerl geglaubt hab'. Jetzt seht Ihr selbst, was dabei rauskommt! Haben all ihr Geld zurück und unseres obendrein! Schert Euch zu Bett und kommt mir nicht noch mal auf so 'ne Art!«

Der König kroch in den Wigwam und machte sich's drin bequem; und nach 'ner halben Stunde folgte ihm der Herzog nach, und sie schnarchten um die Wette.

Jim und ich schwatzten noch lange zusammen, und ich erzählte ihm alles.

Einunddreißigstes Kapitel

Tagelang hielten wir jetzt nirgends an, sondern fuhren immer weiter abwärts. Wir waren allmählich in eine wärmere Gegend gekommen, unendlich weit von zu Hause fort. Zuweilen sahen wir Bäume mit spanischem Moos drauf, das wie lange graue Bänder von den Zweigen runterhing; es ließ die Wälder verdammt traurig und verlassen aussehen. Jetzt fingen die beiden Gauner an, sich wieder sicher zu fühlen und ihre Arbeit in den Dörfern mit frischen Kräften aufzunehmen.

Zuerst hielten sie 'ne Vorlesung über Enthaltsamkeit; aber das brachte nicht genug ein, daß sie sich beide davon hätten besaufen können. In 'nem anderen Nest richteten sie 'ne Tanzstunde ein, verstanden aber nicht mehr vom Tanzen als 'n Känguruh; so fiel bei der ersten Stunde das halbe Dorf über sie her, haute sie durch und schmiß sie raus. Danach versuchten sie's mit Missionspredigten, Doktern, Wahrsagen und so 'nem Zeug; aber 's schien, daß sie kein Glück mehr haben sollten. Schließlich kamen sie ganz erbärmlich runter und lagen stumpfsinnig auf dem Floß rum, brüteten vor sich hin, ohne 'n Wort zu sagen, und waren schrecklich mißgestimmt und niedergeschlagen.

Einmal steckten sie zwei oder drei Stunden lang im Wigwam drin die Köpfe zusammen und schwatzten leise und geheimnisvoll. Jim und mir wurde 'n bißchen ungemütlich dabei; schließlich kamen wir überein, daß sie vorhätten, in jemandes Haus einzubrechen, oder falsches Geld zu machen oder sonst so was; und wir nahmen uns fest vor, um keinen Preis, und wenn's das Leben kostete, mit ihnen gemeinsame Sache zu machen, sondern sie zu verraten, um endlich von ihnen loszukommen. Eines Morgens versteckten wir das Floß an 'nem sicheren Platz ungefähr zwei Meilen unterhalb von 'nem lumpigen kleinen Nest, Pikesville; der König ging ans Ufer und befahl uns, hierzubleiben, während er nachsähe, ob dort was mit dem »Königsschwindel« zu machen sei. (»Einbrechen«, sagte ich zu mir selbst; und wenn 's dir gelungen ist, wirst du hierher zurückkommen und wirst dich wundern, was inzwischen aus mir und Jim und dem Floß geworden ist – und sollst auch gar nicht aufhören, dich drüber zu wundern.) Er sagte, käme er nicht vor Mittag zurück, so würden der Herzog und ich draus ersehen können, daß alles in Ordnung sei, und wir sollten auch kommen.

Wir blieben also, wo wir waren. Der Herzog schnüffelte überall rum und schien mächtig schlechtgelaunt. Ich war froh, als der Mittag kam und kein König sich sehen ließ. So gingen der Herzog und ich ins Dorf und suchten nach ihm rum; schließlich fanden wir ihn tief in 'ner leeren Hundehütte versteckt, vollkommen besoffen, und 'ne Menge Gassenbuben warfen zum Spaß mit Steinen nach ihm und verspotteten ihn, und er konnte ihnen nicht beikommen, weil er nicht mehr auf den Füßen stehen konnte.

Der Herzog begann ihn 'nen alten Schafskopf und so was zu schimpfen, und der König beschimpfte ihn wieder.

Diesen Augenblick benutzte ich, davonzurennen, so schnell ich konnte, wie der Wind runter an den Fluß; wußte wohl, daß wir's so glücklich nicht wieder treffen würden, und nahm mir fest vor, 's sollte 'ne hübsch lange Zeit dauern, bis die beiden mich und Jim wiedersehen würden.

Ich kam ganz atemlos vom Rennen und vor Freude beim Floß an und schrie Jim schon von weitem zu: »Vorwärts, Jim – wir sind sie los!«

Aber ich kriegte keine Antwort und 's kam niemand aus dem Wigwam raus. Jim war fort! Ich schrie und schrie und schrie immerfort, rannte hierhin und dorthin in den Wald und schrie wieder; aber 's half nichts – Jim war fort.

Dann setzte ich mich hin und fing an zu heulen, ich konnte nicht anders! Aber ich konnte nicht lang' stillsitzen. Ich ging ans Ufer, drüber nachdenkend, was ich tun sollte; dabei traf ich 'nen Jungen, den ich fragte, ob er 'nen fremden Neger gesehen hätt', so und so gekleidet.

»Ja«, sagte er.

»Wo denn?«

»In der Nähe von Silas Phelps, zwei Meilen weiter unten. Es ist 'n davongelaufener Neger, und sie haben ihn erwischt. Hast du ihn gesehen?«

»Sollt' ich meinen«, sagte ich. »Bin bis vor ein bis zwei Stunden im Walde hinter ihm hergelaufen, und er drohte, wenn ich ihn verriete, würd' er mich totstechen; und dann befahl er mir, mich hinzulegen, wo ich war, und ich tat's. Bin bis jetzt dagewesen – aus Furcht, er würd's tun.«

»Es ist gut, daß sie ihn haben; zweihundert Dollar sind auf ihn gesetzt.«

»Ja, und ich hätt' sie kriegen können«, sagte ich, »hab' ihn zuerst gesehen. Wer hat ihn erwischt?«

»Es war 'n alter Kerl – 'n Fremder –, verkaufte sein Anrecht an das Geld für vierzig Dollar, denn er konnte nicht warten, mußte weiter. Ich hätte gewartet, und wenn's sieben Jahre gewesen wär'.«

»Na, ich auch. Aber«, sagte ich, »vielleicht war's nicht recht sicher mit der ausgeschriebenen Belohnung, weil er's so billig getan hat; 's wird was nicht in Ordnung sein damit?«

»O doch – vollkommen sicher. Hab' selbst die Anzeige gesehen. Er ist darin wie auf 'nem Bild beschrieben, auch ist die Plantage, von der er ist, ganz genau beschrieben. – Hör, gib mir 'n Stückchen Tabak, was?«

Da ich keinen hatte, schlenderte er fort. Ich ging aufs Floß zurück, setzte mich in den Wigwam und dachte nach. Aber ich konnte nicht zurechtkommen. Ich dachte nach, bis mir der Kopf schmerzte, ohne zu sehen, wie ich aus der Patsche rauskommen sollte. Nach so 'ner langen Reise, nach allem, was wir für diese Schufte getan hatten, war nun alles zu Ende; sie hatten das Herz gehabt, Jim so 'nen Streich zu spielen und ihn wieder zu 'nem Sklaven von fremden Menschen zu machen, und obendrein für vierzig Dollar!

Es wäre für ihn tausendmal besser gewesen, zu Hause Sklave zu sein, wo seine Familie war, so lang' er mal Sklave sein mußte; ich nahm mir deshalb vor, 'nen Brief an Tom Sawyer zu schreiben und ihm und Miß Watson zu sagen, wo Jim sei. Aber ich gab den Gedanken aus zwei Gründen wieder auf; sie würden gewiß sehr böse über seine Undankbarkeit, fortzulaufen, sein und würden ihn deshalb in Zukunft viel strenger halten, oder aber sie würden ihn gar wieder verkaufen, um ihn nicht mehr vor Augen zu haben. Und dann, was mich anbetraf! Es würde überall herumkommen, daß Huck Finn 'nem Neger geholfen hatte, durchzukommen. Wenn ich jemals einen aus dem Dorfe wiedersehen würde, müßte ich einfach die Augen niederschlagen und ihm die Stiefel anlecken vor Scham! Es ist mal so; tut man was Unrechtes, so braucht man für die üblen Folgen gar nicht weiter zu sorgen. Je mehr ich über das alles nachdachte, desto mehr schlug mir's Gewissen und um so niederträchtiger war mir zumute.

Schließlich fiel mir ein zu beten; aber ich konnte keine Worte finden. Warum kamen sie nicht? Es hatte keinen Zweck, vor Ihm was verbergen zu wollen, und ich wußte daher wohl, warum sie nicht kamen; darum, weil mein Herz nicht aufrichtig und zerknirscht war, weil ich 'n Doppelspiel treiben wollte. Ich wollte wohl alle Sünde aufgeben, aber zugleich hielt ich doch krampfhaft dran fest. Ich wollte wohl meinen Mund zwingen, zu versprechen, recht zu tun und hinzugehen und an die rechtmäßigen Besitzer von Jim zu schreiben, wo er wäre; aber tief im Herzen wußte ich, daß es 'ne Lüge sei – und Er wußte es auch. Man kann nicht 'ne Lüge beten, das merkte ich bald genug.

Ich war voller Zweifel und wußte nicht, was tun. Schließlich kam mir 'n Gedanke: Ich wollte hingehen und den Brief schreiben – und dann beten! Es war ganz erstaunlich, wie ich mich gleich leicht fühlte, wie 'ne Feder, alle Sorgen gleich weg! Ich nahm 'n Stück Papier und 'nen Bleistift und schrieb:

»Miß Watson Eier vordgelauffner Neger Jim is hier unten bei Pikesville und Mr. Phelps had ihm und wirt ihm rausgäben wen ihr die Belohnung schicken tut.
Huck Finn.«

Ich war nun von aller Sünde reingewaschen und fühlte, daß ich jetzt beten konnte. Aber ich tat's doch nicht gleich, sondern legte das Blatt vor mich hin und fing an nachzudenken, wie gut's wäre, daß alles so gekommen sei, und wie nahe ich dran gewesen war, zugrunde zu gehen. Und dann sah ich in Gedanken Jim bei Tag und bei Nacht, bei Mondschein und bei Gewitter, und wir fuhren und fuhren und schwatzten und sangen und lachten, sah ihn Wache stehen für mich, statt mich zu wecken, damit ich ruhig schlafen könnte; sah ihn, wie glücklich er war, als ich wieder aufs Floß zurückkam, und so weiter; und wie er immer bereit war, mir zu dienen und alles für mich zu tun, was er nur wußte.

Ich nahm wieder den Zettel auf und sah ihn an. Ich zitterte förmlich, denn ich fühlte wohl, daß ich zwischen zwei Dingen für immer wählen müsse. Ich dachte 'ne Minute mit angehaltenem Atem nach, und dann sagte ich mir: »Na, dann – will ich halt in die Hölle kommen!« Damit zerriß ich den Zettel.

Das war 'n schrecklicher Gedanke, aber 's war jetzt mal geschehen, und so war's gut. Ich nahm mir vor, Jim nochmals zu stehlen, und wenn ich sonst was Schlechtes tun konnte, wollte ich's tun, da ich ja doch mal verloren war. Danach überlegte ich lange, wie ich's machen sollte, und machte allerhand Pläne. Schließlich fand ich einen, der mir zusagte. Ich wählte 'ne kleine bewaldete Insel, die ich etwas unterhalb im Fluß sah, und sobald's dunkel genug war, fuhr ich drauf zu, versteckte mein Floß und ging hinauf. Ich schlief die ganze Nacht, stand vor Tagesanbruch auf, frühstückte, tat 'ne Anzahl Kleidungsstücke und sonst einiges in ein Bündel, stieg ins Boot und fuhr nach der Insel. Ich landete unterhalb der Stelle, wo, wie ich glaubte, Phelps' Wohnung sich befand, versteckte das Bündel im Wald, füllte das Boot mit Wasser, schleppte große Steinen hinein, so daß es sank, damit ich's wiederfinden könnte, wenn ich's brauchte. Ich kam an 'ne Mühle, an der »Phelps' Sägemühle« stand, und sobald ich das Farmhaus erreichte, paßte ich auf, sah aber niemand, obwohl's jetzt heller Tag war. Es lag in meinem Plan, vom Dorfe aus hinzukommen, nicht von unterhalb. Deshalb schlug ich mich nach dem Dorfe zu. Der erste Mann, den ich sah, als ich hinkam, war der Herzog. Er klebte grad' 'ne Anzeige über den »Königsschwindel« an. Ich war so dicht an ihn ran, eh' ich ihn sah, daß es unmöglich war, durchzubrennen.

»Hallo – wo kommst denn du her, Kerl?« Dann: »Wo ist's Floß – gut versteckt?«

»Es ist gerade das, was ich Euer Gnaden fragen wollte«, log ich.

Darauf machte er 'n ziemlich schafsmäßiges Gesicht und sagte: »Wie kannst du denn mich danach fragen?«

»Na«, sagte ich, »als ich den König gestern in der Hundehütte sah, dachte ich, wir würden ihn so besoffen noch lange nicht nach Hause schaffen können; trieb mich also 'n bißchen in der Stadt rum, um die Zeit totzuschlagen. Da begegnete ich 'nem Kerl, der mir zehn Cent bot, wenn ich ihm helfen würd', über den Fluß zu fahren und 'n Schaf wieder rüberzuschaffen; aber wie wir's zum Boot schleppten und der Kerl mir 's Seil zu halten gab, zog's so verteufelt stark an, daß ich's nicht halten konnte, rannte davon und wir hinterher. Wir kriegten's erst wieder, wie's schon dunkel war, dann brachten wir's rüber, und ich rannte zum Floß hin. Als ich hinkam und 's nicht mehr fand, sagte ich mir: Haben wohl 'n Malheur gehabt und haben sich gedrückt und meinen Neger mitgenommen, der der einzige Neger ist, den ich im ganzen Leben gehabt hab', und jetzt bin ich in 'nem fremden Land und hab' kein Geld und nichts und weiß nicht, wovon leben. Ich setzte mich hin und fing an zu heulen; danach schlief ich die ganze Nacht im Walde. Aber wo ist denn dann das Floß geblieben? Und Jim – der arme Jim!«

»Will verdammt sein, wenn ich's weiß – was das Floß anbetrifft. Der alte Dummkopf hatte 'nen Handel abgeschlossen und vierzig Dollar bekommen, und als wir ihn in der Hundehütte fanden, hatten die Gassenjungen ihm alles gestohlen, bis auf das, was er schon für Whisky ausgegeben hatte. Und als ich ihn dann nachts nach 'm Fluß glücklich runtergelotst hatte und wir das Floß nicht fanden, sagten wir: Der kleine Schuft hat unser Floß gestohlen und uns angeschmiert, und ist 'n Fluß runter.«

»Würde doch nicht meinen Neger sitzen lassen – oder? Den einzigen Neger, den ich in der Welt noch gehabt hab', und mein einziges Eigentum.«

»Daran haben wir freilich nicht gedacht; haben ihn, glaub' ich, für unseren Neger gehalten, der Teufel weiß, daß wir Sorgen genug durch ihn gehabt haben. Als wir also sahen, daß das Floß fort war und wir ganz bankrott, blieb uns nichts anderes mehr übrig, als es noch mal mit dem Theaterschwindel zu versuchen. – Bin trocken wie 'n Pulverhorn. Her mit den zehn Cent!«

Ich hatte ziemlich viel Geld, gab ihm also zehn Cent, bat ihn aber, es für was zu essen auszugeben und mir auch was davon übrig zu lassen, denn 's wär' alles, was ich besäße, und dabei hätte ich seit gestern nichts gegessen.

Statt dessen fuhr er mich an: »Glaubst du, daß dieses Negervieh uns anzeigen wird? Würd' ihm die Haut abziehen, wenn er's täte!«

»Wie kann er euch denn anzeigen – ist er denn nicht fortgelaufen?«

»Bewahre! Der alte Dummkopf hat ihn verkauft und nicht mit mir geteilt – und jetzt ist das Geld fort!«

»Ihn verkauft?« sagte ich und fing an zu heulen. »Es war doch mein Neger, also gehört das Geld mir! Wo ist er – ich will meinen Neger haben!«

»Na, du kannst deinen Neger nicht kriegen, das ist doch wohl klar! Aber hör mal – denkst du vielleicht dran, uns in 'ne Patsche zu bringen? 'damm mich, daß ich dir getraut hab'! Wenn du uns in die Patsche bringen willst –«

Er brach ab, aber ich hatte ihn noch nie so gräßlich aus den Augen schauen sehen. Ich sagte deshalb schleunigst: »Denk' nicht dran, jemanden in 'ne Patsche zu bringen. Will nur meinen Neger wiederfinden.«

Er stand 'ne Zeitlang nachdenklich da mit seinen Zetteln über dem Arm und kratzte sich. Dann sagte er: »Will dir was sagen. Wir bleiben drei Tage hier. Versprichst du, nicht zu klatschen und auch deinen Neger nicht klatschen zu lassen, so will ich dir sagen, wo er ist.«

Ich versprach's, und er fuhr fort: »Ein Farmer, mit Namen Silas Ph –« Er wär' wohl im Begriff gewesen, mir die Wahrheit zu sagen, wie er aber anhielt und nachdenklich zu werden anfing, wußte ich, daß er seine Meinung geändert hatte. Und so war's auch. Er traute mir nicht und wollte mich gern für die drei Tage aus dem Wege haben. Deshalb sagte er: »Der Mann, der ihn hat, heißt Abram Foster – Abram W. Foster – und lebt vierzig Meilen unterhalb am Ufer in der Nähe von Lafayette.«

»Schon gut«, sagte ich, »kann den Weg in drei Tagen wohl machen; werde noch heute abend aufbrechen.«

»Nein, das wirst du nicht, du wirst jetzt sofort abdampfen und keine Zeit verlieren oder dich wo aufhalten.«

Das war, was ich gewollt hatte; ich wollte nur frei sein, um meinen Plan ausführen zu können.

»Also marsch!« kommandierte er, »und sag Mr. Foster – was du willst. Möglich, daß du ihn glauben machen kannst, daß es dein Neger ist. 's gibt ja Dummköpfe, die keine Papiere verlangen. Nu mach, sag ihm, was du willst, aber laß dir nicht einfallen, mit jemand zwischen hier und dort zu schwatzen.«

Ich machte mich also auf den Weg, schaute mich wohlweislich nicht um, fühlte aber trotzdem, daß er mir nachsah. Ich ging ohne anzuhalten mehr als 'ne Meile, dann schlug ich mich durch den Wald nach dem Hause des Phelps. Ich dachte, es würde besser sein, grad' draufloszugehen, als erst lange rumzuschnüffeln, damit ich Jim den Mund stopfen konnte, bis diese Gauner fort waren; hatte keine Lust, noch mehr Scherereien mit ihnen zu bekommen; wünschte vielmehr nichts sehnlicher, als endlich ganz von ihnen befreit zu werden.

Zweiunddreißigstes Kapitel

Es war eine jener einhäusigen Niederlassungen, die sich alle gleichen. Ein Stacheldraht schloß zwei Acre Bauhof ein; ein Zauntritt aus abgesägten, zu 'ner Art Treppe zusammengesetzten Brettern zum Hinübersteigen und für die Frauen, wenn sie auf 'n Pferd raufwollen, führte über den Zaun. In einer Ecke des Hofes sah ich 'n paar kümmerliche Grasfleckchen, sonst war er ganz kahl und eben wie 'n Rock, von dem die Haare ausgegangen sind. Dahinter befand sich das zweistöckige Haus für die weißen Bewohner, dessen Spalten mit Schmutz und Erde ausgefüllt waren; und diese Schmutzstellen schienen von Zeit zu Zeit weiß angestrichen zu werden. Davor standen ein paar breitästige Bäume, außerdem einige Johannisbeer- und Stachelbeerbüsche; außerhalb der Einzäunung befand sich ein Garten und ein Platz mit Wassermelonen drauf; dahinter fingen die Felder an und hinter den Feldern der Wald.

Ich kletterte über den Zauntritt und ging auf die Küche zu. Dabei hörte ich deutlich das Summen eines Spinnrades, stärker und schwächer, stärker und schwächer; und in diesem Augenblick hätte ich tot sein mögen, denn das ist das traurigste Geräusch, das es gibt. Ich ging geradezu, nicht mit 'nem bestimmten Plan, sondern im Vertrauen auf die Vorsehung, die schon zur rechten Zeit die rechten Worte mir in den Mund legen würde; denn ich wußte, daß die Vorsehung das immer tat, wenn ich sie ganz ruhig gewähren ließ. Auf halbem Wege fuhr ein Hund und dann noch einer auf mich los; ich blieb stehen, schaute sie fest an und rührte mich nicht. In nicht mehr als 'ner Viertelminute war wenigstens 'n Dutzend um mich rum, stieß mich mit den Nasen, fuhr an mir in die Höhe und bellte, daß mir die Ohren weh taten.

Eine Negerin kam aus der Küche und schrie: »Kusch, Tiger!

Spot! Kusch!!« Damit versetzte sie ihnen der Reihe nach 'nen Klaps und jagte sie davon; und bald kam die Hälfte zurück, rieb sich an mir und wollte Freundschaft schließen; 's ist doch kein Falsch in 'nem Hund!

Hinter der Frau kamen 'n kleines Negermädel und zwei Negerjungen, mit nichts an außer groben Hemden; sie hängten sich an die Röcke der Mutter und schauten hintenrum kichernd nach mir aus, wie's Kinder immer machen. Dann kam auch die weiße Frau aus dem Hause gelaufen, ungefähr fünfundvierzig Jahre alt, barhäuptig und mit 'ner Handarbeit in der Hand; und hinter ihr zwei kleine weiße Kinder, die's gradso machten wie die schwarzen. Sie lächelte mit 'm ganzen Gesicht – und 's stand ihr verteufelt hübsch – und rief: »Bist du's denn wirklich? Bist du's?«

Ich, ohne mich lange zu besinnen: »Freilich bin ich's!«

Sie packte mich und umarmte mich gehörig, dann faßte sie mich an den Händen und schüttelte sie und schüttelte sie; und dabei kamen ihr die Tränen in die Augen und tropften runter; und dabei schluchzte sie: »Siehst deiner Mutter nicht so ähnlich, wie ich gedacht hätte, aber, du lieber Himmel, was tut's – bin ja so glücklich, dich zu sehen! Mein lieber, lieber Junge, könnte dich schier aufessen! Kinder, 's ist euer Vetter Tom! Sagt ihm guten Tag!«

Aber sie versteckten ihre Köpfe und schoben den Finger in den Mund. »Macht, daß ihr reinkommt, sorgt für 'n warmes Frühstück«, kommandierte die Frau dann, »oder hast du schon auf dem Dampfboot gefrühstückt?«

Ich sagte, ich hätte schon auf dem Dampfboot gefrühstückt. Darauf ging sie ins Haus, mich an der Hand führend, die Kinder hinterher trollend. Als wir hineinkamen, setzte sie mich auf 'nen Schemel, sich selbst mir gegenüber auf 'nen Stuhl, hielt meine Hand fest und sagte: »So kann ich dich so recht anschauen; kann wohl sagen, hab' mich danach gesehnt all die Jahre hindurch, und nun ist 's endlich doch noch dazu gekommen! Haben dich schon seit 'ner Reihe von Tagen erwartet. Woran lag's – Boot festgefahren?«

»Ja – M – M-«

»Sag nicht Ja – Mm-, sag: Tante Sally. Wo blieb's sitzen?«

Ich wußte nicht recht, was sagen, denn ich wußte nicht mal, ob das Dampfboot von oben oder unten raufgekommen war. Aber mein Gefühl sagte mir, es mußte raufgekommen sein – von unterhalb nach Orleans. Das half mir aber nicht viel, denn ich wußte gar keine Namen von unterhalb. Es blieb mir nichts übrig, als 'nen Namen zu erfinden oder ihn vergessen zu haben – da kam mir 'ne Idee, und ich fuhr sogleich damit raus: »Es war nicht grad' das, daß wir festsaßen – ein Kessel platzte.«

»Gott im Himmel! Jemand verletzt?«

»Nee, niemand; ein Neger tot.«

»Na, das war 'n Glück; aber oft werden Leute dabei verletzt. Vor zwei Jahren, Weihnachten, kam dein Onkel Silas auf der alten Lally Rook von Orleans rauf, da platzte 'n Kessel und verbrühte 'nen Mann; und ich glaube, er starb danach bald. Onkel Silas kannte 'ne Familie in Baton Rouge, die seine Leute sehr wohl kannte. Ja, jetzt erinnere ich mich, daß er allerdings starb; 's war ganz schrecklich; er war ganz blau über und über und starb in der Hoffnung auf Auferstehung. Sie sagten, 's wär' ein sehenswerter Anblick gewesen. – Dein Onkel ist jeden Tag nach 'm Dorf gewesen, um dich abzuholen; jetzt vor 'ner Stunde ist er wieder hin, muß jede Minute zurück sein. Mußt ihm auf 'm Weg begegnet sein – 'n ältlicher Mann –«

»Nee, hab' niemand gesehen, Tante Sally. Das Boot landete grad' bei Tagesanbruch, ich ließ mein Gepäck auf 'm Quai, ging 'n bißchen ins Dorf und ins Land hinein, um nicht zu früh zu kommen, so haben wir uns wohl verfehlt.«

»Wem hast du dein Gepäck gegeben?«

»Niemand.«

»Aber, Kind, 's wird ja gestohlen!«

»Wo ich's versteckt hab', nicht, denk' ich.«

»Wie hast du so früh auf 'm Boot schon Frühstück bekommen?«

»Der Kapitän sah mich rumstehen und riet mir, was zu essen, eh' ich an Land ginge; er führte mich in die Kajüte, wo die Offiziere frühstückten, und ließ mich essen, was ich wollte.«

Mir war so niederträchtig zumute, daß ich kaum lügen konnte. Ich paßte fortwährend auf die Kinder, um sie auf die Seite zu nehmen und sie auszuhorchen, wer ich eigentlich sei. Aber 's ließ sich nicht machen. Mrs. Phelps schwatzte, ohne aufzuhören, und plötzlich machte sie mir fast die Haare zu Berge stehen, indem sie sagte: »Aber da schwatzen wir in einem fort, und du hast mir noch nicht ein Wort von Sis gesagt oder von sonst jemandem. Sag mir alles, alles über alle, wie's ihnen geht, was sie machen und was du mir bestellen sollst, und alles, was dir sonst noch einfällt.«

Ja, ich sah, 's war wieder mal 'ne schöne Patsche! Ich machte schon den Mund auf, um anzufangen – da packte sie mich, schob mich hinters Bett und flüsterte: »Da kommt er! Laß dich nicht sehen, wollen 'n Spaß mit ihm machen. Kinder, sagt kein Wort!«

Es war jetzt zu spät für mich, was zu unternehmen; ich konnte nichts tun, als stillhalten. Als er reinkam, hatte ich noch 'nen schwarzen Schimmer von ihm gesehen, dann versperrte mir das Bett die Aussicht. Mrs. Phelps ging auf ihn zu und rief. »Ist er gekommen?«

»Nein«, antwortete ihr Mann.

»Himmlische Güte«, jammerte sie, »was kann aus ihm geworden sein?«

»Kann's mir nicht denken«, sagte der alte Herr nachdenklich, »und ich muß sagen, 's macht mich schrecklich unruhig.«

»Unruhig! Ich bin verzweifelt! Er muß kommen! Du hast ihn gewiß verfehlt. Ich weiß, es ist so – ein Etwas sagt's mir.«

»Ach, Sally, ich konnte ihn gar nicht verfehlen – und du weißt das.«

»Aber, lieber, lieber Mann, was wird Sis sagen? Er muß her! Du mußt ihn verfehlt haben! Er –«

»Himmel, mach mich nicht ganz verrückt, bitte; weiß ohnehin nicht, was tun! Bin mit meiner Weisheit zu Ende; 's ist keine Hoffnung mehr, daß er noch kommt, denn 's ist einfach nicht möglich, daß er gekommen ist und ich ihn verfehlt hab'. Sally, 's ist schrecklich – einfach schrecklich – 's ist sicher dem Boot was passiert.«

»Himmel, Silas – schau doch nur raus – auf den Weg! Kommt da nicht jemand?«

Er sprang ans Fenster am Kopfende des Bettes, und das gab der Frau die Gelegenheit, auf die sie lauerte. Sie bückte sich rasch, gab mir 'nen Schubs, und ich kam hervor; und wie er sich vom Fenster umwandte, stand sie da, vergnüglich und lächelnd wie 'n Hausfeuer, und ich stand daneben ziemlich verlegen. Der alte Mann starrte mich an und stammelte: »Was – wer ist das?«

»Kannst du dir's nicht denken?«

»Hab' keine Idee. Wer ist's denn?«

»'s ist Tom Sawyer!!«

Beim Himmel, ich dachte, ich sollte durch den Boden fallen! Aber 's war keine Zeit, verblüfft zu sein, denn der Alte packte mich an den Händen, schüttelte sie und schüttelte unaufhörlich; und inzwischen tanzte die Frau im Zimmer rum und lachte und weinte zugleich. Und dann kam 'n Platzregen von Fragen nach Sid und Mary und allen anderen über mich!

Aber was war ihre Freude gegen meine! Es war wie neu geboren zu sein, endlich zu wissen, wer ich war! Sie quälten mich zwei Stunden lang, und schließlich, als ich so heiser war, daß ich nicht mehr sprechen konnte, hatte ich ihnen mehr von meiner Familie erzählt – ich meine Tom Sawyers Familie –, als jemals sechs Sawyer-Familien passiert sein konnte.

Jetzt fühlte ich mich auf der einen Seite ganz mächtig gemütlich bei ihnen, andererseits war mir nicht wenig übel zumute. Tom

Sawyer zu sein war angenehm und lustig; und so war ich, bis ich plötzlich ein Dampfboot den Fluß runterkeuchen hörte – Teufel, dachte ich, wenn Tom Sawyer auf dem Boot ist? Und wenn er in 'n paar Minuten hier reinkommt und meinen Namen rausschreit, bevor ich ihm 'nen Wink geben kann, den Mund zu halten? Nee, darauf konnt' ich's unmöglich ankommen lassen – das hätte alles verdorben. Ich mußte auf den Weg rausgehen und ihm auflauern. So sagte ich den Leuten, 's würde wohl das beste sein, hinzugehen und mein Gepäck zu holen. Der Alte wollte mitgehen, aber ich sagte nein, ich könnt's Pferd schon selbst lenken und würde nie gestatten, daß er sich meinetwegen Umstände machte.

Dreiunddreißigstes Kapitel

Ich fuhr also nach der Stadt zu und sah schon auf halbem Wege 'nen Wagen entgegenkommen; 's war allerdings Tom Sawyer; ich hielt an und wartete, bis er rankam. Sein Mund stand offen wie bei 'nem Betrunkenen, als ich ihn anrief, und blieb auch so. Er schluckte 'n paarmal wie einer, der 'ne trockene Kehle hat, und stammelte dann: »Hab' dir nie was getan. Weißt das doch. Warum kommst du zurück und erschreckst mich?«

Wie er meine Stimme hörte, gab's ihm ordentlich 'nen Ruck, aber er war doch noch nicht recht befriedigt. »Treib nicht 'nen Spaß mit mir«, bat er immer noch mit zitternder Stimme, »würd's ja auch mit dir nicht tun. Sag, auf Ehre – bist du kein Geist?«

»Auf Ehre, ich bin kein Geist«, sagte ich feierlich.

»Na – ich – ich – ich – na, dann ist's ja gut; aber verstehen kann ich's doch noch nicht. Sag, bist du denn überhaupt nicht ermordet worden?«

»Nee! Bin niemals ermordet worden – hab's ihnen bloß weisgemacht. Komm her und faß mich an, wenn du's nicht glaubst.«

Er tat's und war endlich zufrieden; und er war so froh, mich wiederzusehen, daß er nicht wußte, was tun. Natürlich wollte er alles wissen, denn 's war 'n großartiges Abenteuer und so geheimnisvoll. Aber ich sagte, wir wollten's einstweilen gut sein lassen, und erzählte ihm statt dessen, in was für 'ner Patsche ich steckte, und fragte ihn, wie wir's machen wollten. Er sagte, ich sollte ihn 'ne Minute in Ruhe lassen. Er dachte mächtig nach, und dann sagte er: »Wollen's schon kriegen; nimm meinen Koffer in deinen Wagen und gib mir deinen; und dann kehr du um und fahr ganz langsam zurück, damit du nicht zu früh nach Hause kommst, ich fahr' 'n Stückchen nach dem Dorfe zurück und komm 'ne viertel oder halbe Stunde nach dir nach Hause, und du tust zuerst, als wenn du mich nicht kennst.«

»Famos«, sagte ich, »aber wart 'ne Minute. 's ist noch was dabei – etwas, das niemand weiß außer mir; 's ist 'n Neger hier, den ich gern aus der Sklaverei rausstehlen möcht' – 's ist Jim, der Jim der alten Miß Watson.«

»Was«, schrie er, »Jim –« Er hielt an und wurde nachdenklich.

»Weiß schon, was du sagen willst; willst sagen, 's ist 'n verdammt niederträchtiges Geschäft; aber was tut's? Ich bin's ja, der's tun will, ich will ihn stehlen und will von dir nur, daß du den Mund hältst und niemand was sagst. Willst du?«

»Will dir helfen, ihn stehlen«, sagte er ganz begeistert.

Na, jetzt fiel mir wirklich 'n Stein vom Herzen, und ich fing an, lauter dummes Zeug durch'nanderzuschwatzen, so vergnügt war ich. Aber ich muß sagen, Tom fiel mächtig in meiner Achtung; konnt' es eigentlich gar nicht glauben. Tom Sawyer ein Negerdieb!

»O Unsinn«, sagte ich, »du machst 'nen Witz.«

»Fällt mir gar nicht ein.«

»Na denn, Witz oder nicht Witz, wenn du was reden hörst von 'nem davongelaufenen Neger, denk dran, daß du ihn nicht kennst und ich auch nicht.«

Darauf taten wir das Gepäck in meinen Wagen und fuhren jeder seiner Wege. Aber ich vergaß, ganz langsam zu fahren, so vergnügt und nachdenklich war ich. So kam ich viel zu früh für so 'nen langen Weg zurück. Der Alte war an der Tür und sagte ganz erstaunt: »Na, das ist wundervoll! Wer hätt's wohl geglaubt, daß noch so viel in der alten Schindmähre wäre! Und nicht 'n Haar feucht – nicht 'n Haar; 's ist ganz wundervoll. Würde jetzt nicht hundert Dollar für das Pferd nehmen, würd's nicht, auf Ehre! Und hätt's doch beinahe für fünfzehn verkauft und dachte obendrein, das wär' sie gar nicht wert.«

Er war der harmloseste, beste alte Mann, den ich jemals gesehen hab'. Aber 's war nicht weiter überraschend, denn er war nicht nur 'n Farmer, er war auch zugleich Prediger und besaß 'ne kleine Kirche, die er für sein eigenes Geld gebaut hatte und in der er umsonst predigte und unterrichtete. Unten im Süden gibt's 'ne ganze Menge solcher Prediger.

In 'ner halben Stunde tauchte Toms Wagen auf; Tante Sally sah ihn durchs Fenster und sagte ganz erstaunt: »Glaub' gar, 's kommt 'n Fremder! Möcht' doch wissen, wer's ist? Glaub' wirklich, 's ist 'n Fremder. Jimmy (das war eins von den Kindern), lauf hin und sag Lize, sie soll noch 'nen Teller aufsetzen.«

Alles drängte sich nach der Tür, denn nicht jedes Jahr kommt 'n Fremder. Tom war schon über den Zauntritt rüber und kam aufs Haus zu. Er hatte 'nen feinen Anzug an und wurde von 'ner Menge Menschen mit großen Augen angestarrt – und so was ist 'n gefundenes Fressen für Tom. Unter diesen Umständen mußte er natürlich möglichst großartig tun.

Er kam ruhig und würdevoll ran wie 'n Indianerhäuptling. Als er dicht bei uns ankam, nahm er seinen Hut leicht nachlässig 'n wenig ab und fragte: »Mr. Archibald Nichols, denk' ich?«

»Nein, mein Junge«, antwortete der Alte, »tut mir leid, dir sagen zu müssen, daß deine Vermutung nicht zutrifft; Nichols' Haus ist drei Meilen weiter unterhalb. Komm rein einstweilen.«

Tom warf 'nen Blick über die Schulter und sagte: »Zu spät, er ist schon außer Sicht.«

»Ja, er ist fort, mein Junge, und du mußt schon reinkommen und mit uns zu Mittag essen; dann wollen wir anspannen und dich zu Nichols bringen.«

»Oh, ich kann Euch nicht so viel Umstände machen, nicht dran zu denken! Will zu Fuß gehen; mach' mir nichts aus der Entfernung.«

»Lassen dich ganz einfach nicht fort – 's wär' nicht die Art Gastfreundschaft des Südens. Marsch, rein!«

»Tu's nur«, sagte auch Tante Sally, »'s macht uns kein bißchen Umstände, nicht 'n bißchen. Mußt schon dableiben; drei Meilen sind weit, und wir können dich nicht fortlassen. Und dann hab' ich schon 'nen Teller für dich aufsetzen lassen, wie ich dich kommen sah. Also komm und tu, als wenn du zu Hause wärst.«

Darauf dankte Tom ihnen sehr herzlich, ließ sich überreden und kam rein; und wie er drin war, sagte er, er wär 'n Fremder aus Hicksville, Ohio, sein Name wäre William Thompson – und lauter so 'n Unsinn.

Er schwatzte und schwatzte und schwatzte von Hicksville und allen Leuten dort, so daß mir schließlich ganz ungemütlich wurde und ich mir immer mehr den Kopf zerbrach, wie er mir eigentlich helfen wollte; schließlich beugte er sich auf einmal über den Tisch, küßte Tante Sally grad' auf den Mund – und lehnte sich ganz gemütlich wieder in seinen Stuhl zurück und fuhr fort zu schwatzen! Aber die Frau sprang auf, wischte sich mit dem Handrücken den Mund und sagte ganz ärgerlich: »Unverschämter junger Hund!«

Tom machte 'n ganz beleidigtes Gesicht und sagte: »Ihr überrascht mich, Mam!«

»Du bist 'n – für was hältst du mich? Hätte gute Lust dich – was soll das heißen, mich zu küssen?«

Jetzt machte er 'n demütiges Gesicht. »Dachte mir nichts

dabei, Mam. Meint' es nicht böse. Ich – ich – dachte, 's würd' Euch angenehm sein.«

»Was, du dummer Junge!« Sie sah ganz aus, als wollte sie ihm 'n paar überziehen. »Wie kannst du glauben, 's würd' mir angenehm sein?«

»Na – ich weiß nicht. Nur, sie – sie sagten mir, 's würde Euch angenehm sein.«

»Sie? Wer sind sie, die dir so 'nen Unsinn aufgebunden haben? Hab' so 'n Quatsch nie gehört. Wer sind sie?«

»Na – alle! Alle sagten's, Mam.«

Sie konnte sich nicht länger halten, ihre Augen sprühten, und ihre Finger zuckten, als wollte sie ihn gleich bei den Ohren packen. »Wer sind alle? Heraus mit ihren Namen!«

Er stand auf, machte 'n ganz verdutztes Gesicht, nahm seinen Hut und sagte: »'s tut mir leid, und ich hatt' es nicht erwartet. Sie sagten's mir so. Alle sagten's mir. Alle sagten: küß' sie; und sagten: 's wird ihr gefallen. Sagten's alle – jeder einzelne von ihnen. Aber 's tut mir leid, Mam, und ich will's nicht wieder tun, auf Ehre, Mam.«

»Willst's nicht wieder tun – wirklich nicht? Na, ich denk' auch, daß du's nicht wieder tun wirst!«

»Gewiß nicht, Mam, auf Ehre, würd's nicht wieder tun. Bis Ihr mich drum bittet.«

»Bis ich dich drum bitte? Hab' doch so 'nen Schlingel in meinem ganzen Leben noch nicht gesehen! Kannst so alt werden wie Methusalem, bis ich dich drum bitte!«

»Na«, sagte er, »das überrascht mich wirklich; kann gar nicht sagen, wie sehr! Sagten, Ihr würdet's, und ich dachte, Ihr würdet's. Aber –« Er schwieg und schaute rum, als hoffte er, irgend 'nem freundlichen Blick zu begegnen, ging dann auf den alten Mann zu und fragte: »Glaubtet Ihr, Herr, daß sie's gernhaben würde, wenn ich sie küßte?«

»Na – nein, ich – ich – nee, glaub' nicht, daß ich 's glaubte!«

Tom schaute wieder rum und wandte sich an mich: »Tom, dachtest du, Tante Sally würde ihre Arme aufmachen und sagen: »Sid Sawyer –«

»Herrgott!« schrie die Alte und stürzte auf ihn los. »Du verrückter, unverschämter Bengel, einen so zu foppen –«, und wollte ihn umarmen; aber er hielt sie an und sagte: »Nee – nicht, bis Ihr mich drum gebeten habt!«

Sie verlor keine Zeit, ihn zu bitten; und dann umarmte und küßte sie ihn, über und über und immer wieder, schob ihn dann dem alten Mann hin, und er macht' es ihr nach. Wie sie wieder 'n bißchen zur Ruhe gekommen war, sagte sie: »Na, mein lieber Junge, so 'ne Überraschung ist mir doch noch nie vorgekommen. Haben gar nicht auf dich gerechnet, sondern nur auf Tom. Sie hat mir nichts davon geschrieben, daß du auch noch kommen würdest.«

»Weil niemand außer Tom eingeladen war«, sagte er, »aber ich bettelte und bettelte, und schließlich ließ sie mich auch gehen; und als wir auf 'm Fluß waren, dachten wir, Tom und ich, 's wird 'n verteufelter Spaß sein, wenn er zuerst hierherkäme und ich dann hinterhertrottelte und mich für 'nen Fremden ausgäbe. Aber 's war 'n Mißgriff; 's ist keine Art für 'nen Fremden, hierherzukommen.«

»Nicht für unverschämte junge Hunde, Sid; verdientest, daß ich dir die Hosen ausklopfte. Bin nicht so in Zorn gewesen, so lange ich denken kann. Aber 's tut nichts, möcht's tausendmal durchmachen für die Freude, dich hier zu haben. Sich so 'n Komödienspiel auszudenken!«

Wir aßen in dem breiten Gang zwischen Haus und Küche. Es gab alles mögliche Zeugs, das für sieben Familien ausgereicht hätte – und obendrein alles warm. Onkel Silas sprach 'n etwas langes Tischgebet, aber 's war doch sehr schön, was er sagte.

Es wurde den ganzen Abend riesig viel gesprochen, und Tom und ich waren beständig auf dem Ausguck; aber sie sagten kein

Wort von 'nem fortgelaufenen Neger, und wir wagten's nicht, davon anzufangen. Aber beim Abendessen fragte eins von den Kindern: »Pap, dürfen Tom und Sid und ich zur Vorstellung gehen?«

»Nein«, sagte der alte Mann, »glaub', 's ist heut keine, und ihr dürftet's auch nicht, wenn eine wäre; der fortgelaufene Neger hat Burton und mir von der skandalösen Vorstellung erzählt, und Burton sagte, er würd's den Leuten sagen – und ich denke, sie haben die Strolche jetzt schon aus 'm Dorf gepeitscht.«

Also war's doch geschehen! Aber 's war nicht meine Schuld!

Tom und ich sollten im gleichen Zimmer schlafen; als wir also müde waren, sagten wir gute Nacht und gingen hinein; dann kletterten wir aber wieder aus dem Fenster und machten uns auf den Weg nach dem Dorfe, denn ich konnte nicht erwarten, daß jemand dem König und Herzog 'nen Wink geben würde, und so, wenn ich's nicht tat, mußten sie in 'ne schöne Patsche geraten. Unterwegs erzählte Tom mir, wie sie alle geglaubt hätten, ich sei ermordet worden, und wie Pap bald danach verschwand und nie wieder zurückkam, und was für 'nen Spektakel es gab, als Jim fortlief; und ich erzählte Tom alles über die beiden fürstlichen Gauner und so viel über meine Reise auf dem Floß, wie ich in der kurzen Zeit konnte. Als wir mitten im Dorfe waren, schlug's halb elf. Indem kam uns auch schon 'ne große Menge Kerle mit Fackeln heulend und brüllend und fluchend entgegen. Wir sprangen auf die Seite, um sie vorbeizulassen, und ich sah mittendrin den König und den Herzog gefesselt; das heißt, ich wußte, daß sie's waren, obwohl sie über und über geteert und gefedert waren und nichts Menschlichem auf der Welt mehr ähnlich sahen – sie sahen vielmehr aus wie 'n paar riesige Soldaten-Federbüsche. Es machte mich ganz krank zuzusehen, und ich hatte wirklich Mitleid mit ihnen und konnte ihnen beim besten Willen nicht mehr böse sein; 's war zu schrecklich! Menschen können doch scheußlich grausam gegeneinander sein!

Wir sahen, wir waren zu spät gekommen und konnten nicht mehr helfen. Wir fragten ein paar Leute, und sie sagten, sie wären alle scheinbar ganz harmlos zur Vorstellung gekommen und hätten sich auch ganz still gehalten, bis der arme König mitten in seinen Purzelbäumen gewesen sei; dann hätte einer 'n Zeichen gegeben, und dann wären sie alle mit Hallo auf die Bühne losgerannt.

Wir gingen also wieder nach Hause, und ich fühlte mich so elend und niedergeschlagen und unzufrieden – obwohl ich doch gar keine Schuld hatte. Aber 's ist immer so; 's macht keinen Unterschied, ob einer recht tut oder nicht, das Gewissen eines Menschen macht sich nichts draus und geht immer den gleichen Weg. Tom Sawyer sagte dasselbe.

Vierunddreißigstes Kapitel

Wir gingen schwatzend und dann wieder nachdenkend weiter. Plötzlich sagte Tom: »Hör, Huck, was sind wir doch für Dummköpfe, nicht eher dran zu denken! Ich glaub', ich weiß, wo Jim ist.«

»Nee – wo denn?«

»Unten im Keller. Paß auf. Hast du nicht beim Essen gesehen, wie 'n Neger mit 'nem Teller mit was drauf 'nunterging?«

»Ja.«

»Für wen, meinst du denn, war das?«

»Für 'nen Hund.«

»Dacht' ich auch; 's war aber nicht für 'nen Hund.«

»Warum denn nicht?«

»Weil Stücke von 'ner Wassermelone dabei waren. So war's – hab's gesehen; 's ist dumm genug, daß ich nicht gleich dran dachte, daß 'n Hund keine Wassermelonen frißt. Man sieht draus, wie man was sehen und 's doch zu gleicher Zeit nicht sehen kann. Na, der Neger schloß, wie er runterging, 'ne Tür auf, und nachher schloß er sie wieder zu und brachte Onkel Silas den Schlüssel, grad' wie wir aufstanden. Daß zwei Gefangene in so 'nem kleinen Hause sind, ist nicht wahrscheinlich, obendrein, wo die Leute alle so sanftmütig und freundlich sind. Jim ist der Gefangene, und 's macht mir verteufelten Spaß, daß wir's auf die Manier von 'nem Detektiv rausgebracht haben; 'ne andere Manier würd' mir gar keinen Spaß gemacht haben. Jetzt heißt's 'nen Plan auszumachen, wie wir Jim stehlen können.«

Daß 'n Junge so 'nen Kopf haben kann! Wenn ich Tom Sawyers Kopf hätte, würd' ich ihn nicht dafür weggeben, 'n Herzog zu sein oder Maat auf 'nem Dampfboot oder Clown in 'nem Zirkus oder sonstwas Feines. Ich machte mich auch dran, 'nen Plan auszudenken, tat 's aber nur, um überhaupt was zu tun. Ich wußte eben sehr wohl, von wem der rechte Plan ausgehen würde. Sehr bald sagte auch richtig schon Tom:

»Fertig?«

»Ja«, sagte ich.

»Also raus damit!«

»Mein Plan ist so«, sagte ich, »wir können's leicht rausbringen, ob Jim drin ist. Dann bringen wir morgen nacht mein Boot hierher und schleppen auch 's Floß rauf. Dann in der ersten dunklen Nacht stehlen wir dem alten Mann den Schlüssel, wenn er zu Bett ist, und fahren mit Jim auf 'm Floß davon, verstecken uns bei Tag und fahren nachts, grad' wie ich und Jim 's schon gemacht haben. Ist der Plan nicht gut?«

»Gut? Gewiß ist er gut – für Ratten, davonzulaufen; für uns ist er zu verdammt einfach – 's ist nichts dran. Was kann an 'nem Plan Gutes sein, wenn's nichts mehr zu riskieren dabei gibt? Nee, Huck, 's wird nicht mehr Aufsehen machen, als wenn einer in 'ne Seifenfabrik einbrechen würde.«

Ich antwortete gar nichts, denn ich hatte es nicht anders erwartet; und ich wußte sehr gut, daß, wenn er mit seinem Plan rausrückte, nichts dran auszusetzen sein würde.

Und 's war auch so. Er sagte mir's, und ich sah sofort, daß sein Plan fünfzehnmal so gut sei als meiner, denn 's war Stil drin, und er würde Jim so frei machen, wie nur 'n Mann frei sein kann; außerdem konnten wir leicht alle drei dabei getötet werden. Ich war also zufrieden und sagte, wir wollten's so machen.

Eins war todsicher; daß Tom Sawyer mir im Ernst helfen wollte, Jim zu stehlen. Ich sagte ihm, wie schön es von ihm sei, aber er fuhr mich ordentlich an: »Glaubst du, ich wußte nicht, was ich riskiere? Hab' ich's nicht immer gewußt?«

»M – ja.«

»Sagte ich nicht, ich wollte helfen, ihn zu stehlen?«

»Ja.«

»Na, also!«

Das war alles, was er sagte; 's hätte auch keinen Zweck gehabt, noch mehr zu sagen, denn wenn er sagte, er wollte was tun, so tat er's auch stets. Ich konnte es zwar nicht begreifen, wie er an so was teilnehmen konnte, ließ es aber gehen, denn wenn er's mal wollte, so konnte ich nichts dabei machen.

Als wir heimkamen, war 's Haus ganz still und dunkel, und wir gingen hin, um uns den Keller anzuschauen und zu sehen, was die Hunde wohl tun würden. Sie kannten uns alle und machten nicht den geringsten Spektakel. Als wir an die Hütte kamen, in der der Keller war, sahen wir ihn uns von der Nordseite, wo wir ihn noch nicht kannten, genau an und fanden ziemlich hoch 'ne viereckige Fensterhöhlung mit 'nem tüchtigen Brett drüber genagelt.

»Hier ist der richtige Punkt«, sagte ich, »das Fenster ist groß genug, daß Jim durchkriechen kann, wenn wir's Brett wegmachen.«

Aber Tom sagte ganz bestimmt: »Sollte doch meinen, wir könnten 'nen Weg finden, der 'n bißchen weniger einfach ist, Huck.«

»Na, dann«, sagte ich, »wie wär's, wenn er auf die Weise loskäme, wie ich damals ermordet wurde?«

»Würd's schon eher tun; 's ist geheimnisvoll und rätselhaft und famos«, sagte er, »aber ich denke doch, wir können 'nen Weg finden, der zweimal so lang ist. Haben keine Eile, wollen uns noch 'n bißchen umschauen.«

Zwischen der Hütte und dem Zaun, auf der Rückseite, war 'n Anbau aus Holz. Er war so lang wie die Hütte selbst, aber sehr schmal, kaum sechs Fuß breit. Der Eingang dazu war an der Südseite und fest verschlossen. Tom suchte 'n bißchen rum und fand schließlich so 'n eisernes Ding, womit man 'nen Deckel absprengt; damit machte er eine von den Türklammern los. Die Kette fiel, wir machten die Tür auf, gingen rein, machten unter uns zu, schlugen Licht und fanden dann, daß der Anbau nur an die Hütte angebaut war und keine Verbindung mit ihr hatte. Er hatte auch keinen Fußboden, und 's war nichts drin außer 'n paar schäbigen, ausgedienten Hacken, Spaten und lauter solches Zeugs. Das Licht ging aus, wir gingen auch und brachten die Tür in Ordnung, so daß alles wieder wie vorher war. Tom war mächtig vergnügt.

»Jetzt haben wir's«, sagte er, »wollen ihn ausgraben; 's wird länger als 'ne Woche dauern!«

Dann gingen wir wieder zum Haus, und ich wollte durch die Hintertür 'neingehen – man brauchte bloß auf die Türklinke zu drücken, zugesperrt wurde nicht; aber das war Tom nicht romantisch genug, für ihn gab's keinen anderen Weg, als den am Blitzableiter. Nachdem er dreimal bis zur Hälfte 'nauf war und immer wieder runtergerutscht und zuletzt ganz atemlos geworden war, gab er's auf; aber nachdem er sich 'n bißchen ausgeruht hatte, versuchte er's noch mal, und diesmal gelang's ihm.

Am anderen Morgen waren wir früh unten, um mit dem Hunde zu spielen und uns mit den Negern anzufreunden, die auf Jim aufzupassen hatten – wenn's überhaupt Jim war. Sie waren grad' mit dem Frühstück fertig und im Begriff, aufs Feld zu gehen; Jims Neger hatte 'n Brett mit Brot, Fleisch und anderen Sachen zurechtgemacht, und während die anderen fortgingen, holte er den Schlüssel vom Hause.

Dieser Neger sah sehr gutmütig aus, sein Haar war mit Zwirn in lauter kleine Bündel gebunden; das war, um die Hexen abzuhalten. Er sagte, die Hexen hätten ihn diese Nacht schrecklich gequält und ihn lauter unheimliche Sachen sehen und unheimliche Laute hören lassen, und er glaubte, noch nie in seinem Leben so gequält worden zu sein. Er wurde so aufgeregt, daß er ganz vergaß, was er hatte tun sollen. Deshalb fragte Tom: »Für wen ist das da? Für die Hunde?«

Der Neger grinste übers ganze Gesicht und sagte: »Ja, für 'nen Hund – sicher für 'nen Hund. Wollen ihr ihn sehen?«

»Ja.«

Ich stieß Tom an und flüsterte ihm zu: »Jetzt am hellen Tage willst du hingehen? Das war doch nicht unsere Absicht!«

»Nee – 's war nicht, aber jetzt ist's.«

Wir gingen also hin, mir wollte es aber gar nicht recht scheinen. Wie wir hinkamen, konnten wir fast nichts sehen, so dunkel war's; aber 's war kein Zweifel, daß Jim da war und uns sehen konnte. »Huck!« schrie er, »beim Himmel – und das sein Master Tom?«

Ich hatte ja gewußt, wie's kommen würde, hatt' es erwartet, jetzt wußte ich aber nicht, wie ich mich verhalten sollte, und wenn ich's gewußt hätte, so hätt' es mir doch nichts geholfen; denn der Neger mischte sich rein und brüllte: »Barmherzigkeit – du kennen junge Gentlemen?«

Tom schaute den Neger ganz verwundert an und fragte: »Wer uns kennen?«

»Na – davongelaufener Neger!«

»Denk' doch nicht, daß er uns kennt; aber wie kommst du darauf?«

»Wie ich kommen drauf? Er nicht schreien in der Minute, er euch kennen?«

»Na – das ist prachtvoll«, grinste Tom mit 'nem ganz spitzbübischen Gesicht, »wer hat geschrien? Wann hat er geschrien? Was hat er geschrien?« Und dann zu mir, ganz ruhig: »Hast du jemand schreien hören?«

»Bewahre«, sagte ich, »ich hab' niemand schreien hören.«

Darauf wandte sich Tom an Jim und schaute ihn an, als wenn er ihn niemals gesehen hätte und fragte: »Hast du geschrien?«

»N – nein«, murmelte Jim, »ich nichts haben gesagt.«

»Nicht 'n Wort?«

»N – nein, nicht 'n Wort.«

»Hast du uns vorher schon mal gesehen?«

»Nein – ich nicht wissen.«

Darauf Tom wieder zu dem Neger mit 'nem ganz wütenden, hochmütigen Gesicht:

»Was fällt dir denn ein, he? Wie kommst du drauf, daß jemand geschrien haben sollte?«

»Oh, es sein verfluchte Hexen wieder – ich wünschen tot zu sein! Sie mich fast umbringen! Bitte – ihr niemand sagen, sonst alter Mr. Silas mich peitschen!«

Tom versprach ihm, es niemand zu sagen, und befahl ihm, sich noch mehr Zwirn zu kaufen und seine Haare damit zusammenzubinden, warf dann 'nen Blick auf Jim und sagte: »Soll mich wundern, ob Onkel Silas diesen Neger henken lassen will? Wenn ich 'nen Neger in Gewahrsam hätte, der undankbar genug gewesen wäre, davonzulaufen – ich würd' ihn nicht mehr freilassen – würd' ihn bestimmt henken.«

Während darauf der Neger voranging nach der Tür, flüsterte er Jim schnell zu: »Laß dir nicht mehr anmerken, daß du uns kennst; und wenn du nachts was hörst, so sind wir's – sind dann im Begriff, dich frei zu machen.«

Jim hatte nur Zeit, uns an der Hand zu fassen und sie zu

küssen, dann kam der Neger zurück, und wir sagten, wenn's ihm recht wär', so würden wir in Zukunft öfter mitgehen; er antwortete, 's wär' ihm recht lieb, besonders wenn's recht dunkel wäre, denn die Hexen hätten's meistens in der Dunkelheit auf ihn abgesehen, deshalb wär's gut, jemand mit sich zu haben.

Fünfunddreißigstes Kapitel

Da es noch wenigstens 'ne Stunde bis zum Frühstück war, gingen wir noch 'n bißchen in den Wald, denn Tom sagte, wir müßten sehen, wie wir 'n bißchen Licht zum Graben bekommen wollten, denn 'ne Laterne wäre zu hell und könnte uns leicht Scherereien machen; was er wollte, wär' 'n Stück verfaultes Holz, so eins von der Art, das, wenn man's an 'nen dunklen Ort legt, 'nen schwachen Schimmer um sich verbreitet. Wir fanden 'nen Armvoll, versteckten's im Gebüsch und setzten uns dann noch 'n Weilchen hin, und Tom sagte:

»Hol's der Teufel, die ganze Sache ist so leicht und langweilig wie nur möglich. Es ist aber auch zu schwer, 'nen recht verzwickten Plan auszuhecken; 's gibt keine Wächter, denen man 'ne Nase drehen müßte – 's müßte doch einer dasein! Nicht mal 'n Hund, den man vergiften müßte. Jim ist bloß mit 'ner einzigen Kette angebunden; alles, was zu tun ist, ist aufzustehen aus 'm Bett und ihn loszumachen. Onkel Silas traut allen Menschen, gibt 'nem Neger den Schlüssel und schickt niemand mit, den Neger zu bewachen! Genaugenommen hätten wir nur mit 'ner Laterne 'n bißchen Risiko; aber nicht mal das, wir könnten mit 'ner ganzen Prozession Lichter hingehen, wenn wir Lust hätten, glaub' ich. – Übrigens fällt mir ein, wir müssen sehen, daß wir was auftrieben, woraus wir 'ne Säge machen können.«

»Wozu brauchen wir 'ne Säge?«

»Wozu wir 'ne Säge brauchen? Müssen wir nicht 'n Brett von Jim seinem Bett absägen, um die Kette loszukriegen?«

»Du hast doch selbst gesagt, 's könnt' einer die ganze Bettstelle ausheben und die Kette fortschleppen.«

»Na, wie dir das ähnlich sieht, Huck. Hast du niemals 'n Buch gelesen? Von Baron Trenck oder Casanova oder Benvenuto Shelleeny oder Heinrich IV. oder sonst von 'nem Helden? Wer hat jemals gelesen, daß man 'nen Helden auf so 'ne schäbige Art befreit hätte! Nee, die Art, auf die's die berühmtesten Leute machen, ist, 'nen Fuß von der Bettstelle durchzusägen, sie dann stehen zu lassen, die Sägespäne sorgfältig beiseite zu schaffen und an ihre Stelle 'n bißchen Erde und Wagenschmiere zu tun, so daß der schlaueste Hund nicht sehen kann, daß da gesägt worden ist, und 's aussieht, als wenn die Bettstelle ganz heil wäre. Dann in der Nacht gibt man dem Fuß 'nen Stoß, er fällt drunter raus, man streift die Kette ab – und ist frei. – Wollt', 's wär' 'n Graben um die Hütte. Wenn wir Zeit haben in der Nacht, wo wir's ausführen, wollen wir einen graben.«

»Wozu 'nen Graben?« fragte ich.

Aber er hörte nicht auf mich; er hatte mich und alles um sich vergessen; hatte 's Kinn auf die Hand gestützt und dachte nach. Auf einmal seufzte er, schüttelte den Kopf, seufzte noch mal und sagte: »Nee, 's tut's nicht – 's ist kein genügender Grund dazu vorhanden.«

»Grund – wozu?«

»Jims Bein abzusägen.«

»Himmel«, rief ich, »glaub' auch, daß keiner ist; wozu willst du's also tun?«

»Weil's einige der hervorragendsten Helden getan haben. Sie konnten die Kette nicht abstreifen, deshalb schlugen sie sich die Hand ab, und fort waren sie. Aber 's ist mit Jims Bein leider nicht nötig; und dann ist Jim 'n Neger und würd' den Grund nicht einsehen und wie's in Europa Mode ist. Wollen's also bleibenlas-

sen. Aber was wir machen können, ist 'ne Strickleiter, und können sie ihm in 'ner Pastete schicken; ist schon oft vorgekommen.«

»Na, Tom, wie du schwatzt«, sagte ich. »Jim braucht keine Strickleiter.«

»Er braucht wohl eine! Wie du schwatzt! Sag lieber, du verstehst nichts davon. Er braucht 'ne Strickleiter; alle haben eine gebraucht.«

»Was, um Himmels willen, kann er damit anfangen?«

»Anfangen? Kann sie in seinem Bett verstecken; oder nicht? Alle haben's getan, und er wird's auch tun.«

»Na«, sagte ich, »wenn's so Mode ist und er eine haben muß, meinetwegen. Aber, Tom Sawyer, wenn wir unsere Decken dazu brauchen, um 'ne Strickleiter draus zu machen, wie du sagst, kriegen wir dann nicht Spektakel mit Tante Sally? Denk doch, 'ne Leiter aus gewöhnlichen Stricken kostet nichts und läßt sich auch in 'ner Pastete und in 'nem Strohsack verstecken; und was Jim anbetrifft, er hat doch keine Erfahrung und 's kann ihm einerlei sein –«

»Ach, Unsinn, Huck, wenn ich so 'n Dummkopf wäre wie du, würd' ich ganz still sein! Wer hat jemals gehört, daß 'n Staatsgefangener auf 'ner ordinären Strickleiter geflohen ist? 's ist einfach lächerlich!«

»Na, schon gut, Tom, mach's nur auf deine Weise.«

Tom hatte noch 'ne andere Idee: »Borg dir 'n Hemd«, sagte er.

»'n Hemd – wozu?«

»Für Jim, sein Tagebuch drauf zu führen.«

»Tagebuch, du Schafskopf – Jim kann ja gar nicht schreiben.«

»Kann er denn nicht Zeichen draufmachen?«

»Mit 'ner Gänsefeder?«

»Gefangene haben keine Gänsefedern, du Dummkopf. Sie machen ihre Federn immer aus dem härtesten, rostigsten alten Griff von 'nem Leuchter oder so, und dann quälen sie sich Woche um Woche und Monat um Monat ab, es zu schleifen und spitz zu machen; wenn sie auch 'ne Gänsefeder hätten, die würden sie um nichts auf der Welt benutzen, 's ist mal nicht Mode bei ihnen.«

»Na – und woraus wollen wir Tinte für ihn machen?«

»Manche nehmen Rost oder Teer; aber das sind nur ordinäre Kerle, berühmte Leute nehmen immer ihr eigenes Blut. Jim kann's auch tun; und wenn er 'ne hübsche kleine Botschaft aufsetzt, um die Welt wissen zu lassen, wo er gefangen ist, kann er's auf den Boden von 'ner alten Zinnbüchse schreiben und die zum Fenster 'nausschmeißen – 's ist 'ne verdammt schneidige Manier.«

»Wird jemand sein Geschreibsel lesen können?«

»Das hat nichts damit zu tun, Huck Finn! Er braucht bloß seine Platte zu beschreiben und sie aus dem Fenster zu schmeißen. Es braucht sie niemand lesen zu können.«

Hier brach Tom ab, denn wir hörten das Frühstückshorn blasen und rannten schleunigst nach Hause.

Später im Laufe dieses Vormittags lieh ich 'nen Überzug von 'nem Bettkopfkissen, versteckte ihn in 'nem alten Sack, worauf wir 'n Stück verfaultes Holz suchten und ebenfalls hineintaten. Ich nannte das »leihen«, denn so hatte Pap zu so was gesagt; aber Tom erklärte mir, daß das nicht geliehen, sondern gestohlen sei. Er sagte, wir wären Gefangene, und Gefangenen wäre es ganz gleich, auf welche Weise sie 'ne Sache, die sie brauchten, kriegten; es fiele auch niemand ein, sie deshalb zu beschimpfen, denn 's wäre gar kein Verbrechen für sie zu stehlen, was man ihnen nicht gutwillig gäbe. Solange wir also Gefangene wären, hätten wir das gute Recht, zu stehlen, was wir brauchten. Wir nahmen uns daraufhin vor, alles, was uns zwischen die Finger kommen würde, aufzunehmen. Und doch machte er kurz drauf 'nen mächtigen Spektakel, weil ich 'ne Wassermelone von 'nem Neger gemaust und gegessen hatte. Er sagte, er hätte nur gemeint, wir dürften stehlen, was wir wirklich brauchten. Na, sagte ich drauf, ich brauchte die Wassermelone. Aber er wollt's nicht gelten lassen, weil ich sie nicht gebraucht hätte, um aus der Gefangenschaft loszukommen, was 'nen bedeutenden Unterschied machte. Wenn ich sie hätte haben wollen, um 'n Messer drin zu verstekken und 's Jim zuzustecken, damit er den Schließer damit töten könnte, wär's schon in Ordnung gewesen – sagte Tom. So ließ ich's halt gehen, obwohl's mir nicht besonders spaßhaft zu sein schien, 'nen Gefangenen zu spielen, wenn ich nicht mal 'ne lumpige Wassermelone haben konnte.

Wir warteten diesen Morgen, bis alle an ihre Geschäfte gegangen waren und niemand sich mehr sehen ließ; dann schleppte Tom den Sack in den Anbau, während ich Schmiere stand. Bald kam er wieder raus, und wir setzten uns, um 'n bißchen zu plaudern.

»Es ist jetzt alles in Ordnung bis aufs Werkzeug«, sagte Tom.

»Werkzeug?« fragte ich.

»Ja.«

»Werkzeug wozu?«

»Na – zum Graben. Werden ihn doch nicht rausnagen wollen, he?«

»Sind denn die alten Schaufeln und Spaten drin nicht gut genug, um 'nen Neger rauszugraben?« fragte ich.

Er schaute mich so mitleidig-verächtlich an, daß ich hätte heulen mögen, und sagte: »Huck Finn, hast du schon mal gehört, daß Gefangene Schaufeln und Spaten gehabt haben und all so 'n zivilisiertes Zeug, um sich rauszugraben? Bitt' dich, Huck, wenn du noch 'nen Funken Verstand hast – würd' ihm das wohl 'nen Glorienschein als Held geben? Ebensogut könnten sie ihm 'nen Schlüssel für die Tür von seinem Kerker in die Hand geben. Schaufel und Spaten!«

»Na«, sagte ich, »wenn's damit nichts ist, was nehmen wir dann?«

»'n Käsemesser.«

»Um den Boden unter dem Kerker rauszugraben?«

»Ja.«

»'ne verrückte Sache, Tom.«

»Ganz gleich, wie verrückt es ist, 's ist jedenfalls so richtig, und 's gibt keinen anderen Weg, soviel ich wenigstens weiß – und ich hab' doch alle Bücher, die darüber geschrieben worden sind, gelesen. Alle haben ein Käsemesser dazu gebraucht – und obendrein nicht, um sich durch die Erde zu graben, sondern durch verdammt solide Felsen; und haben Wochen und Jahre gegraben – fortwährend. Denk nur an einen von den Gefangenen im unterirdischen Kerker von Castle Deef bei Marseille; der hat sich auf die Art rausgegraben. Wie lang', meinst du, hat der dazu gebraucht?«

»Weiß nicht.«

»Na, rat!«

»Kann's nicht wissen; 'nen Monat und noch 'nen halben dazu?«

»Siebenunddreißig Jahre – floh nach China. So ist's. Wollte, der Boden von unserem Gefängnis wär' auch aus Stein.«

»Jim kennt niemand in China.«

»Was hat das damit zu tun? Was du immer für dummes Zeug redest!«

»Na, mir ist alles gleich, wenn er nur rauskommt. – Aber ich glaub', Jim kommt nicht raus – er ist zu alt zum Graben mit 'nem Käsemesser; würd's nicht aushalten.«

»Er wird's aushalten! Du meinst doch wohl nicht, 's wird siebenunddreißig Jahre dauern, durch bloße Erde zu graben, oder?«

»Wie lang wird's dauern, Tom?«

»Denk', wir werden's nicht so lang' machen können, wie's wohl sein sollte. Onkel Silas wird Jim ausschreiben oder so was. Von Rechts wegen müßte es jahrelang dauern, aber wir können's nicht riskieren; denk also, wir graben, so schnell's geht, und denke, 's wird so 's beste sein.«

»Na, da ist 'ne Menge Verstand drin«, sagte ich. »Sich was denken, kostet nichts und macht kein Aufsehen; und deshalb, mein' ich, können wir uns auch denken, wir hätten hundertfünfzig Jahre gebraucht. Wollen wir also sehen, daß wir 'n Käsemesser kriegen?«

»Drei«, sagte Tom, »drei; eins brauchen wir, um 'ne Säge draus zu machen.«

»Du, Tom«, wagte ich zu sagen, »wenn – wenn's nicht außer der Ordnung und unnobel ist, so hab' ich drin im Schuppen 'ne alte verrostete Holzsäge liegen sehen.«

Er machte ein ganz niedergeschlagenes, verzweifeltes Gesicht und sagte: »'s ist doch ganz vergebens, dir was beibringen zu wollen, Huck! Pack dich und hol die Käsemesser – drei, Huck Finn!« Darauf blieb mir nichts anderes übrig, als es zu tun.

Sechsunddreißigstes Kapitel

Sobald wir an diesem Abend annehmen durften, daß alle schliefen, machten wir uns davon, schlossen uns in den Anbau ein und gingen an die Arbeit. Zunächst räumten wir vier bis fünf Fuß im Umkreis alles aus dem Wege. Tom sagte, wir wären gerade bei Jims Bett und müßten uns gerade hier durchgraben; später würde dann niemand jemals sehen können, daß hier 'ne künstliche Höhlung gewesen sei, denn um es zu entdecken, müßte man die Decke von Jims Bett eigens aufheben. Wir gruben also und gruben mit unseren Käsemessern bis gegen Mitternacht. Dann waren wir aber hundemüde und unsere Hände voller Blasen, und trotzdem konnte man kaum sehen, daß wir schon was getan hatten. Schließlich konnte ich mich nicht enthalten zu sagen: »Du, Tom, das ist keine Arbeit für siebenunddreißig Jahre, das dauert, glaub' ich, achtunddreißig.«

Er sagte gar nichts, aber er seufzte, und bald hörte er auf zu arbeiten. Ich wußte, daß er jetzt tief nachdachte.

Schließlich meinte er: »Es wird nicht gehen, Huck Finn, auf diese Weise nicht. Wenn wir Gefangene wären, würd's 'ne andere Sache sein, denn dann hätten wir viele Jahre Zeit und keine Eile und brauchten immer nur 'n paar Minuten zu graben, während grad' die Wache gewechselt würde; dabei würden wir keine kaputten Hände kriegen und könnten's jahraus, jahrein aushalten und 's ordentlich machen, so wie sich's gehört. Aber wir können's nicht abwarten; haben keine Zeit über. Wenn wir's noch 'ne Nacht so treiben wollten, würden wir danach 'ne Woche warten müssen, bis unsere Hände wieder ganz wären – könnten vorher keine Käsemesser wieder anrühren.«

»Na – was sollen wir also tun, Tom?«

»Will 's dir sagen . . . 's ist nicht recht und ehrenhaft, und ich würd's auch nicht tun – aber 's gibt nichts anderes für uns; müssen ihn mit Schaufeln ausgraben – ohne Käsemesser.«

»Das hast du famos gesagt, Tom, famos!« sagte ich, »bist 'n verdammt gescheiter Kopf, Tom, und wirst, scheint mir, noch immer gescheiter! Schaufeln, das tut 's, ehrenhaft oder nicht, und was mich anbetrifft, ich mach' mir in diesem Fall den Kuckuck aus aller Ehrenhaftigkeit. Wenn ich 'nen Neger stehlen will, oder 'ne Wassermelone oder – Sonntagsschulbücher, ist's mir ganz gleich, wie's geschieht, wenn's nur überhaupt geschieht. Was ich brauch', ist mein Neger oder meine Wassermelone oder mein Sonntagsschulbuch; und wenn 'ne Schaufel das beste Ding ist, so brauch' ich sie, um meinen Neger auszugraben oder meine Wassermelone oder mein Sonntagsschulbuch – und ich geb' 'ne tote Ratte für das, was die Autoritäten dazu sagen.«

»Gut«, sagte Tom, »es läßt sich in diesem Fall verantworten, 'ne Schaufel zu nehmen; wär's nicht so, so würd' ich's nicht erlauben und dabeistehen und ruhig zusehen, denn Recht ist nun mal Recht, und wenn's noch so schwer ist, und einer soll nichts dagegen tun, wenn er nicht 'n ausgemachter Dummkopf ist, sondern weiß, wie er's machen soll. Du dürftest's tun, weil du nichts davon verstehst, aber ich dürft's nicht tun, weil ich's besser weiß. – Gib mir 'n Käsemesser her.«

Er hatte sein eigenes in der Hand, aber ich gab ihm meins trotzdem. Er warf's fort und wiederholte: »Gib mir 'n Käsemesser!«

Ich wußte erst nicht, was tun, aber dann verstand ich ihn. Ich stöberte in dem alten Gerümpel herum, fand 'ne Schaufel und gab sie ihm. Er nahm sie auch und machte sich an die Arbeit, ohne noch 'n Wort zu sagen.

Er war immer ganz derselbe – 'n Kerl mit nichts als Grundsätzen.

Wir gruben nun wieder 'ne halbe Stunde – so lange konnten wir's aushalten; dann gingen wir zu Bett.

Am nächsten Tage stahl Tom 'nen Zinnlöffel und 'nen Pack Zündhölzer, um für Jim Federn zu machen, und sechs Talgkerzen; ich schlich mich inzwischen unter den Negerhütten herum und nahm 'ne Gelegenheit wahr, um drei Zinnteller zu leihen.

»Jetzt«, sagte Tom, »kommt's darauf an, wie die Dinger Jim zustecken?«

»Gib sie ihm durch die Grube«, schlug ich vor, »wenn sie fertig ist.«

Er machte nur 'n verächtliches Gesicht und brummte, daß noch niemand jemals so 'n blödsinniges Gewäsch gehört hätte; dann dachte er wieder scharf nach. Schließlich sagte er, er hätte zwei oder drei Wege, es zu machen, herausgefunden, aber er wüßte noch nicht, für welchen er sich entscheiden würde. Wir wollten uns erst mal mit Jim in Verbindung setzen.

Diese Nacht gingen wir 'n bißchen nach zehn runter und nahmen eine von den Kerzen mit; wir horchten erst und hörten Jim schnarchen. Dann machten wir uns mit der Axt und Schaufel an die Arbeit und hatten in zwei und 'ner halben Stunde die Grube fertig. Wir krochen durch unter Jims Bett weg, zündeten die Kerze an, standen 'ne Weile über Jim gebeugt (er sah gesund und wohlgenährt aus) und weckten ihn dann vorsichtig und nach und nach auf. Er war so vergnügt uns zu sehen, daß er bald geschrien hätte; natürlich überschüttete er uns mit 'ner Menge seiner verrückten Redensarten und beschwor uns, die Kette, an der er lag, sofort durchzusägen und ihn rauszubringen, ohne noch viel Zeit zu verlieren. Aber Tom setzte ihm auseinander, wie ganz ungewöhnlich das sein würde; dann erklärte er ihm unseren Plan und sagte ihm, daß wir ihn, falls Lärm entstände, immer noch jeden Augenblick ändern könnten. Er sollte nur gar keine Angst haben, denn wir würden ihm ganz gewiß davonhelfen. Jim sagte also, 's wäre alles gut, und wir schwatzten lange mit ihm über alte Zeiten; darauf stellte Tom 'ne Menge Fragen, und wie er sagte, daß Onkel Silas jeden oder jeden zweiten Tag käme, um mit ihm zu beten, und daß Tante Sally darauf schaute, daß es ihm gutginge und er zu essen hätte, und beide so freundlich mit ihm wären, wie man's nur immer glauben könnte, sagte er plötzlich: »Jetzt weiß ich, wie wir's machen. Wir wollen dir 'n paar Sachen durch sie schicken!«

»Mach keine Dummheiten«, warnte ich ihn, »es ist die verrückteste Idee, die mir noch vorgekommen ist.«

Aber er achtete gar nicht auf mich, sondern redete ruhig weiter; das war so seine Manier, wenn er sich 'nen rechten Plan in den Kopf gesetzt hatte.

Er sagte also Jim, wie wir ihm 'ne Strickleiter-Pastete durch Nat, den Neger, der ihm das Essen brächte, zuschmuggeln wollten, und daß er sich nicht verraten und Nat ja nicht sehen lassen dürfte, wenn er sie öffnete. Kleinere Dinge würden wir Onkel Silas in die Rockschöße stecken, aus denen er sie dann stehlen müßte; ebenso würden wir, wenn sich's machen ließ, Tantes Schürzentaschen benützen. Schließlich gab er ihm auf, mit Blut auf das Hemd Nachrichten zu schreiben – und noch mehr so 'n

Zeugs. Alles sagte er ihm haarklein vor. Jim konnte den Sinn des meisten nicht recht verstehen, aber er sagte sich, das sind Weiße und müssen's also besser wissen. Er war ganz zufrieden und versprach, alles ganz nach Toms Wunsch zu machen. Jim besaß 'ne Menge kleine Pfeifen und Tabak, so daß wir 'n gemütliches Plauderstündchen veranstalten konnten; dann krochen wir wieder durch das Loch und gingen zu Bett. Tom war riesig vergnügt. Er sagte, 's wär' die beste Unternehmung, die er noch jemals in seinem Leben erdacht hätte, und sie müßte uns unfehlbar alle drei berühmt machen, wenn sie bekannt würde.

Am anderen Morgen klopften wir unsere Leuchter in ein handliches Format zurecht und steckten sie in die Tasche. Darauf schlichen wir zu den Negerhütten, und während ich mit Nat schwatzte, praktizierte Tom einen in 'ne Maispastete, die auf Jims Teller lag. Natürlich gingen wir mit Nat, um zu sehen, wie's gehen würde, und 's ging auch richtig alles gut. Als Jim hineinbiß, hätte er sich beinahe alle Zähne ausgebissen; 's hätte gar nicht besser gehen können. Tom sagte's selber. Jim ließ sich nichts anmerken, sondern sagte, 's wäre 'n Stein gewesen; aber in Zukunft biß er in nichts mehr, als was er erst mit seiner Gabel untersucht hatte.

Während wir noch so herumstanden, kam 'n solcher Haufen Hunde unter Jim's Bett hervor, daß man sich kaum rühren konnte. Wir hatten vergessen, die Tür des Schuppens zu schließen. Der Neger Nat schrie bloß: »Gespenster!«, purzelte mitten zwischen die Hunde und heulte, als wenn er schon tot wäre. Tom riß die Tür auf und warf 'n Stück von Jims Fleisch hinaus, die Hunde hintendrein, und in zwei Sekunden hatte er die Tür wieder geschlossen. Darauf fiel er über den Neger her, schubste ihn tüchtig und fragte ihn, ob er sich nochmal einfallen lassen würde, Gespenster zu sehen.

Nat rappelte sich auf, schaute sich ganz verdutzt um und stammelte: »Ihr gewiß sagen, Nat sein Dummkopf, aber wenn ich nicht glauben, ich sehen wenigstens Million Hunde, oder Teufel oder was, ich gleich sterben in diese Moment. Ich doch umfallen, so sie waren über mir – sie alle über mir.«

»Es ist gut«, sagte Tom, »ich will dir was sagen. Warum sind sie grade jetzt gekommen, während der fortgelaufene Neger da sein Frühstück ißt? Weil sie hungrig sind – das ist's. Du mußt ihnen 'ne Zauberpastete machen.«

»Bei mein Seel, wie ich sollen machen Zauberpastete? Ich nicht wissen, wie zu machen so was. Ich so was nie lernen bis jetzt.«

»Na – dann werd' ich sie wohl selbst machen müssen.«

»Ihr das wollen tun – wirklich? Ich werden küssen Boden und Füße von Master – ich gewiß werden!«

»Na, schon gut, ich will's tun, weil du's bist und du freundlich warst und uns den Neger gezeigt hast. Aber du bist 'n Feigling. Wenn wir die Pastete machen, drehst du dich um und darfst beileibe nicht sehen, was wir hineintun; und wenn Jim sie ißt, darfst du auch nicht zusehen, sonst – weiß nicht, was passieren könnte. Und vor allem – daß du die Pastete nicht anrührst!«

»Anrühren, Master? Warum erst mir verbieten? Ich nicht ein Finger legen daran – nicht für hunderttausend Billion Dollar – ich nicht!«

Siebenunddreißigstes Kapitel

Danach gingen wir in die Rumpelkammer, wo lauter altes Zeugs aufbewahrt wurde, alte Stiefel, zerbrochene Flaschen und so was, und fanden, nachdem wir hübsch drin rumgewühlt hatten, auch richtig 'ne zinnerne Waschschüssel. Wir verstopften die Löcher drin, so gut wir konnten, damit sich 'ne Pastete drin machen ließe, schleppten sie in den Keller, füllten sie mit geliehenem

Mehl bis an den Rand, sammelten eine Anzahl Schindeln, auf denen, sagte Tom, ein Gefangener ganz famos seinen Namen und seine Abenteuer verzeichnen könnte, und steckten eine davon in Tante Sallys Schürzentasche (die Schürze hing an der Tür), eine andere unter das Band von Onkel Silas' Hut, da wir die Kinder hatten sagen hören, daß Pa und Ma diesen Morgen zu dem fortgelaufenen Neger gehen wollten; dann gingen wir frühstükken, und Tom praktizierte einen Zinnlöffel Onkel Silas in die Tasche. Als Tante Sally kam, war sie heiß und rot und ärgerlich und konnte gar nicht abwarten, bis das Tischgebet gesprochen war; und dann fing sie an, mit der einen Hand den Kaffee hinunterzugießen und den Kopf des einen Kindes mit dem Fingerhut an ihrem Finger zu klopfen, und sagte zum Onkel: »Überall hab' ich jetzt herumgestöbert, oben und unten, und 's hilft alles nichts – wo ist dein anderes Hemd geblieben?«

Das Herz fiel mir in die Hose, und ein Stück Brot geriet in die falsche Kehle, wurde wieder herausgestoßen, flog über den ganzen Tisch und ins Auge von einem der Kinder, das sofort in die Höhe fuhr und ein Geschrei ausstieß – wie ein Indianer auf dem Kriegspfade; Tom bekam einen roten Kopf, und wir waren für 'ne Viertelminute ganz starr. Aber dann war wieder alles in Ordnung – wir waren nur überrascht gewesen. Onkel Silas sagte: »Es ist ganz sonderbar, kann's gar nicht begreifen. Ich weiß doch ganz genau, daß ich's abgelegt hab', weil –«

»Weil du nur eins anhast. Hör einer den Mann! Ich weiß wohl, daß du's ausgezogen hast, und das besser als du, weil es gestern auf der Wäscheleine gehangen hat – hab's mit eigenen Augen gesehen. Aber 's ist fort, das ist das Lange und das Kurze von der Sache und du wirst wohl 'n rotes Flanellhemd nehmen müssen, bis ich ein neues gemacht hab'. Das wird das dritte sein, das ich in zwei Jahren mache; was du eigentlich mit allen anfängst, ist mehr, als ich begreifen kann. Man sollte doch meinen, du würdest endlich mal lernen, Obacht auf sie zu geben!«

»Weiß es, Sally, und geb' mir auch alle Mühe, es zu tun. Aber 's ist nun mal mein Fehler; ich denk' niemals dran, solang' ich eins nicht auf dem Leibe habe – und ich glaub' auch nicht, daß ich schon mal eins vom Leibe weg verloren hab'.«

»Na – 's ist nicht dein Verdienst, Silas, wenn du das nicht hast – du hättst es sicher schon getan, wenn's möglich wäre, denk' ich. Und das Hemd ist noch nicht alles, was fort ist, ein Löffel ist obendrein auch noch verloren. Das Kalb, denk' ich, hat das Hemd verschleppt, aber 'n Kalb nimmt keinen Zinnlöffel fort, das ist gewiß.«

»Na, was ist denn noch fort, Sally?«

»Sechs Kerzen – das ist fort! Die Ratten könnten die Kerzen vielleicht gemaust haben – und ich denke, sie haben's auch getan; und es wundert mich nur, daß sie's nicht schon längst getan haben, da du immer ihre Löcher zustopfen willst und es nie tust.«

In diesem Augenblick kam eine Negerin rein und sagte: »Missis, ein Bettuch sein verschwunden.«

»'n Bettuch – um des Himmels willen!«

»Werde die Löcher heute zustopfen«, sagte Onkel Silas schüchtern.

»Oh – Dummkopf! Glaubst du, die Ratten haben das Bettuch gefressen? Hab' so was doch im Leben nicht gesehen – 'n Hemd und 'n Bettuch und 'n Leuchter und sechs Kerzen und –«

Ich paßte schon lange auf 'ne Gelegenheit, mich zu drücken und im Walde zu warten, bis der Sturm vorbei sei; sie war auch gar zu aufgebracht, während alle anderen sich mäuschenstill hielten. Plötzlich holte Onkel Silas mit 'nem ganz schafsmäßigen Gesicht den Löffel aus der Tasche. Tante blieb mit offenem Munde stehen. Ich wünschte, ich wäre in Jerusalem oder sonstwo.

»Ganz wie ich dachte«, sagte sie schließlich. »Soll mich wundern, ob du nicht auch die anderen Sachen in der Tasche hast. Wie kommt er da rein?!«

»Weiß es wirklich nicht, Sally«, sagte Onkel Silas demütig, »sonst würd' ich's dir sagen, weißt du.«

»Na, das ist doch – marsch, her mit den anderen Sachen, und komm mir nicht eher vor die Augen, bis alles da ist.«

Der alte Mann setzte seinen Hut auf, und die Dachschindel fiel raus. Er hob sie schweigend auf, legte sie auf den Kaminsims und ging hinaus.

»Na«, sagte Tom, »den können wir nicht brauchen, 's ist kein Verlaß auf ihn. Aber er hat uns immerhin mit dem Löffel 'nen Dienst erwiesen, ohne es zu wissen, also wollen wir ihm auch einen erweisen, ohne daß er es weiß – wollen die Rattenlöcher zustopfen.«

Es gab 'ne hübsche Menge unten im Keller, und wir brauchten 'ne ganze Stunde. Dann hörten wir Schritte auf der Treppe und drückten uns schleunigst; es war der alte Mann mit 'nem Licht und 'ner Menge Zeug, und er sah so abwesend aus wie das vorvorige Jahr. Er ging von einem Loch zum andern; dann blieb er fünf Minuten lang still stehen, während der Talg von seiner Kerze tropfte, und dachte nach. Schließlich wandte er sich langsam ab, stieg wieder hinauf und murmelte vor sich hin: »Bei meinem Leben, ich weiß nicht, wann ich's getan hab'. Könnte ihr jetzt zeigen, daß ich mit den Ratten doch nicht so sehr im Unrecht war; aber lieber nicht – denk' doch, 's wird nicht guttun.« Er war doch 'n prachtvoller alter Mann.

Tom dachte drüber nach, wie wir den Löffel ersetzen sollten. Als er's raushatte, sagte er's mir. Wir gingen dahin, wo der Löffelkorb stand, und als die Tante kam, schob Tom einen in seinen Ärmel, breitete die übrigen aus und sagte zu ihr: »Tante Sally, es sind nur neun Löffel da.«

»Macht, daß ihr fortkommt und ärgert mich nicht. Ich weiß es besser, hab' sie selbst gezählt.«

»Na – ich hab' sie zweimal gezählt, Tante; es sind nicht mehr als neun.«

Sie wollte erst wütend werden, aber dann kam sie und zählte – es war ganz natürlich.

»Aber ich weiß doch, es waren nicht nur neun – weiß der Himmel – na, ich will noch mal zählen!«

Tom legte seinen schnell wieder hin, und wie sie fertig war mit zählen, sagte sie: »'s ist doch merkwürdig – 's sind wieder zehn!«

Aber Tom meinte: »Ich glaub', Tante, es sind doch nicht zehn.«

»Du Dummkopf, hast du mich sie nicht zählen sehen?«

»Weiß wohl – aber- «

»Na – will sie noch mal zählen.«

Jetzt nahm ich geschwind einen fort, und 's waren wieder nur neun. War sie wütend – sie zitterte am ganzen Leibe! Sie zählte so lange, bis sie schließlich den Korb auch als Löffel ansah – bald waren's zehn, bald wieder nur neun. Schließlich packte sie den Korb und schmiß ihn zum Hause raus und schrie, er sollte sie in Ruhe lassen, und wenn wir ihr noch mal zwischen die Finger gerieten, würde sie uns skalpieren. Wir hatten aber noch den zehnten Löffel; den steckten wir ihr in ihre Schürzentasche, während sie uns ihre Standpauke hielt, und so erhielt ihn Jim auch richtig noch am Morgen. Wir waren sehr zufrieden mit dem Verlauf des Geschäfts, und Tom sagte, 's wäre schon die Angst, die wir drum ausgestanden hatten, wert gewesen. Wir hängten jetzt auch das Bettuch wieder auf die Leine, stibitzten ein anderes aus dem Schrank und vertauschten die beiden durch mehrere Tage fortwährend, bis sie zuletzt selbst nicht wußte, wieviel Bettücher sie eigentlich hatte; sie verschwor sich sogar hoch und heilig, daß es ihr ganz gleich sei und sie sie nicht mehr zählen würde, und wenn ihr Leben davon abhinge.

So waren wir jetzt mit allem in Ordnung. Nur mit der Pastete hatten wir endlose Scherereien. Wir verfertigten sie drunten im Wald und buken sie dann, und zwar ganz famos, aber nicht an einem Tage; auch brauchten wir drei bis vier Wasserschüsseln voll Mehl dazu, und an einigen Stellen verbrannte sie durch und durch und hatte auch 'ne Anzahl tüchtige Löcher, denn sie fiel uns immer wieder zusammen. Schließlich glaubten wir's klug zu machen, wenn wir die Strickleiter drin mitbuken. Wir zerrissen also in der nächsten Nacht das Bettuch in Streifen, knüpften sie mit Holzstückchen zusammen und hatten lange vor Tagesanbruch alles fertig. Wir schleppten sie in den Wald und versuchten, sie in die Pastete hineinzubringen, aber es ging nicht. Es wäre Strickleiter genug gewesen für vierzig Pasteten.

Aber wir brauchten ja nicht die ganze Leiter; so viel in die Pastete hineinging, war genug für uns, den Rest warfen wir fort.

Onkel Silas hatte 'ne famose Wärmpfanne, auf die er große Stücke hielt, weil er sie von 'nem Vorfahren hatte, der mit Wilhelm dem Eroberer rübergekommen war, die spionierten wir aus und brachten sie in den Wald. Dort füllten wir sie mit Teig, legten sie auf die Kohlen, taten die Strickleiter hinein, obendrauf noch mal Teig, machten den Deckel zu, schütteten heiße Asche drauf und standen dann fünf Fuß davon ganz gemütlich 'ne Viertelstunde lang dabei, worauf 'ne Pastete rauskam, die sich sehen lassen konnte. Aber wenn sie einer essen wollte, mußte er 'ne Menge Zahnstocher bei der Hand haben, denn wenn die Fasern von der Strickleiter ihm nicht 'n Haufen zu schaffen machen mußten, so weiß ich nicht, was ich davon denken soll.

Nat schaute richtig nicht zu, wie wir die Pastete auf Jims Teller legten und die Zinnteller auf den Boden von dem Tragkorb taten, in dem ihm das Essen hingetragen wurde. Jim bekam also alles, brachte die Strickleiter auf die Seite und warf 'nen Zinnteller, auf den er 'n paar Zeichen kritzelte, wie wir's ihm gesagt hatten, zum Fenster hinaus.

Achtunddreißigstes Kapitel

Das Verfertigen der Feder war 'ne mächtige Arbeit, ebenso war's mit der Säge; und Jim sagte, das Schreiben an der Wand würde das schwerste von allem sein. Das ist das einzige, was ein Staatsgefangener unbedingt zurücklassen muß; Tom sagte, es müßte sein, denn es gäbe keinen Fall, wo einer nicht eine Inschrift zurückgelassen hätte.

Während also Jim und ich auf 'nem Ziegelstein unsere Federn zurechtschliffen, Jim aus 'nem Stück Messing und ich aus dem Löffel, saß Tom da und dachte über die Inschrift nach. Nach 'ner Weile sagte er, er wäre soweit, schrieb sie auf 'n Stück Papier und las sie uns dann vor:

»1. Hier ist eines ahrmen Gefangenen Härz geprochen.

2. Hier hat ein ahrmer Gefangener, von der Wält und seinen Freinden vergähsen, sein kumerpelatenes Läben ausgehaucht.

3. Hier sprach ein ainsahmes Härz, Wart ein kranker Gaisd zerstört, nach 37 Jaren traurigster Gefangenschafft.

4. Hier gieng, haimatt- und freindloß, nach 37 Jahren bieterer Gefangen Schafft, ain fornemmer UnBekahnter, ein nahtierlicher Sohn Ludwigs XIV. zugrunte.«

Toms Stimme zitterte, als er das vorlas, und er brach fast zusammen. Jim sagte, 's würde wenigstens 'n Jahr dauern, bis er das alles an die Wand geschrieben hätte, überhaupt wußte er ja gar nicht, wie man Buchstaben machte. Aber Tom versprach ihm, er würde sie vorzeichnen, und er hätte dann gar nichts weiter zu tun, als den Linien nachzufahren. Plötzlich sagte er: »Stell dir vor, 's wären gar keine Holzwände; 's gibt keine Holzwände in 'nem Gefängnis. Wir müssen die Inschrift in 'nen Felsen ritzen.«

Jim meinte, der Felsen wäre noch schlimmer als 'ne Holzwand; er würde so 'ne schrecklich lange Zeit dazu brauchen, daß er's wohl gar nicht erleben würde. Aber Tom versprach ihm, daß ich ihm helfen sollte. Dann sah er uns zu, wie wir mit den Federn vorwärts kamen. Es war 'ne schrecklich schwere Arbeit, und mir zitterten die Hände schon vor Anstrengung; trotzdem konnte man kaum sehen, daß wir was getan hatten.

»Weiß schon, wie wir's machen wollen«, sagte Tom. »Drunten an der Wassermühle liegt 'n Schleifstein, den wollen wir holen und die Dinger dran schleifen.«

Das war gar keine schlechte Idee und erst recht kein schlechter Schleifstein. Unsere Höhle war hübsch groß, aber doch nicht groß genug, um ihn hineinzuschaffen; aber Tom holte seine Hacke und hatte den Eingang bald genügend erweitert. Dann gab er Jim unsere Federn und befahl ihm, sie auf dem Stein zu schleifen, solange sein Licht reichen würde, und den Stein dann unter seinem Bett zu verstecken und schlafen zu gehen. Wir halfen ihm noch, seine Kette wieder an der Bettstelle festzumachen, und wollten dann nach Hause gehen. Aber Tom fiel noch was ein, er fragte Jim: »'s gibt doch Spinnen hier drin?«

»Nee, Master Tom, ich Gott danken, keine da sein.«

»Na, schon gut, wollen schon welche herschaffen.«

»Aber – ich keine brauchen, Master Tom! Ich mich fürchten. Dann auch bald kommen Klapperschlangen hierher.«

Tom dachte 'ne Minute nach, dann sagte er: »Es ist 'n guter Einfall. Denk', 's wird's tun; 's muß es sogar tun; 'ne verteufelt gute Idee! Wo kannst du eine kriegen, Jim?«

»Kriegen was, Master Tom?«

»Na, ne Klapperschlange.«

»Gott im Himmel, Master Tom! Ich gleich fortlaufen aus meiner Hütte, wenn Klapperschlange herkommen, bei mein Kopf!«

»Unsinn, Jim, würdst dich gar nicht vor ihr fürchten, nach 'ner Weile. Du könntest sie sogar zähmen.«

»Zähmen!«

»Natürlich – leicht genug. Jedes Tier ist dankbar, wenn man

freundlich zu ihm ist, und sie würde gar nicht dran denken, jemand zu beißen, der sie zähmen würde. Kannst das in jedem Buch lesen. Versuch's nur – bitt' dich drum; nur zwei oder drei Tage. Kannst sie dir mit der Zeit so ziehen, daß sie ganz verliebt in dich wird und sogar bei dir schläft und dich nicht 'ne Minute allein läßt und sich dir um den Hals legt und dir ihren Kopf in den Mund steckt.«

»Bitt, Master Tom, nicht so sprechen! Ich gar nicht können hören das! Sie ihren Kopf legen in mein Mund? Ich denke, sie würden warten 'ne hübsch lange Zeit damit und mit schlafen bei mir.«

»Jim, sei kein Rindvieh! Gefangene müssen irgend 'n Vieh um sich haben, und wenn noch keiner 'ne Klapperschlange gehabt hat, so ist doch der Ruhm um so größer, wenn du der erste bist, der das versucht.«

»Oh, Master Tom, ich gar nicht wollen solchen Ruhm. Wenn Klapperschlange abbeißen Jims Nase, wo dann sein Ruhm? No, ich sie nicht brauchen.«

»Herrgott, kannst du's denn nicht versuchen? Ich will ja doch nur, daß du's versuchst – kannst's ja immer noch wieder lassen, wenn's nicht geht.«

»Aber wenn mich Klapperschlange beißen bei versuchen, es sein schon zu spät für mich. Master Tom, ich wollen tun alles, aber wenn Ihr und Huck bringen Klapperschlange her, ich ganz gewiß davonlaufen.«

»Na, also laß es gehen, laß es ja nur gehen, wenn du so dickköpfig bist! – Hast du hier schon Ratten gesehen?«

»No, Master Tom.«

»Es ist gut, wir werden dir 'n paar herschaffen.«

»Ach, Master Tom, ich auch nicht brauchen Ratten! Ratten sein verteufelte Biester, jemand zu quälen und zu laufen auf ihm und ihn zu beißen in Fuß, wenn einer wollen schlafen.«

»Nee, Jim, Ratten mußt du haben – alle haben welche gehabt.

Mach also keinen Unsinn. Ein Gefangener ohne Ratten ist Unsinn. Man richtet sie ab und zähmt sie und macht sie so gehorsam wie Flöhe. Aber du mußt ihnen Musik vormachen. Du kannst doch Musik machen?«

»Ich nur können blasen mit Brummeisen, und ich denken, sie wohl nicht mögen Brummeisen?«

»Doch, sie mögen 's schon; 's ist ihnen ganz gleich, was für Musik es ist, und 'n Brummeisen ist gut genug für 'ne Ratte. Alle Tiere mögen Musik leiden, im Gefängnis reißen sie sich drum; besonders traurige Musik macht ihnen Spaß, und sie kommen gleich raus, um dir zuzuschauen; 's wird ganz famos gehen, abends, eh' du schlafen gehst, setzt du dich aufs Bett und spielst, und morgens auch. Spiel ›Letzte Rose‹, das mögen die Ratten lieber als alles andere. Und wenn du zwei Minuten gespielt hast, wirst du alle Ratten und Schlangen und Spinnen herauskommen und um dich rumtanzen sehen; 's wird ihnen kolossalen Spaß machen, Jim!«

»Ja, Master Tom, ihnen schon, aber Jim? Aber ich wollen es tun; ich denken, es sein besser, sie sein vergnügt als sonstwas.«

Tom dachte wieder 'ne Weile nach, und dann sagte er plötzlich: »Oh – 's ist noch was, was ich vergessen hatte; kannst du hier 'ne Blume aufziehen, Jim – glaubst du?«

»Ich nicht wissen, aber kann sein, ich können, Master Tom; aber es hier sein sehr dunkel.«

»Na, versuch's nur; die meisten Gefangenen haben's getan. Wir wollen dir 'ne kleine herbringen, die kannst du in die Ecke pflanzen und sie aufziehen. Du darfst sie aber beileibe nicht Wollkraut nennen oder so; sag: Pitchiola, das ist der rechte Name für die Blume von 'nem Gefangenen. Und dann mußt du sie mit deinen Tränen netzen.«

»Aber ich bekommen ja 'ne Menge Flußwasser.«

»Aber du sollst kein Flußwasser nehmen, du sollst sie mit deinen Tränen netzen! Sie machen's doch alle so.«

»Sie werden mir in der Hand sterben, Master Tom, denn ich nicht immer können heulen.«

Erst war Tom ganz still. Aber er dachte 'ne Weile nach und dann meinte er, Jim sollt' es nur mit 'ner Zwiebel versuchen. Er selbst wolle zu den Negerhütten gehen und Jim eine in seinem Kaffee bringen. Jim meinte, nächstens würde er ja wohl Tabak im Kaffee finden, und jammerte so viel über das Wollkraut-Aufziehen und das Abrichten von Ratten und Schlangen und Spinnen und Gott weiß was und über die Inschrift und das Federschleifen, was das Gefangener sein schlimmer und anstrengender mache, als irgend etwas, das er bisher getrieben habe, daß Tom bald die Geduld verloren hätte und sagte, er hätte doch bessere Aussichten, berühmt zu werden, als jemals irgendein Gefangener gehabt hätte, und daß er ihm, Tom, doch gar nicht genug danken könnte.

Darauf wurde Jim ganz klein und versprach, daß er nie wieder jammern wollte, und dann gingen Tom und ich zu Bett.

Neununddreißigstes Kapitel

Am nächsten Morgen holten wir aus dem Dorfe eine Rattenfalle, brachten sie in den Keller, öffneten das beste Rattenloch, und in ungefähr einer halben Stunde hatten wir fünfzehn von der dicksten Sorte; darauf versteckten wir die Falle an 'nem sicheren Platz unter Tante Sallys Bett.

Aber während wir uns dann auf der Jagd nach Spinnen befanden, stöberte sie der kleine Thomas Franklin Benjamin Jefferson Alexander Phelps dort auf, öffnete die Tür, um zu sehen, ob die Ratten herauskommen würden, und sie taten es wirklich. Und Tante Sally kam dazu, und wie wir heimkamen, stand sie oben auf dem Bett, und die Ratten taten, was sie konnten, um sie in

Angst zu halten. Sie nahm uns beide vor und prügelte uns mit 'nem Ausklopfer. In zwei Stunden hatten wir wieder fünfzehn bis sechzehn Stück beisammen, aber lange nicht so fette, wie die ersten gewesen waren; solche hab' ich nie wieder gesehen. Danach brachten wir noch 'ne hübsche Menge Wanzen, Frösche, Spinnen und Raupen und sonst noch das eine und das andere zusammen, wir hätten auch gern ein Hornissennest gehabt, ließen's aber doch lieber, denn der Schwarm war gerade drin. Statt dessen machten wir uns auf die Schlangenjagd, erwischten ein Dutzend, steckten sie in 'nen Sack und brachten den in unser Zimmer. Inzwischen war's Zeit zum Mittagsessen, und wir waren nicht wenig hungrig von unserem Tagewerk. Als wir dann wieder raufkamen, war keine einzige Schlange mehr da, sie waren alle aus dem Sack rausgekrochen. Aber es tat nichts, weit konnten sie ja noch nicht sein, ein paar, dachten wir, würden wir wohl schon wiederkriegen. Wir kriegten sie auch bald, denn während wir noch suchten, ließ sich hier und da eine von 'ner Wand oder 'nem Balken auf einen herunter und kroch einem in den Halskragen, was gerade nicht angenehm war. Na, sie waren hübsch, und 'ne Million von ihnen hätte einem nichts getan. Aber das war für Tante Sally ganz gleich, sie haßte alle Schlangen von Herzen, und sooft sich eine an sie setzte, rannte sie davon und man konnte sie bis nach Jericho schreien hören. Hab' nie so 'ne Frau gesehen. Aber Tom sagte, alle Frauen wären so, sie wären nun mal so geschaffen. Sooft wieder 'ne Schlange auftauchte, bekamen wir Prügel, und sie sagte, das sei noch gar nichts gegen die Prügel, die wir kriegen würden, wenn wir wieder welche ins Haus brächten. Ich machte mir grad' nicht viel aus den Prügeln, denn die hatten nicht viel zu sagen; aber die beständige Unruhe war doch nicht angenehm.

Schließlich hatten wir sie alle wieder beisammen; und ich hab' nie so 'ne fidele Bude gesehen wie Jims, als wir alles drinhatten und sie Jim zu Leibe rückten, damit er Musik machen sollte. Jim mochte die Spinnen nicht, und die Spinnen mochten Jim nicht, und deshalb setzten sie ihm ordentlich zu. Jim sagte, daß zwischen den Ratten und Schlangen und dem Mühlstein für ihn kein Platz mehr im Bett sei; und wenn welcher da sei, so hätte er doch keine Ruhe, weil die Tiere nicht alle gleichzeitig schliefen. Wenn die Ratten schliefen, seien die Schlangen an Deck, und so weiter, und es sei immer irgendein Zirkus auf ihm im Gange; und sooft er sich 'nen anderen Platz aussuchte, fielen die Spinnen über ihn her. Er sagte, wenn er hier davonkäme, würde er sich hüten, jemals wieder 'nen Gefangenen zu machen.

Nach ungefähr drei Wochen war alles hübsch in Ordnung; sooft Jim 'n bißchen an seinem Tagebuch schrieb, weil die Tinte grade frisch war, kam 'ne Ratte und biß ihn; die Inschrift war fertig, die Bettstelle durchgesägt. Der Onkel hatte inzwischen nach 'ner Menge Plantagen um New Orleans herum geschrieben, daß sie kommen und ihren fortgelaufenen Neger holen sollten, aber er hatte keine Antwort erhalten. Deshalb wollte er Jim in den Zeitungen von St. Louis und New Orleans ausschreiben; mir wurde ganz angst dabei, ich sah, daß wir jetzt keine Zeit mehr zu verlieren hätten. »Jetzt«, sagte Tom, »ist's Zeit für 'nen Warnungsbrief.«

»Was für 'n Ding?« fragte ich.

»'ne Warnung, daß was los ist; 's gibt immer Leute, die rumspionieren und dem Gouverneur des Schlosses 'nen Wink geben. Als Ludwig XVI. drauf und dran war, aus den Tuilerien zu fliehen, tat's 'n Dienstmädel.«

»Aber, Tom«, sagte ich, »wozu denn jemand warnen? Laß sie's doch selbst herausfinden, wenn sie können.«

»M – weiß schon. Aber 's muß mal so sein, 's ist immer so gewesen. Sie sind immer so dickköpfig und schläfrig, daß sie von selbst nichts merken. Wenn wir ihnen nicht 'n Zeichen geben, merken sie nichts, und alle Arbeit und Mühe ist umsonst gewesen.«

»Na, meinetwegen, Tom, ich hab' nichts dagegen. Wie willst du's denn mit dem Dienstmädel halten, Tom?«

»Paß auf. Du schleichst dich nachts hinein und stiehlst den Unterrock von 'nem Mädel.«

»Aber, Tom, das wird doch 'nen netten Spektakel geben am nächsten Morgen; sie haben ja alle nur einen.«

»Weiß ich; aber du brauchst ihn ja nur für fünfzehn Minuten, um den Brief unter die Haustür zu schieben.«

»Na, dann ist's gut, dann will ich's tun; aber ich könnt' ihn doch grad' so gut in meinen eigenen Kleidern hintragen.«

»Na, würdest du dann wie ein Dienstmädel aussehen?« – Nee aber 's würde doch auch niemand dasein, um zu sehen, wie ich ausseh'.«

»Das hat gar nichts damit zu tun. Was wir zu tun haben, ist unsere Pflicht zu tun, und wir haben uns nicht drum zu scheren, ob 's jemand sieht oder nicht. Hast du denn gar kein Ehrgefühl, Huck?«

»Ja, du hast recht, Tom, ich werd's Dienstmädel machen. Wer macht Jims Mutter?«

»Ich mach' seine Mutter; ich hol' mir 'n langes Kleid von Tante Sally.«

»Dann wirst du also in Jims Hütte zurückbleiben, wenn ich und er davonlaufen.«

»Bewahre; wir stopfen seine Kleider voll Stroh und legen sie auf sein Bett als seine Mutter, Jim kriegt den Rock von der Negerin, und wir laufen alle zusammen davon. Wenn ein Gefangener von Ruf davonläuft, nennt man's ›entweichen‹. Besonders wenn's 'n König ist, nennt man's so. Ebenso bei 'nem Königssohn; 's macht dabei keinen Unterschied, ob's 'n natürlicher oder 'n unnatürlicher ist.«

Darauf schrieb Tom seinen Brief, ich holte nachts den Frauenrock, zog ihn an und schob den Brief unter die Tür, wie Tom mir's gesagt hatte. Der Brief lautete:

»For Sicht! Ferraht im Ahnzugge. Passt scharf auff.
Ein unbekannter Freind.«

In der nächsten Nacht malten wir 'n blutiges Bild mit 'nem Totenschädel und Gebeinen auf 'n Stück Papier und legten es vor die Vordertür; in der nächsten eins mit 'nem Sarg drauf und legten's vor die Hintertür. Ich hab' nie 'ne Familie in so 'ner Aufregung gesehen; 's hätt' nicht schlimmer sein können, wenn Gespenster umgegangen wären. Wenn 'ne Tür zuflog, schrie Tante Sally, wenn was hinfiel, schrie sie wieder; wenn man sie unversehens anstieß, schrie sie. Sie hatte keinen Augenblick Ruhe, weil sie immer glaubte, 's wär' was hinter ihr. Sie traute sich nicht zu Bett zu gehen, und dabei fürchtete sie sich doch, allein aufzusitzen.

Tom sagte, es ginge alles ganz ausgezeichnet und wäre noch nie so gut gegangen.

Am nächsten Morgen schrieben wir wieder 'nen anderen Brief und waren lange im Zweifel, was wir mit ihm machen sollten; denn wir hörten sie mittags sagen, sie wollten nachts 'ne Negerwache an beide Türen stellen. Tom paßte auf 'ne Gelegenheit und hatte bald raus, daß der Neger an der Hintertür schlief; er ging also hin und steckte ihm den Brief hinten an den Rockkragen. Der Brief lautete:

»Miestraud mihr nicht, ich bin eier Freind. Eine Pande ferzweiffelter Kellapschneiter ist unterweggs heut nacht eiren fortgelauffenen Neger zu stälen. Sie sint entschlohsen, eich zu töten, wehn ihr nicht imhause pleipt unt sie zustören versucht. Ich bin einer von den Kählabschneitern, aber ich bin in mich gegangen und hofe, von jetzt ap ein ruhiges friedliches Leben zuführren, um der Helle zu Entrinnen. Sie werden um Mitter-Nachd üper dem Zaun klehtern und in des Negers Hühte ein prächen. Ich sohl Schieldwache stehn und ins Horn stossen, wehn ich Gehfar witter. Stadt dehsen will Ich laut ›Bäh!‹ schreien wien Schaff. Werent sie dahn seine Kehten löhsen, köhnt ihr sie überaschen und töhten, wehn Ihr wollt. Macht's ja nicht ahndres, als wie Ich's Euch gesagtt habe; sonst märken sie wahs und Machen Halß über Kopf, dahs sie da von kommen. Ich erwahrte keine belonnung. Es ist mihr genug, dahs Rechd getahn zu Haben!

Ein unbekannter Freind.«

Vierzigstes Kapitel

Am nächsten Morgen wachten wir sehr fidel auf, nahmen ein Boot, fuhren mit unserem Frühstück auf den Fluß zum Fischen, sahen nach dem Floß, das wir ganz in Ordnung fanden, und kamen danach spät zum Essen; wir fanden sie alle in solcher Aufregung und Angst, daß sie nicht wußten, wo ihnen der Kopf stand, und uns mit dem letzten Bissen im Munde zu Bett schickten, ohne uns den Grund des Spektakels zu sagen oder ein Wort über den letzten Brief zu verlieren, was auch freilich nicht nötig war, denn wir wußten besser als irgend jemand darüber Bescheid. Kaum waren wir halb die Treppe hinauf und ihnen aus den Augen, so kehrten wir um, schlichen in den Keller, aus dem wir uns 'n bißchen was zu knabbern holten, und gingen wieder hinauf und zu Bette. Ungefähr um halb elf standen wir wieder auf, Tom zog den Anzug von Tante Sally an, den er sich gestohlen hatte, und wir waren im Begriff, mit unseren Mundvorräten aufzubrechen, als Tom plötzlich sagte: »Wo ist die Butter?«

»Ich hab' 'n Stück mit heraufgenommen«, sagte ich.

»Nee – du hast's unten liegen lassen – 's ist nicht da.«

»Wir können ja auch ohne Butter gehen«, meinte ich.

»Wir können mit 'nem Stück Butter gehen«, sagte Tom darauf sehr entschieden, »geh runter und hol was. Ich geh' inzwischen und tu' Stroh in Jims Kleider, die seine Mutter vorstellen sollen, und wenn du kommst, werd' ich ›Bäh!‹ schreien wie 'n altes Schaf.«

Er ging also fort, und ich schlich hinunter in den Keller. Das Stück Butter, so groß wie 'ne Faust, lag noch da, wo ich's hatte liegen lassen; ich tat es auf 'n Stück Brot, löschte mein Licht aus und stieg wieder hinauf. Ich kam auch richtig bis an die Haustür; aber hier kam mir Tante Sally mit 'nem Leuchter entgegen. Ich steckte die Butter schnell unter den Hut, setzte ihn auf, und in der nächsten Sekunde hatte sie mich auch schon gesehen.

»Du bist im Keller gewesen?« sagte sie.

»M – ja.«

»Was hast du dort gemacht?«

»N – nichts.«

»Nichts!!«

»N – nein.«

»Na, was hat dich also veranlaßt, hinunterzugehen – mitten in der Nacht?«

»Ich – ich weiß nicht.«

»Du weißt nicht? Red kein ungewaschenes Zeug, Tom, ich will wissen, was du unten gemacht hast!«

»Nichts Besonderes, Tante Sally, bei Gott, nichts Besonderes.«

Ich bildete mir ein, sie würde mich damit laufen lassen, und unter gewöhnlichen Umständen würde sie's auch getan haben; aber die unheimlichen Vorgänge der letzten Tage, denk' ich, hatten sie kopfscheu gemacht, so daß sie verteufelt ernsthaft sagte: »Marsch da ins Zimmer, und rühr dich nicht, bis ich wiederkomme. Ich wette, du hast irgend Dummheiten vor, und ich will's rauskriegen, und dann, mein Bürschchen, reden wir miteinander.«

Sie ging also fort, und ich machte die Tür auf und ging hinein. Herrgott, waren da 'ne Menge Kerle drin! Fünfzehn Farmer, und jeder mit 'ner Büchse! Ich wurde ganz schwach, fiel auf 'nen Stuhl und blieb mäuschenstill sitzen. Sie saßen nur so rum, ein paar schwatzten wohl miteinander, aber nur ganze leise und furchtsam, und taten dabei so, als ob sie's nicht wären. Ich wußt' aber sehr wohl, daß sie's waren, weil sie fortwährend ihre Hüte abnahmen, sie wieder aufsetzten, den Kopf schüttelten, ihren Platz wechselten und mit ihren Knöpfen spielten. Mir war selbst gar nicht gut zumute, meinen Hut nahm ich aber doch nicht ab.

Ich wünschte, Tante Sally möchte kommen und mich vornehmen und meinetwegen prügeln und mich dann fortlassen, um Tom zu sagen, daß ich reingefallen wäre und wie wir beide leicht noch weiter in die Patsche geraten könnten und es am besten wäre, mit Jim davonzugehen, eh' diese Leute rauskämen, um uns am Kragen zu nehmen.

Schließlich kam sie und begann lauter Fragen zu stellen; aber ich konnte nicht antworten, so verwirrt war ich, denn 's waren nur mehr 'n paar Minuten bis Mitternacht. Einige wollten schon fort, und andere beredeten sie zu warten, bis das Schafsignal käme. Dabei fing die Butter an zu schmelzen und mir in den Nacken hinunterzulaufen und mir die Augen zu blenden. Tante Sally sah es, wurde weiß wie 'n Nachthemd und schrie: »Um Gottes willen – was ist mit dem Kind? Er hat's Gehirnfieber, so wahr ich geboren bin, und 's kommt schon rausgelaufen!«

Alle rannten, um das Wunder zu sehen, rissen mir den Hut ab – und zum Vorschein kam das Brot und was von der Butter noch übrig geblieben war.

Tante Sally beutelte mich natürlich und wimmerte in einem fort: »Oh, wie hast du mich erschreckt! Und wie dankbar und froh bin ich, daß du nicht krank bist! Denn uns geht ja mal alles schief, ein Unglück kommt nach dem andern; wie ich dich sah, dachte ich ganz gewiß, wir würden dich verlieren. Ich wußte aus der Farbe und allem, daß es das Gehirn war, das – Kind, Kind, willst du mir nun endlich sagen, was das alles heißen soll? Aber ich will's gar nicht wissen, wenn du's mir nicht so sagst – marsch ins Bett, und laß dich bis morgen nicht mehr sehen!«

In 'ner Sekunde war ich draußen und bei Tom. Ich war aber so atemlos, daß ich gar nicht sprechen konnte. Schließlich brachte ich so viel raus, wie nötig war, um Tom begreiflich zu machen, daß das ganze Haus voller Leute war und wir machen müßten, daß wir davonkämen.

Toms Augen leuchteten. »Hoho! Ist's so?« schrie er. »Famos, Huck – wenn's Absicht wäre, könnt's nicht besser sein! Wenn wir nur –«

»Schnell, schnell!« unterbrach ich ihn. »Wo ist Jim?«

»Grad an deinen Ellbogen; wenn du den Arm ausstreckst, kannst du ihn berühren. Er ist angezogen und alles sonst fertig. Jetzt raus und 's Zeichen geben!«

Aber da hörten wir schon das Stampfen der Männer, die auf die Tür zukamen; und dann machten sie sich am Schloß zu schaffen.

Einen hörten wir sagen: »Ich sagte euch doch, 's wär' noch zu früh, sie sein noch nicht da – die Tür ist geschlossen; 'n paar von uns tun jetzt reingehn, die anderen liegen draußen auf der Lauer und schießen sie übern Haufen, wenn sie kommen; einer kann auf Kundschaft ausgehen, ob schon was zu hören ist.«

Richtig kamen einige rein, konnten uns aber nicht sehen und stießen beinahe an uns, während wir versuchten, unters Bett zu kriechen. Es gelang uns, und von da durch die Höhle kamen wir ins Freie, Jim voran, dann ich, dann Tom. Tom sagte, er wolle spionieren, ob er Fußtritte höre, und wenn er uns ein Zeichen gäbe, sollten wir davonrennen, wieder Jim voran. So horchte er und horchte, und 's waren immer noch Tritte zu hören. Schließlich winkte er uns, und wir schlichen mit angehaltenem Atem ohne das geringste Geräusch in der Richtung auf den Zaun zu, kamen glücklich hin und Jim und ich im Nu drüber. Aber Tom hatte das Unglück, daß 'n Pfahl im Zaun unter ihm brach, was 'nen mächtigen Spektakel machte, und grad' wie er bei uns ankam, schrie jemand ganz laut: »Wer da? Antwort oder ich schieße!«

Aber wir gaben keine Antwort, sondern rannten Hals über Kopf. Dann ein Aufleuchten und ein Krach, und 'ne Kugel fuhr dicht an uns vorbei.

»Hier sind sie!« hörten wir sie schreien. »Nach dem Fluß zu. Hinterher, Jungens! Los die Hunde!«

Sie waren dicht hinter uns. Wir konnten sie hören, denn sie hatten Stiefel an und schrien in einem fort, aber sie konnten uns nicht hören, denn wir hatten keine Stiefel an und schrien auch nicht. Wir waren auf dem Wege zur Mühle.

Als sie ganz dicht ran waren, versteckten wir uns im Gebüsch und ließen sie vorbei. Jetzt kamen auch die Hunde mit 'nem Spektakel, als wenn's 'ne Million gewesen wäre; aber es waren unsere Hunde, und wie die sahen, daß es nur wir waren, hatten sie keinen Grund zur Aufregung und liefen ruhig weiter hinter den Leuten her. Wir machten uns auch wieder auf den Weg, schlugen uns durchs Gebüsch und erreichten sehr bald unser Boot, in dem wir auf Tod und Leben, aber ohne das geringste Geräusch zu machen, nach der Mitte des Flusses zu kommen suchten. Als wir erst so weit waren, ließen wir uns Zeit und ruderten ganz gemächlich nach der Insel, wo ich mein Floß versteckt hatte. Dabei konnten wir sie noch immer fluchen und am Ufer auf und ab rennen hören, bis wir so weit waren, daß der Spektakel nach und nach verstummte. Als wir auf dem Floß ankamen, sagte ich: »Nun, alter Jim, bist du wieder 'n freier Mann, und ich steh' dir dafür, daß du nie wieder 'n Sklave sein wirst.«

»Es sein ganz wundervoll, Huck, ganz wundervoll, und es sein kein König mehr auf Floß, das sein am meisten wundervoll.«

Wir waren wirklich alle verteufelt vergnügt, aber am meisten doch Tom, denn der hatte 'ne Kugel in die Wade bekommen.

Als Jim und ich das hörten, war uns nicht mehr so gut zumute. Es brannte Tom tüchtig und blutete auch; wir legten ihn in den Wigwam und holten eins von des Herzogs Hemden zum Verbinden hervor. Aber er wollte 's nicht. »Her mit dem Lumpen«, sagte er, »kann's selbst. Jungens, haben 's doch famos gemacht – in der Tat! Wollte, wir wären zur Zeit von Ludwig XVI. dabeigewesen, 's würde dann nicht ›Sohn des Heiligen Ludwig, Thronfolger im Himmel‹ in seiner Lebensbeschreibung gestanden haben! Nee, Leute, wir würden ihm über die Grenze geholfen haben – das würden wir getan haben.«

Jim und ich hatten inzwischen tief nachgedacht. Schließlich sagte Jim: »Huck, das sein, was ich denken: Wenn er sein befreit worden, er würden sagen, wenn einer von uns geschossen sein, geh' zu holen ein Doktor, zu heilen ihn. Das nicht sein, wie, Master Tom? Na – dann Jim auch das sagen?«

Ich hatte gewußt, daß Jim so dachte und daß er's sagen würde. Deshalb sagte ich jetzt Tom, daß ich nach 'nem Doktor fort wollte. Er wurde natürlich mächtig wütend, aber ich und Jim blieben dabei, und er mußte nachgeben.

»Na«, sagte er schließlich, »wenn's mal sein soll, will ich dir wenigstens sagen, wie du's machen sollst, wenn du ins Dorf kommst. Binde dem Doktor die Augen fest zu und laß ihn schwören, stumm und verschwiegen zu sein wie das Grab; leg ihm 'ne Börse mit Gold in die Hand, führ ihn erst lange im Dunkeln kreuz und quer, und dann bring ihn hierher; so haben's alle gemacht, und 's ist die richtige Art und Weise.«

Ich versprach ihm natürlich, daß ich's so machen würde. Jim wurde befohlen, wenn er den Doktor kommen sähe, sich im Walde zu verstecken und nicht eher zurückzukommen, bis er sähe, daß er wieder fort wäre.

Einundvierzigstes Kapitel

In dem Doktor fand ich 'nen alten, freundlichen, gutmütig dreinschauenden Mann. Ich erzählte ihm, ich und mein Bruder hätten gestern nachmittag drüben auf der Spanischen Insel gejagt und auf 'nem Stück Floß, das wir gefunden hätten, übernachtet, und ungefähr um Mitternacht schiene er mit seiner Büchse gespielt und sich ins Bein geschossen zu haben; wir bäten ihn, rüberzukommen und niemand was zu sagen, weil wir diesen Abend noch nach Hause kommen und alle überraschen wollten.

»Wer ist eure Familie?«
»Die Phelps, unterhalb.«
»Oh«, machte er. Und nach 'ner Minute: »Wie hast du gesagt, hat er sich angeschossen?«
»Er – er träumte«, sagte ich, »und dabei schoß er sich an.«
»Ein merkwürdiger Traum.«

Darauf nahm er seine Laterne, und wir gingen. Aber als er das Boot sah, schien's ihm nicht recht zu gefallen – sagte, 's wäre für einen schon schlecht genug und für zwei ganz unbrauchbar.

»Oh«, sagte ich, »haben Sie keine Angst, Herr, es hat sogar drei getragen.«
»Was für drei?«
»Na, mich und Sid und – und – und die Büchsen, das meinte ich nur.«
»Oh!« machte er wieder.

Er setzte den Fuß aufs Boot, wippte es hin und her und schüttelte den Kopf. Er sagte, er wolle sich lieber nach 'nem besseren umschauen. Aber die waren alle festgemacht; deshalb nahm er doch meins und befahl mir, zu warten oder lieber noch, nach Hause zu gehen und meine Leute auf die Überraschung vorzubereiten. Dann mußte ich ihm noch angeben, wo er das Floß finden würde, und dann fuhr er ab.

Bald kam mir 'n Gedanke. Angenommen, er konnte das Bein nicht so schnell kurieren, sondern brauchte drei oder vier Tage dazu? Was war dann zu tun? Hier herumliegen, bis er die Katze aus dem Sack ließe? »Nein, Herr, ich weiß, was ich tun werde! Ich werde warten, und wenn Sie zurückkommen, werden wir Sie binden und auf die andere Seite des Flusses schaffen, und dort werden wir Ihnen geben, was Ihnen zukommt, und Sie dann laufen lassen und uns selbst davonmachen.«

Darauf legte ich mich schlafen, und als ich wieder aufwachte, stand die Sonne mir schon hoch über dem Kopf. Ich lief schleunigst nach des Doktors Haus, aber dort sagten sie, er sei noch nicht zurück. Na, dachte ich, dann steht's verdammt schlecht um Tom, und ich will nur machen, daß ich zu der Insel komme. Ich also fort zum Fluß – und direkt gegen Onkel Silas seinen Bauch an!

»Holla, Tom!« schrie er. »Wo bist du die ganze Zeit über gewesen, du Landstreicher?«

»Nirgends«, sagte ich, »nur 'n bißchen hinter dem fortgelaufenen Neger her – ich und Sid.«

»Na – wer hat's euch denn befohlen zu gehen? Eure Tante ist schon ganz närrisch.«

»Wär' gar nicht nötig gewesen, Onkel Silas«, sagte ich, »uns hat gar nichts gefehlt. Wir folgten den Männern und Hunden, aber wir verloren sie bald; dann glaubten wir, wir hörten sie auf 'm Wasser, und nahmen ein Boot und fuhren hinterher. Aber sie waren doch nicht da. So fuhren wir allein noch 'n bißchen an der Küste rum. Und jetzt ist Sid im Posthaus, um zu hören, ob sie ihn haben; und ich bin fort, um was zu essen zu holen, und dann wollten wir nach Haus zurück.«

Wir gingen also ins Postamt, um »Sid« zu holen; aber, wie ich gefürchtet hatte – er war nicht da! Der alte Mann ging hinein, um sich einen Brief zu holen, und nachdem wir 'ne Zeitlang gewartet hatten, ohne daß Sid gekommen wäre, sagte er, wir wollten nach

Hause gehen; Sid solle nur nachkommen, wenn er genug herumgestrolcht sein würde. Als wir heimkamen, war Tante Sally so froh, mich zu sehen, daß sie lachte und weinte, mich umarmte und mir 'n paar von ihren Klapsen gab, die man nicht fühlt.

Das Haus war wieder voll von Farmern und ihren Frauen. Ich hatte noch nie so 'n Durcheinanderschwatzen gehört. Die alte Frau Hotchkiss war die schlimmste; ihre Zunge war beständig in Bewegung. »Hör mal, Schwester Phelps«, sagte sie, »hab' mir's lang überlegt, und ich sage, dieser Neger war verrückt. Ich sagte zu Schwester Damrell – sagt' ich's nicht, Schwester Damrell? –, er ist verrückt, sagt' ich – 's sind ganz die Worte, die ich gebrauchte, ihr habt's alle hören müssen: verrückt ist er, sagt' ich; 's zeigt sich in allem, sagt' ich. Denkt nur an den Mühlstein, sagt' ich; oder zeigt doch mal mir oder 'ner anderen vernünftigen Kreatur, was hat's für 'nen Sinn, all dies verrückte Zeug mit dem Mühlstein, und was weiß ich, sagt' ich. Und dann das Geschreibsel von 'nem gebrochenen Herzen, mhm ja, und das, gefangen während ›siebenunddreißig Jahren‹, und dann all das, sagt' ich – und spricht von Ludwig XVI., so 'n verdammter Straßenräuber, sagt' ich. Vollkommen ver – rückt ist er, sagt' ich; 's ist ganz das nämliche, was ich gleich am Anfang gesagt habe, und was ich später gesagt habe, und was ich bis in alle Ewigkeit sagen werde – der Neger ist verrückt, verrückt wie Nebukadnezar, sag' ich.«

»Und denkt mal – 'ne Leiter, aus lauter Lumpen gemacht, Schwester Hotchkiss«, kreischte die alte Frau Damrell dazwischen, »was um des Himmels willen konnte er damit wollen –«

»Ganz die Worte, die ich grad' in der Minute zu Schwester Utterback sagte, sie soll's euch nur selbst sagen. Denk' nur an die verrückte Leiter, sagt' ich, ja, denk' nur, sagt ich – was kann er damit gewollt haben, sagt' ich. Schwester Hotchkiss – mhm ja –«

»Aber wie um des Himmels willen hat er's einmal gemacht, den Mühlstein in sein Loch reinzubringen; und wer hat denn dies Loch gegraben – und –«

»Ganz meine Worte, Bruder Penrod! Sagt's grade – wollt Ihr mir mal 'nen Augenblick zuhören, ja? – sagt's grade zu Schwester Dunlap, grad' in der Minute: Wie brachten sie den Stein in das Loch rein, sagt' ich. Ohne Hilfe, denkt mal, ohne Hilfe! Darauf kommt's an! Erzählt mir so was nicht, sag' ich. Ich sag': Sie hatten Hilfe! sag' ich. Und 's war 'ne mächtige Hilfe obendrein, sag' ich; 's haben wenigstens 'n Dutzend dem Neger geholfen, und ich würd' allen Negern das Fell über's Ohr ziehen, und ich würde rauskriegen, wer's gewesen ist, sag' ich. Und obendrein, sag' ich –«

»'n Dutzend? Vierzig hätten nicht machen können, was sie getan haben! Seht doch nur mal diese Käsemesser-Sägen an, wie mühsam die gemacht sind, und all das andere Zeug. Und dann den Bettfuß damit durchzusägen – 's ist 'ne Arbeit von 'ner Woche für sechs Kerle; und der Neger, den sie da aus Stroh gemacht haben, und –«

»Das könnt Ihr wohl sagen, Bruder Hightower! 's ist grad', was ich eben zu Bruder Phelps sagte und zu keinem anderen! Was denkst du davon, Schwester Hotchkiss, fragte ich? Hast du daran schon gedacht? sagt' ich zu Bruder Phelps. Denk doch nur an das durchgesägte Bein, Bruder Phelps, denk doch nur mal, sagt' ich. Ich sag', er selbst kann's nicht durchgesägt haben, sagt' ich – irgend jemand hat's durchgesägt, sagt' ich; das ist meine Meinung, glaubt's oder glaubt's nicht, 's gilt mir gleich, sagt' ich; 's ist so, sagt' ich, und 's ist meine Meinung, und wenn einer 'ne beßre weiß, soll er damit rausrücken, sagt' ich, weiter sag' ich nichts, sagt' ich. Ich sagte zu Schwester Dunlap, nehm' ja –«

»Na, hol' mich der Teufel, 's muß 'n ganzes Haus voll Neger gewesen sein, jede Nacht wenigstens vier Wochen lang, um das alles zu tun, Schwester Phelps. Denk nur an das Hemd –«

»Na, sie haben halt alles gestohlen, was ihnen vor die Nase gekommen ist. Und dabei haben wir immerfort auf der Lauer gelegen, denkt nur! Direkt von der Leine weg haben sie's gestohlen, das Hemd! Und die Leiter und Kerzen und 'n Leuchter und Löffel und die alte Wärmpfanne und tausend Dinge, die ich schon gar nicht mehr weiß, und meinen neuen Kalikorock. Und dabei, wie ich euch schon sagte, ich und Silas und Tom und Sid Tag und Nacht auf der Lauer, und keiner hat auch nur 'n Haar von ihnen zu sehen gekriegt. Haben's uns grad' vor der Nase weggeschleppt und, Gott segne euch, nicht nur uns, sondern auch die fremden Halsabschneider haben sie angeführt, die mit dem Neger davonlaufen wollten, und das bei sechzehn Männern und zweiundzwanzig Hunden ihnen dicht auf den Fersen! Ich sag' euch, 's ist das Tollste wovon ich jemals gehört hab'! Ihr kennt doch unsere Hunde, 's gibt keine besseren – na, nicht mal die haben ihre Spur erwischen können! Könnt's mir erklären – wenn ihr's könnt – irgendeiner von euch!«

»M – ja, 's ist verteufelt –«

»So wahr ich, möcht' nicht –«

»Himmelherrgott, hätt' keine Lust, in so 'nem Haus –«

»Hättet keine Lust, in so 'nem Haus zu leben, he? Na, ich hätt' keine Lust, zu Bett zu gehen oder aufzustehen oder mich niederzulegen oder mich auch nur niederzusetzen, Schwester Ridgeway! Sie wurden ja sogar – ach, du meine Güte, könnt euch wohl denken, in was für 'ner Angst ich war, letzte Nacht. Ich will nicht selig werden, wenn ich nicht gedacht hab', sie werden einen von der Familie stehlen! Jetzt scheint's wohl verrückt genug; aber ich sagte mir, da sind meine beiden armen schlafenden Jungen, oben in 'nem einsamen Zimmer ganz allein, und, Gott weiß, mir war so angst, daß ich 'naufgehen und nachsehen mußte. Hab's auch wirklich getan. Jeder hätt's getan. Denn, wißt ihr, wenn man mal so was fürchtet, und 's wird immer schlimmer, und 's ganze Haus ist voller Gespenster, und man denkt sich unwillkürlich allerlei, daß einem fast der Verstand stillsteht und man sich schließlich noch sagt: angenommen, ich wär 'n Junge und oben allein, und die Tür wär' nicht verschlossen und –«

Sie hielt inne, schien ganz verwirrt, und dann schaute sie langsam im ganzen Zimmer herum, und wie ihr Blick auf mich fiel – stand ich auf und ging hinaus. Ich dachte, 's würde leichter sein, 'ne Geschichte zu erfinden, warum wir morgens nicht in unserem Zimmer waren, wenn ich 'n bißchen in 'ne stille Ecke ginge, wo ich mir was ausdenken könnte. Als alle Leute fort waren, ging ich wieder hinein und sagte, der Lärm hätte mich und Sid aufgeweckt, und die Tür wäre offen gewesen, und wir hätten gern sehen wollen, was los wäre; deshalb hätten wir uns fortgeschlichen, um auch 'n bißchen zu jagen; und wir würden's gewiß nicht wieder tun. Und dann erzählte ich alles, was ich Onkel Silas gesagt hatte; und dann sagte sie, sie wolle uns alles verzeihen; da kein Unglück daraus entstanden sei, hielt sie's für besser, dankbar zu sein dafür, daß wir noch lebten und sie uns wiederhätte, statt über Vergangenes zu jammern. Dann küßte sie mich und klopfte mir auf den Kopf; und dann sagte sie plötzlich: »Um Gottes willen, 's ist beinahe Nacht, und Sid ist noch nicht gekommen. Was kann aus dem Jungen geworden sein?«

Ich benutzte die Gelegenheit und sagte: »Will 'n bißchen in die Stadt gehen und ihn suchen.«

»Nein, das wirst du nicht«, antwortete sie. »Du wirst bleiben, wo du bist, 's ist genug, wenn immer einer zur Zeit verloren ist. Wenn er bis zum Essen nicht hier ist, wird dein Onkel gehen.«

Na, er kam nicht bis zum Essen; also mußte der Onkel fortgehen, ihn zu suchen. Gegen zehn kam er zurück, 'n bißchen niedergeschlagen. Tante Sally war 'n gut Teil mehr in Angst. Aber Onkel Silas sagte, 's wär' noch kein Grund dazu: Jungens seien mal Jungens, sagte er, und am Morgen würde er schon kommen.

Als ich zu Bett gehen wollte, brachte sie mich hinauf und umarmte mich so zärtlich, daß mir ganz übel wurde und ich ihr gar nicht ins Gesicht sehen konnte; und dann setzte sie sich auf mein Bett und sprach lange mit mir, was für 'n lieber Junge der

Sid sei, und schien gar nicht wieder damit aufhören zu wollen. Sie fragte mich, was ich wohl dächte, ob er irgendwo krank oder verwundet liegen könnte und schwer leiden müßte, ohne daß sie ihm helfen könnte.

Schließlich fingen ihre Tränen langsam an zu fließen, und ich suchte sie zu trösten und sagte ihr, Sid würde ganz sicher am Morgen kommen. Sie drückte meine Hände und küßte mich und bat mich immer wieder, es noch mal zu sagen – sie tat ganz närrisch. Als sie dann fortging, sah sie mir fest in die Augen, ernst und gütig, und sagte: »Die Tür soll nicht geschlossen werden, Tom; und da sind das Fenster und der Kamin; aber du wirst brav sein, nicht wahr? Du wirst nicht davonlaufen? Mir zuliebe!«

Ich hatte wahrhaftig die Absicht fortzulaufen, um nach Tom zu sehen, und 's wäre meine Pflicht gewesen; aber jetzt wär' ich nicht für 'n Königreich gegangen.

Aber ich dachte an sie, und ich dachte zugleich auch an Tom; deshalb schlief ich sehr unruhig. Zweimal ging ich hinunter, kam bis an den Zaun und sah sie mit ihrem Licht am Fenster sitzen, und sie hatte den Blick auf den Weg gerichtet und Tränen in den Augen, ich wünschte, ich könnte irgendwas für sie tun, aber ich konnte nichts tun, als mir zu schwören, daß ich ihr niemals wieder Kummer machen wollte. Beim drittenmal wachte ich drüber auf, schlich hinunter und sah sie noch sitzen, ihr Licht war fast heruntergebrannt, ihr alter grauer Kopf ruhte auf ihren Händen, und sie schlief.

Zweiundvierzigstes Kapitel

Der alte Mann hatte sich schon vorm Frühstück wieder in die Stadt aufgemacht, aber immer noch keine Spur von Tom entdeckt. Beide saßen bei Tisch nachdenklich, ohne 'n Wort zu sprechen, mit traurigen Gesichtern, ließen ihren Kaffee kalt werden und aßen nichts. Plötzlich sagte der Onkel: »Hab' ich dir deinen Brief gegeben?«

»Welchen Brief?«

»Den ich gestern von der Post mitgebracht habe.«

»Nein, du hast mir nichts gegeben.«

»Na, dann muß ich's vergessen haben.«

Darauf suchte er in seinen Taschen rum, fand ihn schließlich und gab ihn ihr.

»Ah! 's ist von St. Petersburg«, sagte sie, »von der Schwester.«

Es schien mir, daß es wieder mal gut für mich sein würde, rauszugehen; aber ich kam nicht dazu. Bevor sie den Brief noch aufmachen konnte, warf sie ihn plötzlich hin und sprang auf. Sie hatte was gesehen. Ich hatte auch was gesehen. Es waren Tom auf 'ner Tragbahre und der alte Doktor – und Jim in ihrem Rock, die Hände auf den Rücken gebunden; und dann noch 'ne Menge Leute. Ich steckte den Brief schnell hinter das erste beste Ding, das ich sah.

Sie warf sich über Tom, laut schreiend: »Er ist tot, er ist tot, ich weiß, er ist tot!« Tom drehte den Kopf 'n bißchen und murmelte was, wobei es mir schien, als wenn er nicht ganz bei Sinnen wäre.

»Gottlob, er lebt«, schrie Tante Sally, »mehr verlang' ich ja gar nicht!«

Sie küßte ihn schnell 'n paarmal und rannte hinaus, um sein Bett herzurichten und allerhand anzuordnen, so schnell ihre Zunge nur parieren wollte.

Ich schlich den Leuten nach, um zu sehen, was sie mit Jim tun würden; der Doktor und Onkel Silas begleiteten Tom ins Haus. Die Kerle waren sehr aufgeregt, einige von ihnen wollten Jim henken, um für alle Neger 'n Exempel zu geben, damit sie nicht auch versuchten, fortzulaufen und so 'ne Verwirrung anrichteten und 'ne ganze Familie auf den Tod ängstigten. Andere sagten: Nein, tut's nicht, 's ist nicht unser Neger, sein Eigentümer kommt sicher noch, und wir können den verdammten Neger bezahlen. Darauf beruhigten sie sich 'n bißchen, denn die Leute, die gleich bereit sind, 'nen Neger zu henken, bedenken sich immer verteufelt lange, wenn's nachher heißt, für ihn zu zahlen.

Sie fluchten aber tüchtig auf Jim und gaben ihm 'ne Zeitlang von beiden Seiten Kopfnüsse. Jim sagte aber nichts, tat auch gar nicht, als ob er mich kannte. Schließlich schleppten sie ihn wieder in sein Loch, zogen ihm seine eigenen Kleider wieder an, legten ihn wieder an 'ne Kette und banden ihm obendrein Hände und Füße zusammen und versprachen ihm, daß er nichts als Wasser und Brot bekommen würde, bis sein Herr käme oder er auf 'ner Auktion verkauft werden würde.

Der alte Doktor kam raus, und als er das alles sah, sagte er: »Quält ihn nicht mehr als nötig, denn 's ist kein bösartiger Neger. Als ich den Jungen fand, sah ich, daß ich die Kugel nicht ohne fremde Hilfe würde rausschneiden können. Er selbst war aber nicht imstande, mir zu helfen oder zu gehen; 's wurde immer schlimmer und schlimmer, und schließlich wurde er tobsüchtig und ließ mich gar nicht mehr ran und drohte, mich zu töten, wenn ich nicht vom Floß runterginge, und lauter so 'n tolles Zeug, so daß ich sah, ich würde allein nichts ausrichten. Grad' wollte ich fort, um Hilfe zu holen, da kam dieser Neger da zum Vorschein und sagte, er wolle mir helfen, und das tat er auch, und tat's obendrein nicht schlecht. Ich dachte mir wohl, daß es 'n fortgelaufener Neger wäre, und das gab mir ordentlich 'nen Stich. Nie hab' ich 'nen Neger gesehen, der so treuherzig und mitleidig gewesen wäre und der seine Freiheit riskiert hätte, um 'nem anderen zu helfen, während er doch wissen mußte, daß es ihm schlecht bekommen würde. Hab' ihn ordentlich lieb dafür; sag' euch, Leute, 'n Neger wie der da ist tausend Dollar wert – und obendrein 'ne anständige Behandlung.

Da saß ich nun mit den beiden und war gezwungen, bis zum Morgen zu warten. Dann kamen Leute in 'nem Boot. Zum Glück schlief der Neger grad', mit dem Kopf auf den Knien; so konnte er ohne viele Umstände gebunden werden und war im Umsehen im Boot. Das Floß mit dem Jungen banden wir hintendran. Wie gesagt, 's ist kein bösartiger Neger, Leute, denn er sagte kein Wort und machte auf dem ganzen Wege nicht die geringsten Umstände; 's ist, was ich von ihm denke.«

Jemand sagte: »Das klingt verteufelt gut, Doktor, das muß ich sagen.«

Die anderen machten auch ganz gerührte Gesichter, und ich war natürlich verteufelt froh, daß der Doktor Jim so famos geholfen hatte; ich hatte gleich gesehen, daß er 'n guter Mann war und 'n weiches Herz hatte. Sie sagten alle, Jim hätte sehr anständig gehandelt, und sie wollten's ihm anrechnen, und sie wollten nicht mal mehr auf ihn schimpfen. Ich hoffte, sie würden ihm eine oder zwei von den Ketten abnehmen, denn sie waren verdammt schwer, oder er würde außer Wasser und Brot auch 'n bißchen Fleisch oder Gemüse bekommen; aber sie schienen nicht dran zu denken, und ich dachte, für mich wär's das beste, mich nicht hineinzumischen, nahm mir aber vor, mich hinter den Doktor oder Tante Sally zu stecken, sobald sich's machen ließe.

Tante Sally steckte Tag und Nacht im Krankenzimmer; Onkel Silas schlich herum; aber ich ging ihm lieber aus dem Wege.

Am nächsten Tage hörte ich, 's ginge Tom viel besser, und Tante Sally wolle jetzt auch 'n kleines Nickerchen machen. Ich schlich also hinein und dachte, wenn ich Tom wach fände, könnten wir 'n kleines Garn für die Familie vorbereiten. Aber er schlief fest und obendrein ganz friedlich. Ich setzte mich hin und dachte, ich wollte warten, bis er aufwachen würde. Nach 'ner halben Stunde kam Tante Sally. Sie befahl mir, ruhig sitzen zu bleiben, setzte sich zu mir und fing an zu flüstern und sagte, wir müßten alle sehr froh sein, da alle Zeichen günstig wären und zehn gegen eins zu wetten sei, daß er gesund sein würde, wenn er wieder aufwachte.

Schließlich fing er an, sich zu rühren, machte die Augen auf und fragte: »Hallo – ich bin zu Hause? Wie ist das nur? Wo ist das Floß?«

»'s ist alles in Ordnung«, sagte ich.

»Und Jim?«

»Auch«, sagte ich wieder, aber 's wollte nicht recht raus. Er achtete aber gar nicht darauf, sondern sagte: »Gut! Famos! Jetzt ist alles in Ordnung! Hast du 's der Tante erzählt?«

Ich wollte ja sagen, aber sie kam mir zuvor. »Was, Sid?« fragte sie.

»Na, wie alles gekommen ist.«

»Was, ›alles‹?«

»Na, 's gibt doch nur eins; wie wir den fortgelaufenen Neger befreit haben – ich und Tom.«

»Gott im Himmel! Den fortgelaufenen – was schwatzt das Kind!«

»Nee, ich schwatze nicht; ich weiß ganz genau, was ich sage. Wir haben ihn allerdings befreit und obendrein ganz famos!« Danach fing er an zu erzählen und schwatzte alles raus, und sie unterbrach ihn gar nicht, sondern saß ganz starr und schaute ihn fortwährend an.

Als er fertig war, sagte sie: »Na, der Spaß soll jetzt aber am längsten gedauert haben! Hol euch – wenn ihr euch noch mal in seine Angelegenheit mischt!«

»Mischen in wessen Angelegenheit?« fragte Tom, indem er plötzlich aufhörte zu lächeln und 'n ganz dummes Gesicht machte.

»Wessen? Na, natürlich des fortgelaufenen Negers!«

Tom schaute mich wütend an. »Tom«, sagte er, »hast du mir nicht grad' gesagt, daß alles mit ihm in Ordnung ist? Ist er nicht durchgebrannt?«

»Er?« höhnte Tante Sally, »der verdammte Neger? Denk', er ist's nicht. Sie haben ihn gottlob erwischt, und er liegt in seiner alten Hütte bei Wasser und Brot, bis er gehenkt oder verkauft wird.«

Tom fuhr beinahe aus dem Bett; mit glühenden Augen und geblähten Nasenflügeln schrie er: »Sie haben kein Recht, ihn aufzuhängen! Schnell – verliert keine Minute! Macht ihn los! Er ist kein Sklave, er ist so frei wie einer auf der Welt!«

»Was meint das Kind damit?«

»Ich mein' jedes Wort, das ich sage, Tante Sally, und wenn niemand geht, geh' ich! Ich hab' ihn sein ganzes Leben lang gekannt, und Tom da auch! Die alte Miß Watson ist vor zwei Monaten gestorben, und sie hat sich selbst geschämt, daß sie ihn den Fluß runter verkauft hat, und hat's auch gesagt; und sie hat ihn in ihrem Testament frei gemacht!«

»Dann, warum um des Himmels willen brauchtet ihr ihn noch mal zu befreien, wenn er schon frei war?«

»Da – das ist mal 'ne Frage! Ganz wie 'n Frauenzimmer! Na, weil wir 'n Abenteuer brauchten! Und ich würde knietief durch Blut gewatet sein, um ihn – Gott im Himmel – Tante Polly!!«

Da stand sie wahrhaftig in der Tür, so gutmütig und freundlich wie 'n Engel! Tante Sally sprang auf sie los, riß ihr fast den Kopf ab und fing an zu heulen.

Was mich anbetrifft, ich fand 'nen Platz unterm Bett, der grade gut genug für mich war, denn 's mußte jetzt ziemlich heiß für uns werden, kam mir's vor. Ich schaute drunter hervor und sah, wie sich Tante Polly losmachte und 'ne verdammt lange Zeit vor Tom stand und ihn über die Brille weg anstarrte – bis ins Herz.

Dann sagte sie: »Ja, 's wär' besser, du würdst deinen Kopf abwenden – ich würd's tun, wenn ich du wär', Tom!«

»Oh, erbarm dich!« sagte Tante Sally, »ist er so verändert? Das ist doch nicht Tom – 's ist ja Sid. Tom – Tom – na, wo steckt Tom? In der Minute war er noch hier.«

»Du meinst, wo ist Huck Finn, was? Komm unterm Bett raus, Huck Finn.«

Ich tat's natürlich; aber 's war mir nicht gut dabei zumute.

So 'n verdammt verblüfftes Gesicht wie das von Tante Sally hab' ich nicht oft gesehen; ausgenommen eins: das von Onkel Silas, als er reinkam und sie ihm alles sagten. Man hätte glauben können, 's hätte ihn betrunken gemacht, er konnte sich den ganzen Tag nicht mehr recht besinnen und sprach abends 'n Tischgebet, das ihn ganz berühmt machte, denn die ältesten Menschen der Welt konnten's nicht verstehen.

Tante Polly erzählte alles, wer ich sei und was; darauf mußte ich erzählen, wie's käme, daß Mrs. Phelps mich für Tom hielte; hier unterbrach Tante Sally: »Laß nur jetzt so, ich hab' mich mal an die Tante Sally gewöhnt und 's soll so bleiben.«

Tante Polly bestätigte, daß Miß Watson Jim in ihrem Testament frei gemacht habe – Tom hatte also wirklich um nichts und wieder nichts Jim zum zweitenmal befreit. Ich hatte aber auch bis zu der Minute nie recht begreifen können, wie Tom sich damit abgeben konnte, 'nem Neger beim Davonlaufen zu helfen. Tante Polly sagte, als Tante Sally ihr geschrieben habe, daß Tom und Sid glücklich angekommen seien, hätte sie sich gleich gesagt: »Schau mal an! Hätt' wohl so was erwarten können, als ich ihn so ohne Aufsicht allein fortgehen ließ; jetzt kann ich selbst die elfhundert Meilen den Fluß runterfahren und sehen, was er da mal wieder gemacht hat. Denn von dir konnte ich's ja nicht rausbringen!«

»Na – ich hab' nie von dir gehört«, sagte Tante Sally.

»Nun, das wundert mich! Hab' dir doch zweimal geschrieben, um zu hören, was das von Sid heißen sollte.«

»Und ich, Schwester, hab' keinen Brief gekriegt.«

Tante Polly wandte sich vorwurfsvoll zu Tom und sagte:

»Hast du was mit den Briefen zu tun gehabt, du törichtes Kind?«

»Mit was für Briefen?«

»Mit den Briefen! – Na, Tom, wird's bald?«

»Sie – sie sind im Koffer. Sie sind aber ganz gewiß noch grad' so, wie ich sie von der Post geholt hab'. Ich hab' nicht hineingeschaut – gar nicht angerührt hab' ich sie! Aber ich wußte, daß was dabei rauskommen würde, und da dachte ich, daß es wohl nicht so drauf ankäme, und –«

»Na, laß nur, wir wissen jetzt schon. Dann hab' ich noch mal geschrieben, um dir mitzuteilen, daß ich käme; ich denke, er –«

»Nein, er ist gestern gekommen; hab' ihn noch nicht gelesen, aber 's ist schon in Ordnung, den hab' ich bekommen.«

Ich hätte zwei Dollar mit ihr gewettet, daß sie ihn nicht hatte, aber dann dachte ich, 's wäre doch wohl besser, es nicht zu tun. Deshalb schwieg ich lieber.

Letztes Kapitel

Sobald ich mit Tom allein war, fragte ich ihn, was er eigentlich vorgehabt hätte, was seine Absicht gewesen wäre, wie er 'nen schon freien Neger nochmal befreite. Er sagte, was er sich ausgedacht hätte, was wir tun wollten, wenn Jim außer Gefahr wäre, sei gewesen, mit Jim auf dem Floß weiter abwärts zu fahren bis an die Mündung, dabei allerhand Abenteuer zu bestehen, ihm dann zu sagen, daß er frei sei, ihn auf 'nem Dampfboot wieder zurückzubringen, seine verlorene Zeit zu bezahlen und schließlich alle Neger der Gegend zu versammeln, damit sie ihn mit 'nem mächtigen Fackelzug in die Stadt einführten – und dann würde er 'n Held gewesen sein und wir auch. Mir kam's aber doch schließlich vor, als wäre es so besser. Natürlich machten wir Jim los; und wie Tante Sally und Tante Polly und Onkel Silas hörten, wie famos er dem Doktor bei Tom geholfen hatte, machten sie 'n großes Geschrei davon, gaben ihm alles, was er nur wünschte, zu essen und ließen ihn durchaus nichts arbeiten. Tom gab ihm auch vierzig Dollar, weil er so geduldig unser Gefangener gewesen war; Jim war natürlich zu Tode froh und konnte sich gar nicht fassen vor Dankbarkeit.

Tom schlug vor, wir sollten alle drei in einer der nächsten Nächte davonlaufen und 'n paar Abenteuer mit den Indianern bestehen, drüben im Indianergebiet; für 'n paar Wochen oder so, meinte er. Ich sagte: »Meinetwegen, 's ist mir schon recht, aber ich hab' kein Geld, mir 'ne Ausrüstung zu kaufen, und ich denke, ich kann auch von zu Hause keins kriegen, denn 's könnte sein, daß Pap zurückgekommen wäre und sich alles vom Richter Thatcher hätte geben lassen und 's vertrunken hätte.«

»Nee, das hat er nicht«, sagte Tom. »Es ist noch alles da – sechstausend Dollar und noch mehr; und dein Pap kommt nie mehr zurück.«

Auch Jim sagte traurig: »Er nie wiederkommen, Huck.«

»Warum nicht, Jim?«

»Nie mehr, Huck – du mich nicht fragen.«

Aber ich ließ nicht locker, und Jim erzählte schließlich: »Können du nicht erinnern das Haus auf dem Fluß schwimmend, und darin ein toter Mann, und ich hin und ihn ansehen und dich nicht lassen hin? Na – also du wissen, du finden euer Geld, wenn nach Hause kommen; er toter Mann sein.«

Tom ist jetzt wieder ganz fidel und trägt die Kugel an 'ner Uhrkette um den Hals als Uhr und sieht fortwährend nach, wieviel 's ist, und sonst ist nichts mehr zu schreiben; und ich bin mächtig froh drüber, denn wenn ich's gewußt hätte, was das für 'ne Mühe ist, 'n Buch zu schreiben, würd' ich's nicht versucht haben – und ich tu's auch nie wieder. Aber ich denke, ich geh' doch noch ins Indianergebiet davon, denn Tante Sally will mich adoptieren und zivilisieren, und das halt' ich nicht aus. Hab's schon mal probiert.

Lebt wohl!

Euer Huck Finn